I0565521

Rivera Sun

# Der Löwenzahnaufstand

## Liebe und Revolution

## Roman

Aus dem Englischen von Ingrid von Heiseler

Rising Sun Press Works
P.O. Box 1751, El Prado, NM 87529
www.riverasun.com

*Library of Congress Control Number:*
2018943523
ISBN 978-0-9966391-9-4
Sun, Rivera 1982-
The Dandelion Insurrection

Dariel Garner und den Löwenzahnpflanzen aller Orten gewidmet!

**Die Gemeinschaft der Unterstützer der Veröffentlichung dieses Buches werden im Folgenden genannt:**


Anonymous
Jennifer & Peter Simonson
Farrokh Namazi
Ellen Cook
John Jordan-Cascade
Libby Dickerson
Marada Cook
Crown O' Maine Organic Cooperative
GODeepWITHIN Consulting
Aunt Lynne and Uncle Ted
DrSuRu
Land Cook
Annie Kelley
Atlantis Thyme
Karen Lane
Garimo
Patti & Bob Oldmixon
Madeleine Le Fevre
Angel Imaz
Sarah Roche-Madhi
Deb Colbert

Und mit der Unterstützung von vielen anderen!
Dank euch allen!

## Bemerkungen zur deutschen Ausgabe

**Lektorat: Stefan Maaß**

**Datierung der Handlung:** Den Aussagen der Personen ist keine genaue Datierung zu entnehmen. Ich vermute, dass die Geschichte in einer näheren oder ferneren Zukunft spielt und dass sie einerseits zur Warnung und andererseits zur Ermutigung dienen kann. Diese Annahmen bestätigt die Autorin in ihrem Beitrag zur deutschen Ausgabe.

**Kernaussagen**

„Willst du etwas wirklich Radikales tun? ‚Sei freundlich, nimm Verbindung zu anderen auf, hab keine Angst!'"

„Sei wie der Löwenzahn, wachse in unfruchtbaren Böden, trau dich, gegen Gewalt und Hass aufzustehen, und blühe in Liebe auf."

*create, copy, improve, and share:* schaffen, kopieren, verbessern und weitergeben

## *Inhalt*

## Anhang

In einer **Zeit** – von heute aus gleich um die Ecke – an einem **Ort** am Rande unserer Nation ist es ein **Verbrechen**, anderer Meinung zu sein, ein Verbrechen, sich zu versammeln, ein Verbrechen, für sein eigenes Leben einzutreten. Trotz alledem – oder vielleicht gerade deswegen – begann der Löwenzahnaufstand ...

# KAPITEL EINS

. . . . .

## *Der kleine Vogel*

Am Himmel rangen die Jahreszeiten miteinander. Bataillone dunkler Wolken stießen zusammen. Kalte und warme Böen prallten aufeinander. Hagel peitschte wie Gewehrschüsse.

Ein kleiner Vogel flog nordwärts.

Er war das einzige Küken in einem Nest mit missgestalteten Eiern gewesen, das letzte Überlebende der Vogeljungen. Die anderen waren der beißenden Kälte zum Opfer gefallen. Er war der Einzige, der von einem früher einmal riesigen Schwarm übrig geblieben war ... aber jetzt sollte er nicht mehr an diese starren befiederten Körper denken.

Er flog mit großer Anstrengung und so schnell er konnte, gegen die schneidenden Winde an. Überall auf dem Kontinent kämpfte die Erde gegen die von den Menschen angerichtete Zerstörung. Der Himmel im Osten wütete. Aus den Wolken im Westen wollte es nicht regnen. Der Erdboden brach auf. Winde brachten Wände von Staub. An den Küsten traten die Flüsse über die Ufer und die Meere überfielen die Strände.

Die Menschheit machte, allen Warnungen zum Trotz, einfach weiter wie zuvor. Die Erde wurde überall verwüstet. Die Gebirge zerfielen. Seen verschwanden. In den Wäldern stürzten die Bäume um. Die Prärien brannten. Der Himmel war voller schwarzer Staubwolken.

Vogelleichname säumten die Fluchtwege.

Der kleine Vogel flatterte mühsam über brachliegende Felder. Dort brachte der vergiftete Boden keine Nahrungsmittel mehr hervor. Missernten verspotteten seine hungrigen Blicke. Aasfresser aus den Städten versammelten sich auf den Müllcontainern. Menschenkinder kämpften mit Ratten um verdorbene Nahrung. Tauben pickten Blut statt

Krümeln auf. Die Städte stöhnten vor Hunger. Der Gestank der Angst erstickte alles. Der kleine Vogel flog schnell weiter.

Im Wandel der Jahreszeiten war es eigentlich noch zu früh, um nach Norden zu fliegen, aber der Frühling lockte ihn doch mit einer Spur von Hoffnung. Der Boden wehrte sich gegen den Zugriff des Winters. Ein Funken Leben glomm auf: Er könnte den Mut der Welt ankurbeln.

*Warte nicht! Warte nicht!* zwitscherte der kleine Vogel. Der Tod streut Müll auf die Wege der Tiere. *Du bist der nächste! Du bist der nächste! Im Krieg, den die Menschen gegen die Erde führen, sind die Jungen die nächsten!* Der Vogel flog gegen den Wind nach Norden und zwitscherte: *Warte nicht! Der Tod schleicht sich immer näher; keiner von uns darf warten!*

## KAPITEL ZWEI

. . . . .

### *Der Mann aus dem Norden*

An einem Ort am Rand der Nation krachte eine Faust auf einen morschen Tisch.

„Es reicht! Jetzt sind sie zu weit gegangen!“, sagte der zähe alte Valier Beaulier.

Ein Stimmengewirr erhob sich, das so laut war, dass es die Wachen auf beiden Seiten der kanadisch-amerikanischen Grenze aufstörte. Die Frauen zischten ihnen sofort zu, sie sollten leise sein. Polizeipatrouillen streiften in hellen Scharen durch die schmalen Straßen der Stadt. Ein Durcheinander von nervös gestellten Fragen erhob sich. Die Vorhänge wurden vor die Fenster gezogen.

Pierrettes Café quoll an den Rändern über. Die Besucher missachteten das neue Gesetz, das Versammlungen auf weniger als zwanzig Leute beschränkte. Jeder gebrechliche Stuhl trug eine Ansammlung ebenso gebrechlicher arthritischer Knochen. Jüngere Männer lehnten sich gegen die Wände, hockten auf den schmalen Fensterbänken oder drängten sich gegen das Glasregal, in dem der Kuchen ausgestellt wurde. Charlie Rider quetschte sich in eine Ecke. Da forderte sein Großvater die Familie zur Aufmerksamkeit auf.

„Rick Dumais, erzähl ihnen, was du mir erzählt hast!“, forderte der alte Mann. Er stieß seinen aufgeregten Kameraden an, der in ein so schnelles Erzählen verfiel, dass ihn seine Fassungslosigkeit dazu brachte, Französisch und Englisch durcheinander zu stottern.

„*C'est vrai,* ich schwöre, es ist wahr. Ich ging zur Brücke, dort- *là*, ich wollte nach Kanada rüber – meine *ma tante*, sie wollte, dass ich sie heute in die Kirche bringe – aber *les agents des douanes* – die Zöllner – sie sagten, ich könnte nicht rüber. Die Brücke ist zu!“

„Weswegen?“, wollte Jean Pierre wissen. „Reparaturen?“

"*Non*", antwortete Rick. „Es geht um die Grenze … sie haben die ganze Grenze dichtgemacht!“

"*Ah voyons,* dort-*là*", rief Bette, sie traute der Mitteilung nicht. „Mich werden sie durchlassen. Ich habe diesen neuen Ausweis.“

„Damit habe ich's auch versucht. Sie sagen, der nützt gar nichts“, sagte Rick.

"*Mais, je suis un citizen du Canada et des États-Unis!",* erklärte Jean Pierre auf Französisch und holte die Papiere aus seiner Brieftasche, die seine doppelte Staatsangehörigkeit bewiesen.

„Das kümmert die gar nicht. Das ist Dienstsache, sagen sie, ganz offiziell.“

„Ist die Hochzeit meiner Tochter nicht offiziell genug?“, schnauzte Pierrette von ihrem Platz hinter der Theke aus. „Werden sie die Grenze vor ihrer Hochzeit in der nächsten Woche wieder aufmachen?“

Alle im Café schnappten auf einmal nach Luft. Jean Pierres weiße Augenbrauen hoben sich. Aller Blicke richteten sich erstaunt auf Pierrettes Tochter. Das Mädchen wurde aschfahl. Sie widersprach ruhig: Es würde bestimmt etwas geschehen, schließlich sei sie mit ihrem Verlobten schon fast verheiratet: die Hochzeit war nächste Woche, alle Papiere waren in Ordnung und sie hatten schon ein Haus in Kanada. Ob die Grenzwächter keine Ausnahme machen würden?

Valiers tiefe Stimme unterbrach das Murmeln der anderen. Er wollte wissen, warum die Grenze geschlossen war.

"*Pourquoi la frontière est-elle fermée?*"

„Terrorismus, sagen sie“, antwortete Rick dem alten Mann mit Hochachtung.

Terrorismus. Alle in der Familie stöhnten verzweifelt auf. Zurzeit geschah alles wegen Terrorismus; die nicht endenden Kriege in Übersee, zu Hause die Soldaten in den Straßen, die Einschränkungen der Versammlungsfreiheit, die Zensur der Zeitungen, überall die Polizei-Kontrollpunkte, die in die Höhe schießenden Militärausgaben, Fahndungen ohne Haftbefehl und jetzt auch noch die Schließung einer ruhigen Grenze – und das, nachdem man sie Jahrhunderte lang nach Belieben hatte überqueren können.

„Aber wir sind keine Terroristen!“ Jean Pierre explodierte. "*Nous sommes les Acadiens!*"

*Wir sind Akadier!* Sie lebten seit vierhundert Jahren in diesem Tal und heirateten hin und her über die internationale Grenze, die die nördliche Spitze von Maine krönte. Die höheren Töne der Stimmen der Schwestern und Tanten mischten sich mit den tiefen Tönen der Männerstimmen. Die tiefe Stimme Jean Pierres übertönte alle anderen. Valiers Stimme schwoll vom bloßen Murmeln zum Gebrüll an. Die Seufzer seines ältesten Bruders Mathieu schlüpfte durch die Stimmen wie der Wind durch die Bäume. Diese Familie kannte das Kneifen des Hungers, Geburt und Tod von Säuglingen, das Absterben von Händen, rissigen Lippen und zerfurchten Wangen, das Jucken schmutziger Haut, den Lärm fallender Bäume, das Brüllen der Traktoren, den Geruch der gepflügten Erde, die kühle Rundheit der Kartoffeln, das Tropfen des Schweißes von der Stirn ... und das Gefühl von Französisch auf der Zunge.

*Nous sommes les Acadiens.* Wir sind Akadier.

Valier Beaulier saß in der Mitte. Sie hatten ihn *Valier* genannt nach dem alten Wort *Valère*, Talbewohner. Die Familie, die ihn umringte, hatte durch den Wandel von vier Jahrhunderten in *La Vallée Saint-Jean* Bestand gehabt. Gegen Süden bedeckten hügelige Bauernhöfe das Land. Genau nördlich stand das blaugraue Wellblech der Papiermühle wie ein störrischer Riese mitten in der Stadt und rauchte eine Pfeife, die nach feuchtem Papierbrei roch. Jenseits davon war das Land zu Ende. Die Politik zog am Fluss eine Grenze und behauptete eine Trennung, die die Familien im Tal bis jetzt gar nicht beachtet hatten. Sie bemühten sich, nicht zu laut zu werden. Gedämpft fragten sie, welcher Idiot die Schließung der Grenze befohlen hatte.

„Der Grenzwächter sagte, die Grenze sei auf persönlichen Befehl des Präsidenten geschlossen worden", sagte Rick Dumais.

"*Le président-illégitime!",* brüllte Jean Pierre. Seine flache Hand schlug so stark auf den Tisch, dass die Salz- und Pfefferstreuer in die Luft sprangen. „Wer hat den Schurken gewählt? Rick? *Non.* Valier? *Non.* Henri? Marc? Mathieu? *Non.* Niemand hat ihn gewählt. Er hat die Wahl durch Betrug gewonnen!"

Mathieus dünne Stimme erhob sich aus den übrigen: „Mit diesen Computern ist es so leicht! Ein Click und alle Stimmen sind verschwunden! *Mon Dieu!* Zu meiner Zeit hatten wir Stimmzettel aus Papier. "

„Zu deiner Zeit, *grand-père*", scherzte der junge Matt, „haben sie den Wahlbetrug noch auf dem Rücken der Pferde begangen!"

Gelächter erhob sich bellend und glucksend, sie prusteten heftig oder kicherten leise. Der alte Mathieu winkte der Jugend leicht mit der Hand, ein nachsichtiges Lächeln kräuselte seine Lippen. Mitten im Café stieß Valier seinen Stock auf den Holzfußboden.

„Psst! Seid leise und hört mir zu. *Écoutez!* Wir werden das überstehen! Mathieu, Jean Pierre und ich haben, seit Truman Dewey in der Wahl besiegt hat, in jeder Wahl unsere Stimme abgegeben und ich sage, die Politik kommt und geht. Die Menschen bleiben. Die Akadier waren Staatsbürger Frankreichs, dann Englands und dann der Vereinigten Staaten. Wir haben Föderalisten, Populisten, Whigs, Tories, Ignoranten, Demokraten und Republikaner gleichermaßen überlebt. Die Engländer trieben uns zusammen und vertrieben uns dann, aber wir sind zurückgekommen. Sie haben versucht, unsere Religion zu unterdrücken, aber durch die Gnade Gottes blieb sie bestehen. Die Amerikaner gaben uns die Peitsche, wenn wir Französisch sprachen, aber ..."

Er machte eine Pause und sah sich voller Stolz um.

"*On parle français ici!*" Hier wird Französisch gesprochen. Das war ihr Motto, ihr Glaubensbekenntnis. Runzlige Hände applaudierten. Handflächen mit tiefen Furchen schlugen auf die Tischränder. Alte Schuhe trommelten auf den Fußboden. In Zustimmung ballten sich Fäuste auf den Knien.

Englisch hatte sowohl bei den Briten als auch bei den Amerikanern die Vorherrschaft gehabt, hatte Jahrhunderte lang die Region beherrscht, aber hier wurde immer noch Französisch gesprochen ... und die Akadier hatten durchgehalten. *On parle français ici!*

"*Mais oui, c'est vrai*", gab Jean Pierre zu, „aber wisst ihr noch, wie es war, als man leicht über die Grenze gehen konnte? Damals brauchte man für den Rückweg keine Papiere. Man kannte die diensthabenden Grenzbeamten! Das war, bevor sie unsere Leute nach New York verfrachtet haben und bevor sie dieses kaltherzige Lumpengesindel hierher gebracht haben!“

„Zu meiner Zeit“, begann der alte Mathieu mit müdem Kopfschütteln.

„Zu deiner Zeit“, unterbrach ihn der junge Matt frech, „hast du während der Prohibition im Sarg deiner Großmutter Whiskey über die Grenze geschmuggelt!“

Wieder ertönte die schöne Symphonie des Lachens. Der Klang blitzte in den Herzen auf wie eine Lampe in einer bitterkalten Nacht, die Furcht und Dunkelheit, wenn auch nur für einen Augenblick, in Schach hielt. Die Blicke richteten sich nervös auf die Tür. Die kleine Flamme der Fröhlichkeit flackerte und erlosch. Der alte Mathieu winkte schwach mit der Hand und versicherte, damals sei er noch nicht geboren gewesen, es sei sein Vater gewesen, und jedenfalls seien diese Tage vorüber. Die Grenze war geschlossen und wie sollten jetzt seine Schwester und die anderen, wenn sie einmal sterben würden, über die Grenze gebracht werden, um im Familiengrab beerdigt zu werden?

"*Ah, voyons*", seufzte er, „Wohin steuert die Welt?“

Charlie kauerte in seiner Ecke und biss sich auf die Lippen. Wie sollten sie jemals erfahren, wohin die Welt steuerte? Er war Journalist bei einer Lokalzeitung, aber wenn er seine Verwandten nicht hätte, würde nicht einmal er irgendwelche Nachrichten aus der Welt bekommen. Die einzigen unzensierten Informationen, die in beiden Richtungen über die kanadisch-amerikanische Grenze gelangten, kamen über Vettern, Tanten und die kleinen alten *mémères*, die Omas. Deshalb begleitete Charlie Rider seinen Großvater oft zum Bingospielen, seine Onkel zum Kegeln, half seinen Tanten bei der Sozialarbeit der Kirche und kauerte hier im Café in einer Ecke gleich neben dem Geruch, der sich aus dem der Männer und des schwarzen Kaffees mischte. Er lauschte den Informationen, die alle unweigerlich mit *mein Bruder hat gehört* oder *die Kusine meiner Schwägerin hat gesagt* begannen.

Diese Berichte waren zwar nicht gerade die zuverlässigsten, aber besser als gar nichts, besser als die an viele Zeitungen verkauften Märchen, die zu wiederholen die Lokalzeitung von ihm erwartete, besser als der beleidigende Strom der Regierungspropaganda, die er glauben sollte, besser als die Lügen, die die Frechheit hatten, als Journalismus einherzustolzieren. Charlie war frustriert. Diese Frustration wurde von seinem Redakteur verstärkt, der ihm wegen seiner aufrührerischen Artikel mit Entlassung drohte und der ihn gemahnte, dass Folgendes in seinem Arbeitsvertrag stand:

- keine antiamerikanischen Gefühle,
- nur Themen, die vorher festgelegt worden sind,
- alles, was möglicherweise Terroristen von Nutzen sein könnte, wird gestrichen.

Journalisten verschwanden wie von Regierungsagenten totgeschlagene Fliegen. Ganze Zeitungen wurden abgewürgt und starben über Nacht. Der kleinste Hinweis auf eine abweichende Meinung löste Razzien durch die einflussreichen Zensoren aus. Charlies Arbeit war durchlöchert wie ein Schweizer Käse, ehe die Zeitung die Öffentlichkeit erreichte.

Seine Darstellung der Zunahme von Soldaten und Panzern in den Straßen wurde gestrichen, weil das Enthüllen militärischer Manöver Terroristen von Nutzen hätte sein können. Sein Bericht über die Aushöhlung der bürgerlichen Freiheiten wurde gekürzt, weil er die neuen Sicherheitsmaßnahmen kritisierte und also antiamerikanisch war. Als die Dürre im letzten Jahr vierzig Prozent der Ernte vernichtet hatte, strich der Redakteur Charlies Bericht und belehrte die Leute stattdessen darüber, dass die Klimaerwärmung *nichts war, worüber man sich aufregen und über das man sich Sorgen machen müsste*. Und wieder beschloss der Kongress unbegrenzte Haft ohne Prozess, aber die Zeitung schrieb nur: *Sicherheit ist wichtig*. Die Unternehmenssteuer stieg und der ohnehin schon klamme und verschuldete Durchschnittsamerikaner musste noch mehr zahlen, aber die Lokalzeitung hielt an der offiziellen Linie fest: *Geschäft fördert die Wirtschaft*. Charlie forderte, dass sein Name unter den Artikeln gestrichen würde.

„Dieses Land geht zum Teufel“, flüsterte Charlie. „Pass auf, was du sagst“, warnte Jean Pierre.

"*Pourquoi*? Warum?“, erwiderte der junge Matt und eilte damit Charlie zur Hilfe. „Es stimmt. Die Demokratie ist tot. Wir leben in einem Polizeistaat. Habt ihr die Soldaten nicht gesehen, die im Tal rauf und runter klettern?“

„Hm!“ Die Familie stimmte zu. Eine Woche zuvor war die neueste Mischung aus Militär und Polizei im Tal aufgetaucht. Die Beamten trugen Maschinengewehre und konnten nach Lust und Laune die Bürger anhalten und ausfragen. Seine Frechheit hatte dem jungen Matt ein blaues Auge und eine strenge Verwarnung eingetragen.

„Die Furcht vor dem Terrorismus hat das Land zerstört“, klagte der junge Matt. „Die terroristischen Anschläge fingen an und dann hat das Militär alles übernommen!“

"*Non,* das ist nicht von einem Tag auf den anderen passiert“, sagte Jean Pierre. „Es war wie das Frühlingswetter, brütend heiß und dann kalt. Der Kongress hat Gesetzentwürfe vorgelegt. Die Gerichte haben sie abgelehnt. Er hat sie noch einmal vorgelegt. Der Altpräsident hat ein bisschen Widerspruch eingelegt."

„Er hat andere vorgelegt", warf Matt ein. „Auch dieser liberale Präsident war ein Albtraum für die Verfassung!"

„Bah", sagte Jean Pierre und winkte ab, „alle Politiker sind Albträume. Du bist zu jung, um dich an viele erinnern zu können."

„Und du bist vielleicht zu alt, um ..."

Strenge Blicke der Familie brachten den vorlauten jungen Mann zum Schweigen. Er lenkte ein und lehnte sich neben Charlie an die Wand. Die Vettern tauschten Blicke und ließen die Älteren reden.

„Sicher", begann Rick Dumais, „der Terrorismus hat die Dinge verändert, aber dies geht auf die Zeit zurück, als eingeführt worden war, dass die Unternehmen keine Steuern mehr zahlen mussten und da wurden sie so mächtig wie Gott!"

"*Mon Dieu!* Das ist wie Götzendienst, was?", platzte Jean Pierre heraus. „Wir beten das Geld an und es verdirbt uns die Seele!"

„Na ja, wir sind jetzt so pleite, dass wir Heilige sein sollten", sagte Pierrette in scharfem Ton.

„Genau das habe ich meiner Frau gesagt." Rick stimmte zu. „Geld ist die einzige Wahlstimme, die zählt ... und wir haben keins!"

Der Großvater nickte zu dieser vernünftigen Bemerkung.

"*Mais oui*", auch Jean Pierre stimmte zu. „Wenn nur Millionäre sich für den Kongress bewerben können, werden wir da nicht besteuert, ohne dort vertreten zu sein? Haben wir jetzt wieder König Georg, der alles bestimmt?"

"*Non, non, c'est les trois hommes dans le bain!"*, rief Matt. Die drei Männer in der Badewanne. Damit spielte er auf den Kinderreim an: *Rub-a-dub-dub – three men in a tub,/ and who do you think they be?/ The butcher, the baker, the candlestick-maker/ Turn em out, knaves all three.* (Und wer denkt ihr, sind sie? Der *Schlächter*, der *Bäcker/Bankier*, der *Kerzenhalterproduzent*. Schurken sind sie alle drei.)

Die alten Männer schnauften und johlten, schlugen sich auf die Knie und brüllten vor Lachen. Kopfschütteln über die respektlose Anspielung auf die Mächtigen der Nation: *der Schlächter* als Militärchef, der *Bankier* kontrolliert die großen Banken und der *Kerzenhalterproduzent* betreibt die Fossilien-Industrie. *Le président illégitime* war nicht mehr als die Gummi-Ente, die in ihrer Badewanne schwamm. Die Frauen lachten hinter vorgehaltener Hand. Schultern bebten vor Vergnügen.

Aber eigentlich war es nicht zum Lachen. Erst letzte Woche war ein Gymnasiast dafür verhaftet worden, dass er antiamerikanische Witze gemacht hatte. Man sagte: *Humor zündet die Flamme des Widerspruchs an und Zwietracht setzt Terrorismus in Brand.* Die Zensur hielt die Nation fest im Griff ihrer Kontrolle. Die Medien waren linientreu oder sie verschwanden über Nacht. Die Post kam geöffnet in den Briefkästen an. Telefongespräche wurden aufgezeichnet und in einem riesigen Überwachungszentrum irgendwo im Westen analysiert. Die Internet-Zensoren stürzten sich auf alles, was Regierung oder Unternehmen kritisierte, und Polizisten standen plötzlich vor der Tür, um einen Bürger zu verhaften. Nichts blieb verborgen. Es wurde zur Redensart: *Nur zwischen dir, mir und den Spionen der Regierung* ... Selbst in dieser Familienversammlung könnte es gefährlich sein, seine Meinung zu laut auszusprechen. Rick Dumais sah immer wieder durch einen Spalt in den Vorhängen, die vor die Glastür des Cafés gezogen worden waren, und spähte die Straße rauf und runter. Eine ungemütliche Pause trat ein, während die Familie darauf wartete, dass er den Kopf schüttelte.

„Nichts", versicherte Rick.

„Wir werden Schwierigkeiten kriegen", sagte Jean Pierre wütend. „Sie haben die Grenze geschlossen und jetzt können wir nicht mehr entkommen. Diesen drei Männern in der Badewanne gehört alles und sie kontrollieren die Übrigen. Das halbe Land arbeitet für sie und die andere Hälfte hungert!"

„Irgendwo habe ich gelesen, dass man das Plutokratie oder Oligarchie oder so ähnlich nennt", warf Rick ein.

„Es ist Unternehmo-Kratie, das ist es", sagte der junge Matt heftig, sein Adamsapfel hüpfte.

"*Non,* ihr wisst alle nicht, wovon ihr redet", sagte der alte Valier verächtlich. Er zog das Gesicht in Falten, bis seine Runzeln das Ende seines Kinns erreichten. „Es ist schlimmer als alles, was ihr gesagt habt, es ist *une dictature*."

Eine Diktatur? Die älteren Männer zogen scharf die Luft ein und widersprachen. Die jüngere Generation wandte etwas gegen diese Vorstellung ein. Die Frauen verschränkten die Arme vor der Brust und kniffen die Lippen zusammen. Der alte Valier zuckte die Achseln. Er nannte die Dinge lieber beim Namen.

„Nun ja, ich bin nicht der einzige Verrückte, der so denkt, hört euch das an." Er atmete hörbar ein, zog ein gefaltetes Blatt Papier aus der Brusttasche und setzte die Lesebrille auf. Er sah sich um, ob alle ihm auch wirklich zuhörten, und fing zu lesen an:

*„Ihr könnt es mit tausend Namen nennen, aber es ist alles dasselbe. Wenn eine Elitegruppe in einer heimtückischen und nicht erklärten Tyrannei tätig ist, ist sie ihrem Wesen nach zu einer heimlichen Diktatur geworden."*

Charlie schluckte. Wie war sein Großvater an diesen Artikel gekommen?

*„... aufgrund der zügellosen Militarisierung, des unkontrollierten Einflusses der Wirtschaft auf die Politik, der Beschneidung der bürgerlichen Freiheiten und einer Verkleinerung der Machtelite sind die Vereinigten Staaten keine Demokratie mehr..."*

Charlies Blicke richteten sich nervös auf die Tür.

*„wenn die Menschen sich nicht erheben, um die Demokratie wiederherzustellen."*

Er machte sich in seiner Ecke ganz klein. Jeder von ihnen konnte wegen antiamerikanischer Aktivitäten ins Gefängnis kommen. Charlie sprach im Geist mit, als Valier den verbotenen Artikel vorlas. Jedes Wort war ihm äußerst vertraut. Schließlich ...

"*L'homme du Nord* hat das geschrieben!", rief Matt. Plötzlich war es ihm klar geworden.

*Der Mann aus dem Norden.* Der Raum wankte bei dem Klang dieses Namens. Die Blicke richteten sich nach Norden. Das Blut gerann ihnen. Ein Mann bekreuzigte sich automatisch. *L'homme du Nord.* Das bloße Nennen des Namens des Verfassers bewirkte, dass sie vor Bewunderung, Neid und Furcht in Schweiß gebadet waren. Wegen der Internet-Zensur wurden seine Artikel persönlich von einem zum anderen weitergegeben. Sie wurden von Kanada über die Grenze geschmuggelt, hinten in die Taschenbibeln und in die Kataloge von *Uncle Henry's* und die *Old Farmer's Almanacs* geklebt. Den ganzen Winter über waren ihre Holzöfen von den zündenden Bemerkungen des Mannes angeheizt worden. *Der Mann aus dem Norden* riss die von den Unternehmen beherrschte Regierung in Stücke, brachte die steigende Flut des Militarismus in Verruf und griff die Plage der wirtschaftlichen Ungerechtigkeit an, die Millionen in ihrem tödlichen Griff hielt. *Der Mann aus dem Norden* erfreute seine Leser auch mit Geschichten aus dem wirklichen Leben, die vom Mut angesichts der Unterdrückung handelten. Er rührte ihre Herzen mit leidenschaftlichen Geschichten über Freundlichkeit in einer Zeit der Dunkelheit. Die Menschen sahen nachts aus den Fenstern und dachten: *Wir sind nicht die Einzigen, die eine bessere Welt als diese hier wollen*. Man betete dafür, dass das Leben des Mannes weiterhin beschützt blieb. Sie waren für die Furchtlosigkeit dieses einen, der seine Meinung sagte, dankbar in einer Zeit, in der es kein anderer wagte. Im ganzen Tal waren sie von den Behörden angehalten und gefragt worden, wer dieser *Mann aus dem Norden* sein könnte. Die Bundesregierung jagte auf beiden Seiten der Grenze nach ihm und sie zogen auf ihrer Suche nach dem schwer fassbaren Mann bis tief nach Kanada hinauf.

"*Pardon?*" Valier blinzelte dem jungen Matt zu. „Es ist unwahrscheinlich dass das *l'homme du Nord geschrieben hat.*"

„Doch, hat er", erwiderte der Junge. „*Mon oncle* hat diesen Artikel aus *Québec* geschickt."

Valiers Stimme fuhr durch den Raum: „Charlie!"

Charlie richtete sich kerzengerade auf. Valiers wässrige, von Falten umgebene Augen nagelten ihn in der Ecke fest. Sein Großvater wedelte mit dem Artikel in seine Richtung. Der mit der Hand bekritzelte Zettel machte es allen deutlich.

„Sag mal, warum ..."

An der Tür klingelte es und sie öffnete sich. Eine Gestalt kam herein. Valier sprang auf.

„Das ist deine Schrift!"

„Denn", erwiderte eine weiche Stimme vom Eingang her, „Charlie ist der *Mann aus dem Norden* ... die Stimme des Löwenzahnaufstandes."

## KAPITEL DREI

.....

*Sadie Byrd Gray*

Sadie Byrd Gray. Sie stand auf der Schwelle zum Café wie ein frischer Windhauch. Ein weißer Schal bedeckte ihre schwarzen Locken. Ihre Stiefel reichten bis über ihre Waden. Rote Leggings umschlossen ihre Oberschenkel. Ihre Jeansjacke umgab sie wie die Jacke einen Seemann beim Landgang. Charlie lachte in sich hinein: Dieser kurze enge Rock stand ihr gut. Sie ließ die Türklinke los. Die Glocke klingelte. Im Café wurde es still. Ihre Lippen kräuselten sich langsam zu einem Lächeln.

Vergangenheit und Gegenwart prallten plötzlich wie zu einem Kurzschluss zusammen. Niemand sagte etwas. Die Familie atmete im Gleichtakt. Die Blicke sprangen zwischen dem jungen Mann und der jungen Frau hin und her. Jahre der Erinnerung steckten wie ein Satz russischer Matroschka-Puppen ineinander, von dem zwölfjährigen Teufelsbraten, der von seinen Hippie-Eltern in den Norden mitgebracht worden war, über die frühreife Jugendliche, die wie die Königin von Amerika durch die Säle der *Highschool* geschritten war, über den wagemutigen Teenager, der sich mit seinen Siegen im Wilden Westen der Liebe der Heranwachsenden brüstete, während der junge Charlie in Bewunderung ohne gleichen qualvoll starb, bis zur hinreißenden Sechzehnjährigen, die ihm das Herz brach, indem sie in einem Anfall von Spontaneität davonlief. Sie hielt ihn mit Ferngesprächen und Wirbelwindbesuchen bis zum heutigen Tag an der Leine. Mit dem Lächeln einer Sphinx stand sie im Eingang und Charlie entfuhr der Atem mit einem Seufzer. Sadie Byrd Gray. Sie hatte ihn gerettet und ruiniert, ihn wild gemacht, wiederbelebt, ihn verlassen und war zu ihm zurückgekehrt. Er hätte sie kein bisschen mehr lieben können, als er es tat ... das wussten alle, nur Sadie nicht.

Alle begannen zu schmunzeln. Valier faltete seine knorrigen Hände über seinem Stock und sah seinen Enkel unverwandt an. *Hab Geduld*, hatte er dem Jungen einmal gesagt, *hab Geduld mit diesem Mädchen.* All die vielen Jahre danach konnte Valier sehen, dass Charlie keinen Monat länger Geduld haben würde. Eine in Brand gesteckte Zündschnur knisterte in dem jungen Mann; die Explosion war unvermeidlich. Charlie fuhr sich mit der Hand durch das sandfarbene Haar und schluckte schwer.

„Willkommen zurück“, brachte er mit Mühe hervor.

„Danke, Charlie.“

Ihr Lächeln leuchtete wie ein Blitz auf. Charlies Herz brach in Flammen aus. Prusten und Kichern brachen das Schweigen. Valier stieß seinen Stock auf den Boden.

„Komm, *belle*, begrüße einen alten Mann auf richtige französische Art", verlangte er gebieterisch.

Sadie lief durch die Versammlung, um den alten Mann auf beide Wangen zu küssen. Charlie starb tausend Tode vor Neid. Er steckte in seiner Ecke fest, er war von Schultern und Stühlen eingeklemmt. Seine Mutter Natalie hob eine Augenbraue über Sadies kurzen Rock. Charlie seufzte. Die beiden Frauen mochten einander nicht.

„Jetzt sag mir“, verlangte Valier, hielt Sadies Hand und schüttelte sie ein bisschen, „erzähl mir mal, warum mein Enkel Ärger macht.“

„Ich mache keinen Ärger“, entgegnete Charlie.

Valier schwenkte den Artikel in seine Richtung. *Dies hier* machte Ärger. *Dies* würde ihnen die Behörden auf den Hals hetzen. *Dies* stieß ins Hornissennest, eine freche Lippe gegen die Erwachsenen riskieren, ein Feuerwerk in der Kirche loslassen ... kurz gesagt, schimpfte Valier, *dies* war genau Charlies Art, Schwierigkeiten zu machen.

Sadie zeigte auf den Artikel in Valiers Hand.

„*Dies* fliegt wie ein kleiner Vogel durchs Land, es bringt Botschaften des Mutes und weckt die Leute auf. Charlies Schrift ist der Sammelruf zum Löwenzahnaufstand."

Vor Staunen öffneten sich die Münder. Die Geschichten von Widerstand, die zur Hälfte Legende und zur Hälfte wahr waren, einem vom Löwenzahnaufstand angeregten Widerstand, wurden vom Gerüchtewind über das Land geblasen. Die Geschichten wurden in Friseursalons gemurmelt und in Küchen geflüstert, gingen durch die Kirchenbänke und wurden spät in der Nach in gedämpftem Ton erzählt, wenn die Männer zu ihren Frauen ins Bett stiegen. Aus allen Richtungen und Winkeln des Landes kamen die Geschichten und alle brachten eine einzige Botschaft der Hoffnung: *die goldene Seele der Menschheit war im Begriff, sich zu erheben.*

*Wann?* wurde mit gedämpfter Stimme gefragt.

*Im Frühling,* erwiderten die Gerüchte, *wenn der Löwenzahn blüht.*

Der Wind strich mit dieser Frage über die Wiesen.

*Wo?*

Das Echo der Antwort sprang vom Bergesgipfel auf die sanften Hügel und von dort auf den Talboden.

*Überall.*

Der Löwenzahnaufstand ist so klein wie ein Brot, das im Ofen gebacken wird, und so groß, dass er Diktatoren stürzen kann. Er war praktisch und metaphorisch, symbolisch und buchstäblich. Er war real. Er war Legende. Er verbreitete Hoffnung. Er schuf Freundlichkeit. Er säte den Samen des Widerstandes in den Boden der Not. Überall pflasterte der Beton der Kontrolle die Herzensgüte, der Löwenzahnaufstand drang durch die Ritzen.

Im Café explodierten die Fragen. Es wurde sehr laut und alle redeten durcheinander, lärmten, stampften mit ihren Stiefeln auf den Boden und schlugen mit der Faust auf den Tisch, bis Sadie sich die Ohren zuhielt.

„RUHE!", schnauzte Charlie.

Zwanzig Münder schlossen sich.

„Der Löwenzahnaufstand", sagte Charlie, „ist die letzte Hoffnung, die uns bleibt, da unsere Demokratie im Griff der heimlichen Diktatur erwürgt wird. Er ist die Weigerung, sich von Furcht und Gier zu Tode quetschen zu lassen. Stattdessen müssen wir handeln, wenn wir *leben* wollen!"

Einen Augenblick lang starrte ihn die Familie ungläubig an. Dann brachen alle wieder in ein Gemisch aus Französisch und Englisch aus. Einige Stimmen wollten schnell die anderen zum Schweigen bringen und das Lärmen ging in ein Flüstern über. Neugier lockerte den Würgegriff der Sicherheit. Fragen brachen los und stiegen und fielen in betäubendem Missklang. Charlie und Sadie schwiegen inmitten des Sturms, der um sie herum tobte.

*Hallo*, hauchte er fast unhörbar. Sie lächelte. Charlies Herz hämmerte wie wild und er bekam keine Luft. *Vergiss, was ich früher gesagt habe,* dachte er. *Der Löwenzahnaufstand geschieht, wenn das Herz in Liebe aufbricht!* Dieses Aufbrechen *ist an sich* der Aufstand. Er geschieht, wenn unsere Liebe zum Leben und zueinander sich so mächtig in uns erhebt, dass wir nicht noch länger schweigen können, sondern uns leidenschaftlich ins Handeln stürzen!

Diese plötzliche Verständigung tobte durch seine Adern, während die Familie über die heimliche Diktatur und den Untergang der Demokratie stritt. Charlie wartet das Ende des Streits ab. Sie konnten sich zanken, bis sie blau im Gesicht waren, aber die Tatsachen waren eindeutig. Die Polizisten waren bewaffnet wie Soldaten, die Armee schwärmte aus wie Mücken, das Militär marschierte die Straßen auf und ab und was hätte man tun können? Nichts. Man konnte keine Petitionen unterschreiben. Man konnte sich nicht gegen die Regierung äußern. Man konnte sich nicht auf einem Platz versammeln. Grunzen und Knurren erfüllten den Raum. Köpfe wurden geschüttelt. Bärte wackelten. Sie seufzten und flehten zu Gott. Sie stützen die Ellenbogen auf die Tische. Ihre Münder stießen Klagen aus.

„Charlie?", fragte der junge Matt und stieß ihn mit dem Ellenbogen an. „Stimmt es? *Der Mann aus dem Norden* ... das bist du?"

Im Café wurde es plötzlich still. Natalies Augen bohrten sich in ihren Sohn. Die Familienmitglieder waren bodenständige Bauern und Forstleute, keine Radikalen und ganz sicher keine Revolutionäre! Die Familie starrte den jungen Mann an, als ob ihm plötzlich Hörner gewachsen wären. Charlie rutschte verlegen hin und her.

„Nun also - ja", erwiderte er.

„Lieber Himmel!" Matt war voller Ehrfurcht. „Das hätte ich nie gedacht!"

„Na ja", antwortete Charlie, „Ich konnte mir nicht vorstellen, dass irgendjemand hier diese Artikel ernst nehmen würde."

„Ich nehme sie ernst", bekannte Bette.

"*Et moi*", gab Jean Pierre zu.

„Ah, also", sagte Rick scheu, „meine Frau versteckt sie alle in der Schublade mit der Unterwäsche." Er wurde rot wie eine Tomate, als die anderen lachten. Charlies Mutter schob wütend den Kaffee-Tresen beiseite und bahnte sich einen Weg durch die Stühle. Als sie bei ihrem Vater angekommen war, riss sie dem alten Mann den handgeschriebenen Artikel aus der Hand. Sie überflog ihn und konnte es nicht fassen.

„Charles-Valier Rider", sagte sie und nannte ihren Sohn mit seinem vollen Namen. „Hast du den Verstand verloren?" Natalies Gesicht war ganz verkniffen vor Verzweiflung. Auf der Straße waren Soldaten. Sie jagten den *Mann aus dem Norden*! „Wer hat dich dazu angestiftet?", fragte sie.

Charlie erstarrte, als Natalie Sadie ansah, und die Erinnerung traf ihn wie eine scharfe Klinge:

„Wir müssen eine Stimme haben, Charlie", hatte Sadie zu ihm gesagt. „Die Geschichten vom Löwenzahnaufstand müssen erzählt werden. Die Menschen erheben sich gegen die Unterdrückung, aber sie sind nur wenige und wir brauchen mehr. Wir brauchen dich, damit du die Samen von Liebe, Kreativität und Mut säst. Wir brauchen deine Dichtung."

„Aber ich bin Reporter und kein Dichter", hatte er eingewandt.

„Das stimmt nicht", widersprach Sadie, „du bist ein Dichter und kein Reporter. Dein Schreiben enthält eine Metaphern- und Schönheits-Revolution und es schlägt gegen die Gefängniswände deines Praktischseins."

Charlie starrte sie an.

„Woher weißt du das?" fragte er.

Sadie lächelte.

„Das tut es immer wieder. Außerdem", fuhr sie fort, „es genügt nicht, die *Tatsachen* über den Löwenzahnaufstand zu berichten. Man braucht Dichtung, um sein Wesen einzufangen. Der Löwenzahnaufstand sprengt seinen eigenen Rahmen. Er ist so groß, dass er die Demokratie wiederherstellen kann, und so klein, dass er unsere Nachbarn grüßen lässt. Manchmal sieht er so unscheinbar aus, dass man nicht einmal erkennt, dass er da ist."

Eine Flamme des Schreibens war von ihm wie eine Brandfackel des Widerstandes ausgegangen. *Sei wie der Löwenzahn,* hatte er geschrieben, *wachse in unfruchtbaren Böden, trau dich, gegen Gewalt und Hass aufzustehen, und blühe in Liebe auf.* Charlie übersetzte die Artikel ins Französische, damit die Behörden vermuten sollten, ihr Autor wäre Kanadier. Die Untergrundpresse jenseits der Grenze übersetzte sie ins Englische zurück, bevor sie sie überall dorthin schickte, wo der keimende Widerstand sie aufnehmen würde. Den ganzen Winter über verwendete Charlie die Geschichten, die Sadie ihm erzählte, um den schlummernden Mut der Nation zu wecken. Er konnte die Worte nicht schnell aufs Papier werfen. Er stocherte in den Kohlen der Frustration, wühlte die schwelenden Haufen von Verzweiflung auf und riss die erstickende Decke der Furcht weg. *Seid wie der Löwenzahn,* schrieb er, *mutige, kühne Verteidiger der goldenen Seele der Menschheit, furchtlos im Angesicht der Not.*

Sadie schickte ihm die Rückmeldung: die Menschen hörten zu. Charlie beobachtete voller Ehrfurcht, wie die Gerüchte von seiner Unverschämtheit weitergetragen wurden. In Amerika nannten sie ihn *den Mann aus dem Nor*den. Die Behörden verfolgten die Hinweise auf eine französische Herkunft und suchten in Quebec, Montreal und sogar im fernen Frankreich. Die starke Faust der Unterdrückung ballte sich stärker. Charlie schrieb, obwohl ihr Schatten auf ihn fiel. Die Finger der Regierung harkten über das Land. Charlie schrieb weiter seine Artikel. Der heiße Gestank der wütenden Tyrannei qualmte. Charlie hielt den Atem an … und schrieb weiter.

Vor zwei Wochen hatte Sadie eine rätselhafte Botschaft über seinen Festnetzanschluss geschickt.

„Mach dich zum Aufbruch bereit."

Sie schrieb nicht, wohin. Sie deutete nicht an, wann. Sie ließ Charlie wie immer atemlos in Ungewissheit hängen. Er musterte nervös die Grenze. Er wartete auf ihren Anruf. Er drückte die Daumen, betete in der Kirche, packte seine Taschen und hoffte gegen alle Hoffnung, dass Sadie eher als die Bundesagenten zu ihm kommen werde. Tagelang war er nervös um seine Mutter herumgeschlichen; er hasste es, sie zu belügen, war sich sicher, dass er verschwinden werde, und sie würde nicht erfahren, warum.

*Jetzt weiß sie Bescheid*, seufzte Charlie, *aber das machte die Sache nicht einfacher.*

Natalie warf ihre ganze Körpergröße von einem Meter achtundfünfzig in einen Sturm der Empörung. Alle im Café zogen den Kopf ein. Valier murmelte etwas Versöhnliches. Sie schlitzte ihn mit dem Stahl ihres Blicks auf.

„Charlie, du musst sofort aufhören, sowas zu schreiben!"

Charlie presste seine Kiefer aufeinander.

„Mama, ich bin kein kleiner Junge mehr."

„*Non*. Aber jetzt solltest du mehr Verstand haben", schimpfte Natalie.

„Wie oft hast du schon gesagt, dass mir Gott allen gesunden Menschenverstand genommen und mir dafür Neugier gegeben hat?", schoss Charlie zurück.

Der alte Valier seufzte. Der Junge hat sein Temperament von seinem Vater Scott Rider, möge er in Frieden ruhen. Noch jetzt konnte er diesen rebellischen, Motorrad fahrenden Atheisten in Charlies entschlossenem Gesichtsausdruck wiedererkennen. Stur. Eigensinnig. Hartnäckig. Valiers Blicke flogen zu seiner Tochter. *Ah voyons!* Mit wem hatte er es da zu tun? Seht euch diese Frau an, Hände in den Hüften, ein Zeh klopfte auf den Boden. Sie trug immer noch enge Bluejeans, genauso wie an dem Tag, als sie hinten auf Scott Riders Motorrad gesessen hatte. Immer noch reckte sie das Kinn ebenso trotzig wie an dem Tag, als sie mit Charlie schwanger und noch nicht mit Scott verheiratet, ohne Scham und Reue ins Tal zurückgekehrt war. Valier seufzte wieder. Der Junge hatte die Sturheit von beiden geerbt.

„Charlie", sagte er sanft, „du bist in Gefahr, vielleicht können wir dich verstecken. Wir können sicherstellen, dass die Polizei nicht erfährt, dass du *der Mann aus dem Norden* bist."

Alle in der Familie nickten feierlich, aber Charlie schüttelte den Kopf.

„Nein, Großvater. Die Winterzeit und die Zeit des Versteckens sind vorbei. Hast du nicht den Fluss rauschen hören? Das Eis bewegt sich, es kracht und donnert und sehnt sich danach, sich freizumachen. Es ist Frühling. Der Löwenzahn bricht aus dem Boden hervor. Es ist nicht die Zeit, sich zu verstecken ... es ist Zeit zum Handeln."

Er hatte ihre Aufmerksamkeit gewonnen. Niemand rührte sich.

„Wie lange wollt ihr noch rumsitzen, reden, reden und reden, aber nichts tun? Jetzt ist schon die Grenze geschlossen. Wir sind schon in Gefahr, verhaftet zu werden, nur weil wir so sprechen. Wie lange wollt ihr noch warten, ehe ihr sagt: *es reicht*? Wir stecken den Kopf in den Sand und versuchen unseren Lieben das Leiden zu ersparen ... aber der bequeme Weg führt niemals zum Ende des Leidens. Er führt in den Tod!"

Die jüngeren Männer, die an der Wand saßen, warfen einander Blicke zu, die Charlies Worte bestätigten. Den älteren Männer, die Not und Bitterkeit erlebt hatten, war ihr müder Zynismus in die mürrischen Gesichter geschrieben. An sie richtete sich Charlie noch einmal.

„Was ist das Leben ohne Freiheit", fragte er. „Wahre Freiheit, nicht nur, dass wir vom Terrorismus frei sind, sondern von unterdrückerischer Herrschaft? *Nous sommes les Acadiens*. Wir sind Akadier. Noch sind wir stolz auf uns, unsere Familien, unser Land und unsere schwere Arbeit ... aber eines Tages werden wir vor Scham den Kopf einziehen, wenn wir auf diese Zeit zurückblicken und uns sagen müssen: *Wir haben nicht gehandelt*."

Jean Pierre wies ihn zurecht: „Du bist ein Junge. Du hast niemals für irgendetwas gekämpft. Ich habe Blut für dieses Land vergossen. Ich habe Brüder im Kampf für dieses Land verloren. Ich werde nicht gegen mein eigenes Land die Waffen erheben!"

Charlie sah ihm einen Augenblick lang fest in die Augen.

„Ich auch nicht", sagte er sanft. „Ich will die Waffen gegen niemanden erheben. Aber ich will für die Prinzipien eintreten, auf denen diese Nation gegründet ist: die Rede- und Versammlungsfreiheit, das Recht auf eine faire und baldige Gerichtsverhandlung und die Gleichheit aller Menschen vor dem Gericht."

„Huh", fauchte Natalie und verschränkte die Arme vor der Brust. „Und du willst alles das mit deinen bloßen Händen tun, was?"

„Ja, wenn es sein muss", antwortete Charlie. „Aber meine bloßen Hände führen die Werkzeuge des gewaltfreien Kampfes, die Werkzeuge Dr. Martin Luther Kings, Jesu, Gandhis und zahlloser anderer im Laufe der Geschichte. Matt weiß etwas von ihnen. Er liest meine Artikel."

Matt wurde rot und sah auf.

„Juh, und ich kann jedem sagen, was er wissen will.“ Der junge Clown der Familie lachte jetzt nicht. Er wandte sich im Ernst an die Familie. „Wir müssen Stellung beziehen. *Der Mann aus dem Norden* – Charlie, also – er macht in seinen Artikeln sehr treffende Bemerkungen.” Matt sah von einem Gesicht zum anderen und erwartete, die Älteren würden ihn zurechtweisen, aber sie schwiegen wie das Grab und dachten über seine Worte nach. „Ich habe Witze über die drei Männer in der Badewanne gemacht, aber, bei Gott, wenn uns nur drei Männer beherrschen, ist das gar nicht komisch! Der Bankier hat überall im Land Familien aus ihren Häusern vertrieben. Wie lange wird es dauern, bis das auch hier passiert?”

Der alte Mathieu erhob die Stimme.

„Mein Land bekommen sie jedenfalls nicht. Wir bearbeiten dieses Land seit vierhundert Jahren.“

„Wenn sie dich nicht durch die Wirtschaft ruinieren, werden sie es mit dem Militär tun“, warnte Charlie.

„Erinnert ihr euch an *le Grand Dérangement*?“

Um ihn herum versteinerten sich die Mienen. Er hatte die Wurzel Jahrhunderte alter Bitternis berührt, als die Briten die französischen Familien aus dem Tal vertrieben hatten.

„Es ist nicht gelungen“, sagte Jean Pierre steif. „Wir sind zurückgekommen.“

„Das kann wieder passieren“, antwortete Charlie. „Es passiert jetzt. In anderen Landesteilen, wo unter dem Land Mineralien und Gas liegen, verjagen sie die Familien mit Hilfe der Wirtschaft, durch Gesetze oder durch Gewalt.“

Sadie erhob leise die Stimme.

„Wenn wir jetzt nichts tun, wird die nächste Generation die Freiheiten und Rechte, für die unsere Vorfahren gekämpft haben, nicht mehr kennenlernen. Wir müssen Widerstand dagegen leisten, in diese autoritäre Herrschaft reinzuschliddern! Meine Eltern werden euch beistehen. Ihr macht Witze über sie, weil sie Hippies sind, aber sie haben einen großen Schatz an Kenntnissen, mit denen sie euch aushelfen können. Sie haben Trainings im gewaltfreien Kampf durchgeführt und sie sind mit den am Löwenzahnaufstand Beteiligten im ganzen Land verbunden."

„Und", setzte Matt stolz hinzu, „wir haben Charlie: *den Mann aus dem Norden*!"

Sadie schüttelte den Kopf.

„Die Behörden haben ihre Krallen im Tal ausgestreckt und suchen *den Mann aus dem Norden"*, sagte Sadie feierlich. „Darum haben sie die Grenze geschlossen. Ich bin gekommen, um Charlie außer Landes zu bringen, aber ich bin zu spät hierher gekommen."

Natalie versteifte sich, als ob keine Luft mehr im Raum wäre. Ihr Herz hämmerte ihr gegen die Brust. Sie hatte ihren Jungen verloren, er war wie ein Geist aus der nüchternen Realität der Gegenwart verschwunden. Ihr Sohn war ein Fremder, ein Mann, dem wilde Entschlossenheit aus den Augen leuchtete, sein sandfarbenes Haar war nicht geschnitten und rahmte seine kantigen Wangen. Ein strenger Winter des Nachdenkens hatte die Hitze seiner Jugend gemäßigt und nun stand er da: ein Mann, der sich danach sehnte, sich, seine Worte, seinen Atem und sein Leben für die bedrängte Welt hinzugeben.

„Charlie!"

Er zuckte zusammen. Die Art, in der sie das *Ch* gezischt und über dem *R* die Zähne zusammenbiss und der Ton ihrer Stimme am Ende ... das war ihr warnender Ton bei Gefahr, dem häufig eine Tirade folgte. Natalie war das jüngste von Valiers Kindern, verwöhnt und verhätschelt von ihren sieben älteren Geschwistern, aber sie war zu einer Frau aus Eisendraht herangewachsen ... klein, zierlich und knallhart. Sie nagelte ihren Sohn mit einem wilden Blick fest.

„Ich werde dir nie verzeihen, dass du ein Idiot bist", sagte sie kurz angebunden.

Charlie stöhnte. „Mama ..."

„Aber", unterbrach sie ihn, „ich habe die Artikel vom *Mann aus dem Norden* gelesen, auf Englisch und *en français!* Und ich stimme dir zu: Wir müssen handeln." Er blinzelte, als er hörte, wie sie ihn plötzlich und unerwartet unterstützte. Sie streckte sich und sah die Familie an.

„Sie haben die Grenze eine Woche vor der Hochzeit meiner Nichte geschlossen. Wollen wir uns das gefallen lassen?", fragte sie.

Sie rückten unbehaglich auf ihren Sitzgelegenheiten hin und her.

„Ja – aber was können wir tun?", fragte Rick Dumais.

„Widerstand leisten", drängte Charlie. „Sie zurückdrängen. Du marschierst in deinem Hochzeitsstaat über die Grenze, wenn es sein muss."

Sadie kam ihm zur Hilfe:

„Im ganzen Land sind Leute wie ihr in derselben Lage", sagte sie. „Sie können ohne Genehmigung nicht mal ein Baseballspiel abhalten. Sie können die Unabhängigkeitserklärung nicht rezitieren, ohne dass die Polizei sie zu einem Verhör holt. Die Menschen erheben sich, weil sie *nicht anders können*."

"*Mais oui.*" Natalie stimmte zu. „Und auch wir können nicht anders! Wenn alle Bewohner des Tals gemeinsam über die Grenze gehen, wird es ihnen schwerfallen, alle aufzuhalten, meint ihr nicht?"

Die junge Verlobte wurde blass.

„Ich weiß nicht, Tante Natalie ... das ist ... was ist, wenn wir alle verhaftet werden?"

„Lynnette", gab Natalie zurück, „willst du in der nächsten Woche heiraten oder nicht?"

"*Mais oui!*"

„Dann müssen wir uns für dein Recht darauf einsetzen."

Charlie lächelte. Großvater hat immer gesagt, dass Natalie den Verstand ihrer Mutter geerbt habe. Sie stampfte mit dem Hacken auf den Boden und blitzte die Übrigen an.

„Es wird Zeit, dass wir über diese Beschränkung der Versammlungsfreiheit auf zwanzig Leute Krach schlagen", erklärte sie. „Ich kann euch ohne Genehmigung nicht einmal alle zum Sonntagsessen einladen. *C'est absurde!* Wir müssen

Stunk darüber machen, wie die Regierung mit ihren sinnlosen Gesetzen *l'héritage culturel acadiens* zerstört. Wir sind keine Terroristen ..."

"*Nous sommes les Acadiens!"*, schrie Valier und vervollständigte damit ihren Satz mit bellendem Gelächter. Alle spendeten ihm Applaus. Die Familienmitglieder sprachen miteinander, überlegten sich Strategien und machten sich Sorgen; sie hatten kleine Wutausbrüche, in denen sie über die Dummheit des Jungen, der Regierung und von ihnen allen schimpften. In dem Durcheinander schnappte sich Natalie ihren Sohn und fragte ihn: „Wann fährst du?"

„Ich denke, gleich", antwortete er und sah Sadie, Zustimmung heischend, an.

„Das wäre das beste", sagte Sadie zu Natalie.

„Oh!" Verlegen umarmte sie ihren Sohn und versuchte sich einzureden, dies sei nicht das letzte Mal! „Gut", sagte sie, um Worte verlegen. „Charlie, ich ..." Natalie biss sich auf die Lippe. Tränen standen ihr in den Augen, aber sie war entschlossen, keine Szene zu machen. Sie hörten, wie Valier hinter ihnen einen Befehl aussprach. Charlie flüsterte einen Fluch und lief schnell zur Tür. Wie oft schon hatte der alte Mann ihm diesen Streich gespielt, er hatte seinen Vettern befohlen: „Fangt ihn!" Der Befehl des alten Mannes dröhnte durch den Raum. Matt und Rick stießen sich von der Wand ab und sprangen auf Charlie zu. Dabei wackelte das ganze Café. Stühle krachten zu Boden und Valier schrie sie an.

„Mein Enkel ist *der Mann aus dem Norden*? Fangt mir den bösen Jungen! Er bekommt eine Ohrfeige für seine Dämlichkeit ... und ich segne ihn für seinen Mut!"

In dem Durcheinander der fallenden Körper lächelten alle. Rick Dumais ergriff Charlies Leib. Er nickte Matt kurz zu und sie rissen Charlie von den Füßen und warfen ihn rücklings in die Luft.

"*L'homme du Nord! L'homme du Nord!"*, sangen sie.

„Lasst mich runter!", schrie Charlie.

Sadie begann zu lachen.

„Du bist keine große Hilfe!“, sagte er zu Sadie.

Auch Natalie begann zu kichern. Aus Bettes Brust löste sich ein tiefer Seufzer. Jean Pierre lachte schallend. Matts und Guys Hände zitterten. Charlies Körper tanzte in der Luft.

„Ihr seid alle verrückt geworden“, schrie er.

Die Klingel über der Tür schellte.

Die Köpfe wandten sich ihr zu.

Ein Polizist kam herein.

Alle erstarrten.

"*Bonjour*, Herr Wachtmeister", sagte Valier höflich, als der Uniformierte die Szene mit finsterem Blick überflog. Erschrockene Blicke und erschreckte Gesichter erregten sofort den Verdacht des Polizisten.

„Was geht hier vor?“, knurrte er.

„Oh, hm? Nichts. Eine kleine Familienversammlung", erwiderte Valier.

Die Zähne des Polizisten klickerten, als er die im Raum Anwesenden zählte.

„Versammlungen von mehr als zwanzig Leuten müssen genehmigt werden.“

„Dies ist ein Restaurant“, rief Pierrette und versuchte das Zittern in ihrer Stimme zu unterdrücken.

„Ihr esst nicht. Dies ist eine Versammlung von mehr als ...“ Er versuchte ihre Anzahl festzustellen, aber Jean Pierre versperrte ihm die Aussicht.

„Was? Wir können hier nicht zwanzig sein!“, widersprach Pierre. Einige der Verwandten duckten sich hinter die Theke und verschwanden in der Küche. Die übrigen blieben wie angewurzelt an ihren Plätzen, das Herz schlug ihnen bis zum Hals.

„Was macht ihr mit diesem Mann?“, fragte der Polizist und zeigte auf Charlie.

„Was? Oh. Uh .. wir...“, stammelte Jean Pierre. Sie suchten alle schnell nach einer Erklärung. Sie konnten schließlich nicht sagen, dass sie gerade in diesem Augenblick, *den Mann aus dem Norden* entdeckt hatten. Rick Dumais hustete. Der alte

Mathieu knarrte mit seinem Stuhl. Natalie schleifte einen Schuh über die Bodenbretter. Valier schaffte Charlies Artikel außer Sichtweite des Polizisten. Dieser wartete auf eine Antwort.

„Abhauen!" Sadie war ganz außer Atem. „Wir hauen ab. Ich und er." Sie zeigte auf Charlie.

"*Oui, monsieur.*" Valier stimmte schnell ein. „Es ist eine alte französische Tradition, den Bräutigam auf seinem Rücken rauszutragen... eh ... als ob er auf dem Weg zu seinem Begräbnis wäre!"

Es gab auch eine alte Tradition von Unsinnreden, dachte Charlie, aber jetzt war nicht der rechte Zeitpunkt, darauf hinzuweisen. Die Verwandten stimmten Valier schnell zu und erklärten in verwickelten französisch-englischen Sätzen *l'héritage culturel acadien* in einem widersprüchlichen Schwall erfundener Traditionen. Das Stirnrunzeln des Polizisten wurde zu einem Ausdruck der Verwirrung, aber noch ehe er die offenkundigen Widersprüche zusammen bekam, stützte Valier sich auf seinen Stock und stand auf.

„Ich bin der älteste Blutsverwandte des Jungen", verkündete er und er zog die Stirn in ernste Falten, als überlegte er, ob er die Hochzeit seines Enkels segnen oder nicht segnen sollte. Valier sah Sadie mit feierlichem Nachdenken an und schüttelte den Kopf. Matt und Rick murmelten etwas von Beeilung - der Junge wog mehr als ein Sack Kartoffeln.

„Ja", fuhr Valier fort, „der Junge hat seinen Fall dargelegt. Er ist stur. Er will weitermachen. Es ist närrisch. Es ist verrückt."

Charlie hielt den Atem an. Ihm wurde klar, dass Valier nicht darüber sprach, dass sie abhauen wollten, sondern über den Löwenzahnaufstand. Valier räusperte sich und nahm Sadie bei der Hand.

„Was dieses Mädchen von unserem Jungen fordert, ist... eh", er machte eine Pause und sah den Polizisten misstrauisch an. „Also sie möchte, dass er für die Rechte aller Menschen, ihr Leben selbst zu bestimmen, eintritt."

Der alte Mann wechselte ins Französische und erklärte, das Wesen der Freiheit gewähre jedem das Recht zu leben und zu lieben. Es sei uns von Gott anvertraut, und wir alle müssten es schützen.

„Leben? Freiheit? Liebe? Wer sind wir, dass wir uns so etwas widersetzen?“, frage er sie. Er stand aufrecht und stampfte mit seinem Stock auf den Boden. Es sei der Augenblick der Wahrheit: Waren sie nun für oder gegen Charlie?

"*La vie. La liberté. L'amour.* Wer tritt dafür ein?“, fragte Valier.

"*Moi!“,* rief Matt.

"*Moi aussi!“,* sekundierte Rick.

"*Pour la vie!“,* schrie Mathieu.

"*Pour la liberté!“,* schrie Jean Pierre.

"*Pour l'amour!“,* brüllte Natalie.

Sadie stieß einen Freudenschrei aus. Valier stampfte mit dem Stock auf den Boden und winkte: *tragt ihn raus!* Er humpelte schnell durch die Tür, die der Polizist ihm aufhielt. Matt und Rick trugen Charlie raus. Er lag steif wie ein Brett da, sein Herz hämmerte und er drehte seinen Kopf weg, als der Polizist ihn neugierig ansah.

„Wünschen Sie uns Glück, Herr Wachtmeister“, verlangte Sadie und zog den Mann am Arm, um ihn abzulenken. Charlie nahm es den Atem. Überlass es nur Sadie! Sie hat die Unverfrorenheit, von einem Polizisten zu verlangen, er soll zu einem Aufstand Glück wünschen! Der Polizist sah unbeeindruckt zu Charlie auf.

„Es sieht so aus, als könnte er es gebrauchen“, sagte er.

Charlie verdrehte die Augen. Er hätte am liebsten gesagt: *Wachtmeister, du hast ja keine Ahnung!*

## KAPITEL VIER

.....

***Der Frühling macht radikal***

Das Eis war in Bewegung geraten! Im ganzen Talgrund gab der Frühling mit Gedröhn das nun krachende Eis im Fluss frei. Kartoffelfelder sahen gescheckt aus, da die Sonne einen Teil des Schnees weggebrannt hatte. Die Bäume erfreuten die Augen mit gelb-grünen Knospen. Sonne und Wind spielten mit der Luft und ließen die Temperatur von kühl zu warm und wieder zurück schwanken.

„Hast du eine Ahnung, was da draußen vor sich geht?“, rief Sadie, als sie die schwarzen Straßen entlang rasten. Sie waren in das enge Führerhaus von Charlies Lieferwagen gestiegen und Sadie unterstrich mit Schulterbewegungen jedes einzelne Wort: „Weißt – du – was – du – getan – hast?“

„Schon“, erwiderte Charlie, „aber eine gewisse Person hat mich zwei Wochen lang nicht angerufen! Wo um alles in der Welt bist du gewesen, Sadie?“

„Überall!“, antwortete sie und breitete die Arme aus, so weit es in der Enge ging. „Ich habe in diesem Winter den Kontinent zweimal durchquert und überall Untergrund-Netzwerke errichtet, habe deine Artikel verbreitet und geschaut, was geschieht.“

Er sah sie an.

„Und?“

„Ja, dank der Regierung sind *der Mann aus dem Norden und der Löwenzahnaufstand* zu allgemein bekannten Begriffen geworden“, sagte Sadie ironisch.

„Dann hat also das Verbot meiner Artikel im letzten Februar etwas Gutes gehabt?“, seufzte er.

„Aber sicher!“ Sie lachte. „Gleich nachdem du als *aufständischer Seelenverschmutzer* auf die schwarze Liste gesetzt worden bist, fingen alle an, deine Texte zu lesen!“

Er seufzte verbittert.

„Du bist da draußen eine Legende“, sagte Sadie. „Alle heben deine Artikel unter den Spülbecken in der Küche auf.“

„Ich habe nichts weiter gemacht, als ihre Geschichten aufzuschreiben“, sagte Charlie bescheiden.

„Alles, was du gemacht hast, war, das Wort *Löwenzahnaufstand* in jeden Funken Widerstand in Amerika zu werfen, das Chaos in eine Dach-Strategie zu verschlüsseln, das Gedankengut davon, *gegen was, warum und wie* sie Widerstand leisten müssen, zu skizzieren und ihnen ihre eigene Stärke darzustellen. Das ist keine geringe Leistung, Charlie.“

„Aber es ist gerade einmal ein Anfang“, seufzte er. „Das ist nur der Beginn des Kampfes.“

„Ja, aber Charlie, durch dich ... sind die Leute jetzt bereit.“

„Wie viele?“

„Nicht viele“, gab sie zu. „Aber genug.“

Er nickte, sie hatte seinen Verdacht bestätigt. Der wirkliche Aufstand war bisher auf eine randständige Minderheit beschränkt, aber ihre Zahl würde steigen. Jede Ausschreitung und jede Ungerechtigkeit könnte für die Unterstützung des Löwenzahnaufstands genutzt werden. Jede Geschichte von Hoffnung und Freundlichkeit könnte als Dünger für den Samen dienen, der in die Gemüter gesät worden war. Die Worte *des Mannes aus dem Norden* wurden in allen Familien geflüstert. Wenn die Leute die Lügen der Regierung über ihn hörten, wussten sie doch, dass jedenfalls *ein* Mensch den Widerstand gegen die Unterdrückung wagte. Das genügte. *Sei wie der Löwenzahn,* hatte er geschrieben, *wachse in unfruchtbaren Böden, trau dich, gegen Gewalt und Hass aufzustehen, und blühe in Liebe auf.*

„Sadie?“, fragte Charlie, als er auf der holprigen Straße um eine Kurve bog.

„Ja?“

„Ich freu mich so, dich zu sehen!“

Sie wandte sich ihm zu und bemerkte die kleinen Veränderungen in seinem Gesicht: Er hatte Falten, die er früher nicht gehabt hatte, seine Augen waren vom Schreiben in zu vielen Nächten müde geworden und er biss sich in unbestimmtem Unbehagen ständig auf die Unterlippe.

„Ist alles in Ordnung mit dir, Charlie?"

Er nickte.

„Das waren lange sechs Monate", gab er zu. „Dein Vater hat festgestellt, dass meine Kenntnisse in amerikanischer Geschichte und Politik ernst zu nehmende Lücken aufwiesen."

Sadie verdrehte die Augen. Ihr radikaler Vater Bill Gray betrieb einen Öko-Hof und hatte sich an jeder Bewegung beteiligt, in der es um soziale Gerechtigkeit gegangen war, an wirklich jeder, an die sie sich erinnern konnte. Der Anstieg des Militarismus und die Unterdrückung Andersdenkender hatten den temperamentvollen Mann zu einem Topf siedender Frustration hochgekocht, da der Langzeit-Aktivist gezwungen war, sich bedeckt zu halten. Er verschloss seine Meinungen in seinem Innern und zügelte sein Temperament. Im Gebüsch am Ufer des St.John-Flusses hatte er ein Boot versteckt, das für den Fall bereitlag, dass er von einem Augenblick auf den anderen untertauchen müsste.

Zwischen Reparaturarbeiten am Trecker und der Kartoffelernte hatte Bill Charlie einen Intensivkurs in dem, was er *die wahre Geschichte Amerikas* nannte, erteilt. Als die letzten kühlen Tage der Kartoffelernte zu Ende waren, ging Charlies Unterricht zu Ende. Offenkundige Lügen und Halbwahrheiten waren ausgeräumt. In erschreckender Geschwindigkeit hatte Charlie absolut alle Illusionen über sein Land verloren. Er war über die Geschichte von Gewalt und Eroberung, die die Europäer in diese Landstriche gebracht hatten, entsetzt. Sie hatten eine blutige Spur durch den amerikanischen Traum gezogen. Betrug und gebrochene Versprechen lagen wie zerbrochenes Glas auf jedem Hügel, auf dem Grund eines jeden Tals und in den Ebenen. Auf seiner alten Landkarte von Amerika markierte er an vielen Stellen Gräber: Hier waren die Schwarzfußindianer abgeschlachtet worden. Dort war der *Pfad der Tränen*, auf dem

Indianerstämme aus dem fruchtbaren Waldland in karges Territorium deportiert worden waren. Auf diesem Berg waren hundert Grubenarbeiter ermordet worden. An diesem Ort hatte man Suffragetten geschlagen, eingekerkert und verhungern lassen. An diesen Orten in Texas waren die Einwanderer misshandelt worden, ehe sie deportiert worden waren.

Er erfuhr, dass jahrzehntelang erbärmliche Lügen, Fehlinformationen und Propaganda in den offiziellen Nachrichten des Landes völlig legal waren. Die Nachrichtensprecher sprachen von einem Wirtschaftsaufschwung, aber Charlie entdeckte die Kehrseite der Medaille: die Früchte des sogenannten Wirtschaftsaufschwungs wanderten in die Taschen der Reichen und die Kluft zwischen Arm und Reich wurde immer tiefer. Er fletschte die Zähne vor Frustration: Der Kongress tanzte nach der Pfeife der Profiteure und schmiedete Gesetze für die Reichen, während die Schlangen der Arbeitslosen immer länger wurden. In den Suppenküchen kratzen sie, lange bevor der Hunger der Wartenden gestillt war, die letzten Reste am Boden der Töpfe zusammen. Er schrieb wie verrückt, während die Sorgen über den Mangel an Nahrungsmitteln zunahmen und sich Hungerrevolten erhoben.

*Ich höre eure verzweifelten Schreie. Ich fühle die brennende Wut in euch, den lustvoll-schmerzlichen Wunsch nach vergeltenden Blitzschlägen. In der Ferne höre ich das Donnergrollen der Gewalt. Denkt daran: Waffen bauen niemals ein Haus, sie machen die Kinder nicht satt und mit ihnen bebaut man keine Felder. Wir müssen die Werkzeuge der Gewaltfreiheit schmieden, um dem Leben eine Chance zu geben.*

Die Prärien, die Berge, das Ackerland und die Flussbetten werden nicht mehr geschützt. Die Umwelt-Gesetzlosigkeit wird im Gesetz über *Amerikanische Freiheit der offenen Landstriche* festgelegt. Charlies Eingeweide zogen sich zusammen, als er sah, wie die Politik unter der falschen Flagge von Liberalität und Freiheit die Umweltkatastrophe vorbereitete.

„Die Zeiten ändern sich", murmelten die alten Männer im Tal, als sie erfuhren, dass Landleute in anderen Landesteilen von ihrem Land vertrieben wurden: durch Steuererhöhungen, Platzen der Hypotheken und Verweigern von Krediten für Saatgut und Trecker-Reparaturen. Die *Bankiers* siedelten sich im Agrargeschäft an, das von Gewinnen an den Chemikalien der Kriegsindustrie des *Schlächters* abhängt, und der *Kerzenhalterproduzent* liefert billiges Öl. Die Bauern des Landes verzweifeln: das Geld ist weg, die Subventionen sind weg, bei Gerichten und vom Kongress werden sie niedergemacht.

Noch dazu widerlegte das Wetter alle Vorhersagen. Früher Frost bedrohte die Spätsommerfrucht. Eine Hitzewelle überflutete das Land eine Woche lang und wich dann strömendem Regen. Herbstfluten verwandelten Felder in Sümpfe. Fäulnis und Brand wucherten. Charlies Großvater und seine Großonkel versanken immer tiefer in ihren Sesseln. Sie waren so deprimiert, wie nur alte Bauern sein können, wenn die Erde sich wild gegen ihre uralte Bauernweisheit auflehnt. Als der Winter von Schneestürmen in Hitzewellen umschlug, verbrannten sie ihre alten Almanache: sie steckten sie feierlich Seite für Seite in ihre Holzöfen. Damit fügten sie sich einem Klimawechsel, über den weiterhin zu berichten der nationale Wetterdienst sich weigerte.

*Die Zeiten ändern sich,* schrieb Charlie für den Löwenzahnaufstand, *und wir müssen uns schneller ändern, unsere Herzen und Seelen müssen wachsen und wir müssen unsere Verschiedenheit als die uns rettende Gnade annehmen, wenn wir daran arbeiten, unsere Unternehmens-Politiker aufzuhalten, wenn sie zerstörerischen Krieg über die Menschheit und die Erde bringen wollen.*

Um die Wintersonnenwende, als die Gesamtschul-Mannschaften die Basketball-Saison eröffneten, entdeckte Charlie, dass ihm die Nationalhymne jetzt Übelkeit verursachte. Er konnte nicht mehr daran glauben, dass sein

Land die größte Nation der Welt sei. Er konnte nicht mehr die Fahne schwingen oder ihre Sprüche mitsingen. Und doch, wenn er sah, wie die Schüler die Nationalhymne so richtig von Herzen heraustrompeteten, liebte er sie alle. Sie waren Schafe auf dem Weg ins Schlachthaus und sie huldigten einer Regierung, die sich nichts aus ihnen machte.

Tausendmal am Tag brach ihm das Herz.

Er unternahm lange Spaziergänge über die harte kalte Erde, während Schneeflocken aus den Wolken fielen. Charlie fühlte sich zwischen zwei Wirklichkeiten zerrissen: den schönen Linien seines Tales und der schonungslos brutalen Landschaft seiner Nation. Er machte auf den Kämmen der sanften Hügel Halt, die mit Feldern bedeckt waren, die fruchtbar waren und brachlagen, und Sorge und Liebe bewegten ihn, während er zusah, wie der Schnee auf die Erde taumelte.

*Es ist unsere Liebe, die uns jetzt zum Handeln aufruft,* schrieb er. *Unsere Achtung vor dem Leben und unser Mitgefühl mit der Schöpfung verlangen von uns, uns gegen die Kräfte zu erheben, die Unterdrückung, Leiden und Zerstörung bewirken.*

Es kam auf alles an, nicht nur auf dieses Tal, sondern auf jeden Winkel und jede Ritze der Erde, jedes Wäldchen, jede Kindergruppe auf dem Schulhof, jeden Häuserblock in den wimmelnden Städten, jede Sprache, die aus den Mündern der Einwanderer ertönte, jede Freude, jede Sorge – auf alles kam es an. Charlie kannte das Herzeleid des Gottes seines Großvaters, der über die Kostbarkeit der gesamten Schöpfung wachte und der über ihr Leiden weinte. Er fühlte, wie ihn sein eigener Schmerz manchmal in die Teilnahmslosigkeit trieb, und er empfand die Kälte, mit der er sein Mitgefühl zum Schweigen brachte, wenn er es nicht mehr ertragen konnte. Aber er fühlte auch seit Langem Zärtlichkeit und Liebe, die wieder über ihn kommen wollten.

Tag für Tag drang diese Liebe tiefer in seinen Blutkreislauf ein, pulsierte in seinen Adern, erneuerte seine Zellen, seine Muskeln, sogar seinen genetischen Code. In der Hitze des Schreibens sah er manchmal voller Staunen auf und fühlte, wie

Tränen in seinen Augenwinkeln prickelten. Alles war kostbar: die Schneeflocken, die tiefe Nacht, das Schnarchen seines *grand-père* im Zimmer nebenan, Sadies Stimme in weiter Ferne am Telefon, das Tintengekritzel, das sich über die Seiten zog, die Menschen, die auf seine Artikel warteten ... alles. Es war ein langer Winter voller Herzweh gewesen, das daher kam, dass er die Welt zu sehr liebte.

Aber jetzt stemmte sich der Frühling gegen das Gewicht des Winters. Die Luft pulsierte mit neuen Anfängen und neuen Aufbrüchen. Das Eis war in Bewegung ... und er auch!

Der Lieferwagen bog in einen Nebenweg ab und Sadie ließ das Fenster runter. Der Duft der von der Schneeschmelze feuchten Erde strömte in den Wagen. Sadie überflog Charlies Gesicht mit dem Blick ihrer blaugrauen Augen und bemerkte die eingekerbte Biegung seiner Wangenknochen, seine Nasenwinkel, sie sah das rebellische Temperament seines Geistes. Er hatte sich immer an den Begrenzungen seines Tales wundgerieben und jetzt lehnte er sich mit dem ganzen Körper in die Winde der Veränderung und war bereit, die Flucht zu ergreifen.

„Sadie“, sagte Charlie und in seinen Augen leuchtete die Bereitschaft zu dieser Reise, „gleich jenseits des Ausgangs dieses Tales liegt eine Welt voller Kummer. Wir müssen einen Weg finden, ihn anzuhalten, oder dieser Kummer wird geradewegs in unsere Häuser eindringen und alles zerstören.“

Sadie langte zu ihm rüber und zupfte mit einer Hand vorne an seiner Jacke.

„Du redest wie ein Soldat in alten Tagen, wenn er in den Krieg zog.“

„Wir sind jetzt nicht in den alten Tagen“, antwortete er und schüttelte den Kopf. „Kein Krieg, kein Feind. Soldaten und Gewehre gehören zum Problem und nicht zur Lösung. Sadie, ich muss die Samen des Löwenzahnaufstandes, so schnell ich kann, ausstreuen.“

„Kann ich mitkommen?“, fragte sie.

„Was meinst du mit *mitkommen*?“, rief er. „Du entführst mich ja praktisch!“

„Ja, eigentlich brennen wir durch.“

„Mach keine Witze mit mir, Herzensbrecherin! Was heißt das genau: *wir brennen durch*?“

„Du fährst und ich sage dir, wo lang.“

„Gut“, seufzte er, „das macht die Sache leichter.“

„Wieso das denn?“, fragte sie.

„Weil ich keine Ahnung habe, wohin wir unterwegs sind.“

* * *

Sie wurden von der schlechten Straße durchgerüttelt, als sie in Richtung des Hofes von Sadies Eltern abbogen. Das Haus versteckte sich am Ende einer langen, abwärts führenden und bequemen Einfahrt. Als Charlie den Motor ausschaltete, sank sein Adrenalinspiegel. Sadie sprang aus dem Wagen und warf noch einen letzten Blick auf Bills und Ellens Durcheinander auf dem Hof. Er blickte nach Westen in Richtung seiner Stadt und seine Augen streiften über den vertrauten Horizont. *Auf Wiedersehen*, sagte er unhörbar zu dem allen.

„Mama? Papa? Charlie und ich sind in Richtung Süden unterwegs!“, schrie Sadie und rannte ins Haus.

Charlie ging die Stufen rauf und fädelte sich durch den engen Flur in die Küche, wo Sadie ihrer Mutter schon lebhaft von den Ereignissen des Morgens erzählte. Ellen Byrd stand vom Tisch auf und breitete die Arme Haus, um Charlie zu umarmen. Ihm war, als begrüßte er einen Baum. Ellens zweigartige Gliedmaßen wickelten sich um ihn. Ihre schwarzen Locken breiteten sich aus; sie waren von einigen Silberfäden durchzogen, das Gegenstück zu einer Birkenrinde. Sie überragte Charlie ein wenig. Ihre lockeren weißen Kleider waren mit Farbe gesprenkelt. Die verräterischen Zeichen ihres Berufes waren in ihre Fingernägel geätzt.

„Warte einen Augenblick!“, sagte sie zu Sadie und winkte mit der Hand, um die Erzählung aufzuhalten. Sie lehnte sich an die Eingangstür und rief die Einfahrt runter ihren Mann. Bill kam von der Scheune nach oben gerannt und stampfte ins Haus. Er warf seinen Mantel ab, schleuderte die Stiefel von sich und atmete schwer. Seine breiten Füße steckten in dicken wollenen Socken. Über seinen rötlichen Wangen und dem buschigen Bart vertiefte ein ernster Gesichtsausdruck die Falten um seine dunklen Augen.

„Ihr kommt gerade rechtzeitig“, schnaufte er. „Ich habe einige schlimme Nachrichten.“

„Welche meinst du?“, fragte Charlie.

Bill deutete auf den Küchentisch. Ellen neigte den Kopf für einen Kuss, als er vorüberstampfte. Sie war fast einen Kopf größer als ihr bodenständiger Mann. Sie blieb ruhig bei Dingen, über die er sich aufregte, sanft bei Gelegenheiten, wenn er theatralisch wurde. Sie setzte sich auf ihrem Stuhl zurecht, während Bill auf dem schmalen Stück Linoleum, das durch seine jahrelangen Märsche abgenutzt war, hin und her lief.

„Aubrey Renault in New York City hat mich gerade angerufen. Die neuesten Budget-Kürzungen werden wirksam. Das Nahrungsmittelhilfsprogramm hat heute seine Tore geschlossen.“

Charlie überlief es kalt. Ellens Mund zog sich zu einer dünnen weißen Linie zusammen. Sadies Augen blitzten. Es war unumgänglich gewesen. Das wussten alle. Da das Militär siebzig Prozent des gesamten Budgets der Vereinigten Staaten bekam, waren die letzten Krumen der Sozialleistungen in die Liste der vom Aussterben bedrohten Arten gewandert. Seit Wochen sendete das Fernsehen Bilder im Stil von Anzeigen im Zweiten Weltkrieg, um die Menschen davon zu überzeugen, sie sollten die Nahrungsmittelknappheit als patriotischen Beitrag zum Krieg gegen den Terror akzeptieren. Öffentliche Ankündigungen im Radio drängten die Menschen, *für unsere Soldaten Opfer zu bringen ... sie riskieren die größten Opfer für euch*. Die neuesten Reklametafel-Anzeigen forderten schamlos von den Menschen: *Schnallt euern Gürtel enger und nehmt euch zusammen ... die Jungs an der Front müssen essen!* Eine

Tante Charlies nahm an einem staatlich geförderten Abnehm-Programm teil, das zeigte einen Ausbilder aus einem Ausbildungslager, der schrie: *Werft euch zu Boden und gebt mir zehn! Was für unsere Soldaten gut ist, ist für uns alle gut.*

Die Armen hatten weder zehn Pfund, zehn Dollar noch zehn irgendwas, das sie hätten geben könne. Sie hatten die Hauptlast der letzten Lebensmittelknappheit, des wirtschaftlichen Niedergangs und der Kürzungen im Budget getragen. Die jetzige Schließung des Nahrungsmittelhilfsprogramms verbreitete in den von Armut betroffenen Wohnvierteln Panik. Das Überleben der Menschen dort hing davon ab. Die politischen Führer sagten, dass Kirchen und Wohlfahrtseinrichtungen einspringen und es als einen Gottesdienst ansehen sollten.

*Der Mann aus dem Norden* schrieb, dass, wenn die angeblich christlichen Politiker so versessen auf *Gottesdienste* seien, sie aufhören sollten, das für Nahrungsmittelhilfen bestimmte Geld für Bomben auszugeben, die Gottes Schöpfung zerstörten. Ein großer Gottesdienst wäre es, die Reichen zu besteuern, um mit dem Geld die Armen zu ernähren. *Der Hunger der Armen wächst ebenso schnell wie die Scheckbücher der Reichen,* schrieb er.

Die Missernte im letzten Herbst hatte die brisante Situation noch weiter verschlechtert. Die Getreidepreise schossen in die Höhe. Die Firmen auf dem internationalen Markt drängelten sich bei dem Versuch, die Kornreserven aufzukaufen. Der *Bankier* heimste ein Vermögen ein. Die Armen standen ganz verblüfft in den Supermärkten und konnten sich weder einen Laib Brot noch eine Packung Körner kaufen. Die Schlangen vor den Suppenküchen wurden länger. Anträge auf Nahrungsmittelhilfe häuften sich. Ein hochrangiger Bürokrat beging Selbstmord und hinterließ eine Notiz über den Völkermord durch Verhungern, der durch die Schließung des Nahrungsmittelhilfsprogramms ausgelöst wurde. Die Sache wurde schnell durch Gerüchte von der Unzurechnungsfähigkeit des Mannes vertuscht.

„Die Behörden erwarten Aufruhr“, teilte Bill Charlie und Sadie mit. „Sie haben Polizei-Barrikaden und –Patrouillen in den Städten errichtet. Aubrey sagt, nach Dunkelwerden haben sie die Stadtviertel vollkommen abgeriegelt, niemand darf rein und niemand raus.“

„Ausgangssperre“, murmelte Charlie. „Ghettos”.

Die vier Gesichter rund um den Tisch wurden grimmig und traurig. Bills Seufzer wurde zu einem Stöhnen. Die Falten in seinem Gesicht vertieften sich.

„Dies ist der für euch am schlechtesten geeignete Augenblick, in die Städte zu fahren“, sagte Bill langsam, „aber ich fürchte, ihr müsst trotzdem fahren.“

Charlie und Sadie sahen ihn erstaunt an. Bills Gesicht spiegelte seinen inneren Zwiespalt. Ellen verschränkte die Arme fest über der Brust. Der Widerschein ihres erhitzten Gesprächs war ihren Gesichtern deutlich anzusehen. Ellen sah Sadie an und sagte:

„Die Gefahr von Aufruhr ist jetzt sehr groß. Wir machen uns Sorgen, dass, wenn niemand die Initiative ergreift, die Menschen wieder zur Gewalt greifen, denn die Medien haben sie ja damit indoktriniert.“

Charlie schauderte. Jede zweite Fernsehsendung zeigte Menschen, die einander ermordeten oder schlugen. Eine gewaltlüsterne Bevölkerung bot Treibstoff für die Kriegsmaschine, die immer mehr Körper verlangte, da der Krieg gegen den Terrorismus sich auf den ganzen Erdball erstreckte.

„Wir denken, ihr solltet in die Stadt gehen“, sagte Bill, „ihr solltet euch mit den Aufständischen in Verbindung setzen und Sadies Aktivistenfreunden dabei helfen, eine produktive Reaktion auf die Schließung des Nahrungsmittelhilfsprogramms zu organisieren.“

„Wenn die Leute wirklich über den Lebensmittelmangel in Panik geraten, werden sie wohl kaum auf mich hören“, gab Sadie zu bedenken.

„Ich wette, sie hören auf Charlie“, antwortete Bill.

„Auf mich?“, rief Charlie.

„Ja, auf dich. *Den Mann aus dem Norden*. Deine Artikel sind den ganzen Winter über in Umlauf gewesen. Die Leute denken, du könntest sie führen."

Charlie zuckte zusammen.

„Der Gedanke macht mir Angst."

Bill schüttelte den Kopf.

„Es wird Zeit, dass du hervortrittst, Charlie."

Charlie sah von einem der erbitterten Gesichter zum anderen. Bills war von grimmigen Prophezeiungen gezeichnet. Ellens trug den Ausdruck einer starken Überzeugung von der Kraft der Liebe und des Lebens, der Wildheit einer Mutter: Am liebsten hätte sie den Menschen zu essen gegeben und sie beschützt. Sadies Gesicht loderte wie das eines jungen Helden auf einem Schiffsbug, der sich in den Wind eines großen Abenteuers lehnt.

*Vielleicht*, dachte Charlie, *gäbe es eine Chance, die Empörung der Leute so zu kanalisieren, dass sie in Richtung eines Wandels wirken könnte.*

„Gut", sagte er. „Dort draußen schlagen dreihundert Millionen Herzen. Wir wollen den Löwenzahn der Seele bündeln und diesen Wahnsinn beenden, ehe er beginnt!"

## KAPITEL FÜNF

.....

### *Lebensstrategie*

Gleich hinter der Portsmouth-Brücke begann der Menschenfluss anzuschwellen. Er rauschte und wuchs mit jeder Meile. Die verstreut liegenden Häuser von Maine wichen einer Bergkette von Stadtgebäuden, Hängen, die zu Vorstädten anstiegen, Vorbergen mit Industriegebäuden aus Beton und endlich dem Gipfel New York City.

Sadie versteckte das Auto und zog Charlie an den Häuserblocks entlang. Er versuchte, nicht um sich zu gaffen, während er hinter ihr her hastete. Halb rannte er, um mit ihren längeren Schritten mitzuhalten. Die Gebäude türmten sich über ihnen und gaben einen dichteren Schatten als die Kiefernwälder oben im Norden. Der Verkehrslärm dröhnte ihm in den Ohren. Sadie packte ihn am Ellenbogen und zog ihn hinter sich her. An der Straßenecke zögerte er. Sie stürzte sich in den Verkehr. Ihr Griff lockerte sich. Charlie taumelte in die Menschenmenge, stieß und wurde gestoßen, ohne dass sich jemand entschuldigte. Die Stadt pulsierte. Körper eilten an Charlie vorüber. Ihr verschluckter Schrei machte ihn taub. Verzweiflung gab dem Weißen in ihren Augen einen rötlichen Stich. Der Hunger hatte Löcher in ihre Wangen genagt. Die Lippen waren vor Wut zusammengepresst und Wut verspannte auch die Schultern. Hände bettelten und streckten sich ihnen wie kahle Zweige von entwurzelten Bäumen entgegen.

Charlie ertrank im Menschenfluss.

Die Stadt pulsierte unaufhörlich. Die Luft roch bitter nach Angst. Ein starkes Verlangen brannte, der Geruch von Seelen, die am liebsten geflohen wären, während die Stadt sich hektisch selbst verschlang. Das Riesentier Stadt zerriss sich selbst in Fetzen, zerquetschte sich selbst zu Brei, zertrümmerte sich zu Scherben, schrieb seine Geschichte, äscherte jedes

Wort ein, kehrte die Asche zusammen, warf sie in den heulenden Wind und platzierte den Samen seiner Fruchtbarkeit in den Beton.

Aber an einigen Orten wuchs in all diesem Wahnsinn Löwenzahn.

Charlie rang nach Atem und stürzte sich wieder ins Leben. Er stieß und schob und bahnte sich einen Weg durch die bepackten Schultern; er kämpfte sich vorwärts gegen die Menschenmassen. Er sah plötzlich Sadies Kopf auftauchen und brüllte los. Sie fuhr herum und zog ihn aus dem Gewühl.

„Wir sind angekommen“, sagte sie. „Du kannst jetzt verschnaufen.“

Er nickte. Die reißende Strömung raste die Straßen auf und ab. Der hektische Puls der Stadt pulsierte gnadenlos. Die ganzen Blocks runter, soweit er sehen konnte, schrie die Stadt nach Veränderung. Charlie atmete tief durch. Es gab kein Zurück. Der Rhythmus des Ortes hämmerte in seinem Herzen. Er nickte Sadie zu und sie kamen in den sich langsamer drehenden Strudel der Nebenstraßen.

Hohe Gebäude warfen ihre Schatten auf die beiden, während Sadie den Weg zum Treffpunkt ihrer radikalen Freunde einschlug. Sie gingen an einer Reihe Müllcontainer vorbei, bogen um eine Ecke und traten durch eine Hintertür ohne Namensschilder. Die Tür öffnete sich in einen dunklen schmalen Flur. Zwei Gestalten wandten sich ihnen zu. Charlie schluckte bei ihrem Anblick.

Haie! Schwarz gekleidet, mit Sicherheitsnadeln gespickt, notdürftig zusammengeflickte Haie, gepierct in Nase, Ohr, Lippe und Hals, darunter breiteten sich Tätowierungen aus. Sogar wie ihr Haar sich lockte, sah gefährlich aus. Fahrräder hingen über ihnen von der Decke. Ihre Nüstern weiteten sich beim Geruch von Fett und verrostetem Eisen. Besprayte Drucke pflasterten die Wände; revolutionäre Fäuste erhoben sich, Gasmasken, olivgrüne Granaten.

Eine Stimme fragte: „Bist du Sadie Byrd Gray?“

„Die eine und einzige“, erwiderte Sadie. „Bist du es, Hawlings? Wer steht hinter dir? Spark Plug?”

Die jungen Männer traten durch die Dunkelheit auf die Ankömmlinge zu und starrten kalt auf Charlies Bluejeans und kariertes Hemd. Unbeeindruckt wanderten die Blicke von einem Gesicht zum anderen. *Na vielen Dank, ich will gleich wieder in meine Hinterwäldlerhöhle kriechen*, dachte Charlie säuerlich. Er sagte nichts über ihre seltsamen Namen, aber er dachte wenig freundlich, dass Spark Plugs halb geschorener Kopf wie Schwesterchens Mitternachts-Schabernack aussah. Sein versuchsweise ausgesprochenes Hallo stieß auf bleiernes Schweigen.

„Auch ich freue mich, euch kennenzulernen“, murmelte er. „Ist das euer Fahrradladen?“

„Es ist eine Werkzeug-Kooperative und ein Laden für gebrauchte Teile“, antwortete Hawlings.

Spark Plug zischte ihm zu, er solle den Mund halten.

„Und was bist du? Holzfäller?“, fragte er und zeigte auf Charlies kariertes Hemd.

Sadie warf ihm einen wilden Blick zu.

„Hat deine Mutter dir keine Manieren beigebracht?“

„Nee, sie hat mir Dope rauchen beigebracht“, schnaubte Spark Plug.

„Deine Mami?“, rief Hawlings. „Bestimmt nicht. Sie ist so *straight*, sie würde Gras für Teeblätter halten und versuchen, Tee draus zu kochen.“

„Haha“, kicherte Spark Plug seinerseits. „Sie ist so *straight*, sie denkt Guantanamo ist ein Fremdwort für Fledermausscheiße."

„Nein, nein, ich hab’s ... deine Mama ist so *straight*, dass sie denkt, 9/11 haben Terroristen angerichtet.“

Charlie blinzelte. War es denn nicht so?

Die Tür hinter ihnen wurde aufgestoßen und traf Charlie in den Rücken.

“Ups, sorry”, sagte die Stimme eines Mannes.

Sadie fuhr herum.

"Zipper?!"

"Sadie?", rief er. Der schlaksige Bursche schlang seine Arme um Sadie und drückte sie begeistert.

„Was machst du denn hier?", fragte der Mann. „Du hast nicht angerufen oder sonstwas!"

„Ich hatte gehofft, dass heue Abend eine Versammlung stattfindet", antwortete Sadie. „Ich hab jemand Besonderen mitgebracht."

„Es ist eine Privat-Versammlung", grunzte Spark Plug. „Keine Fremden."

Sadie stemmte die Hände in die Hüften.

„Wie sehen wir denn wohl aus, Sparky? Wie der FBI?"

„Niemand zweifelt an dir, Prinzessin", spuckte Spark Plug aus. „Der Bursche allerdings ..."

„Spark Plug" schnauzte Sadie, denn sie verlor die Geduld, „dies ist *der Mann aus dem Norden*."

Spark Plug blinzelte. Sein Blick strich Charlie übers Gesicht. Sadie sah einen seltsamen Ausdruck über sein Gesicht huschen. Sadie zog die Stirn kraus.

Dann stieß Zipper einen erstaunten Freudenruf aus, der das Eis brach.

„Wirklich?", krähte Zipper vergnügt. *„Der Man aus dem Norden* ist hier?!"

Hawlings lachte erstaunt und stieß Spark Plug mit dem Ellenbogen an.

„Alter, guck ihn mal an. Das ist glänzend. Ich meine, er ist so verdammt *straight*, wir könnten ihn glatt zum Präsidenten wählen!"

Spark Plugs steinerner Gesichtsausdruck blieb unverändert.

„He, nimmst du's übel?", fragte Hawlings Charlie. „Wir haben ja nicht gewusst, wer du bist ... so isses nu mal, wir müssen Neugeborene ein bisschen filzen."

„Vielleicht möchtest du dir ja überlegen, wie euer Willkommens-Komitee-Ansatz so war", schlug Charlie vor. „Wenn ich nicht *der Mann aus dem Norden* wäre, dann wär ich jetzt schon halbwegs einen Block runter weggerannt."

„Wenn du nicht *der Mann aus dem Norden* wärst, hätte ich dich aus der Stadt gejagt“, murmelte Spark Plug.

„Warum?“, fragte Charlie schnell.

„Ich mag dein Gesicht nicht.“

Sadie drängte sich zwischen ihnen durch und zog Charlie am Arm.

„Komm“, murmelte sie. „Beachte ihn einfach nicht.“

„He“, rief Hawlings, „nichts für ungut, dass ich über dein Hemd gelästert habe.“

„Karo ist das neue Schwarz“, sagte Zipper leise im Scherz zu Charlie. „Alle Anarchisten werden es bald tragen.“

Charlie lachte ein bisschen, denn er sah das freundliche Leuchten in Zippers Augen.

„Zipper, heut Abend wird nicht gefilmt, in Ordnung?“, sagte Sadie und zeigte auf seine Kameratasche. Er protestierte. Sadie fuhr fort: „Sieh mal, die Sicherheit hat Char..., *den Mann aus dem Norden* nicht im Visier und es ist wichtig, dass wir das Unvermeidliche so lange wie möglich rauszögern.“

„Aber Sadie, das ist historisch! Ich werde das Filmmaterial schützten, verspreche ich ...“

„Versprich nichts, was du nicht halten kannst“, sagte sie.

Zipper seufzte und gab nach.

„Du machst Filme?“, fragte Charlie.

„Er macht *fantastische* Filme“, antwortet Sadie. „Er war bei jedem Protest ganz vorne, in den Häusern der Leute, in der Polizeiwache, im Gefängnis, im Rathaus. Wenn du das Bild von irgendetwas haben willst, was gerade vor sich geht, Zipper hat es.“

„Wie kommt‘s, dass ich die nie gesehen habe?“, rief Charlie. „Wir können einige Kurzfilme über dieselben Netzwerke wie meine Artikel schicken.“

„Kann ich einige deiner Worte in meinem nächsten Film verwenden?“, fragte Zipper.

„Ja, ja, natürlich“, antwortete Charlie. „Sie sagen, die Feder ist mächtiger als das Schwert, ein Bild ist tausend Wörter wert und wenn in einem Film zweiunddreißig Bilder pro Sekunde ablaufen . . . du kannst das ja mal ausrechnen!“

Sadie räusperte sich.

„Nur eins, Zipper, ... benutze nicht das, was er schreibt, um damit Gewalt zu rechtfertigen, auch nicht die Zerstörung von Eigentum. Keine strategische Gewalt. Keine Plakate mit Molotowcocktails oder Kurzfilme über absichtliche Zusammenstöße mit der Polizei. Kein Anfeuerungsruf , ‚Tod dem und dem‘. Kein *Cyberhacking*, das zur Schädigung oder Verletzung von irgendjemandem führt ...“

„Hehe, du rennst offene Türen ein”, protestierte Zipper.

Ihre Blicke flogen zu Spark Plug, aber keines von beiden sagte noch etwas. Sie gingen den vollgestopften Gang entlang. Quadratische Schränke waren in Kopfhöhe angeschraubt. Jacken hingen an Haken darunter, Kartons waren obendrauf verstaut. Stimmen ertönten in der Halle.

„Sieh mal, sie haben in der ganzen Stadt eine Ausgangssperre verhängt ...“, der Sprecher brach ab, er wurde von einer zweiten Stimme unterbrochen.

Charlie folgte Sadie um die Ecke in einen Raum, der voller Fahrradständer war und in dem eine Couch stand, die aussah, als hätte sie Armageddon überlebt. Die Eingangstür war aus solidem Stahl und hinter den Vorhängen war zur Sicherheit Maschendraht an den Fensterrahmen geschraubt. Etwa ein Dutzend Leute saß in einem unregelmäßigen Kreis von brüchigen Stühlen. Alle sprachen auf einmal und versuchten, einander mit ihren Sätzen zu überbieten.

„Sie haben die Viertel abgeriegelt ...“

„Ich sage, wir müssen uns organisieren und nüchtern bleiben ...“.

„Organisieren?“, Sadie lachte. „Hat in einem anarchistischen Kollektiv jemand eben etwas von Organisieren gesagt?“

Die Leute drehten sich auf ihren Sitzen Sadie zu und einige lächelten, als sie sie erkannten.

„Wir haben hier eine Philosophie- und Strategie-Sitzung“, erklärte jemand.

„Uhhh, genau so klingt es“, kicherte Sadie.

„Wir arbeiten an Einzelheiten“, erklärte ein junger Mann. „Wir kennen die große Strategie.“

*Verdammt straight, sie sollten es besser wissen*, dachte Charlie. Er hatte einige Monate mit der Recherche für den Artikel verbracht, in dem er die übergreifende Strategie des Löwenzahnaufstandes skizziert hatte. Er hatte ihn einer strengen Kritik unterzogen, ehe er ihn verbreitet hatte. Die Endversion des Artikels enthielt einen knappen Aktionsplan zur Wiederherstellung der Demokratie. Zwar war es keine schwarze Kunst, gestand Charlie sich ein, aber es war auch kein Kinderspiel. Den Menschen musste beigebracht werden, dass sie das Recht hatten, gegen Tyrannei Widerstand zu leisten und dass sie gleichzeitig die Möglichkeit hatten, das auf gewaltfreie Weise zu tun. Sie mussten die Barrieren der Klassenvorurteile sprengen, mit der die Machtelite die Bevölkerung so erfolgreich gespalten hatte. Sie mussten die Säulen der Unterstützung für die von Unternehmen kontrollierte Regierung untergraben, und zwar durch Boykotte, Nichtzusammenarbeit und Gehorsamsverweigerung. Die Polizei und das Militär mussten davon überzeugt werden, dass sie dem Volk und nicht den Mächtigen dienen müssten. Der Löwenzahnaufstand musste so stark sein, dass er das gegenwärtige Regime ganz und gar stürzen könnte, wenn es erst einmal zu wanken begonnen hätte. Und schließlich musste die Bewegung eine eindeutige Strategie entwickeln, wie die Gesellschaft vorankommen kann: eine Liste von Reformen, einen Plan zum Abhalten von Wahlen und das Aufstellen von Kandidaten, die die Werte des Volkes vertreten. Jede einzelne Phase verlangte enorme Anstrengung und enormen Mut. Viele Widerstände mussten überwunden werden: von der Kultur den Menschen fest eingepflanzte Gleichgültigkeit, Furcht vor Vergeltung, die allgemeine schlechte Gesundheit und Drogenabhängigkeit in der Bevölkerung, vollkommen falsche

Informationen, die von der Propagandamaschine der Unternehmen verbreitet worden waren, und die gegenwärtigen repressiven Gesetze. Bildung hatte den Winter über in Charlies Artikeln im Mittelpunkt gestanden … dazu die Bemühung, den Menschen Mut zum Handeln einzuhauchen.

„Also", fragte Charlie, „woran arbeitet ihr?"

„Ja, es geht um die Schließung des Nahrungsmittelhilfsprogramms, und wie man darauf eingehen kann. Wir haben darauf gewartet zu erfahren, was *der Mann aus dem Norden* in einem Artikel darüber schreiben wird …"

Sadie unterdrückte ein Lächeln. Charlies Blicke versuchten, den ihren zu begegnen.

„Sag ihnen noch nichts", sagte ihm ihr Gesichtsausdruck.

„Warum warten?", fragte Charlie den jungen Mann. „Ihr seid wahrscheinlich ebenso klug wie er. Er wäre sicherlich der erste, der euch sagten würde, er weiß auch nicht alle Lösungen."

„Ja, aber sieh mal, er weiß, was passiert. Wir nicht. Wir haben keine Verbindung zu dem ganzen Löwenzahnaufstand oder seinen Führern. Kann ja sein, dass Ausschreitungen nötig sind, um die Leute aufzuwecken!"

Die junge Frau neben ihm seufzte tief vor Enttäuschung:

„Ich sage euch immer wieder, es ist verrückt. Wenn Ausschreitungen anfangen, werden Soldaten eingesetzt und die Polizei verhaftet ringsum die Leute. Gewalttätige Unruhe ist genau das, was die Machtelite will. Sie sind darauf vorbereitet. Sie erwarten sie. Sie liefert ihnen eine Rechtfertigung dafür, die Zügel anzuziehen und Militär einzusetzen."

Der junge Mann stritt mit ihr.

„Die Unruhe wird für die Regierung nach hinten losgehen. Sie wird sich blamieren …"

„Nein, wird sie nicht. Sie wird wie immer sagen: Die Armen sind schuld."

„Naja, wenigstens werden die Leute erfahren, dass etwas schrecklich schief läuft."

„Darauf würde ich mich nicht verlassen“, sagte eine Frau. „Die Leute in den Vorstädten haben keine Ahnung, was in den Städten los ist. Sie wissen nicht einmal was von den Gefangenenlagern oder den Gesetzen des Arbeitsministeriums...“

„Genau! Deshalb sollten wir abwarten, was *der Mann aus dem Norden* sagt.“

Spark Plug kam vom Gang hereingeschlurft und lehnte sich gegen den Türrahmen.

„Warum fragt ihr ihn nicht? Da steht er ja.“

Spark Plug zeigte auf Charlie. Sie machten große Augen. Plötzlich wurde es ganz still. Alle Blicke im Raum waren auf Charlie gerichtet. Er schluckte. Spark Plug kicherte.

„Also, Herr Experte des Löwenzahnaufstandes, sag uns, was wir tun sollen!“

„Naja, es hängt ja nicht nur von mir ab ...“

„Hast du nicht die Organisatoren ausfindig gemacht? Wer sind die?“, fragte Spark Plug.

Charlie blinzelte, als er hörte, wie heftig die Frage gestellt wurde.

„Es gibt gar keine Organisatoren des Löwenzahnaufstands“, stotterte Charlie. „Soweit ich weiß, ist er einfach aus dem Nichts hervorgebrochen.“

„Ich weiß!“, rief Hawlings aufgeregt und schüttelte einen Strom von Aktivistengeschwätz von sich ab. „Es ist ein Netz mit vielen Knoten, nicht hierarchisch, sondern horizontal strukturiert, eine sich selbst organisierende junge Bewegung.“

Spark Plug verschränkte seine tätowierten Arme und sah Hawlings finster an.

„Wenn du von der unwirksamen Unorganisiertheit von führerlosen Bewegungen redest, lass es besser sein. Sie funktionieren nicht.“

„He!“ Hawlings war anderer Meinung. „Diese Form ist noch neu. Sie ist erst im letzten Jahrzehnt oder so entwickelt worden.“

„In Wirklichkeit", ließ sich Sadie hören, „sind sich selbst organisierende Strukturen so alt wie der Planet. Sie sind das Fundament für die grundlegende Sache, die man Leben nennt."

„Wie kommt es denn aber, dass sie nicht funktionieren?", fragte Spark Plug.

„Sie funktionieren ja", antwortete Sadie defensiv. „Weil sie funktionieren, bist du am Leben."

„Na gut, aber sie funktionieren jedenfalls nicht in Hinsicht auf soziale Veränderung", erwiderte er.

„Es liegt nicht daran, dass *sie* nicht funktionieren", sagte Sadie herausfordernd zu Spark Plug. „Es liegt daran, dass *du* nicht verstehst, *wie* sie funktionieren. Wenn du irgendetwas über das Leben wüsstest, würdest du verstehen, wie man die Theorie der natürlichen Systeme benutzen könnte, um wirklich effektive soziale Bewegungen zu schaffen."

„Naja, es geschehen eben Wunder", sagte Spark Plug gehässig. „Unser Pinupgirl hat Verstand unter ihren Locken. Willste nich'n Doktor machen? Ach wart mal, du versuchst doch immer noch, 'n Schulabschluss zu kriegen, war's nicht so?"

Charlie wollte grade hochgehen, um Sadie zu verteidigen, aber sie kam ihm zuvor.

„Man braucht keinen Abschluss, um zu verstehen, wie das Leben funktioniert."

Sie fixierten einander. Spark Plug sah zuerst weg. Sadie schniefte.

„Was ich sagen wollte, ist: das Leben hat Erfolgsmechanismen", erklärte sie. Sie zählte die Begriffe an den Fingern ab: „Der erste Mechanismus ist die Fähigkeit, eine Idee zu schaffen, der zweite ist die Fähigkeit, eine zuvor schon vorhandene Idee zu kopieren, der dritte ist, eine Idee zu verbessern, und der letzte ist die Fähigkeit, die Idee anderen mitzuteilen. Hast du verstanden?"

„Schaffen, kopieren, verbessern, mitteilen", wiederholte Charlie.

Hawlings erhob einen Einwand, indem er mit der Hand winkte.

„Das machen wir schon. Jedes Mal, wenn wir einen Slogan hören, wenn wir Autoaufkleber machen, Kopien drucken und sie Freunden schicken, tun wir diese vier Dinge."

„Ich habe nicht behauptet, dass das neu wäre", erwiderte Sadie ruhig. „Ich sage nur, dass, wenn die Leute erkennen, dass diese vier Fähigkeiten Werkzeuge von sich selbst organisierenden Strukturen sind, sie sie wirkungsvoll einsetzen können."

Sie sah alle in der Gruppe der Reihe nach an.

„Zum Beispiel diese Autoaufkleber. Die meisten Leute sehen einen Autoaufkleber und fragen sich: *Wo kann ich so einen kriegen?* Ich wünsche mir, dass alle, die mit der Bewegung zu tun haben, einen glänzenden Autoaufkleber sehen und denken: *Cool! Ich will tausend davon machen und sie in jedem Autoladen in der Stadt auslegen*. Die Leute neigen dazu, auf eine Führung zu warten, aber da die Machtelite bereit steht, jeden Führer zu vernichten, müssen wir anders vorgehen."

„Ganz sicher", seufzte Hawlings.

„Das System heißt *Führerlos*", sagte Sadie, „aber ich sehe es eher als *Führervoll* an. Wenn jeder die übergreifende Strategie genau versteht und zum Führen fähig ist, dann arbeiten Erneuerung und Organisation wirksam zusammen und schaffen eine gewaltige Explosion an Aktivität, und das ohne eine Kommandokette."

„Sehr schön", lachte Zipper und schlug sich mit der Faust aufs Knie. „Es ist das Gegenteil der Unternehmens-Diktatur, in der es von oben nach unten geht. Das können sie nicht kontrollieren. Das können sie nicht aufhalten. Sie werden nie wissen, wo es ist oder was es tun wird. Sie können die Machtkette nicht zerreißen, weil sie zu viele Glieder hat. Es ist die am besten organisierte Anarchie im Universum und kommt damit gleich nach dem Leben selbst!"

Charlie lächelte über das Oxymoron: *organisierte Anarchie*. Logisch mag es ja keinen Sinn ergeben, aber dann auch wieder: Leben ergibt auch keinen Sinn. Neben ihm richtete Sadie sich kerzengerade auf, blitzartig hatte sie ein Gedanke getroffen. Sie schnaufte. Sie fing an zu lachen. Die anderen starrten sie erstaunt an. Sie wurde rot im Gesicht. Tränen traten ihr in die Augen. Sie lehnte sich in die Couch zurück und stampfte mit den Hacken. Sie richtete sich zum Sprechen auf, fiel kichernd zurück und bat mit einer Handbewegung um Geduld. Sie jauchzte so sehr, dass sie fast erstickte. Charlie klopfte ihr den Rücken. Schließlich schluckte sie ihr Kichern runter.

„Oh mein Gott! Was, wenn – hahaha – was, wenn oho!" Sie brach wieder zusammen.

„Sadie", stöhnte Charlie. Er starb fast vor Neugier. „Lass uns doch an deinem Spaß teilhaben, was?"

„Der Spaß ... ist ... über sie", konnte sie gerade so hervorbringen. Sie wischte sich die Tränen weg. „Seht ihr das nicht? *Wir leisten nicht gegen sie Widerstand!* Sie leisten gegen uns Widerstand!"

Alle starrten Sadie überrascht an.

„Seht mal, sie können eine absurd mächtige Gruppe sein", sagte Sadie und schluckte ihr Lachen runter, „aber sie sind klitzeklein im Vergleich mit den Kräften des Löwenzahnaufstands. Wir sind sieben Milliarden stark. Wir sind so weit wie der Planet und so mikroskopisch wie eine ansteckende Krankheit. Der Löwenzahnaufstand ist keine Handvoll Radikaler. Es ist das gesamte Leben selbst!"

Charlie schmunzelte, als er es plötzlich verstand: „Man muss die Kühnheit dieser armen kleinen Männer und Frauen wirklich bewundern, die versuchen, die Welt zu zerstören. Sie leisten wirklich Erstaunliches angesichts der überwältigenden Opposition."

Spark Plug runzelte die Stirn.

„Ich kann die Schweinehunde nicht bedauern. Auch wenn sie gewinnen, werden sie sterben."

Sadie drehte sich schnell zu ihm um. „Sicherlich, aber wenn wir gewinnen, werden alle leben."

Sie sah wieder alle der Reihe nach an.

„Die erschreckendsten Mächte, die der Mensch kennt, können aufmarschieren, um die Wenigen in ihrem gierigen Wunsch, alles zu zerstören, zu beschützen, aber das Leben hat bisher jeden Tag den Sieg davongetragen und wird es auch weiterhin tun. Auf gewisse Weise sind Pestizide, Waffen und Bomben nur Mechanismen des Widerstandes gegen die absurd mächtige Kraft, die Leben heißt."

„Sehr eindrucksvoll", bemerkte Spark Plug sarkastisch. „Ich werde versuchen, mich daran zu erinnern, wenn mir ein Soldat eine Kugel in die Brust schießt."

„Was ist denn deine Option? Wenn man Zerstörung mit Zerstörung bekämpft, wird schließlich die ganze Welt zerstört. Der Zerstörung mit Lebendigkeit Widerstand leisten ist der mächtigste und natürlichste Vorgang auf Erden."

Zipper dämmerte es, das sah man seinem Gesicht an. „Darum funktionieren horizontale Strukturen mit vielen Knotenpunkten. Sie ahmen das Leben nach! Sie sind der Efeu, der sich an den Gebäuden hochrankt, das Moos, das die Ziegel zerbricht, und der Löwenzahn, der auf den Wegen wächst."

Charlie lehnte seinen Kopf an die Couch. Eben das war mit seinen Artikeln passiert. Jedes Mal, wenn er *eine* Geschichte über den Löwenzahnaufstand schrieb, tauchten gleich noch ein Dutzend anderer auf. Das Schreiben deckte die Ereignisse auf und inspirierte sie gleichzeitig.

„Habt ihr auch dieses Video über Stare im Biologieunterricht in der Schule gesehen?", fragte Charlie. „Ihr wisst schon, wenn sie sich versammeln ... wie heißt das noch, wenn sie sich fallen lassen und sich in diesen verrückten Formen zusammenballen?"

„Formationsflug", antwortete Sadie.

„Ja, genau! Die Stare haben nur wenige Regeln: *fliegt vorwärts, wechselt die Führung bei jeder Richtungsänderung, haltet die Abstände gleich und lasst euren Flügelgenossen nicht im Stich*. Das sind recht einfache Regeln, die jeder verstehen kann, und gleichzeitig ermöglichen sie eine unglaubliche Strukturierung von Tausenden von Vögeln. Sie stoßen nie zusammen, fallen nicht, sind unvorhersehbar und vollkommen schön."

Charlie lehnte sich aufgeregt vor.

„Wenn jede Person in der Bewegung die Regeln des Löwenzahnaufstandes ebenso deutlich formulieren kann, dann *wird* Sadies Theorie funktionieren. Wenn wir von einer gemeinsamen Reihe von Prinzipien ausgehen, kann jedes von uns zum erfolgreichen Führer werden."

„Lasst uns die Prinzipien bestimmen", sagte Hawlings eifrig.

*„Der Mann aus dem Norden* hat den ganzen Winter über darüber geschrieben", sagte Sadie. „Der Löwenzahnaufstand ist das, was geschieht, wenn sich das Herz in Liebe öffnet ... erinnert ihr euch an die Richtlinien dafür, wenn es plötzlich zum Handeln kommt?"

„Niemanden und nichts verletzen", sagte plötzlich jemand.

„Überall Verbindungenzwischen Menschen schaffen", fügte Zipper hinzu.

„Für unsere Demokratie einstehen, indem wir unsere von der Verfassung garantierten bürgerlichen Freiheiten ausüben, auch wenn die Regierung sie für ungesetzlich erklärt hat", antwortet Hawlings.

„Und daran arbeiten zu verhindern, dass Menschen leiden und die Umwelt zerstört wird", sagte Sadie.

„Genau das", sagte Charlie lächelnd. „Gewaltfreiheit, Verbindungen schaffen, unsere bürgerlichen Freiheiten ausüben und die Menschheit und den Planeten am Leben erhalten ... das ist der Löwenzahnaufstand in aller Kürze."

„Macht mal Pause", spottete Spark Plug. „In den Straßen sind Soldaten mit Gewehren! Was ihr da redet, wird keine psychopathische, machtgeile Elite ins Wanken bringen."

Charlie sah ihn an. Spark Plugs Arme waren fest über seiner Brust verschränkt und sein Unterkiefer drückte so stark gegen seine Lippen, dass sie bluteten und sich eine tödlich weiße Linie über seinen Mund zog. Charlie antwortete ruhig:

„Wenn Furcht eingesetzt wird, um die Menschen zu beherrschen, dann ist Liebe das, womit wir rebellieren."

„Du kannst mir mal im Mondschein begegnen", grinste Spark Plug. „So kann das kaum was werden."

„Was hast du denn für eine Vorstellung?"

Spark Plug presste die Lippen zusammen.

Charly bekam ein mulmiges Gefühl.

„Vielleicht solltest du es ausspucken", sagte Charlie knapp.

„Alles, was ich sage, ist, dass Menschen auf Gewalt reagieren", Spark Plug zuckte die Achseln.

„Nur ein Idiot würde gegen die größte Militärmacht der Welt Gewalt einsetzen", sagte Charlie.

Spark Plug warf Charlie einen herausfordernden Blick zu.

„Einer muss schließlich der harte Kern des Löwenzahnaufstands sein ...".

Charlie sprang auf und unterbrach ihn.

„Tu das nicht unter unserem Namen. Der Löwenzahnaufstand geschieht dann, wenn sich das Herz in Liebe öffnet", sagte er. „Gewalt ist die Strategie von Scheiß-Feiglingen, die nicht die Eier haben, wirkliche Arbeit zu leisten."

Spark Plug sprang auf und flitzte wie der Blitz durch den Raum.

„Das sagst du mir ins Gesicht, Hinterwäldler!"

„Gewalt ist die Waffe der Feiglinge", sagte Charlie.

„Ja, gut, Gewalt ist das, was uns übrig bleibt, denn weißt du was?" Damit packte er Charlies Hemd und schüttelte es mit jedem Wort, das er sprach. „Die gottverdammte Regierung hat uns mit dem Rücken gegen die Wand gedrückt!"

Charlie zuckte zusammen, als er gegen die Seite des Fahrradladens gestoßen wurde. Die Kettenschaltungen über seinem Kopf klapperten. Eine fiel von ihrem Haken und rollte sich im Kreis auf dem Boden zusammen.

„Sie haben also gewonnen“, knirschte Charlie, „denn so wahr mein Rücken gegen die Wand gestoßen ist, so wahr bist du ein ebensolcher Tyrann geworden wie sie.“

„Verstehst du nicht?“, zischte Spark Plug. „Sie haben die Gewehre, das Geld, das Gesetz, die Polizei. Sie haben uns unser Recht zu Protest, Versammlung, Petition und freier Rede genommen. Sie haben uns die Werkzeuge genommen! Sie haben uns alles genommen!“

Charlie fühlte, wie sich seine Schulterblätter schmerzhaft gegen die unebene Fläche hinter ihm drückten.

„Du hast mich mit dem Rücken gegen die Wand gestoßen“, sagte Charlie, „aber ich habe immer noch Werkzeuge, die du mir nicht wegreißen kannst.“

Spark Plugs Nase war Zentimeter von der seinen entfernt. Charlie konnte die Lichtreflexe in den Augen des anderen Mannes sehen.

„Du kannst nicht erreichen, dass ich dich hasse“, sagte Charlie so leise, dass nur Spark Plug es hören konnte. „Du kannst mich nicht wütend machen. Und du kannst mich nicht davon abhalten, dass ich nur Liebe für dich empfinde.“

„Völliger Unsinn“, schnauzte Spark Plug. Er entfernte sich ein paar Schritte von Charlie.

„Ja, sicher“, rief Charlie ihm nach. „Liebe ist ja nur Hippie-Blödsinn ... bis zu dem Tag, wenn die Bullen ihre Gewehre niederlegen, weil sie keine Lust mehr haben, Leute zu verletzen, von denen sie geliebt werden. Es ist Unsinn, bis die Leute sehen, dass tausend Leben gerettet wurden, weil eine kleine alte Dame nicht einfach vorbeigehen konnte, ohne Leuten zu helfen. Es ist Unsinn, bis dir klar ist, dass die Nachbarn einander nicht mehr ausspähen, weil sie einander zu gut kennen. Es ist alles Unsinn, aber weißt du was?“

Spark Plug drehte ihm den Rücken zu, aber Charlie sprach trotzdem weiter.

„Es funktioniert. Und es ist das Einzige, was funktionieren wird. Unsere Furcht und unser Hass werden keine bessere Welt schaffen als die, an der ihre Gier jetzt arbeitet. *In einer Zeit des*

*Hasses*", zitierte Charlie, *„ist Liebe eine revolutionäre Handlung.*"

Spark Plug trat von hinten in die Couch.

„Ihr seid alle zusammen eine Bande verrückter Idealisten", murmelte er, „und wenn sie euch in euer gemeinsames Grab legen, werde ich nicht sagen: ‚Das hab ich euch ja im Voraus gesagt!'"

„Spark Plug", sagte Charlie in so scharfem Ton, dass er durch den Raum fuhr. „Willst du etwas wirklich Radikales tun?"

Spark Plug erstarrte.

„Sei freundlich, nimm Verbindung mit anderen auf, hab keine Angst!"

Spark Plug lief in die Nacht hinaus. Einen Augenblick lang saßen alle schweigend da, sie waren durch seinen plötzlichen Aufbruch etwas außer Atem geraten.

„Ich pass auf ihn auf", murmelte Hawlings und griff nach seinem Mantel. „Ich schlage vor, dass wir dieses Treffen abbrechen. Der alte Sparky war immer hundert Prozent vertrauenswürdig, aber seit Kurzem ...". Hawlings ließ den Satz in der Luft hängen und raffte seine Sachen zusammen.

Zipper zuckte die Achseln. „Ich glaube nicht, dass er, ohne dass er die Gruppe hinter sich hat, etwas tun wird. Trotz allem bekennt er sich ja zu den Grundsätzen der Anarchie, er will immer ein Anführer sein, kein einsamer Wolf."

"*Le loup-garou*", sagte Charlie. Er sah den neugierigen Ausdruck in ihren Gesichtern. „Es ist eine alte französisch-akadische Kreatur. Ein *loup-garou* ist ein Mensch, der sich in einen Werwolf verwandelt, aber sobald ihm jemand Blut abzapft, kehrt er zu seiner Menschennatur zurück."

Zipper sah Charlie nachdenklich an. „Ich denke, er ist nur eifersüchtig."

„Auf mich?" Charlie lachte. „Den Hinterwäldler im Karohemd?"

„Na sicher", rief Zipper. „Du hast auf etwas Wichtiges hingewiesen."

„Und das wäre?" „Die größten Radikalen sind alle *Revolutionäre des Herzens.*"

## KAPITEL SECHS

.....

***Greenback-Straße***

In der Nacht fletschte die Stadt ihre Zähne und zischte. Die Türen waren fest verschlossen, die Vorhänge vor die Fenster gezogen. Die Untergrundbahn fuhr nicht mehr. Polizisten patrouillierten in den Straßen zwischen den Vierteln. Die wenigen späten Fußgänger huschten schnell in Richtung ihres Ziels. Sadie zog Charlie nicht mehr Hals über Kopf die Gehwege entlang, sondern glich sich seinem langsameren Schritt wachsam und aufmerksam an.

„Das erste, was wir tun müssen, ist diese Angst überwinden“, murmelte Charlie.

„Ich kann den Leuten ihre Angst nicht vorwerfen“, murmelte Sadie. Die Straßen wimmelten von Polizisten, die aussahen wie eine Kreuzung zwischen einem Panzer und dem Terminator.

„Angst nützt ja nichts“, erwiderte Charlie. „Das ganze Spiel der Regierung gründet sich auf Angst und Einschüchterung. Sie sind gut darauf vorbereitet, mit einem erschreckten Mob fertigzuwerden. Mit furchtlosem und organisiertem Widerstand können sie aber nicht umgehen. Wir müssen aufhören, Waffen zu sehen und müssen Menschen sehen. Wir müssen von Mensch zu Mensch Verbindung aufnehmen. Nicht nur in unserer Bewegung, sondern überall. Die Polizisten müssen sehen, dass wir keine Zahlen in Statistiken sind, sondern dass wir ebenso lebendig und des Lebens wert sind wie sie“, sagte Charlie. Der Geist war die erste Verteidigung gegen Tyrannei. Solange die Menschen weiterhin die Rolle der gesichtslosen Masse spielten, würden sie nie Erfolg haben. Er nickte dem Polizisten an der Ecke zu. Der Uniformierte warf ihm einen erschrockenen Blick zu, ehe er ihn schnell hinter einem mürrischen Gesichtsausdruck verbarg.

Sie gingen schweigend ein paar Blocks weiter. Die Straßen waren fast menschenleer. Bilder von Menschen gingen Charlie durch den Kopf: Soldaten, Anarchisten, Hausfrauen, Manager, Bürokraten, alle Geschlechter, Rassen und Religionen. Wörter und Gedanken schlugen auf ihn ein.

„Sadie, ich muss schreiben …"

„Was du musst, ist Abendbrot essen und einen gesunden Schlaf tun", erwiderte sie.

Ihre Worte beförderten seinen rasend arbeitenden Geist wieder in seinen erschöpften Körper zurück.

„Du hast recht", gab er zu. „Wohin gehen wir?"

„Stadteinwärts … wenn wir können", murmelte sie, als eine Gruppe Polizisten an der nächsten Ecke auftauchte und eine Blockade zwischen diesem Viertel und dem weiter oben gelegenen Teil die Straße nach oben versperrte.

„Lass mich sprechen", flüsterte Sadie, als sie an die Kreuzung kamen. „Ihr da!", rief sie herrisch. „Auf welcher Straße kommt man am sichersten zur Greenback-Straße?"

Einer der Polizisten drehte sich um.

„Greenback-Straße?" widerholte er und sah Sadies Gesicht bei der Straßenbeleuchtung genau an.

„Ja, ich will dort im Café Renault meinen Vater treffen, aber wir sind spät dran und die Taxen … wo sind nur alle die Taxen geblieben?"

„Ausgangssperre, meine Dame."

„Oh!" Sadie stampfte mit dem Fuß auf. Sie sah den erstaunten Charlie, der ein Pokerface machte, verärgert an und dann wandte sie sich an den Polizisten. „Wir können meinen Vater unmöglich warten lassen … es ist schon alles schlimm genug. Ich wusste ja, er würde ihn nicht mögen." Sie machte eine Kopfbewegung in Richtung Charlie, der tat, als wäre er verlegen.

„Ihr trefft euch das erste Mal?", fragte der Polizist mitfühlend.

„Ja", antwortet Sadie. „Und, wissen Sie, mein Papa! Er ist ein Satansbraten!"

„Es ist nur ein paar Blocks in der Richtung und zwei drüben“, erklärte der Polizist hilfsbereit.

„Danke, Herr Wachtmeister!“

Als sie an dem Polizisten vorbeigingen, lächelte sie Charlie schief an.

„Viel Glück“, sagte der Polizist und bewegte seinen Kopf in Richtung des Cafés und des Schreckens von einem alten Mann, wie er ihn sich vorstellte.

„Oh, danke“, gab Charlie zurück.

Sadie fasste ihn um die Taille wie ein von Liebe trunkenes Mädchen, schleppte ihn durch die Straße und drängte ihn zur Eile.

„Na ja“, sagte sie, als sie außer Hörweite waren, „ich bin zwar mein Leben lang in Schwierigkeiten geraten, aber immerhin habe ich dabei ein paar gute Tricks gelernt. Nummer eins: Lüge nie, wenn du es vermeiden kannst.“

„Du hast gerade dem Polizisten gesagt, wir treffen gleich deinen Vater“, sagte Charlie. „Das letzte Mal war er, soweit ich unterrichtet bin, auf einem Bauernhof in der Nähe der Grenze zu Kanada.“

„Ja, aber mein *Ersatz*-Vater betreibt ein Restaurant, das so exklusiv ist, dass niemand außer den sehr Reichen auch nur von seiner Existenz weiß.“

„Der Polizist kannte es.“

„Er hat in der Nähe gearbeitet und zum Elite-Corps gehört. Er hat mich wiedererkannt, aber er hat sich nicht daran erinnert, dass ich dort Kellnerin und nicht Gast war.“

„Sadie, du bist umwerfend“, sagte er.

„Ich? Die Schulabbrecherin Sadie Byrd Gray? Jugendliche Straftäterin, Ausreißerin, Unruhestifterin, Schlampe, Nichtsnutz ...“

Charlie berührte ihre Lippen: „Sag das nicht!“

„Es stimmt alles, Charlie“, sagte sie leise. „Mach dir von mir nur keine romantischen Vorstellungen!“

*Für diese Warnung ist es zu spät*, dachte er. *Zwölf Jahre zu spät.*

Sie bogen um eine Ecke. Charlie taumelte. Die Greenback-Straße lag vor ihnen in ihrem legendären Glanz. Etwa vor einem Jahrzehnt hatten die Reichen eine Kulturoase geschaffen, jedenfalls sagten sie das, gaben einer der Straßen New York Citys einen neuen Namen und beanspruchten sie als ihr Eigentum. Fernsehprogramme brachten oft Sondersendungen über die Greenback-Straße und fachten die Flammen des Neides auf den Lebensstil der Reichen und Berühmten bei den niedrigeren Klassen an. Der Bürgermeister von New York hatte sogar eine Polizei-Sondereinheit für die Gegend abgestellt. Unliebsame Elemente wurden im Handumdrehen aus der Straße vertrieben. Im Gegensatz zu den anderen Stadtteilen glänzte die Greenback-Straße in ihrem selbstsüchtigen Glanz.

„Die Ausgangssperre gilt hier nicht", sagte Sadie. „Für die Reichen geht das Fest weiter."

Vor ihnen breitete sich die Szene eines lebhaften Nachtlebens aus: strahlende Schaufensterauslagen, Hochglanz-Boutiquen, ein Rauschen von Geplauder. Die Bäume waren durch kleine Lichter erhellt. Straßen-Cafés machten sich die wollüstige Wärme der Frühlingsnacht zunutze. Sadie und Charlie gingen an Brunnen, teuren Autos und roten Teppichen vorbei. Durch die offenstehenden Eingänge konnten sie die Kronleuchtern in den Lobbys und weiß-behandschuhte Pagen sehen. Davor standen Türsteher in Uniform.

„Das ist der Polizeichef", flüstert Sadie und wies mit dem Kopf auf einen gut angezogenen Mann, der darauf wartete, dass seine Frau aus ihrem von einem Chauffeur gefahrenen gepanzerten Wagen stieg. Sie betraten den Club, ihnen folgten ihre stämmigen Sicherheitsbeamten.

„Private Wächter?", schnaufte Charlie. „Eine ganze Polizeieinheit reicht nicht?"

„Nicht für diese Leute. Dies ist die Klasse der Reichen, Charlie. Du siehst hier die Machtelite, über die du den ganzen Winter über geschrieben hast. Dieser Kerl da drüben ist ein Senator. Die bei ihm sind, sind Militärleute, wahrscheinlich

Generäle. Dieser Knabe da ist ein Waffenhändler. Ich denke, die da sind Öl-Manager. Bei den andren muss ich raten. Oh, diese Frau? Sie ist die Verteidigungsministerin." Sadie dachte nach und zog dabei die Stirn kraus. „Ich frage mich, was die in New York macht, statt in Washington zu sein." Sie schüttelte den Kopf und zuckte die Achseln. „Das macht wirklich nichts aus. Es ist nur ein kurzer Flug im Privatflugzeug."

„Allmählich verstehe ich, warum sich Spark Plug so ohnmächtig fühlt", murmelte Charlie. „Diesen Leuten sind die Massen von Menschen, die in Armut leben, völlig egal. Sie wissen nicht einmal, dass es sie gibt."

„Spark Plug weiß nicht einmal die Hälfte. Er hat nur den Verdacht." Sadie biss sich nachdenklich auf die Unterlippe. „Die Sache ist, Charlie, die Reichen sind auch nur Menschen. Die meisten von ihnen denken nicht einmal, dass das, was sie tun, schlimm ist ... und ich kann durchaus nicht sagen, dass sie alle Ungeheuer sind. Einige von ihnen sind gefühllos, machtbesessen und abgehärtet gegen Gewalt, aber der gute alte Sparky ist es auf seine Weise auch. Wenn man ihn drängen würde, würde er vieles von dem tun, was diese Leute tun. Er würde sein Herz, seine Ohren und seinen Sinn verschließen, wenn er denken würde, er könnte in dieser wahnhaften Fantasie leben ... das würden die meisten Leute tun."

Sie wies auf die Straße. Es war eine quälende Szene für eine lebensmüde Seele. Die gepflegte Vegetation und die aufgestellten Blumenkästen schufen die Illusion von Sicherheit. Die sorgfältig gestaltete Beleuchtung schuf eine Pufferzone zwischen dieser Straße und der übrigen verdunkelten Stadt. Private Sicherheitsbeamte patrouillierten diskret und ruhig in der Gegend. Die Existenz von Chauffeuren, Oberkellnern und weiß-behandschuhten Türhütern versicherten den Reichen, sie seien geachtet, geschützt, verwöhnt und verehrt.

Charlie dachte an die von Flöhen bewohnte Couch und die nackte Glühlampe im Fahrradladen und an Spark Plugs ausgemergeltes Gesicht. Er dachte an seine eigenen dunklen Nächte, wenn er fühlte, wie die Regierung ihre Hand nach ihm ausstreckte. Bessere als er hatten in der verlockenden Welt des Reichtums ihre Moralität beiseite gelassen. Intelligentere als er hatten sich mit Halbwahrheiten und schäbigen Argumenten dazu verführen lassen, Machtpositionen einzunehmen. Ihm hatte nie jemand die Chance angeboten, im Garten Eden zu leben, aber wenn das jemand getan hätte, hätte ihn die glänzende rote Frucht vom Baum der Erkenntnis vermutlich den Weg, der vom Paradies der Reichen wegführte, entlang taumeln lassen. Charlie kannte sorgenvolle Väter, die ihre Familien nicht ernähren konnten. Er kannte Mütter, die zwei Jobs ausübten, damit sie ihre Kinder nicht hungrig zu Bett schicken müssten. Er hatte die verschachtelten Schichten des sozio-ökonomischen Systems auseinandergenommen, die von verdorbenen Geschäften durchzogen waren, mit denen die Leute beschissen wurden. Er hatte die bittere Frucht Wahrheit gekostet und seine Auffassung von Recht und Unrecht versperrte das Tor zur glückseligen Existenz in diesem Garten.

Sadie nahm ihn am Ellenbogen.

„Hör zu, beobachte und lerne, Charlie. Du wirst heute Abend Dinge sehen, die nur sehr wenige Leute in diesem Land wirklich verstehen. Die meisten Leute können sich die Extravaganz der Klasse der Reichen nur *vorstellen*. Du wirst sie jetzt am eigenen Leib erfahren."

Sie zeigte auf den diskreten Eingang vor ihnen. Er bot ihr galant seinen mit einem karierten Hemdsärmel bekleideten Arm an. Der Oberkellner öffnete die Glastür. Seine Augen leuchteten auf, als er die junge Frau erkannte.

„Sadie! Was für ein Vergnügen, dich zu sehen!", sagte er mit echter Wärme in der Stimme.

„Louis", begann Sadie, „wir sind hundemüde und sterben vor Hunger. Willst du ..."

„Kein Wort mehr! Ist schon geschehen. Aubrey wird überglücklich sein, wenn er hört, dass du hier bist! *Bonsoir monsieur. Bienvenus au Café Renault!"*

Der Oberkellner begleitete sie zu einem ruhigen Tisch und verschwand, um Aubrey Bescheid zu sagen.

Charlie glitt auf seinen Stuhl und bemühte sich, seinen Unterkiefer nicht fallenzulassen. Sie waren hinter einer Pflanzenwand versteckt, die besser gepflegt war als er. Durch die Pflanzen konnte er gut frisierte Frauen in Abendkleidern sehen. Gold und Juwelen glitzerten, wenn manikürte Hände zu den Kristallgläsern griffen. Leise erklang ein Streichquartett in einer Ecke des Raumes. Irgendwo rauschte ein Brunnen genauso laut, wie nötig war, um den einzelnen Stimmen die Privatsphäre zu erhalten. Die Männer trugen ausnahmslos Abendanzüge und goldene Uhren.

„Ich bin nicht gut genug angezogen“, sagte Charlie.

„Ich auch nicht“, lachte Sadie. „Ich sollte einen Diamanten tragen, der eine afrikanische Nation ein Jahr lang ernähren könnte.“

„Werden sie mich rausschmeißen, wenn ich mein Abendessen mit einer Kuchengabel esse?“, fragte er und nahm die Gabel in die Hand.

„Das ist deine Salatgabel“, sagte sie, „und nein, das werden sie nicht. Der Bürgermeister von New York verwechselt das Silberzeug immerzu.“

„Raus hier!“, sagte er.

„Stimmt“, erwiderte sie lächelnd. „Was für eine Show, hm?“ Sie stützte ihr Kinn auf die Hand und blickte durch die Blätter. „Diese Frauen tragen mehr Geld auf dem Rücken, als die meisten Leute in einem Jahr verdienen. Ekelhaft, nicht?“

„Weiß nich“, bekannte er und zeigte auf eine Dame. „Ich denke, du würdest in diesem roten Abendkleid großartig aussehen.“

„Aussehen kann täuschen“, erwiderte Sadie und schmiegte sich an Charlie. „Dieses Gewand wurde von Drohnen gekauft und bezahlt, die abgereichertes Uran auf Kindern im Nahen Osten abgeladen haben. Siehst du den Burschen, mit dem sie hier ist? Das ist *der Schlächter*.“

Charlie starrte den steifen, reizbar wirkenden Mann an. Sadie zischte ihm zu, er solle niemanden anstarren. Er wendete sein Gesicht ab, aber er warf weiter Blicke auf die scharf geschnittene Nase und den Bürstenschnitt des Mannes. Charlie bewegte sich nervös, weil der Mann so nah war.

„Entspann dich", sagte Sadie. „Dies hier ist der letzte Ort, an dem sie dich suchen würden."

„Sadie, was weißt du sonst noch über das alles?", fragte Charlie und ihm wurde plötzlich heiß vor Neugier.

„Du hast hier gearbeitet, stimmt's?"

„Zwei Jahre und dann noch eine Zeit lang ab und zu", sagte Sadie und zuckte die Schultern. „Ich weiß, dass jedes glitzernde bisschen Gold, das sie tragen, von modernen Tagessklaven aus dem Bergwerk gefördert worden ist. Ich weiß, dass die Frauen dort drüben eine Flasche Wein für dreitausend Dollar genießen, während sich ihre Ladenkette, die sich durch das ganze Land zieht, weigert, den Angestellten einen Lohn zu zahlen, von dem sie leben könnten. Der Bursche hat gerade die nächste dreifache Bypass-Operation vor sich, die er von den Profiten bezahlen wird, die er mit dem erpresserischen Gesundheitsfürsorge-Programm für alle anderen machen wird. Ich weiß eine Menge, Charlie."

Sie sah sich im Raum um, ihr Blick war überschattet und sorgenvoll. Der Glitter und die polierten Marmorflächen blendete ihre Augen nicht mehr. Die schönen Abendkleider bedeckten nicht ganz die schäbigen Grausamkeiten, mit denen sie bezahlt wurden. Die Platten mit erstaunlich zubereiteten Speisen schrien sie an und bekamen ein Echo in den hungrigen Bäuchen, die von der Gier der Reichen leergesaugt worden waren. Die Szene um sie her erschien ihr nicht schön. Sie brach ihr das Herz.

„Wenn du den wahren Preis des Reichtums kennst, Charlie", sagte sie leise, „sieht alles anders aus. Der Schimmer der Reichtümer schmerzt einen in den Augen. Der Geschmack der Extravaganz wird einem im Mund bitter. Der sanfte Kraftaufwand dieser Saiteninstrumente bringt uns das Echo der Schreie aller zu Ohren, die leiden und für diesen Abend die Rechnung bezahlen. Und wir alle gehören dazu. Immer wenn wir den Reichtum zum Idol erheben und versuchen, so reich wie sie zu werden, verlängern wir damit das Leiden von Milliarden. Ich wünschte, die Menschen würden extremen Reichtum als Schande und nicht als etwas Glänzendes betrachten. Dies", und damit zeigte sie in den üppigen Raum, „sollte als skandalös angesehen werden, wenn die Kinder im nächsten Häuserblock in den Müllcontainern nach etwas Essbarem suchen."

Charlie setzte sich auf seinem Stuhl zurecht.

„Wir müssen also daran arbeiten", sagte er. „Der Löwenzahnaufstand muss diese Gesinnung ansprechen. Denn, und da hast du ganz recht, wenn die Menschen weiter nach Geld und Macht gieren, hilft uns keine Revolution weiter."

„Ja, es ist dasselbe wie die Anbetung unserer Soldaten und die Glorifizierung von Mord als Beruf", sagte Sadie leidenschaftlich.

Charlie würgte an seiner Antwort. Das war kein sehr beliebtes Gefühl, aber da war etwas dran. Frieden würde niemals dadurch gefunden, dass man den Militarismus feierte und den Reichtum der Kriegsindustrie zum Idol machte. Sie schwiegen finster, jedes in seine Gedanken verloren, bis eine Stimme hinter ihnen kicherte.

„Gut, gut, kleiner Vogel, der sich entschlossen hat, zu mir zurückzufliegen, wie?"

„Aubrey!"

Sadie schoss so schnell in die Höhe, dass das Besteck klapperte und die Votivkerze wackelte. Sie warf ihre Arme um einen dünnen dunklen Franzosen und umfasste ihn fest in einer innigen Umarmung. Charlie spielte mit seiner Gabel und versuchte, nicht rot zu werden, und er fragte sich unbehaglich, ob sie einmal Liebende gewesen waren. Als sie zur Seite traten, hielt der Mann stolz – und, so schien es Charlie: besitzergreifend – seinen Arm um Sadies Taille. Aubrey Renault war ein heftiger Mann mit Gesichtszügen, die wie gemeißelt aussahen. Obsidiane glitzerten in seinen Augen und ein paar Falten zogen feine Linien durch sein Gesicht; es waren die Zeichen einer guten Stimmung.

"*Bon jour, je m'appelle Aubrey Renault.*" Er stellte sich vor und hielt Charlie die Hand hin.

"*Je suis Charlie Rider*", erwiderte Charlie und gab dem Mann die Hand.

"*Ah! Un Français?*"

"*Un Acadien*", erklärte er.

"*Bienvenu!*" Aubrey hieß ihn willkommen. Er deutete mit einer Bewegung an, dass sie sich setzen sollten. „Ich habe nur wenige Minuten Zeit", sagte er und zeigte auf die übrigen Gäste. „Aber ich muss meinem Vogel doch schließlich Hallo sagen, nicht wahr?"

Ein Kellner brachte Suppe an den Tisch. Aubrey zog sich einen Stuhl heran und deutete ihnen an, sie sollten essen. Er kümmerte sich nicht um ihre Seufzer der Hochachtung und des Dankes.

"*Sans les oeufs, le fromage, le lait, et la crème,*" sagte Aubrey, warf die Arme in gespielter Verzweiflung in die Luft und drehte sich zu Charlie um, damit der ihn bemitleide. „Kannst du dir von einem französischen Küchenchef vorstellen, dass er ohne Sahne kocht? Das tue ich nur für Sadie Byrd Gray!" Er sah ihr scheinbar bedauernd zu, wie sie sich an der Suppe erfreute.

"Sadie-*chérie*", seufzte er. „Du hättest die Liebe meines Lebens sein können, wenn du nicht Veganerin wärst. *Mon Dieu!* Ohne Käse könnte ich niemals leben! "

Sadie verdrehte die Augen über den Witz, den sie schon tausendmal gehört hatte.

„Und all die Jahre habe ich gedacht, es wäre deine Liebe zu Männern, die uns auf Distanz gehalten hat!"

„Na gut", Aubrey zwinkerte. „Die auch."

Charlie lächelte.

„Puh", lachte Sadie. „Es gefällt mir gar nicht, dass ich in deiner Zuneigung hinter verdorbener Kuhmilch rangiere."

„Ach!", rief Aubrey. Er wandte sich Charlie zu. „Dieses Mädchen! Es hat keine Erziehung. Gar keine. Sie kommt ins

Café Renault und wagt es, von verdorbener Kuhmilch zu reden?!"

„Ich könnte auch von dem von Bakterien verseuchten Trauben-Kompost sprechen", bot sie an und zeigte auf die Weinflaschen auf den anderen Tischen. Aubrey schüttelte den Kopf in gespieltem Schrecken und wedelte mit dem Finger vor ihrer Nase.

„Nur du. Nur wegen meiner unsterblichen Ergebenheit und Liebe zu dir erlaube ich dir, so etwas hier zu sagen! Mein Restaurant ist das beste der Welt und du nennst alles, was es hier gibt, Gift!"

„Sieh ihn dir an, Charlie", sagte Sadie und zeigte mit dem Löffel auf Aubrey. „Er sieht so charmant aus, nicht? Aber inwendig hat er eine Masse von faulenden toten Tierseelen."

Aubrey hielt die Hand aufs Herz und lehnte sich zu Charlie rüber. „Dieses Mädchen? Pass auf! Sie ist eine Herzensbrecherin."

*Erzähl mir mal was, das ich nicht weiß,* dachte Charlie, aber Louis ersparte ihm die Antwort. Er kam herüber und flüsterte Aubrey etwas ins Ohr. Der Chefkoch zog missvergnügt die Stirn in Falten und stand auf, um zu seinen Pflichten zurückzukehren. Er sagte Sadie, dass sie diese Nacht gerne in seiner Wohnung schlafen könnten, dass er aber bis spät in die Nacht arbeiten werde.

„Du hast doch wohl noch den Schlüssel?", fragte er.

„Natürlich", antwortete Sadie.

„Mein Haus ist auch das eure, Charlie. Es war mir ein Vergnügen. Ich hoffe, wir werden noch weiter miteinander sprechen."

Charlie dankte ihm für seine Gastfreundschaft und besonders für das Abendessen. Aubrey winkte ab, als wäre sein Aufwand gar nichts.

„Ich sorge immer für meinen Vogel!", rief er, als er in die Küche zurückging.

„Wow", machte Charlie.

„Das ist Aubrey“, Sadie grinste. „Er nahm mich auf, als ich von zu Hause weggelaufen war, rettete mir tausendmal das Leben und wollte mir noch nicht einmal erlauben, ihm zu danken. Iss jetzt weiter und iss alles auf! Es würde ihm das Herz brechen, wenn du irgendetwas zurückgehen lassen würdest.“

Ein Abendessen nahm seinen Lauf, ein Gang nach dem anderen wurde aufgetragen. Charlies Zunge explodierte vor Aromen. Seine Nase wurde wild von den Düften. Sadie lachte bei jedem seiner von Herzen kommenden Grimassen und forderte ihn auf, ein Gedicht zu schreiben, um die sensationelle Kochkunst darzustellen. Sadie genoss seine Reaktion. Charlie hatte sein ganzes Leben in einer kleinen Stadt zugebracht. Das Ausgefallenste, das er je in Betracht gezogen hatte, war, ein neues Auto zu kaufen.

*Charlie, mein Freund,* dachte Sadie, *einige Leute sind geborene Abenteurer, anderen werden die Abenteuer durch die Umstände aufgezwungen. Du allerdings bist eine interessante Mischung aus beiden.*

„Sadie“ fragte er da. „Träume ich? Ich meine, vor einer Stunde waren wir in einer anarchistischen Werkzeug-Kooperative, die von einer einzigen nackten Glühlampe erleuchtet wurde, stimmt's?“

„Willkommen in meinem surrealen Leben, Charlie“, antwortete sie mit einem Seufzer. „Freunde in hohen und niedrigen Stellungen.“ Sie legte ihren Löffel hin. „Sehr wenige Leute verstehen wirklich, welche Kluft es zwischen den Armen und den Reichen gibt, und noch weniger machen solche Erfahrungen. Der Mann dort drüben“, sie zeigte auf ihn, „verdient in ein und einer Viertelstunde mehr als Zipper im ganzen Jahr. Und die Chancen stehen gut, dass ich in hundert Leben nicht so viel Geld verdienen könnte, wie das, mit dem seine Frau geboren wurde.“

Sadie presste ihre Lippen fest aufeinander, bevor sie weitersprach.

„Wenn ich höre, wie reiche Politiker darüber quatschen, wie *man sich am eigenen Zopf aus dem Sumpf zieht,* macht mich das wahnsinnig! In was für einer Welt leben sie? *Niemand* hat mehr einen Zopf! Die Reichen behaupten, sie hätten ihren Erfolg selbst verdient, aber das ist so, als wollte man sagen, Körperlänge hätte nichts mit dem Können beim Basketballspielen zu tun. Sie haben Erbschaften, Steuerschlupflöcher, Ausbildung in Privatschulen, Arbeits-Gelegenheiten, Trust-Fonds, Insiderinformationen, Investitionen, Startkapital, Finanz-Bankiers; darin sind wirklich nicht alle ‚gleich geboren', Charlie, schon gar nicht in Amerika. Die Reichen werden reicher und die Armen werden ärmer. So läuft es in Amerika."

Sie machte eine Pause und seufzte.

„Ich zetere. Tut mir leid."

„Du hast in allem recht", sagte Charlie.

„Ja, aber ich sollte den Mund halten und dich das ausgezeichnetste Essen auf diesem Planeten genießen lassen."

„Es ist wirklich gut", gab Charlie zu.

„Das beste, was ich je gegessen habe", erinnerte sich Sadie, „hat einmal ein französischer Bursche für mich gemacht. Er wusste nicht, wie man vegan kocht, aber er machte den erstaunlichsten Kürbisbrei und ..."

„He, das war ich!", rief Charlie und wurde rot. „Du erinnerst dich daran?"

„Ja", antwortete sie. „Es war, als würdest du dein ganzes Herz darüber ausschütten."

*Das habe ich auch*. Charlie stimmte ihr innerlich zu. *Ich habe jeden Topfen Liebe, die ich zu dir empfand, in das Mahl gegossen*. Er hatte gehofft, das würde seine Liebe für Sadie aufbrauchen, aber nein, seine Gefühle waren wiedergekommen, und sie waren stärker als je zuvor. *Vielleicht sollte ich es ihr sagen,* dachte er, aber er zögerte damit, ihr sein Herz gerade dann zu öffnen, wenn der *Schlächter* am Nachbartisch saß und Sadie Blutgeld in den mit Spitzen besetzten Abendkleidern sah. Er würde lieber ihr Zetern genießen und zusehen, wie ihr die Farbe in die Wangen stieg, und die Art und Weise bewundern, in der ihre Augen vor

Leidenschaft brannten. *Eines Tages werde ich es ihr sagen*, versprach er sich selbst, *und das schon bald*.

Als das Abendessen sich seinem Ende zuneigte, begann Charlie den Ausdruck in den Gesichtern von Männern und Frauen an den anderen Tischen zu studieren. Er achtete darauf, wie sich Lippen kräuselten und wie die Leute die Augenbrauen zusammenzogen, einen Schmollmund machten und lächelten oder Worte formten. Er suchte Freude und Sorge, Reizbarkeit und Furcht in den Gesichtern und sah nur, wie sich Langeweile und Unzufriedenheit in ihnen ausdrückten. Sadie hatte recht; sie waren auch nur Menschen. Man brauchte ihnen nur den Luxus, die Wellness-Behandlungen, das Make-up, die kosmetischen Gesichtsbehandlungen und den Schmuck abzustreifen und sie in ein Paar Bluejeans und ein altes T-Shirt zu stecken. Wenn man sie dann in einem runtergekommenen Imbiss abliefern würde, wären sie wie alle Menschen ein Haufen Kummer, Elend und Hoffnung.

„Ich dachte, sie wären anders", sagte er leise.

„Ungeheuer mit roten Augen und blutdurstigen Schnauzen?", scherzte sie.

„So etwa", gab er zu. „Ich dachte, sie würden mächtig aussehen, nicht missgestimmt."

Sadie prustete vor Lachen, als sie ihren Blick über einen besonders rotgesichtigen Mann gleiten ließ, dessen Mundwinkel sich in Unbehagen nach unten zogen, als sein Doppelkinn einen Rülpser ausstieß.

„Das ist einer der Militärlieferanten der Regierung des *Schlächters*."

„Erschreckend", sage Charlie und es war ihm ernst. Ein Teil von ihm sehnte sich danach zu glauben, dass mächtige Entscheidungen von Menschen getroffen würden, die klüger als er wären, aber Charlie sah den Militärlieferanten an und ihm wurde klar, dass die Verdauungsstörung eines einzigen Mannes den Tod von Tausenden bewirken könnte, wenn er in Eile Dokumente unterschreibt, weil er schnell aus seinem Büro fort will. Seine Blicke glitten schnell durch den Raum. Er zog die

Stirn kraus und kniff dann die Brauen über jede kleine Einzelheit zusammen. Er sah genauer hin. Er stützte seinen Ellenbogen auf den Tisch und fuhr sich mit der Hand nachdenklich über den Mund.

„Sadie?“, fragte er schließlich. „Warum sind sie so angespannt?“

„Sind sie nicht“, versicherte sie. „Sie entspannen sich.“

„Ach nein, das tun sie nicht“, darauf bestand er. „Vielleicht einige der Frauen, aber sieh dir die Männer an und die Frauen, die Anzüge statt Kleidern tragen. Sie empfinden wegen irgendetwas Unbehagen.“

Er neigte sich zu Sadie und deutete auf die unruhigen Blicke, die Handgelenke mit den goldenen Uhren, die gedreht wurden, den gespannten Gesichtsausdruck, die offensichtlichen Aufmerksamkeitsschwächen. Sadie zog die Stirn kraus.

„Ja“, sie stimmte zu. „Etwas geht hier vor.“

Sie kramte in ihrem Gedächtnis nach Namen und Stellungen und stellte Verbindungen her. Sie griff nach dem Ellenbogen des Oberkellners, als er vorbeiging.

„Louis, wer ist das da, der zu Tisch neun rübergeht?“, fragte sie und zeigte mit dem Kopf dorthin, wo der *Schlächter* saß.

„Das ist der Chef für Sondereinsätze“, erwiderte der Mann und reckte den Hals, um etwas zu sehen. „Er ist spät dran. Das ist seltsam. Gewöhnlich ist er recht pünktlich.” Louis zog die Stirn kraus und ging weiter.

Charlie fühlte, wie es ihm kalt den Rücken runter lief.

„Sadie, ich habe so ein Gefühl ...“

Sie nickte.

„Ich auch, Charlie, ich auch.“

## KAPITEL SIEBEN

.....

### *Der größte Terrorist auf Erden*

Charlie wachte noch in den dunklen Morgenstunden auf und drehte sich auf der Couch um. Ein Strahl bleiernen Lichts drang unter den Vorhängen von Aubreys Wohnung hervor. Ungewohnte Geräusche stachen ihm ins Ohr. Die Stadt ruhte nie. Sie ächzte und stöhnte die ganze Nacht über. Charlie hatte Stunden lang wach gelegen und dem Raunen ihrer Sprache aus Stahl und Beton zugehört, bis ihm die Erschöpfung endlich die Ohren betäubte und er einschlief. Ein plötzliches Anhalten des Stadtgeräuschs hatte ihn geweckt. Er blinzelte zweimal in die unerwartete Ruhe. Dann hörte er das Scheppern von Müllfahrzeugen in der dunklen Straße unten. Charlie schwang die Beine von der Couch und setzte sich auf. Ein kühler Luftzug kam durch eine Schiebetür, die zu einem winzigen Balkon führte, auf dem Aubrey frische Kräuter anbaute. Charlie sah den Umriss des Mannes vor dem zusammengesetzten Quadrat von Licht aus den Wohnungen auf der anderen Straßenseite.

„Komm und lass uns etwas zusammensitzen, wenn du magst." Mit leiser Stimme lud Aubrey ihn ein und wandte sich nicht zu ihm um.

Charlie trat mit seinen nackten Füßen auf den kühlen Zement hinaus und setze sich neben den anderen Mann auf eine schmale Holzbank. Er fädelte seine Füße zwischen die Spalten der Eisenbrüstung. Er sah nach unten. Der Boden war nur ein schmaler Streifen von Scheinwerfer-Strahlen und die Straßenbeleuchtung bildete orange Pfützen. Aubreys kantiges Gesicht reflektierte den Schimmer des verzweifelten Kampfes der Elektrizität, den die Menschheit gegen die Nacht führte.

Einen Augenblick lang saßen sie ruhig beisammen und sprachen nicht. Charlie starrte auf die Stadt. Er fühlte, wie sie unheimlich und schwer wartete. Die sich auftürmenden

Gebäude schienen angespannt, standen da wie Dominos vor dem ersten Anstoß. Unbehagen prickelte zwischen seinen Schulterblättern.

„Aubrey", fragte Charlie, „weißt du, was da vor sich geht?"

Der Ältere antwortete erschöpft:

„Lass uns jetzt nicht darüber reden. Wir haben nur noch so wenig Zeit."

Charlie lief es kalt den Rücken runter.

„Was ist los? Was ..."

Aubrey hob die Hand und brachte ihn damit zum Schweigen.

„Sehr bald wird von nichts anderem die Rede sein. Lass uns hier einfach zusammensitzen und den Frieden genießen, den wir haben."

Charlie setzte an, Einwände zu erheben.

„Bitte", bat Aubrey. Seine Stimme brach wie die eines Mannes, der ein qualvolles Geheimnis in sich trägt. „Wenn es dämmert, werde ich es dir erzählen. Die Dämmerung ist nur etwa eine Stunde weit weg. Ich bitte dich, lass uns von anderem reden, von Dingen, über die wir in vielen kommenden Jahren nicht werden sprechen können. Lass uns von Schönheit sprechen oder von Hoffnung. Nein ... lass uns von Liebe sprechen."

Charlie hörte, wie sich Aubrey mit den Fingern durchs dichte Haar fuhr. Aubreys Stimme klang nach sanfter Sorge, als ob er ein Liebhaber der Liebe an sich wäre und sie ein letztes Mal im Arm hielte.

"*Sans amour*", sagte er "*la vie ne vaut pas la peine.*"

*Ohne Liebe lohnt es sich nicht zu leben.* Charlie lächelte in die Dunkelheit und lehnte den Rücken gegen die harte Wand hinter sich.

„Charlie, du liebst sie, nicht wahr?" „Sadie?" antwortete er erschrocken. „Natürlich. Wen sonst?"

Charlie antwortete nicht. Es war kein Geheimnis.

Sein Herz war ein Streichholz, das in der Dunkelheit aufflackerte. Jeder außer Sadie sah die Flamme.

„Du liebst sie schon lange?“, fragte Aubrey.

„Ja. Woher weißt du das?“

Der andere zuckte die Schultern.

„Wenn einer oft geliebt hat, lernt er die Zeichen erkennen.“ Aubrey lehnte sich an die Wand, seine scharf geschnittene Nase und seine Wangenknochen hoben sich gegen das Leuchten der Stadtlichter ab. Sein blasses, eckiges Gesicht wurde nachdenklich. Aubrey wendete die Vorstellung in seinem Geist hin und her ... dieser junge Mann für dieses Mädchen? Seine dünnen Lippen zuckten. Beim Nachdenken zog er hörbar die Luft ein. Zweimal wendeten sich seine Blicke Charlie zu und maßen ihn. Charlie wartet und sagte nichts. Sein Herz wusste, dass nur eine einzige Person über sein Schicksal entscheiden konnte ... und sie würde selbst die Entscheidung treffen. Charlie schüttelte die Vorstellung von allen anderen Möglichkeiten ab wie ein Hund das Wasser. Er war kein Heranwachsender, der sein Herz nicht verstand. Er hatte seine Gefühle an der Klinge der Zeit abgeschliffen. Er hatte versucht, sich anderen Frauen zuzuwenden. Er hatte auf jede erdenkliche Art versucht, mit seinen Gefühlen fertigzuwerden. Aber seine Liebe hatte alles überdauert.

Aubrey war in seine Gedanken versunken und murmelte vor sich hin wie jemand, der an Einsamkeit gewöhnt ist. Sein Murmeln verband sich mit den nicht endenden Geräuschen der Stadt. Sein leises Flüstern wurde lauter und er sprach seine Gedanken aus. Seine Stimme war zuerst leise, dann wurde sie lauter und schließlich bekam sie einen so bestimmten Ton, dass Charlie klar wurde, dass Aubrey unbedingt verstanden werden wollte und keine Unterbrechung wünsche.

"*Un Acadien, eh?“,* sagte Aubrey zur Nacht. „Der könnte meinem kleinen Vogel guttun. Er hat Familie und also Wurzeln. Sie braucht einen Ort, an dem sie zur Ruhe kommen kann.“

Im Stillen widersprach Charlie dieser Vermutung. *Un Acadien,* ja, aber auch ein Rider, der Sohn einer Familie, die an den Wahnsinn des Kontinents verloren gegangen war, Wunderkind zerbrochener Familien und Illusionen, immer auf der Suche nach dem Paradies, nirgendwo ansässig. Sie starben zu jung und zu schnell und hinterließen Legenden und Gespenster, ein einzelner Sohn nach dem anderen. Charlie dachte daran, wie sein Vater im Scherz gewarnt hatte: *Wir sind verflucht, weißt du. Die Riders haben einen Sohn und dann puff! Wir verschwinden*. Charlies Vater lebte so lange, dass er noch sehen konnte, wie sein Sohn es bis in die Pubertät schaffte, und dann, als Scott Rider eines Abends von seiner Arbeit im Süden des Bundesstaates nach Hause fuhr, verhöhnte er den Tod zu sorglos und baute einen Unfall.

*Das waren die schlimmen Jahre*, erinnerte sich Charlie. Der Fluch der Riders glitt ihm zusammen mit der Lederjacke seines Vaters auf die Schultern. Er wurde zu einem Zehnjährigen mit Todesurteil auf dem Rücken. Er war dabei zu sterben. Der Fluch hätte auch ihn erwischt. Als er in der achten Klasse war, war der Stachel der Furcht nicht mehr wirksam, sondern seine Nach-mir-die-Sintflut-Haltung hatte Charlie in ständige Schwierigkeiten gebracht. Zum Glück für Sadie! Es kostete die frühreife Zwölfjährige einen einzigen gebieterischen Satz, um seine ganze Welt infrage zu stellen.

*Wenn du schon einmal einen Todes-Fluch auf dir hast*, fragte sie, *warum LEBST du nicht einfach größer und kühner als alle anderen? Du hast ja nichts zu verlieren, darum kannst du es ebenso gut wagen, etwas Erstaunliches zu tun!*

Jahre danach saß er auf einem Balkon über Manhattan und stieß ungläubig einen tiefen Seufzer aus: *So steht es, Sadie, wir tun es*. Er staunte und lehnte seinen Rücken noch fester gegen die kühle Betonwand. Aubreys Murmeln verstummte plötzlich. Die Seufzer und das Grummeln der Stadt dröhnten ihnen in den Ohren und füllten wie eifrige laute Untermieter das Haus ihrer Gedanken. Aubrey räusperte sich und vertrieb mit dem, was er sagte, den Lärm der Stadt.

„Dies ist eine Nacht mit vielen Gedanken", seufzte er. „Bald wird sich alles ändern, deshalb blicke ich heute Nacht zurück und frage mich, wie wir bis zu diesem Punkt gekommen sind. Charlie, ich bin als junger Mann in die Vereinigten Staaten gekommen, ich war fast noch gar kein Mann. Gerade hatte ich als Bester meiner Klasse die Kochschule abgeschlossen und schon wurde mir der Traum Amerika angeboten: Reichtum, Status, Freiheit. An meinem ersten Tag in dieser Stadt ging ich zur Freiheitsstatue. Ich bin ein großer Verehrer der Lady Freiheit. *Gebt mir eure Müden, eure Hungrigen, eure Armen.* Sie ist ein Geschenk des französischen Volkes, wusstest du das? Ich umkreiste ihre Füße und sah auf die Stadt zurück. Weißt du, was ich sah?"

Charlie schüttelte den Kopf.

„Zwei Flugzeuge krachten in ein paar Türme und dieses Land wurde verrückt. Angst. Hass. Wut. Lügen. Nationalismus schäumte den Leuten aus dem Mund. Sie waren tollwütig vor Militarismus. Gewalt. Sorge. Terror. Ich kam, um einen Traum zu erleben, und ich kam in einen Albtraum."

Aubrey rückte unbehaglich auf der Bank hin und her. Von der dunklen Morgenluft bekam er eine Gänsehaut auf den Armen. Ein Schauder lief ihm über den Rücken.

„Jetzt nach vielen Jahren höre ich, dass manche Leute sagen, es sei die Regierung gewesen, die das getan hat. Andere bleiben dabei, es seien Extremisten gewesen. Eine dritte Partei behauptet, es waren beide. Ich sage, das spielt jetzt kaum noch eine Rolle, weil es den Terroristen gelungen ist, aus den Leuten dieses Landes größere Terroristen, als sie selbst sind, zu machen."

Voller Abscheu spuckte er in eine Ecke des Balkons. Charlie schwieg, er wusste nicht, was er sagen sollte. Er konnte sich an keine Zeit erinnern, bevor der Krieg gegen den Terror die ganze Welt verschlungen hatte und in die USA zurückgekommen war und nun auf den Schultern ihrer Bürger lastete.

Aber Charlie wusste jedenfalls, dass die Kriege, die angeblich dem Terrorismus ein Ende machen sollten, Schein-Kreuzzüge waren. Er wusste, dass die Bedrohungen durch die Angriffe erdichtet waren, damit die Mächtigen ihre verborgenen politischen und wirtschaftlichen Ziele erreichen könnten. Er wusste, dass wegen der Lügen der Politiker

Millionen gestorben waren und dass keiner von den Massenmördern, die hohe Ränge bekleideten, jemals wegen Kriegsverbrechen vor Gericht gestellt worden war. Im Gegenteil: Viele von ihnen genossen überschwänglich formulierte Passagen in den Geschichtsannalen. Der Krieg gegen den Terror war zum Krieg gegen die Freiheit verkommen und die Grundprinzipien der Demokratie waren von der rabiaten Macht der Furcht zerschlagen worden. Die früher einmal international anerkannten Maßstäbe der Menschenrechte waren von der amerikanischen Raserei, die sich in Mord, Drohnenkrieg, Folter und unbegrenzter Haft äußerte, in Stücke gerissen worden. Die Vereinigten Staaten hatten die Tragödie der Türme missbraucht, um selbst der größte Terrorist zu werden, den die Welt je gesehen hatte.

„Viele Jahre lang", sagte Aubrey, „habe ich unter dem Schock der Verwirrung gelebt. Ich konnte nicht begreifen, was dein Volk tut ... mein ganzes Geld wurde von Tod und Zerstörung aufgebraucht. Das Geschäft mit dem Töten boomte. Das Leben starb. Herzen schrumpften zusammen und verschwanden. Die ganze Zeit über bereitete ich *foie gras, filet mignon* und *tiramisu* für die reichen Kriegstreiber zu. Hinter dem Restaurant sah ich Kinder, die die Müllcontainer nach Nahrungsresten durchsuchten. Die Leute sagten mir, ich sollte den Abfall verschließen, aber ich sagte, was hat das für einen Sinn, außer dass die Kinder dann verhungern? Sie nannten mich einen sozialistischen Franzmann. Mir brach das Herz beim Anblick der Leute in diesem Land. Sie waren so voller Hass, dass sie nicht einmal ihren eigenen Kindern etwas zu essen geben wollten. Ich betete zur Lady Freiheit und sagte: bitte, bitte, du musst mir Beistand schicken. Einen, der mir hilft."

Aubrey machte eine Pause und sah in Richtung Hafen.

„Auf diese Weise habe ich Sadie kennengelernt."

„Sadie?" fragte Charlie erstaunt.

"*Oui*. Sie tauchte auf und suchte Arbeit . . . sie war vielleicht sechzehn. Ich erinnere mich, dass mein erster

Gedanke bei ihrem Anblick war: *Seht euch dieses Mädchen an! Es verdient, die Königin von Amerika zu sein!"*

„Du hast ihr also Arbeit gegeben?", fragte Charlie.

„Nein, nein, ich habe schließlich keine Kinder angestellt. Ich sagte *mademoiselle*, sie sei zu Höherem bestimmt und sollte auf dem roten Teppich gehen und nicht an der Hintertür betteln."

„Was hat Sadie da gesagt?"

"*Merci beaucoup, vielen Dank, wenn ich heute Nacht nicht erfriere, wird mich vielleicht morgen das Schicksal anheuern.* Was hätte ich tun können? Ich nahm sie ins Haus, gab ihr Arbeit und lehrte sie anständiges Französisch."

„Sadie spricht besser Französisch als ich", sagte Charlie defensiv.

"*Oui*, jetzt schon. Damals hat sie denselben elenden Dialekt gesprochen wie du ..." Er brach ab und lachte, weil Charlie über den sprachlichen Snobismus in die Luft gehen wollte.

„Es war eine glückliche Begegnung", fuhr Aubrey fort, „eine, für die ich meiner Heiligen, Lady Freiheit, immer gedankt habe. Sadie half mir, den Hungrigen Essen und den Notleidenden Geld zukommen zu lassen. Dieses Mädchen wusste, was Hunger heißt." Er seufzte bei der Erinnerung. „Ein paar Monate lang kam der Präsident zur Vordertür rein, während die *Essen-statt-Bomben-Gruppe* zur Hintertür rausging. Sie nannten mich den Robin Hood der Restaurants: von den Reichen nehmen und den Armen geben." Er kicherte, aber sein Ton schrumpfte zu einem traurigen Seufzer zusammen. „Im Laufe der Jahre habe ich erfahren, dass die Amerikaner die fettesten und reichsten Leute auf Erden sind, aber sie verzehren sich alle nach Freundlichkeit. Es ist eine Tragödie. In den Herzen der Amerikaner ist so viel Güte, aber sie ist fest verschlossen. Die Leute dieses Landes könnten wahrhaftig die größte Nation auf Erden darstellen ... wenn sie nur nicht in den Käfig der Furcht eingesperrt wären."

Wieder seufzte er. Der erste Lichtstrahl kam von Osten. Die Umrisse der Gebäude standen auf und reckten sich. Die Stadt begann beim Aufwachen zu ächzen. Die Sonne beleckte die Wolkenkratzer im Osten. Die Dämmerung hob sich.

„Es wird Zeit", sagte Charlie und erinnerte Aubrey an sein Versprechen: „Sag mir, was vor sich geht."

Aubrey presste die Lippen zusammen und senkte den Kopf, ob in Gedanken oder im Gebet, konnte Charlie nicht unterscheiden. Die schwarzen Augen des Mannes wandten sich hilfesuchend dem Himmel zu.

„Es wird einen Anschlag auf das Stromnetz geben", sagte er. „Terroristen."

„Jesus", sagte Charlie. „Wann?"

„Heute Abend."

„Woher weißt du das?"

„Der Chef der Sondereinsätze hat es mir gesagt."

„Woher weiß *er* das? Warum verhindert er es nicht?"

„Er hat keinen Grund, das zu verhindern ... und er hat viele gute Gründe dafür, so zu tun, als wüsste er von nichts."

„Macht das die Regierung?"

Aubrey zuckte die Achseln. „Ich zweifle daran, dass wir das jemals mit Sicherheit wissen werden." Er griff in seine Brusttasche und holte zwei Zettel hervor.

„Militärpässe", erklärte er. „Die Stadt wird abgeriegelt. Du, vor allen anderen du, solltest nicht hier sein, wenn sie alle Leute nach Papieren fragen."

„Du weißt, wer ich bin?", fragte Charlie.

"*Mais oui*", antwortete Aubrey. „Ein kleiner Vogel hat es mir in großer Aufregung erzählt. Ich sagte ihr, ich sei ein Mann, der ein Geheimnis bewahren könne, aber das sei ebenso selten wie ein furchtloser Amerikaner."

„Der Mut kehrt zurück", sagte Charlie mit Leidenschaft.

„Ja, sicherlich, und die Mächtigen wissen das", warnte Aubrey. „Warum würde sonst der Terrorismus zuschlagen?"

Er übergab Charlie die beiden Militärpässe.

„Nimm Sadie und verlasse die Stadt!"

„Aber was ist mit dir?"

Foto: Ingrid von Heiseler, Pattaya, Thailand

„Bah!" Aubrey winkte ab. „Ich bin hier eine Institution. Niemand tötet einen Koch." Er sah traurig in die Stadt hinaus. „Außerdem ist hier viel zu viel zu tun."

„Wir wollen dir helfen ..."

„Nein!", unterbrach ihn Aubrey. „Was auch geschieht, Charlie, du musst weiterschreiben! Wir brauchen diese *Insurrection Dent-de-lion!* Jeden Morgen stehen die Leute auf, um zur Arbeit zu gehen, aber schon eines baldigen Tages, vielleicht schon morgen, müssen sie aufstehen, um dafür zu sorgen, dass das Volk das Land zurückbekommt! Deine Worte müssen in jedem Herzen widerhallten! *Écoute*! Hör zu! Hörst du diese Stadt?"

Charlie nickte. Das Getöse der Erwachenden wurde lauter.

„Wenn du das Getöse zum Schweigen bringen wolltest, wo würdest du anfangen?"

„Das ... könnte ich nicht", stammelte Charlie. „Es ist überall, tausend Stimmen, das Geräusch von Menschen, Radios, Autos, Fahrrädern, Müllfahrzeugen."

„Siehst du, Charlie? Du musst die Menschen dazu kriegen, dass sie aufstehen und dabei brüllen wie das Leben selbst! Hör zu! Hör zu! Du kannst es nicht zum Schweigen bringen!"

Aubrey stand und legte seine Hände auf die Brüstung. Er lehnte sich so weit raus, dass die Sonne seine Wangen traf.

„Einmal habe ich gesehen, wie die Sonne die Fackel von Lady Freiheit angezündet hat. Ich dachte: eines Tages wird dieses Land mit einem Lied auf den Lippen aufwachen. Nicht mit würgender Angst, nicht mit Wutgebrüll – mit einem Lied der Leidenschaft! Stell dir das vor! Ein Lied, das uns gemahnt, dass diese Nation aus dem Käfig der Furcht ausbrechen und durch Freundlichkeit seine Freiheit finden kann."

Er fasste die Brüstung fester.

„Ich kann nichts tun, um die Dunkelheit daran zu hindern einzufallen, aber, das verspreche ich dir, wenn die Sonne aufgeht, werde ich hier sein und singen!"

## KAPITEL ACHT

.....

*Inez Hernandez*

Charlie und Sadie hatten es äußerst eilig, aus der Stadt herauszukommen. Das viele Hupen und der übrige Lärm des Mittagschaos betäubten sie. Die Unruhe setzte ihnen sehr zu und sie rannten an den langen Häuserblocks entlang zurück zu der Stelle, an der sie am Abend zuvor das Auto hatten stehen lassen. Zwischen Aubreys Wohnung und dem Stadtteil in der Nähe der Fahrrad-Kooperative wollten Polizisten dreimal ihre Militärpässe sehen. Sie schlängelten sich durch die Fußgängermassen und tauchten zwischen den Ampeln durch, während sich die übrige Bevölkerung ihren Weg zu einem weiteren gewöhnlichen Tag in der Stadt bahnte.

„Ich möchte am liebsten schreien: Lauft weg! Lauft weg!“, flüsterte Sadie und schauderte.

„In Panik geraten ist keine Lösung für irgend ...“

Sadie machte so plötzlich halt, dass Charlie auf sie auflief. Eine lange Schlange erschöpfter Leute stand vor der Suppenküche der katholischen Kirche und wartete auf die Mittagszeit. Eine drahtige kleine Frau sagte schnell etwas auf Spanisch zu ihnen. Sie zeigte die Straße rauf und schwang ihre muskulösen Arme.

"*¡Sí, sí!* Morgen, *mañana. ¿Claro*?“, fragte sie hartnäckig und bestimmt. Der Mann war noch unentschlossen und die Frau stemmte ihre Hände in die schmalen Hüften. "*¡Pendejo!* Trottel!“,schimpfte sie, dann wechselte sie ins Englische. „Sie haben die Tore des Nahrungsmittelhilfsprogramms geschlossen. Wenn wir nicht den Beton abbrechen und dort einen Garten anlegen, wer, denkt ihr wohl, wird unsere Familien ernähren?“

Der Mann murmelte etwas von *Gott wird schon für uns sorgen* und die kleine Frau schlug ihn auf den Rücken.

"*Sí, Dios* hat dich mit einem starken Rücken und starken Armen versorgt."

Die anderen Leute in der Reihe kicherten und die Frau wandte sich an sie.

„Und ihr alle? Gott hat euch starke Söhne und Töchter gegeben, warum lasst ihr zu, dass sie beim Militär sterben? Schickt sie nicht in den Krieg! Wenn die Armut sie dazu bringen würde, zum Militär zu gehen, dann schickt sie vorher zu mir! Ich werde ihnen eine Arbeit verschaffen, mit der sie ihre Familien ernähren können!"

Sie streckte jeden Zentimeter ihrer eindrucksvollen Größe von einem Meter vierzig. Dabei steckte sie ihre schwieligen Daumen durch die Gürtelschlaufen.

„Ich breche den Beton vor dem Büro der Nahrungsmittelhilfe auf, und wenn ich es allein tun muss!" versprach sie.

„Fordert sie lieber nicht heraus", warnte Sadie und lachte. „Wir alle wissen, dass Inez Hernandez das wirklich versuchen würde!"

Inez wirbelte herum

„SADIE?", rief die Frau.

Ein Schrei, der es mit einer Feuersirene hätte aufnehmen können, kam von den beiden Frauen. Die dunkelhaarige Frau umarmte Sadie. Auch ohne ihre Absätze hätte Sadie ihre kleine Freundin weit überragt. Inez trat einen Schritt zurück und fuhr sich mit einer Hand übers Haar. Ein Lächeln ging bis über ihr starkes Kinn und ließ ihre braunen Augen hell aufleuchten.

„Sadie Byrd Gray! Was machst du hier in der Stadt?"

„Ich will raus", antwortete Sadie ehrlich.

"*Chica*, sag das nicht. Ich könnte deine Hilfe gebrauchen", drängte Inez.

„Beim Betonaufbrechen?", scherzte Sadie.

"*¡Sí!"*, antwortete Inez. Du bist stark und du weißt, wie man Gemüse anbaut! Du hast ja sicherlich davon gehört, dass das Nahrungsmittelhilfsprogramm ausläuft. Gut, also jemand muss die Leute ernähren. Wir können uns nicht einfach hinlegen und verhungern. Also werden wir vor dem Büro einen Garten anlegen, falls irgendwelche Männer hier so viel *huevos* haben, dass sie es tun. In diesem Jahr habe ich beim Anbau von etwas zu essen Arbeit für die ganze Gemeinde. Der Lohn wird in Getreide, Tomaten und Bohnen ausgezahlt. Ich habe jetzt dreimal so viele Gemeindegärten laufen wie vor zwei Jahren und ich will sie dieses Jahr verdreifachen." Inez holte Atem, um weiterzusprechen, sie leuchtete vor Begeisterung, aber Charlie unterbrach sie.

„Wir haben wirklich keine Zeit ...", ließ sich Charlie vernehmen.

„Charlie!", zischte Sadie.

„Dies ist nicht der Augenblick für Gequatsche!", sagte er durch die zusammengebissenen Zähne.

„Einen Augenblick", sagte Sadie zu Inez. Sie zog Charlie beiseite. „Inez Hernandez ist die führende Organisatorin der Gemeinde-Gruppen auf dieser Seite des *Hudson River*! Wenn der Löwenzahnaufstand überhaupt in diesen Vierteln bekannt ist, dann, weil Inez lokale Unruhe anstiftet und Unterrundzeitungen drucken lässt. Damit gibt sie allen, die eine Neigung zu illegalen Aktivitäten haben, etwas zu tun! Nicht nur, dass sie über alle Maßen vertrauenswürdig ist, sie hat auch die Fähigkeiten und Mittel, Aubreys Warnung anzunehmen und sie gut zu verwenden. Natürlich haben wir keine Zeit ... Aber wir sind dabei, die Zeit zu *machen.* Verstehst du?"

Er sah nicht so aus, als wäre er überzeugt.

„Sieh mal", sagte Sadie verzweifelt, „vor heute Abend wird nichts passieren und Inez muss vor allen anderen gewarnt werden!"

„Vor was gewarnt werden?", fragte Inez scharf. Sie hatte versucht, nicht zu lauschen, auch als der Streit lauter wurde, aber bei den letzten Worten war jede Fiber ihres muskulösen Körpers in Alarmbereitschaft geraten. Inez nagelte sie mit ihren Augen fest, die plötzlich hart wie Stahl waren.

„Spuck es aus", befahl sie. „Ich weiß, dass etwas im Gange ist. Die Polizei hat die Ausgangssperre verlängert, obwohl sie eigentlich bei Sonnenaufgang enden soll. Das Internet ist abgeschnitten, allerdings funktionieren die Mobiltelefone noch. Sag mir, was los ist."

„Es hat Gerüchte über Terroristenangriffe heute Abend gegeben", sagte Sadie so ruhig wie möglich.

Inez' Augen weiteten sich.

"*¡Madre de Dios!",* schrie sie. „Wirklich?"

„Uh ...", Charlie mühte sich um eine Antwort. „Es kommt drauf an, was du unter wirklich verstehst."

Inez verdrehte die Augen himmelwärts.

"*¡Aii, Dios!* Das können wir jetzt grade gebrauchen. Kommt mit!" befahl sie und zog sie an den neugierigen Blicken vorbei in die Suppenküche, die Stufen zur Kirche rauf und durch die Kapelle. Inez bekreuzigte sich, bevor sie sie hinter den Altar brachte, aus der Hintertür der Kirche raus in den Hof.

„Mein erster Gemeindegarten", sagte Ines und zeigte auf die großen Gefäße auf dem Gelände, die mit den getrockneten Erbsen vom letzten Jahr prunkten. „Eine Panne bei der Stadtplanung wurde zur Rettung der Leute." Sie blieb in der Mitte des Gartens stehen und sah sich aufmerksam um, aber nur der Frühling stand auf der Schwelle der Stadt und kein Mensch war in Sicht.

„Also", sagte Inez ohne Umschweife, „was ist los?"

„Wir sind nicht sicher", sagte Charlie. „Wir haben ein ziemlich offizielles Gerücht über einen terroristischen Anschlag auf das Stromnetz gehört."

„Wann sind die Anschläge?"

„Heute Abend."

„Scheiße", schimpfte Inez.

„Und was schlimmer ist", fügte Sadie hinzu, „ist, dass wir ziemlich sicher sind, dass die Regierung von diesen Anschlägen weiß und dass sie nichts tut, um sie zu verhindern."

"*¡Pucha* Regierung!", schrie Inez. Sie ließ einen Strom von Obszönitäten auf Spanisch los, dann sah sie die Mutter-Maria-

Statue an, die über dem Garten thronte, und murmelte: "*¡Lo siento, Señora*, aber du verstehst!“

Mit ernstem Gesichtsausdruck wandte sie sich wieder Charlie und Sadie zu.

„Wir haben uns mit dem Überleben der Menschen in den ärmsten Gebieten abgemüht, wir warten auf den Frühling und bereiten uns darauf vor, unsere Gärten zu verdreifachen, weil sich sonst niemand darum kümmert, die Armen am Leben zu erhalten. Im Winter musste die Kirche die Altäre plündern, um Geld für die Heizung in bestimmten Vierteln zu bekommen. Die Kinder hungern und der Kongress zerstört die Wohlfahrtsprogramme, um seine Kriege zu bezahlen! Die Polizei hat uns dafür verhaftet, dass wir die Ausgangssperre brechen, wenn wir versuchen, das bisschen Arbeit, das es gibt, zu kriegen! Und jetzt das?!“

„Soweit wir wissen, ist es nur ein Stromausfall“, antwortete Charlie und versuchte, beruhigend zu klingen.

„Ha!“, bellte Inez. „Soweit ich es verstehe, ist es nur ein weiterer Versuch, die Armen zu vernichten, nur weil sie arm sind.“

„Ich denke nicht, dass das ein direkter Angriff auf die Armen ist”, widersprach Charlie.

Inez schüttelte den Kopf, ihr Naturell war hitzig und beißend.

„Ob sie einen in den Rücken oder in die Brust schießen, es tötet einen eins wies andere. Nur Gott weiß, warum die Regierung ihr eigenes Volk terrorisiert ... aber ihr könnt sicher sein, irgendeiner verdient dabei eine Menge Geld.“

„Ich denke, es geht mehr darum, die Menschen zu beherrschen“, überlegte Charlie. „Es gab Androhungen von Unruhen.“

Inez schlug die Faust der einen Hand in die Fläche der anderen.

„Glaub nur nicht alles, was du im Fernsehen siehst“, sagte sie. „Die Mittel- und Oberschicht sind entsetzt über die *Wut der Armen*. Es gab viele Anzeigen, in denen stand, was man in

Zeiten von Unruhen machen soll, wie man die Polizei ruft, die die Leute aufschreibt, wie seine Tür verbarrikadiert, wie man schnell sein Schaufenster verrammelt und sich vor der drogenverrückten Gewalt der Unterschicht versteckt. Hah! Wann kam zum letzten Mal irgendjemand in mein Viertel? Niemand kommt hier runter. Sie haben alle Angst. Sie denken, wir lauern ihnen hinter den Straßenecken auf, um sie zu überfallen. Sie fantasieren, wir kommen mit großen Steinen in der Hand zu ihren Lebensmittelläden und wollen die Fenster einschlagen und die Regale plündern. Sie haben Albträume davon, dass wir sie vergewaltigen, ihre Kinder entführen und ihnen all ihr Geld stehlen."

Inez' Gelächter kam rau und humorlos aus ihrer Kehle.

„Aber niemand kommt hier runter, um die Wahrheit herauszufinden. Ich habe schwerer daran gearbeitet, den Beton in den Herzen der Menschen aufzubrechen und ihre Gemeinschaften zu stärken, als ich je in meinem Leben gearbeitet habe. Alle sagen, die Beendigung des Nahrungsmittelhilfsprogramms ist der Anfang einer Krise. Das ist sie nicht. Die Leute waren vor sechs Monaten zu einem Aufstand bereit, als der neue Präsident die Wahl gefälscht hat. Die Leute wollten die Schaufenster zerschmeißen, als wir kein Brot mehr kaufen konnten, aber wir haben es nicht getan. Wir haben das Pflaster eines verlassenen Grundstücks mitten im Winter aufgebrochen und wir sagten, unsere stärkste Rache wird sein zu *leben*. Und nicht nur zu leben, sondern uns zu organisieren."

Inez fing an, im Garten umherzugehen.

„Seht ihr, die Reichen behandeln die Armen wie Vieh in ihren Viehhöfen. Sie halten uns so lange am Leben, wie wir ihnen Profit bringen. Sie hungern uns mit unserer Arbeit aus, damit unsere Söhne und Töchter sich zur Armuts-Rekrutierung melden. Dann werden sie in die Kriege geschickt, damit sie als Soldaten dort sterben. Sie vergiften uns mit ihrer Billignahrung, damit wir in ihren Schulden-Arbeitslagern arbeiten müssen, um für ihre teure Medizinversorgung zu bezahlen. Sie verurteilen uns für das Verbrechen des Überlebens und erheben dann doppelte Steuern, um von dem Geld unsere Brüder und Schwestern in privatisierte Gefängnisse einzusperren! Sie verdienen zu viel Geld mit dem Leiden der Armen!"

Charlie hörte dem Strom leidenschaftlicher Worte zu, der aus der winzigen Frau hervorbrach. Ihr Körper zitterte vor Heftigkeit. Inez Hernandez war ein Quell für die Macht ihres Gottes. Seine Kraft durchfloss sie. Sie verteilte sie in der Gemeinde, sie leitete Wasser in die Gräben des Lebens.

„Die Tage, an denen sie noch von den Armen profitieren, sind gezählt", fuhr sie fort. „Die Reichen saugen uns leer, wie sie es mit allem machen." Inez sah wild auf. „Es ist dumm. Wenn die Menschen sich lieber hinlegen und sterben als aufstehen und leben, werden die Reichen als Folge ihrer Gier zusammenbrechen. Aber dazu wird es nicht kommen, wenn ich etwas dagegen tun kann. Ich bin entschlossen mitzuerleben, wie die Menschen sich erheben, um zu leben, anstatt dass sie sich vernichten lassen. Noch vor ein paar Wochen hallte die Kirche von der Botschaft wider: Wir wollen die Reichen nicht mit unserer Verzweiflung stärken! Sie wollen, dass wir sterben? Wir weigern uns. Wir werden alles riskieren, um die Ungerechtigkeit zu beenden! Es gibt da ja einen *Mann aus dem Norden*", sagte Inez. Charlie und Sadie tauschen Blicke. *„Sei wie der Löwenzahn,* sagt er, *wachse in unfruchtbaren Böden.* In dieser Stadt gibt es zwar eine Menge Beton, aber ..."

Inez zeigte den Gartenweg entlang. Sie verdrehten sich den Hals, um etwas zu sehen. Eine Löwenzahnpflanze trotzte den Elementen und eine gelbe Kugel war aufgebrochen.

„Wir brechen durch. Wenn die Regierung den Leuten Angst machen und dann unsere Angst dazu benutzen will, uns zu beherrschen ..."

Inez funkelte sie an.

„... dann müssen wir ihnen zeigen, wer hier wirklich die Herrschaft hat!"

Charlie fühlte sich durch die furchtlose Entschlossenheit dieser Frau gedemütigt.

„Ich werde die Kirchen vorbereiten“, sagte sie. „Zu der Zeit, wenn der Strom ausfällt, werden wir eine Versammlung abhalten. Wir werden den Leuten sagen, wie wenig wir wissen, und wir werden den Samen des Verdachts säen, indem wir sie im Voraus warnen. Wir werden Panik verhindern, die Menschen in Verbindung miteinander halten und Unterstützungssysteme für diese Krisenzeit aufbauen.“

„Sei freundlich, nimm Verbindung zu anderen auf, hab keine Angst!“, sagte Charlie. „Das ist die Losung des Löwenzahnaufstandes. Gib es weiter, wiederhole es wie ein Gebet: ‚Sei freundlich, nimm Verbindung zu anderen auf, hab keine Angst!‘“

„Und ruf Zipper her, damit er einen Film über das Treffen macht“, drängte Sadie. „Ihr wollt ja sicherlich, dass sich die Wahrheit verbreitet.“

"*Bueno.* Mach ich", versicherte sie. „Wohin wollt ihr jetzt?“

„Wissen wir nicht“, sagte Sadie. „Aubrey hat uns Militärpässe besorgt, damit wir aus der Stadt rauskommen, denn Charlie ...“

„Sagt mir nichts“, unterbrach sie Inez und winkte mit der Hand ab. „Ich habe schon genug Geheimnisse.“

"*¡Aiii!“,* rief Inez. „Ich weiß, wohin ihr gehen solltet!“ Sie zog einen alten Handzettel aus ihrer Tasche und kritzelte eine Adresse und eine Telefonnummer auf die Rückseite. Dann gab sie Sadie den Zettel. „Geht zu meiner Schwester. Sie wohnt etwa vierzig Minuten außerhalb der Stadt.“

Sadies Gesicht erhellte ein Lächeln.

„Das ist perfekt!“, rief Sadie und wandte sich an Charlie. „Inez‘ Schwester Lupe hat etwas organisiert, das die Anarchisten *die größte Zersetzung des herrschenden Paradigmas in der amerikanischen Geschichte* nennen.“

Charlies Augen weiteten sich: „Nein!“

„Doch“, antwortete Sadie.

„Lupe betreibt ...“

Inez beendete den Satz mit einem stolzen Schmunzeln.

„... die *Wiedergeburt der Vorstädte*."

## KAPITEL NEUN

.....

### *Die Wiedergeburt der Vorstädte*

Die ruhige Behaglichkeit erschien Charlie unwirklich, als sie in die Vorstädte einfuhren. Die Reihen gut gepflegter Rasenflächen und die in gleichem Abstand voneinander entfernten Grundstücke spotteten der Vorstellung von terroristischen Anschlägen. Der ähnliche Stil der Häuser strahlte die Verheißung aus, dass hier niemals etwas Schlimmes passieren könnte. Charlie kämpfte gegen sein Gefühl einer Vorahnung an, als sie durch die Straßen fuhren und nach den Verkehrszeichen spähten, die unter dem üppigen Blätterwerk halb versteckt waren.

„Das ist wohl das erste Mal, dass ich tatsächlich in eine Vorstadt komme“, gab Charlie zu.

Sie starrte ihn an. „Du machst einen Witz, oder?“

Charlie schüttelte den Kopf. Er hatte sie natürlich im Fernsehen gesehen, aber die Städte im St. John-Tal waren lange vor einer Zeit gebaut worden, in der sich die Vorstellung von Vorstadtgemeinden einbürgerte. Außerdem war die nächste Stadt nach Norden wie nach Süden vier Wegstunden entfernt. Er dachte darüber nach, dass Inez gesagt hatte *niemand kommt hier runter*, und er fragte sich, wie viele Leute wohl überhaupt jemals aus den kleinen Nischen ihrer Realität herauskamen.

„Da ist die Straße“, sagte Sadie. Er fuhr in den Schatten einer großen Eiche. Die Zweige schwangen herunter und fuhren über das Autodach. Er stellte den Motor ab. Inez hatte gesagt, sie sollten am Ende einer Wasserrinne zwischen zwei Straßen parken und Lupe würde zu ihnen kommen.

Ein schriller Schrei schreckte ihn auf. Charlie drehte sich in seinem Sitz und sah, wie eine Kinderhorde auf einem engen Pfad herbeigelaufen kam und den Wagen einkreiste.

Handflächen schlugen gegen die Scheiben. Die Kinder tobten und schrien unverständliche Grußworte. Eine Frau, die unverkennbar mit Inez verwandt war, bahnte sich den Weg durch die Kinder. Sie trug ein Baby auf einer Hüfte. Durch des Autofenster rief sie den beiden zu: „Tut mir leid! Inez hat angerufen und irgendwie sind die Kinder auf die Idee gekommen, dass ein Reporter kommen würde." Sie verdrehte die Augen und Charlie sah, wie Besorgnis über ihr Gesicht huschte. Lupe leckte sich nervös über die Lippen. *Sie weiß von den Anschlägen*, dachte er.

Sadie kurbelte ihr Fenster runter.

„Wer zuerst am Baum ist, wird zuerst fotografiert!", rief sie.

Sofort verschwanden die Kinder. Sadie stieg aus.

„Es gibt wichtige Neuigkeiten", sagte sie mit gedämpfter Stimme.

„Hab schon gehört." Lupe verzog das Gesicht. „Wir wollen vor den Kindern nicht darüber sprechen." Sie legte ihren freien Arm um Sadie. Ihr Gesicht war runder als das von Inez, aber ihre tiefbraunen Augen ähnelten denen ihrer Schwester. Ihr langes Haar war aufgesteckt, sodass das Baby nicht danach greifen konnte. Nur ein paar Locken waren frei, mit denen der kleine Junge spielen konnte. Lupe setzte sich das Baby auf die andere Hüfte und hielt Charlie die Hand hin.

„Lupe Hernandez-Booker."

„Charlie Rider."

„Ich freue mich, euch kennenzulernen." Sie wandte sich den Kindern zu und rief: "*¡Ándele niños!* Wir wollen nach Hause gehen!"

„Sind die alle deine Kinder?", fragte Charlie zögernd, als die Kinder losrannten. Große katholische Familien waren in Charlies französischer Akadier-Familie häufig, aber das Alter der Kinder legte eher den Gedanken an Zwillinge oder an Drillinge nahe, ganz zu schweigen von den verschiedenen Genpools ihrer Ethnizität.

"*¡Aii Dios, no!*", stieß Lupe theatralisch hervor. „Sie gehören dem ganzen Viertel. Ich passe freitags auf sie auf, bis ihre Eltern nach Hause kommen."

Lupe redete nervös weiter. Sie gingen den Fußweg neben der Wasserrinne entlang, die durch eine sorgsam gepflegte Gemeinschaftsfläche zwischen den Hinterhöfen der Häuser führte. An manchen Stellen engten Zäune sie ein, andere Teile erstreckten sich ganz bis zu den Terrassen hinter den Häusern. Sie nutzten die Grundstücke der Einzelnen gemeinsam, um den Kindern eine ganze autofreie Straße zum Spielen zu bieten. Sadie streckte die Hand nach dem Baby aus, als sie den Weg entlanggingen. „Oh bitte, nimm ihn!", seufzte Lupe dankbar. „Dieser hier ist rund wie eine Kegelkugel auf die Welt gekommen!"

Charlie sah aufmerksam in die Höfe. „Dies gehört also zur *Wiedergeburt der Vorstädte*?", fragte er. Lupe nickte. „Als ich noch in der Stadt lebte, arbeiteten Inez und ich bei der Gruppe *Wiedergeburt der Stadt* in dem New Yorker Viertel, in dem unsere Familie wohnte. Dann zog ich mit meinem Mann hierher und zuerst gefiel es mir überhaupt nicht. Die Verwandten meiner Mama in Mexiko nennen die Vereinigten Staaten *la tierra de los muertos en vida*, Land der lebenden Toten, und genauso sah es aus. Kein Herz, keine Fürsorge für andere, keine Freundschaften. Ich war schon drauf und dran, in die Stadt zurückzuziehen, aber Inez sagte: *Lauf nicht weg, sondern ändere es*!"

Sadie lachte.

„Das war schon immer ihr Motto!"

"*Sí*", lächelte Lupe. „Sie bestand darauf, dass alles, was wir in der Stadt fertiggebracht hatten, doppelt so leicht hier passieren könnte. Werkzeug-Kooperativen, Tagespflege, Fahrgemeinschaften, Häuserblock-Feste, Ludotheken, Garten-Projekte, alles Mögliche! Bald bekam ich Anrufe aus anderen Vorstädten. Nach zehn Jahren gibt es im ganzen Land solche Gruppen!"

Charlie pfiff anerkennend durch die Zähne. Die *Wiedergeburt der Vorstädte* ermutigte die Menschen in den verstörten Gemeinden, die von Zwangsvollstreckungsskandalen und Entlassungen verunsichert waren. Die Reste der Mittelschicht Amerikas wurde spöttisch Dach-Reiche genannt: Zwar hatten sie ein Dach über dem Kopf, aber kein Essen auf dem Tisch. Ihre Benzintanks verschluckten ihre Gehälter und ihre Kinder gingen hungrig zu Bett. Am Ende konnten sie ihre Hypothekenzinsen nicht mehr zahlen und landeten auf der Straße. Sie hatten immer noch Schulden auf ein Haus, das ihnen nie wirklich gehört hatte.

Die *Wiedergeburt der Vorstädte* bündelte die Vorräte ihrer in Schwierigkeiten steckenden Gemeinden, boten Kinderbetreuung, Fahrgemeinschaften und Gemeinschaftsgärten als Strategie an, die unangenehmen Auswirkungen der Isolation zu mildern. Sie bekämpften die Konsumkultur durch Verbindungen, veranstalteten gesellschaftliche Ereignisse und boten auf altmodische Weise Hilfe an. *Die größte Zersetzung des herrschenden Paradigmas in der amerikanischen Geschichte* erwies sich als etwas, das vollkommen normal war: Menschen helfen Menschen.

Inzwischen war Lupes Mann von der Arbeit nach Hause gekommen, die Kinder waren in ihre jeweiligen Häuser verteilt worden, die älteren Kinder der Familie lärmten fröhlich im oberen Stockwerk und Lupe hörte ernst zu, als ihr erzählt wurde, wie Inez die Wahrheit ans Licht bringen wollte, bevor die Anschläge begannen. Lupe stellte das Radio leise.

„Ach“, sagte Todd, als er ins Zimmer trat. „Wir haben *Che Guevara* an, wie?“

„So nennen wir das Guerilla-Radio“, erklärte Lupe mit einem Seufzer. „Inez besteht darauf, dass wir die Untergrundsender hören, aber das macht uns nervös. Wie, wenn die Polizei das rauskriegt?“

Ihr Mann zuckte die Achseln.

„Dann sind wir angeschissen, Liebling. Der Computer heißt *Cesar Chavez* und das Mobiltelefon ist *Dr. King*.“ Er machte sich mit Charlie und Sadie bekannt. Todd Booker war ein breiter schwarzer Mann mit einer herzlichen und dröhnenden Stimme. Als die Kinder seine Stimme hörten, kamen sie die Treppe runter. Er hob das Mädchen in die Höhe und kitzelte es.

„Marcos, kleiner Mann, komm hilf mir!“, rief er dem Jungen zu.

Stattdessen verbündeten sich die Kinder gegen ihren Vater und rasten wie wild durch die Küche.

"*¡Schhh, mi amor!“,* rief Lupe. Ich kann nicht verstehen, was sie im Radio sagen.

Todd richtete sich auf und streckte die Hand zu einem Waffenstillstand aus. Das Kreischen wurde zum Kichern. Die Kinder begannen, miteinander zu raufen, aber Todd zog sie auseinander.

„Nee, kühlt euch mal ab. Ihr könnt raufgehn und spielen oder ihr könnt bei uns langweiligen Alten sitzen bleiben und den Mund halten. Sucht‘s euch aus.“

Evita setzte sich ihrem Vater auf den Schoß. Marcos kam um die Tischecke herum zu Charlie.

„He, Mister, bist du wirklich Reporter? *¿El Hombre del Norte*?"

„Spanisch?“, japste Charlie. „Gibt es mich auf Spanisch?“

„Du bist es?“, rief Lupe und ihre Augen weiteten sich.

„Uh“, stammelte Charlie bestürzt. „Das ist ja nicht öffentlich bekannt.“

Lupes Augen wurden dunkel vor Sorge. Sie biss sich auf die Lippe und sah Todd an. Dann sah sie zu den Kindern hin.

„Ich weiß nicht, wie ich es sagen soll – wir können nicht – es ist für uns nicht sicher, wenn wir euch im Haus haben! Wenn die Polizei das rauskriegt, was sollen wir dann tun?! Wir haben die Kinder, wir können das nicht riskieren. Ich hatte keine Ahnung, wer ihr seid! Das hätte Inez mir sagen müssen!“

„Inez weiß es nicht“, sagte Sadie sanft.

Lupes Gesicht wurde rot vor Verwirrung. Charlies Wangen röteten sich vor Unbehagen. Er stammelte eine Entschuldigung, die das schreckliche Schweigen brach.

„Liebe Lupe, vielleicht ..."

Sie unterbrach ihn mit einem ungläubigen Seufzer. Ärger, Furcht und Wut mischten sich in ihrem Gesichtsausdruck. Schließlich sah sie mit zusammengekniffenen Lippen ihren Mann an und bedeutete ihm, er solle Charlie und Sadie zur Tür bringen.

Das Radio unterbrach sie mit einem Knacken.

„Wir haben eine Warnung über einen möglichen Terroranschlag auf das Elektrizitätswerk der Stadt heute Abend herausgegeben. Bitte bewahren Sie Ruhe. Soweit wir wissen, ist das Internet in der Stadt seit heute Morgen tot, aber bisher funktionieren die Mobiltelefone noch. Hotline-Nummern für Informationen sind die folgenden ..." Der Untergrund-Sender rasselte eine Liste von Telefonnummern herunter und sagte den Zuhörern, sie sollten nicht in Panik geraten, sondern alle Telefonmasten und Kommunikations-Netzwerke aktivieren.

„Was ist das?", wollte Todd wissen.

„Charlie und Sadie sind gewarnt worden und haben die Warnung an Inez weitergegeben", erklärte Lupe. „Inez hat die beiden zu uns geschickt."

„Als wir heute Morgen abfuhren, hatte die Polizei die Ausgangssperre über das Viertel noch nicht aufgehoben. Wir brauchten Militärpässe, um die Stadt verlassen zu können", sagte Charlie.

„Ist ja interessant", meinte Todd. „Für einen überraschenden Terroranschlag hatte die Polizei sicherlich alles geplant, meint ihr nicht?"

„Offensichtlich sind sie gewarnt worden."

„Uh – die ursprüngliche Meldung kam wahrscheinlich direkt vom CIA."

Todd Booker war von der Regierung nicht besonders begeistert. Er war auf diesem Planeten schon lange genug herumgewandert, um viele Operationen unter falscher Flagge, Skandale, Gaunereien und Lügen zu beobachten, die aus dem Mund der Politiker gekommen waren. Todd hatte einen sehr starken zynischen Charakterzug, der seinen Geist wie ein Rohr im Wind erschüttern konnte, aber er hatte dafür gesorgt, dass ein zarter Spross Hoffnung in ihm gewachsen war. Daran hing die Zukunft seiner Kinder.

Todd stellte den Fernseher an und drehte ihn leise.

„Da wirst du keine neuen Nachrichten hören", meinte Charlie.

„Nein", stimmte Todd zu, „aber es ist immer gut zu wissen, was für Lügen sie gerade erzählen."

Der Fernseher stellte sich plötzlich auf den Sender mit den offiziellen Nachrichten.

„Da haben wir's", rief Todd, „die Sondernachrichten."

Er drehte den Ton lauter und ein Ansager sagte aufgeregt:

„... sieben Großstädte ohne Strom und Internet! New York, Los Angeles, Chicago, Houston, Seattle, Atlanta und Philadelphia! Sie wurden von internationalen Cyber-Terroristengruppen und inländischen Terroristen getroffen ..."

„Sie haben ja die Ursache wirklich schnell rausgefunden, findet ihr nicht?", fragte Todd.

„Uh", murmelte Charlie und starrte auf die Karte der Vereinigten Staaten, die auf dem Bildschirm erschien. Rote Lichter kennzeichneten die sieben Städte und ein sirenenartiger Ton schwebte über der Stimme des Ansagers. Charlie blendete das alles aus und zwang sich zur Konzentration. „Sie haben die Lichter in Washington D.C. angelassen. Wie praktisch."

„Sch!", zischte Sadie, als der Bildschirm wieder den Ansager zeigte.

„... die Behörden bemühen sich, den Schaden schnell zu beheben. Den Bürgern wird geraten, Ruhe zu bewahren und in den Häusern zu bleiben. Bitte verlassen Sie ihre Häuser zu diesem Zeitpunkt nicht. Lassen Sie die Straßen für die Beamten frei. Geraten Sie nicht in Panik ..."

"*¡Madre de Dios!"*, rief Lupe und zeigte auf das Bild im Fernsehen. Es war eine Luftaufnahme, die zeigte, wie sich die schwarz gewordene New York City gegen den mitternachtsblauen Himmel abhob.

„Seht euch das an!" Sadie explodierte. „Die Lichter in der Greenback-Straße sind an!"

Die Oase der Reichen schimmerte in einem dünnen Streifen von Licht mitten in einem Meer von Dunkelheit. Charlie drehte sich der Magen um. Wie konnten sie dermaßen unverschämt sein?

„Wie freundlich von diesen angeblichen Cyber-Hackern, dass sie sicherstellen, dass die Elite immer Strom zur Verfügung hat", murmelte er.

Der Fernsehsprecher schien auf dem Sprung zu sein, aus dem Studio zu stürzen, und wischte sich theatralisch die schweißbedeckte Stirn. Die Sirene schrillte im Hintergrund. *Nette Geste*, dachte Charlie erbittert. In einem Fernsehstudio brauchte man wahrhaftig keine Sirenen, die Bombenangriffe ankündigten. Es war eine Medientaktik, um Angst zu verbreiten. Charlie zweifelte nicht daran, dass sie bei der Mehrheit der Bevölkerung funktionierte. Der Fernsehsprecher griff mit deutlich zitternder Hand nach einem Glas Wasser.

„Die Cyber-Terroristen haben die Not-Generatoren in Krankenhäusern, Polizeiwachen, Schulen, Wasserlinien, Untergrundbahnen, Kanalisationen und Altenheimen lahmgelegt. Die Städte wurden gelähmt! Die Behörden reden den Leuten zu, sie sollten nicht in Panik geraten. Wenn die Anschläge fortgesetzt werden, wird die Evakuierung beginnen."

„Evakuierung? Wohin?", fragte Charlie.

Todd machte ein finsteres Gesicht. „Sie haben da solche Lager."

Er hob das kleine Mädchen von seinem Schoß. „Evita, geh mit deinem Bruder rauf."

„Kommen die Terroristen hierher?", fragte sie mit großen Augen.

„Nein, Süße", antwortete Todd mit einem sardonischen Seufzer. „Hier in der Vorstadt wird alles gut laufen. Ihr geht jetzt bis zum Abendessen nach oben, einverstanden?"

Sie nickte und lief mit ihrem Bruder aus dem Zimmer. Todd sah ihnen nach, als sie rausgingen, und wartete, bis sie außer Hörweite waren. Sobald er und Lupe erfahren hatten, was sie erwartete, hatte Todd Booker geschworen, er werde seine Kinder aus der Stadt rausbringen, raus aus der Reichweite von Polizei, Drogen, frühem Sterben und Verhaftungen. Seine Kinder sollten nicht im Schrecken solcher Lager aufwachsen … wie er.

„Diese Lager", erzählte Todd Charlie und Sadie, „sind Albträume für die Armen in den Städten. Gefangenenlager, Schulden-Arbeitslager und Lager, aus denen keiner zurückkommt."

„Ich dachte, das wären nur Gerüchte, die man sich in der Stadt erzählt", Charlie runzelte skeptisch die Stirn.

„Nein. Ich schwöre bei meinem Vater, der dort gestorben ist, bei meinem Onkel, der sterben wird, bevor die Schulden bezahlt sind, bei meinem Vetter, der verschwunden ist, nachdem er offen mit einem Bullen gesprochen hatte, bei meinem besten Freund, der weggesperrt wurde, und vielen anderen. Die Medien tun so, als gäbe es diese Lager nicht. Sie sprechen von Evakuierungs-Zentren, als ob die nur für Notfälle da wären. Das ist eine Lüge. Die Gefängnisse sind voll und dann kommen die Menschen in die Lager. Die Schulden-Arbeitslager wurden zu Zwangsarbeitslagern. Alles im Geheimen, wisst ihr. Niemand hat darüber gesprochen, wie die Gebühren bei Bankrott so angestiegen sind, dass sich nur noch Reiche leisten konnten, Bankrott zu machen. Es gibt keine Berichte darüber, wie Schulden vererbt werden und in der Familie weitergegeben werden. Die offiziellen Berichte handeln nicht einmal davon, dass man sich aus den Schulden-Lagern nicht herausarbeiten kann. Man stirbt dort. Außerhalb der Städte hat das niemand gehört, aber wenn man wie ich und Lupe aufgewachsen ist, ist man im Schrecken vor den Lagern aufgewachsen."

Lupe bestätigte das.

„Meine Mama hat uns immer gedroht: *Seid artig oder ihr werdet ins Lager geschickt.*"

„Es ist wahr", stimmte Todd zu. „Meine Mama schrie uns an, bleibt von den Bullen weg, lasst euch nicht fangen, verkauft eure Autos, verkauft eure Körper, verkauft alles, aber lasst euch nicht wie euer Vater in ein Lager sperren."

„Todd!" Lupe wollte ihn beruhigen.

„Was? Sie müssen es erfahren. Wenn den Leuten in der Stadt klar wird, dass sie in ein Lager verschleppt werden, werden sie wahnsinnig. Sie wollen das nicht, um keinen Preis."

„Es ist nur eine Not-Unterkunft", widersprach Charlie. „Sie können ohne Elektrizität nicht in der Stadt bleiben. Es gibt keine Kühlung, kein Wasser, die Kanalisation funktioniert nicht, kein Licht, keine Sicherheitssysteme ..."

Todd unterbrach ihn mit einem Kopfschütteln. Lupe biss sich auf die Lippe.

„Sie werden versuchen, trotzdem zu bleiben, Charlie. Du verstehst nicht", sagte sie.

Todd zeigte auf den Fernseher, der jetzt Luftaufnahmen der anderen schwarz gewordenen Städte zeigte. Ebenso wie New York hatte jede Stadt einen Streifen von Licht, der von dunklen Häuserblocks umgeben war.

„Wisst ihr, wo diese schwarz gewordenen Gebiete sind?", fragte er.

Charlie schüttelte den Kopf.

„Es sind dieselben Orte, an denen jetzt schon Ausgangssperre herrscht. Wenn der Strom wieder da ist, wird er die Straßen beleuchten, in denen die Reichen wohnen. In die Armenviertel kommt er nicht zurück. Er kommt nicht in die Universitäts-Gegenden zurück, in denen die radikalen Professoren und Studenten rumhängen. Das erinnert mich an die Juden in Nazi-Deutschland: Angst, Hass, Propaganda, Ghettos, Ausgangssperren und dann die Lager."

„Nein", warf Sadie ein. „So offen werden sie das nicht machen. Die Amerikaner würden nie zulassen, dass das hier bei uns passiert!"

„Es ist hier schon passiert", sagte Charlie grimmig. „Der Genozid an den Stämmen der Ureinwohner, die Internierung der Japaner, die Deportation der Akadier, die Versklavung der Afrikaner. Dieser Kontinent hat eine lange Tradition an Brutalität. Gräueltaten sind hier schon früher geschehen. Es kann hier wieder passieren."

„Ihr werdet schon sehen", fügte Todd düster hinzu. „Die Anschläge werden nicht aufhören. Die Evakuierungen werden anfangen. Das Kriegsrecht wird erklärt und es wird nicht so bald wieder aufgehoben. In diesen Lagern gibt es keine Medien. Was in den Lagern passiert, *bleibt* also auch in den Lagern."

Sadies Gesicht verzerrte sich.

„Ihr denkt nicht ... sie könnten doch nicht ... werden sie sie töten?" fragte sie.

Todd zuckte die Achseln und sagte nichts mehr. Das kann man nur am eigenen Leibe erfahren. Lager waren Lager. Viele waren schon darin gestorben. Sie töten sie allerdings nicht direkt. Zuerst lassen sie sie so schwer arbeiten, dass sie sterben. Dann gab es Krankheiten, ja, die waren praktisch. Todd hatte es erlebt: Viren grassierten in den Armenvierteln, die Menschen wurden dort in Quarantäne gehalten: keine medizinische Hilfe kam rein, niemand konnte raus ... es sei denn, sie konnten Impfungen bezahlen. Viel Geld wurde mit Impfungen verdient. Sein Vater hatte das Leben seiner Kinder mit dem eigenen bezahlt. Sein älterer Bruder arbeitete nun, um die Schulden zurückzuzahlen. So war es in dieser Zeit in Amerika. Die Schulden der Eltern gingen auf die Kinder über, aber nur bei den Armen. Das war Gesetz. Die Medien der Unternehmen und die Politiker behaupteten, dass Leute wie er faul wären, unnütze Drogenabhängige, und es gelang ihnen mit der Zustimmung der unwissenden Mehrheit, die Armen durch Gesetze in ein Leben der Schulden-Sklaverei zu stürzen. Todd Booker hatte einen Schwarzmarkt-Vermittler dafür bezahlt, dass er seinen Namen änderte, Dokumente fälschte und ihn aus der Stadt herausbrachte. Er sagte seiner Familie und seiner

Vergangenheit Adieu und sah nicht zurück. Dort war nur Tod. Seine Kinder hatten etwas Besseres verdient. Lupe hatte etwas Besseres verdient. Er hatte versucht, seine Frau dazu zu bringen, die Schiffe hinter sich zu verbrennen, aber sie hatte sich stur gestellt und eine Grenze gezogen. Familie war ihr heilig, im Guten wie im Schlechten. Man gibt sie einfach niemals im Leben auf!

Lupe drückte das Baby fest an sich. Ihr rundes Gesicht wurde zuerst ernst und dann ganz verstört.

„Inez hat sich über so etwas schon Sorgen gemacht", sagte sie zögernd. „Ich habe es lange Zeit unterschätzt, aber Inez hat immer wieder gesagt, dass die Armen, wenn sie den Mächtigen nicht mehr nützen würden, wie krankes Vieh geschlachtet und in Massengräber geworfen würden."

„Inez kann sehr theatralisch sein", gab Sadie zu bedenken.

„Inez weiß sehr gut, wovon sie redet", sagte Lupe kurz angebunden.

„Aber was für einen Sinn soll das haben?", fragte Sadie. „Warum gerade jetzt? Was haben sie davon?"

Lupe schloss die Augen in stillem Gebet. Dann flüsterte sie fast.

„Ines hat gesagt, dass das Einzige, was die Mächtigen zwingen könnte, schnell zu handeln, die Drohung eines Aufstandes der Armen sei. Wenn die Armen sich wehren würden, ehe sie zerschlagen werden, müsste die Machtelite damit aufhören."

„Aber das ist Wahnsinn! Es ist ganz und gar krank!", rief Sadie.

„Aber verstehst du denn nicht?" Lupe riss die Augen erschrocken auf. „Genau so geschehen Völkermorde. Alle sitzen rum und sagen: das ist Wahnsinn! Das können die nicht tun! Dann haben sie ein paar Ausreden, oh, diese Leute sind an Krankheit, Kälte, Überarbeitung, Hunger gestorben – bis sie eines Tages zurückblicken und einsehen, dass Millionen Menschen gestorben sind!"

„Wir können nicht zulassen, dass sie evakuiert werden", sagte Sadie. „Lupe, das sind alles Leute, die du kennst, deine Mutter, Inez, das ganze Viertel, alle meine Freunde, Zipper, Hawlings. Wir müssen unbedingt etwas tun!"

Sie wandte sich Charlie zu.

Mit Blicken bat sie ihn, über eine Antwort nachzudenken. Charlie stützte den Kopf in die Hände. *Denke!* Befahl er sich, *um Sadies willen, denke!* Sein Geist lief auf Hochtouren und rang um Lösungen. Seine Nerven erhitzten sich, als Tausende Gedanken durch sein Bewusstsein schossen. Er überprüfte sie blitzschnell und verwarf alle. *Zu schwach. Zu schwerfällig. Das braucht zu viel Zeit!* Er stand auf, um ihren Fragen auszuweichen.

„Ich versuche gerade nachzudenken. Lasst mir etwas Zeit."

Er trat in die Veranda hinaus und setzte sich auf die Treppe. Die Kühle der Frühlingsnacht überfiel ihn und prickelte auf seiner Haut. Die Straße lag im Zwielicht zwischen schattiger Dämmerung und vollkommener Dunkelheit. Er fühlte das Gewicht von Millionen Menschen auf seinen Schultern. Die Antwort war so nahe ... er konnte sie fühlen ... sie stand ihm vor Augen, streifte seine Wahrnehmung, juckte ihn, machte ihn verrückt, es war, als hätte er sie schon ...

„Ja", schrie er, „das ist es! Jesus! Das ist es!"

Er sprang auf die Füße. Wunderbar! Es war wie eine vollkommene Gleichung, die im Geist eines Mathematikers aufleuchtet! Wie eine Symphonie, die sich in der Fantasie des Komponisten harmonisiert! Es war so elegant, so unglaublich! Charlie rannte in die Küche zurück.

„Sie werden die Städte nicht evakuieren!", rief er.

„Nicht?!", schrien sie.

„Nein", antwortete er. „Das werden *wir* tun."

## KAPITEL ZEHN

.....

***Operation Stadt-Evakuierung***

Lupes Anruf erreichte Inez, als sie versuchten, dem Sturm der Verwirrung eine Richtung zu geben. Panik kam auf und sie musste schnell handeln: Sie musste das Verhalten der Menschen lenken, während sich die Angst vor den Lagern ausbreitete. Beim Stimmengewirr in der Kirche steckte sich Inez einen Finger in ein Ohr und sie konnte mit dem anderen kaum Lupes atemlos gesprochene Nachricht aufnehmen.

„Ich muss noch überall herumtelefonieren, um mich zu vergewissern, aber warum sollten sie es nicht tun? Es ist ja so edel, Menschen in Notsituationen Obdach anzubieten, und es ist ja so patriotisch, unsere Mitbürger ins eigene Haus aufzunehmen! In einer Stunde rufe ich dich wieder an."

Das war um acht Uhr. Die Aufregung des *Vielleicht* gab Inez Kraft ... vielleicht würden ihnen die Vorstädte helfen ... vielleicht würden Familien im ganzen Land anbieten, die Menschen aus den Städten aufzunehmen ... vielleicht würde ihnen die Rettung die Hand reichen. Inez ging mit der Nachricht wieder in die Straßen. Sie machte Organisatoren und Gemeindeführer ausfindig. Sie schrie laut, damit die Menge ihr zuhörte. Sie erkletterte Straßenlaternen, um die Leute auf sich aufmerksam zu machen. Mit krächzender Stimme rief sie zur Vernunft, während die Leute über etwas von Todeslagern und Terroristen, Razzien und Apokalypse schrien. Sie redete ganzen Familien zu, ruhig zu bleiben, sagte jungen Leuten, sie sollten nicht wie Kühe in Indien durch die Straßen streunen und klopfte bei alten Leuten an die Tür, um sich zu vergewissern, dass sie noch lebten. Vor allem aber gab sie Charlies Idee weiter und diese verbreitete sich wie eine ansteckende Krankheit der Hoffnung: Es war möglich, diese Idee zu verwirklichen!

Um Mitternacht wurde das Kriegsrecht erklärt. Lupe hatte nicht angerufen. Soldaten in Lastwagen fuhren durch die Straßen und schrien durch Lautsprecher, die Leute sollten ruhig bleiben, alles sei unter Kontrolle, die Evakuierungen in die Lager sollten am Morgen beginnen. *Bleibt ruhig. Bleibt ruhig. Bleibt …*

Panik flammte in den Mietshäusern auf. Durch die papierdünnen Wände verbreitete sich die Furcht vor den Lagern. Die Sirenen heulten laut und doch konnte man das Weinen hören. Aus Verzweiflung verbreitete Inez eine Zeit lang Lügen:

„Wir gehen nicht in die Lager“, wiederholte sie ein ums andere Mal. „Es gibt einen anderen Plan.“

*Was für einen Plan?* fragten die Leute.

Das werdet ihr bald erfahren, versprach Inez und betete, dass es wahr sein möge. *Lupe, beeil dich!* Als die Soldaten kamen, lief Inez in eine Nebenstraße. Sie rannte, um die Menschen aus den Straßen zu vertreiben, damit die Armee sie nicht würde einkreisen können. Um ein Uhr in der Nacht war die Batterie in ihrem Mobiltelefon leer. Gib niemals deinen Festnetzanschluss auf! Sagte sich Inez. Nur Pater Ramon und ihre Mutter gaben sich noch mit den altmodischen Telefonen ab, die ihren Strom aus den Telefonverbindungen bekamen. Inez bahnte sich den Weg zur Kirche zurück. Sie bog um die Ecke und stöhnte: Die Nonnen waren auf die Straße gejagt worden. Soldaten stiegen die Stufen hoch. Pater Ramon versperrte die Tür mit seinem Körper.

„Ihr dürft unsere Kirche nicht besetzen!“, schrie Inez, als die Soldaten Pater Ramon zur Seite stießen und in die Kirche traten. Dann rannte sie auf den Soldaten zu, der sich frech gegen die Statue der Jungfrau lehnte, die den Eingang bewachte. „Ihr dürft unsere Kirche nicht einfach besetzen!“

Er gab ihr mit dem Handrücken einen solchen Schlag, dass sie gegen die Granitwand schlug. Einen Augenblick lang dachte sie, in der Stadt wären die Licht wieder angegangen, denn es tanzte ihr vor den Augen. Pater Ramon zog sie die Stufen runter und sagte ihr, sie solle nach Hause gehen und sehen, wie es ihrer Mutter geht. Hier könne sie nichts tun. Ines widersprach wie eine Wahnsinnige. Um ihre Mutter brauchte sie sich keine Sorgen zu machen, der ging es gut. Pilar Maria würde mit ihrer übrig gebliebenen Schwarzmarktschokolade Armageddon überleben, die alte *bruja* überstand auch Hungersnöte: *su madre* betrieb einen Handel, der Börsenmakler beschämt hätte. Zweifellos würde sie Steuern und Kakerlaken überleben ... die Litanei brachte Inez wieder zur Besinnung wie es nur viele Ave Marias getan hätten. Sie taumelte zur Tür. Ihre Wange war so geschwollen, dass sie auf einem Auge nicht sehen konnte. Da wurde sie durch das schrille Klingeln des Telefons erschreckt. Sie tastete danach.

„Lupe!?“

Ihre Schwester traf sie mit einer Nachricht, die stärker schmerzte als der Schlag des Soldaten.

„Tut mir leid, Inez, *lo siento!“*, schrie Lupe. „Ich habe alles versucht. Sie wollen nicht.“

Die Familien in der Vorstadt hatten die Hoffnung gelyncht und sie am Baum ihrer Furcht aufgehängt. Sie warfen ihre Telefone auf den Boden und verriegelten ihre Haustüren, als die Fernsehnachrichten etwas über Aufstände in Chicago, Feuer in Houston, Plünderungen in Los Angeles und Morde und Gewalt in Atlanta herausschrien: die in Panik versetzten Armen, das Pandämonium, die Verdorbenheit der Unterschicht.

*Sie sind Verbrecher, Huren, Fixer, sie werden uns ausrauben, unsere Kinder belästigen, Probleme machen,* Lupes Freunde von der *Wiedergeburt der Vorstädte* protestierten. *Schickt sie in die Evakuierungszentren, die sind dafür gemacht. Die Regierung weiß, was sie tut.*

„Sie verstehn es nicht besser, Inez.“ Lupe entschuldigte sich für die beleidigenden Vorurteile der Vorstädter. „Sie wissen nichts über die Gefangenenlager und die Schuld-Arbeitslager. Sie sehen nichts als Einweihungszeremonien im Fernsehen.“

„Na gut, dann erzähl's ihnen!" schrie Inez ihre Schwester an. In der Straße unter ihr fuhr eine Reihe leerer Armee-Lastwagen in Richtung Kirche. Sie erzählte Lupe, dass ihr letzter Zufluchtsort jetzt besetzt worden sei.

„Heiligkreuz?" fragte Lupe. „Sie haben tatsächlich die Kirche besetzt?"

In Lupes Küche fuhr Charlie senkrecht in die Höhe, als ihn die Erinnerung durchfuhr. Ein Schauder, der Generationen alt war, fuhr ihm die Wirbelsäule entlang. Die harsche Stimme seines Großvaters hallte ihm in den Ohren

*Die Zeit des Grand Dérangement, als die Engländer die Akadier deportierten, lockten uns die Soldaten in die Kirchen und sperrten uns dort ein. Dann trieben sie uns mit vorgehaltener Waffe zu den Schiffen, luden uns auf und schickten Tausende in den Tod.*

„Geh nicht, Inez!", stieß Charlie hervor. Er hatte Lupe das Telefon aus der Hand genommen. „Wenn sie euch befehlen, euch in der Kirche zu versammeln, geht nicht dorthin! Sie werden die Priester zwingen, euch anzulügen und euch auf diese Weise zusammentrommeln."

Der letzte Rest von Inez' Glauben an die menschliche Güte löste sich auf.

„Ich muss die Leute warnen. Sag Lupe, sie soll es weiter versuchen, bitte!"

Inez legte auf und wählte eine andere Nummer, aber die Größe ihres Misserfolges schlug ihr die Beine unter dem Leib weg. Sie sackte auf dem Boden zusammen und schlang die Arme um die Schienenbeine. Pilar Maria nahm ihre älteste Tochter und wiegte ihren verkrampften Körper, wobei sie das unerbittliche gipserne Gesicht der Jungfrau vom Altar über ihnen beobachtete.

„Warum?" Inez sandte gequält ein Gebet zu Gott, während der letzte Hoffnungsfunke in ihr erlosch. Die Dochte der Kerzen zischten in ihren Wachspfützen. Eine ausgelöschte Flamme hinterließ eine bittere Rauchlocke. Pilar sah zur Jungfrau auf, als Inez sie fragte, warum die Vorstädte, der Vater im Himmel und die ganze Menschheit sie in der Stunde der Not verlassen hätten. Warum? fragte Pilar die Mutter eines gekreuzigten Sohnes. Warum schreien unsere Kinder zu Gott Vater, während ihre Mütter, die sie nie, keinen einzigen Augenblick, verlassen haben, in ihrem Leid ihnen dabei zuhören müssen?!

„Inez“, jammerte sie zum hundertsten Male, „du erwartest zu viel von den Menschen. Sie sind keine Heiligen.“ *Sie sind noch nicht einmal mutig oder freundlich oder intelligent*, dachte Pilar mit ihrem Sinn fürs Praktische. Sie sind eben Menschen. Du musst wie sie skrupellos sein. Du musst dich wie sie im Dreck wälzen und ihre Gefühle ansprechen. Du musst lügen, betrügen, stehlen, betteln und kriechen. Pilar hatte das alles getan.

Sie wiegte ihre gutgläubige Tochter, die Reine, die geradezu Heilige, ihr Sorgenkind, ihr drahtiges stahlhartes fünfunddreißigjähriges Kind. Inez, dachte sie, du brennst in deinem Inneren so rein, dass du die Dunkelheit nicht als das erkennen kannst, was sie wirklich ist, nämlich Dunkelheit. Misserfolg und Elend können nicht immer durch das Licht der Seele erhellt werden. So ist nun mal die Welt *hija,el mundo armago lleno de dolores,* die bittere Welt ist voller Schmerzen.

Inez verfluchte Lupes Misserfolg. Sie verdammte ihre Schwester zu tausend Jahren ewiger Pein dafür, dass sie sie so im Stich gelassen hatte.

„Man verflucht seine Schwester nicht“, ermahnte Pilar sie und brach in Lachen aus.

„Sie hat uns aufgegeben. Sie lässt *las putas en los suburbios* in ihre perfekte kleine Welt vor uns davonlaufen, dorthin, wo nie was Böses geschieht. Ihr gepflegter Rasen soll ihre Seele verschlingen und ihre Geländewagen sollen sie geradewegs in die Hölle fahren!“

„Noch ein Wort und du wirst dich selbst, an ihren Kotflügel gebunden, auf der holprigen Straße zu Teufels Küche wiederfinden!“

Pilar krächzte und schwankte zwischen Lachen und Sorge.

Inez gab eine Menge Obszönitäten von sich und Pilar hörte zu schimpfen auf und sah ihre Tochter mit berechtigtem Stolz an.

„Siehst du? Du hast mir eben all die Jahre lang gut zugehört!"

Ihre große Wut zog Inez aus dem Sumpf der Verzweiflung. Ihre schwarzen Augen verströmten Tränen und ihre Iris blitzte vor Wut. Pilar nickte zustimmend. Nun war Inez bereit. Sie sah ihre Tochter entschlossen an. Pilar war illegal in dieses Land gekommen und hatte nicht umsonst alle diese Jahre überlebt, nein, sie hatte einige Tricks gelernt.

„Eine Lüge, die oft wiederholt wird, wird zur Wahrheit", zitierte sie. „Und ich sage dir: Die Vorstädte werden ihre Türen für jeden öffnen, der dort auftaucht."

„Nein, Mama, Lupe hat gesagt, sie haben zu viel Angst und würden uns deshalb nicht helfen ..."

„Guadalupe Dolores weiß auch nicht alles", behauptete Pilar hochmütig. „Verriegele die Türen, verbarrikadiere die Fenster und dann geh ans Telefon und sage allen, sie sollen dasselbe tun."

„Aber Mama! Wir können nicht ewig hier bleiben!"

„Ich habe nicht gesagt, dass wir das tun werden", sagte Pilar und griff nach ihrem Mantel und ihrer Umhängetasche. „Du wirst sehen. Wenn die Not auf der Schwelle steht, wird die Furcht von der Couch vertrieben."

„Wohin gehst du?", fragte Inez.

„Ich gehe die Not an der Schwelle deiner Schwester abgeben."

Inez sah Pilar an und es dämmerte ihr.

„Nicht die Regierung evakuiert die Städte. Nicht die Vorstädte evakuieren die Städte ..."

„Nein", bestätigte Pilar. „Das tun wir."

*　　*　　*

Zwei zusammengekrümmte Gestalten saßen bei Sonnenaufgang nebeneinander auf der Veranda. Sadie rieb sich die geröteten Augen. Charlies Hand zerknitterte und glättete wieder ein ramponiertes Bündel Papiere. Seine wütend hingekritzelten Zeilen liefen über die Blätter und prangerten das furchtsame Zögern der Bevölkerung an. Er seufze und ließ nutzlose Worte auf die Verandastufen zwischen seine Füße fallen. Er knallte das Bündel mit vollgekritzeltem Papier auf den Boden und brachte damit den einsamen Vogel in den Zweigen über ihnen zum Schweigen.

„Das können wir nicht riskieren, Charlie“, wiederholte Sadie. „Wenn du den Artikel durchs Internet in den Vorstädten und den Städten, die noch Zugang dazu haben, verbreitest, wird uns die Bundessicherheitspolizei aufspüren. Wir müssen die alten Verteilungs-Netzwerke benutzen ...”

„Die sind zu langsam, Sadie“, widersprach er. „Wir müssen den Leuten *jetzt* sagen, was los ist. Außerdem: Wen könnten wir damit schon erreichen? Einige tausend Aufständische? Wir müssen das öffentlich verbreiten, wir müssen alle erreichen.“

„Das ist nicht gut, Charlie, das weißt du. Die Internet-Zensoren werden es einfach löschen, sobald sie es irgendwo im Netz finden.“

„Wenn wir es nur direkt an die Leute bringen könnten”, klagte er und machte eine Bewegung mit dem Arm, die alle Vorstädte in der ganzen Nation umfasste. Seine Enttäuschung war im Laufe der Nacht so stark geworden wie Lupes, als die Organisatoren der *Wiedergeburt der Vorstädte* sich weigerten, den Massen der Armen in der Stadt zu helfen. *Der Mann aus dem Norden* konnte nicht schlafen und um drei Uhr morgens schrieb er einen hitzigen Brief der Verdammung, der sich beim Schreiben selbst in Brand steckte. Charlie ließ den hitzigen Ton fallen und mäßigte seine Worte zu gehärtetem Stahl und er durchschnitt damit die Lügen, die die Armen verleumdeten. Um vier war er so weit, dass er die *Wiedergeburt der Vorstädte* bat, ihren Standpunkt zu überdenken und den Notleidenden entgegenzukommen. Um fünf in der kühlen Klarheit vor der

Dämmerung veränderte er sein Schreiben zu einem Schrei nach dem Erwachen der Herzen. Sadies Augen wurden feucht, als sie die endgültige Fassung las, aber sie schüttelte den Kopf, als er den Wunsch äußerte, den Text im Netz zu veröffentlichen. Als die Sonne aufging, stritten sie, die Lichter im Haus gingen an und der Duft von Kaffee drang in die Morgenluft.

„Die Internet-Zensoren brauchen ein paar Tage, um die E-Mails durchzugehen. Vielleicht könnten wir einen Kettenbrief starten“, schlug er vor.

„Sie werden ihn zurückverfolgen und jeden verhören, der ihn bekommen hat“, sagte sie.

„Ja, aber wenn wir ihn schnell genug schicken könnten ...“

„Du würdest eine Liste mit Tausenden von Adressen brauchen, eine Massen-E-Mail-Liste.“

Das Geräusch der Fliegengittertür brachte sie zum Schweigen.

„Ihr könnt die Liste der *Wiedergeburt der Vorstädte* benutzen“, sagte Lupe. „Schickt sie anonym, und wenn wir erwischt werden, sage ich, dass ihr das System gehackt habt.“

Lupe trat barfuß auf den kühlen Boden der Veranda. Tränenspuren ließen ihr Gesicht älter erscheinen, als wären es Falten. Ihre Augen, die keinen Schlaf bekommen hatten, taten ihr weh. Ihre Kehle war rau von der Überbeanspruchung und ihre Stimme war gebrochen – wie das Versprechen, das sie Inez gegeben hatte. Sie setzte sich nicht, sondern überragte sie. Sie starrte kalt auf die Vorstadthäuser.

„Das Telefon meiner Mutter klingelt in der Stadt, aber sie nimmt nicht ab“, sagte sie und deutete damit schonungslos an, dass ihre Bemühungen zu gering und zu spät seien. Sie zuckte die Achseln. Solange der Hilfeschrei anhielte, wollte sie es weiter versuchen. „Gib mir den Artikel vom *Mann aus dem Norden*. Ich will ihn verschicken. Wenn Charlie mutig genug ist, Risiken auf sich zu nehmen, dann bin ich es auch.“

Ihre Gestalt erstarrte, als wäre sie von Granit, sie straffte sich gegen die Grausamkeit der Welt. Ihre nackten Füße standen fest auf dem Boden der Veranda. Sadie und Charlie sahen zu der Frau auf, die aussah, als wäre sie aus hartem Holz geschnitzt. Sie blickte zum bewölkten Himmel. Niemand bemerkte die einsame Gestalt, die unaufhaltsam die Straße herauf kam, bis ein Schwall spanischer Wörter die morgendliche Stille durchbrach.

"*Madre de Dios! Hija*, steh nicht tatenlos rum! Hilf deiner Mama die Stufen rauf! Ich schwöre, ich habe mir die Sohlen von den Füßen gelaufen!“

* * *

Pilar Maria Ignacia Hernandez hielt in der Vorortküche Hof. Sie organisierte einerseits eine illegale Evakuierung und andererseits kommandierte sie Lupe herum.

„Mach den Kaffee so schwarz, wie dein Mann ist, Guadalupe! Meine Lider sind schwer wie Blei! *Sí*, natürlich bin ich zu Fuß aus der Stadt gekommen. Was, denkt ihr denn, diese *pucha* Soldaten hätten mich im Auto mitgenommen? Ach, beschimpf mich nicht wegen meines losen Mundwerks, du hast es überlebt und auch meine Enkel werden es überleben. Jetzt hör mal, ein Lastwagen voller Kinder wird hier in einigen Stunden ankommen. *Mis socios* vom Schwarzmarkt bringen sie aus der Stadt hierher. Zurück werden die Männer mit Wasserflaschen, Taschenlampen und Essen fahren – klar? Nein, nein, nicht für die armen Leute. Sie planen, es den Universitätsstudenten zum dreifachen Preis zu verkaufen. Die Lastwagen fahren dann den ganzen Tag. *Sí*, natürlich haben sie Militärpässe. Was meint ihr, wozu es Bestechungsgelder gibt? Mittags kommt ein zweiter Lastwagen, ein dritter um drei und...“

„Aber Mama!" schrie Lupe. „Was sollen wir mit ihnen allen anfangen?“

„Wenn die Not auf der Schwelle steht, wird die Furcht von der Couch vertrieben“, wiederholte Pilar. „Die Vorstadt wird ihre Türen für jeden öffnen, der auftaucht. Du wirst sehen. Die Betten werden sich dann schon finden."

Und das geschah. Lupes Nachbarn sahen mit weit geöffneten Augen verschreckte Kinder von der Ladefläche des ersten Lastwagens klettern und sie empfanden Gewissensbisse. Kochtöpfe fanden ihren Weg in Lupes Haus, sie wurden von *Sweatshirts* und Socken, Decken und schließlich von Hilfsangeboten begleitet. Pilar wühlte sich durch das Chaos wie ein Börsenmakler in der Wallstreet und verfolgte jede Bewegung mit Argusaugen.

„Alma", sagte sie zu einem bezaubernden kleinen Mädchen, „erzähle Frau Blackburn, wie die Soldaten gekommen sind, um dich abzuholen."

Die Sechsjährige erzählte Frau Blackburn und einer Gruppe anderer Nachbarinnen feierlich von den Ereignissen am Abend zuvor.

„Miguel", sagte die kluge Frau, „vielleicht kann Herr Edmonds mit dir und Carlos und anderen Fangen spielen. Erzähle ihnen von den Lagern. Sie haben noch nie etwas davon gehört."

Da wurden Geschichten von Polizisten und Verhaftungen, Hunger, Schwerarbeit, liebevollen Eltern, Verzweiflung, Tagträumen und Kummer erzählt, von Blumen, die in Nebenstraßen wuchsen, und späten Abenden auf den Dächern, von Barrikaden und Ausgangssperren. Tausend wahre Geschichten aus dem Leben in den Vierteln, Geschichten von Kindern, von der Liebe von Menschen, Geschichten, die den Erzählern im Hals stecken blieben, Geschichten, die aus den Mündern kamen und die bei den Zuhörern ein *wow* hervorriefen, Geschichten, die in den Augen brannten, die Türen öffneten und die Wunder keimen ließen.

Als es Abend wurde, hatten sich die Kinder in die Herzen ihrer Zuschauer gestohlen.

Pilar saugte an ihrem Goldzahn. *Bueno*, dachte sie, *es klappt.* Am nächsten Morgen belagerte sie die Vorstadtbewohner wie ein Straßenhändler, der seine Ware verkaufen will: Sie klopfte frech an Türen und gab sich nur mit einem Ja als Antwort zufrieden. Sie schickte ihre Enkel mit Kindergruppen aus der Stadt an die Tür und schlurfte ihnen hinterher wie eine liebe *abuelita,* ein Großmütterchen. Sie berief sich zur Sicherheit auf Sadies Hellhäutigkeit, wenn sie völlig Fremde beschwatzte, sie sollten allen helfen.

„Es geht immer ums Geschäft", sagte sie leise zu Sadie. „Ich habe einen Wagen voller Zitronen und niemand mag Limonade. Was mach ich da? Ich verschenke Rezepte für meine unwiderstehlichen *abuela*-Zitronenbaisers – ich verschenke sie! Sie brauchen nichts weiter zu tun, als ein oder zwei Zitronen mit nach Hause zu nehmen."

„Meine Mama ist der leibhaftige Teufel", bemerkte Lupe bewundernd. „Sie ist höllisch hinterhältig, aber irgendwie gelingt es ihr, Wunder zu tun."

Pilar Maria nahm Kontakt zu ihren *socios en el mercado negro* auf und brachte ähnliche Untergrund-Evakuierungen auf den Weg. Charlies Artikel verbreiteten sich über die E-Mail-Liste der *Wiedergeburt der Vorstädte*, dazu kamen Zeugnisse über die Neuankömmlinge. Im ganzen Land wurden die E-Mail-Konten von Lupes Mitorganisatoren von wahren Geschichten aus den Städten, von Kinderfotos und Bitten um Hilfe überschwemmt. Immer mehr Telefonanrufe gingen ein.

„Wie können wir helfen?"

„Gibt es einen Kontakt in Chicago?"

„Bei uns stehen ein paar Häuser bereit."

Die Menschen hatten gute Absichten, aber die Behörden errichteten eine Mauer aus Widerstand, sie verstärkten ihren Würgegriff des Kriegsrechts. Nur wenige Transporte mit Evakuierten kamen noch durch die verstärkten Kontrollen. Die Behörden halfen nicht etwa bei der Evakuierung, die durch die Bürger organisiert wurde, sondern sie sabotierten die Hilfsangebote. Das Untergrundradio verbreitete die Informationen. Nur einige Menschen konnten erfolgreich auf einmal herausgeschmuggelt werden. Pilar machte ein finsteres Gesicht.

„Die Mauer von Barrikaden und Reisebeschränkungen muss fallen“, sagte sie. „Es gibt keinen Grund dafür, dass sie stehenbleibt.“

Lupe sagte ihren Familien, sie sollten mit den Behörden Kontakt aufnehmen. Inez bat die Menschen, formelle Beschwerden einzureichen.

„Genau so müsst ihr es machen, meine Töchter“, ermutigte Pilar sie. „Benutzt den Doppelschlag, ermahnt die Behörden von innen und außen, lasst den Schurken keine Ruhe! Sagt ihnen, die Armen verbarrikadieren sich aus Angst vor den Lagern in ihren Wohnungen und draußen stehen Häuser zur Hilfe bereit, hätten die Behörden keinen Verstand? Hebt die Reisebeschränkungen auf! Lasst die Leute in gute Häuser ziehen! Wir wollen, dass Familien zusammenbleiben und wir wollen für die Alten medizinische Hilfe bereithalten. Die Behörden sollen wenigstens Lastwagen passieren lassen, die denen, die in der Stadt warten, Trinkwasser bringen! Die Situation ist chaotisch! Sagt ihnen, sie machen alles falsch, sie sind inkompetent, lasst die Menschen einfach aus der Stadt raus, bis das Stromnetz wieder repariert ist ...“

Lupe gab ihrer Mutter das Telefon.

„Mutter, wenn du meckerst ...“

Pilar zuckte die Achseln und wandte ihre Fähigkeiten gut an. Sie hielt Strafpredigten, belästigte, beschwatzte, nötigte, bettelte, schmeichelte, manipulierte und drängte. Sie sammelte eine Armee von Helfern: alte Damen, junge Mütter, Prediger und Kinder. Jeder Evakuierte kam am Telefon an die Reihe. Ein Hindernis nach dem anderen wurde kleiner. Schließlich rief Inez an.

„Macht das Radio an“, rief sie. „Wir haben es geschafft!“

Schließlich war es gelungen zu bewirken, dass der Sekretär des Führers der lokalen Nationalgarde zuhörte. Er wurde schließlich dazu bewegt sicherzustellen, dass die Radiosender im ganzen Land die Nachricht verbreiteten. Der Sekretär glaubte, dass in Notzeiten alle Möglichkeiten genutzt werden sollten, um die Menschen zu bewahren.

„Ein Mensch“, sagte Inez immer wieder, „ein einziger Mensch macht es möglich, dass Wunder wahr werden.“

Eine Menschenmenge sammelte sich um das Radio, um die offizielle Ankündigung zu hören. Lupe, die Kinder, Pilar, Sadie, einige Nachbarn und Charlie hielten ihre Freudenschreie zurück, als die Zuhörer in der bekanntesten Radiosendung in der Gegend über das Neueste informiert wurden.

„... angesichts der fortgesetzten Stromausfälle bieten Familien in den Vorstädten überall im Land ihre leerstehenden Zimmer, Kirchen, Gemeindezentren und Turnhallen zum Wohl und zur Sicherheit der Menschen an, um ihren Mitmenschen aus der Stadt Zuflucht zu bieten. Die Behörden äußern ihr Missfallen über diese Angebote.“

Die Sendung schaltete zum Bürgermeister von New York City um.

„Wir sind überzeugt, dass die Regierungsbehörden aufs Beste ausgerüstet sind, um die Massenevakuierungen zu handhaben“, sagte er.

„Aber“ ging es im Radio weiter „angesichts der Eilmeldung, dass sich die Armen der Stadt aufgrund abergläubischer Furcht vor den Evakuierungszentren in ihren Wohnungen verbarrikadieren, wird das Angebot der Vorstadt-Gemeinden als vernünftige Lösung befürwortet. Die Bürgermeister von Philadelphia, New York und Los Angeles äußerten Zustimmung zu der unkonventionellen Lösung und erlaubten den Menschen, sich in die Vorstadt-Viertel umzuquartieren. Auch Beamte der übrigen betroffenen Städte stimmten dieser Vorstellung, wenn auch widerstrebend, zu. „Inzwischen“, fuhr der Sprecher fort, „bemühen sich die Behörden auf jede Weise, die Städte wieder mit Strom zu versorgen.“

Charlie schüttelte den Kopf.

„Es gibt einen kleinen Schalter, der Demokratie heißt“, murmelte er. „Sie brauchen nichts weiter zu tun, als ihn anzudrehen.“

Die Schleusen wurden geöffnet und die Leute strömten heraus. Die Vorstädte lenkten die Menschen durch die Straßen wie Wasser, das Felder bewässert, und mäßigten die starke Kraft, indem sie sie in kleinere Kanäle lenkten. Wie Pilar vorausgesagt hatte, zeigten sich die Vorstädte der Not gewachsen. Kirchliche Gruppen gingen voran. Schulen öffneten ihre Turnhallen.

Inez kam bei Anbruch der Dämmerung in Lupes Viertel an. Sie war todmüde. Licht schien aus den Fenstern des Hauses ihrer Schwester und der Lärm von Kindern mischte sich mit dem Klirren beim Abwaschen. Inez schauderte im kühlen Zwielicht. Sie stand draußen und hatte keinen Anteil an der Behaglichkeit des Hauses. Sie fühlte sich in ihrer in die Dunkelheit geglittenen Welt, als wäre sie aus der hellen Welt ausgestoßen. Ihr Körper war zwar aus der Stadt hierher gewandert, aber im Geiste ging sie noch durch die leeren Straßen der Stadt und sie hörte Stimmen, die nach ihrer Rückkehr weinten.

*Mañana,* versprach sie denen, die noch in der Stadt in der Falle saßen, *lasst mich eine Nacht lang ausruhen!* Sie wandte sich dem Haus zu, aber ihr Füße waren wie an den harten Boden des Weges festzementiert und eine Menge Bilder tauchten aus der Tiefe ihres Gedächtnisses auf: Beton und Blockaden, Polizeihelme, der Schlag auf ihre Wange, ihr Hunger, der Widerhall von *Nein!,* das Zuschlagen von Türen, der nicht endende Klingelton, plötzlich unterbrochene Stille, Befehle durch ein Megafon, Soldaten auf den Stufen der Kirche, ärgerliche Schreie, Zittern vor Verzweiflung.

Inez zitterte vor Erschöpfung von den Tagen, an denen sie gegen die Betonwände der menschlichen Dummheit gehämmert hatte. Ihre Lippen kräuselten sich vor Spott, zogen Feuchtigkeit aus ihrer ausgetrockneten Mundhöhle und spuckten sie mit einer scharfen Drehung ihres Kopfes aus. Das Gras verschlang die Spucke und nahm ihr damit die Befriedigung, ein hartes Aufklatschen auf dem Beton zu hören.

Ein ersticktes Lachen kam aus ihrer Kehle. Die Menschen hatten viele Arten von Dummheit erfunden: Gier, Hass, Wut, Verzweiflung, Gewalt, Gleichgültigkeit ... aber Hoffnung war die größte von allen. Hoffnung war die Art Idiotie, die Inez, eine Frau, die nicht einmal einen Meter fünfzig maß, dazu trieb, einen Vorschlaghammer zu nehmen und zu versuchen, Schichten von Beton zu zerschlagen, die so dick waren, dass sie ganze Wolkenkratzer aufrechthielten. Hoffnung war die Art von Dummheit, die Frauen dazu brachte, Samen in den Boden und Brot in den Ofen zu stecken und Kinder auf die Welt zu bringen, wo doch Tag für Tag der Frost die Keime verdarb, die Ratten das Brot annagten und verhungerte Kinder in kleinen Särgen ins Grab gelegt wurden. Hoffnung verlangte einem Glauben ab. Hoffnung verneinte alle Tatsachen. Hoffnung war der Wahnsinn, der uns am Leben hielt.

Inez verließ den Weg und ging über den Rasen zum Haus. Ihre Schuhe versanken im weichen Gras. Sie taumelte in einem Ausbruch von Verstehen. Inez fiel auf die Knie und bohrte ihre Finger in den Boden. Sie sah im letzten Tageslicht die Straße auf und ab.

„Denk nicht mehr an Hoffnung“, seufzte sie. Die größte Dummheit von allen war die Idiotie einer Frau, die Beton aufbrach, wo doch das alte Bauernland der Stadt unter dem Rasen ihrer Schwester lag!

* * *

Die Schaufel fuhr mit einem angenehmen Geräusch durchs Gras. Charlie hob sie hoch und entspannte seine Schultern nach dem Krummsitzen beim Schreiben. Sadie lehnte sich auf ihre Schaufel und erzählte lebhaft einige Geschichten über das Hüten von Häusern, während die anderen den Rasen aufgruben. Charlie lächelte vor sich hin. Sadie arbeitet wie ein Vogel, pickte hier, scharrte dort, hielt an, um einen neuen Witz oder Gedanken oder eine neue Geschichte zu zwitschern. Zwar grub sie nicht viel um, aber sie sorgte dafür, dass die Stunden schnell verflogen.

„Also eines Tages“, lachte sie, „tauchte der Präsident der Hausbesitzervereinigung mit einem Zollstock in der Hand auf und sagte mir, der Rasen sei höher als die den Regeln entsprechenden siebeneinhalb Zentimeter und ich müsse mich um das Problem kümmern. Ich hatte nicht bedacht, dass eine Wiese vor einem Haus ein Problem sein könnte, also kümmerte ich mich nicht darum, bis sie bei dreißig Zentimetern Grashöhe mit zwei Jugendlichen und einem Rasenmäher kamen. Ich sagte ihnen, dass das Regelverzeichnis des Viertels keine Einschränkungen für Wildschutzgebiete enthalte. Sie bestanden darauf, ich solle das Grass mähen. Da warf ich einen Blick auf die Schmetterlinge und Wildblumen und sagte: *Hallo, nein, ich werde nicht mähen!* Zwei Tage später klebten die Jugendlichen auf alle Autos im Viertel eine Plakette, auf der dieser Satz stand, und gründeten die Grasmäherbefreiungsfront! Die Erwachsenen tadelten mich natürlich, riefen meine Tante aus den Ferien zurück und forderten, dass ich die Gegend verlasse. Das tat ich auch ... aber erst, nachdem ich den Löwenzahnsamen aus einem Fünzigpfundsack in ihrem Vorgartenrasen verteilt hatte." Sadie beendete ihre Erzählung mit einer Geste, mit der sie zeigte, wie sie den Samen wie eine paradierende Königin, die Münzen unter die Menge wirft, ausgestreut hatte.

Das Gelächter vermischte sich mit dem Rumpeln der Bodenfräse. Pilars Spanisch drang aus dem Haus: Sie organisierte eine neue Hilfslieferung für die Stadt. Drei weitere Tage ohne Strom hatten Menschenmengen in die Vorstädte geschwemmt. Lupe beschäftigte sie damit, Rasenflächen umzugraben, um Gärten anzulegen. Geschichten flogen gleichzeitig mit Erdbrocken umher. Missverständnisse und Lügen setzten sich wie Staub ab und wurden durch das saubere Wasser der Wahrheit weggespült. Die Behörden überwachten aufmerksam die Viertel, die zu Evakuierungszentren gemacht worden waren, und ließen die Menschengruppen, die sich noch eigensinnig in den Städten versteckten, in Ruhe. Bill und Ellen schickten eine Nachricht in die Vorstädte. Sie bauten in diesem Jahr Löwenzahn an, falls irgendjemand in den Norden kommen wollte ... Einige Studenten und Aktivisten fuhren zu der Farm hinauf und begannen ein Training in gewaltfreiem Kampf. Aubrey gab Sadies Eltern Geld, damit sie ihre Produktion verdoppeln könnten … es gab eine Menge schwer arbeitender Löwenzahnpflanzer, die ernährt werden mussten. Er bot Lupe und Inez Geld an, damit sie damit Samen für Gärten in den Städten und Vorstädten kaufen könnten, und er versprach, weitere Spender zu finden.

Charlie lächelte vor sich hin, wenn er in den großen Garten sah. Das war ihr Siegesgarten; sie hatten ihn nicht für Soldaten im Krieg, sondern für Menschen im Frieden angelegt. Das Elektrizitätsnetz war wieder in Ordnung gebracht und die Verbindungsdrähte zwischen den Menschen waren gelegt worden. Eines baldigen Tages, das wusste Charlie, würden die Herzen so wach sein, dass sich das Land kraftvoll erheben würde. Er hob den Spaten, um ihn wieder in den Boden zu stechen. Lupes Ruf kam von der Veranda:

„Der Strom ist wieder da!“

Ein Jubel brach aus. Viele Spekulationen tauchten auf, die erklären wollten, was geschehen war. Vernünftige Erklärungen und Verschwörungstheorien wetteiferten miteinander. Charlie schwang den Spaten über seine Schulter. Das spielte für ihn keine Rolle. *Der Mann aus dem Norden* verstand: Die wahre Macht lag bei den Menschen. Die Behörden versuchten, die Macht zu behalten, aber sie entwand sich ihrem Griff, sie ließ sich nicht festhalten, schlüpfte aus den Städten, pochte an Türen, öffnete Herzen und überlebte. Charlie ließ den Fleck gelber Blumen vor sich unbehelligt. Die ganze Straße entlang waren die Rasenflächen aufgrund von Not und Veränderung verwandelt worden und die unbezwingbaren Löwenzahnpflanzen überdauerten.

# KAPITEL ELF

. . . . .

## *Treibstoff für den Wandel*

Der Strom war wieder da, aber das in der ganzen Nation geltende Kriegsrecht wurde beibehalten. Die Behörden behaupteten, die Bedrohung durch weitere terroristische Anschläge sei immer noch groß. Sadie verbrachte Stunden damit, die wahren Gründe aufzuspüren. Inez sagte, dass die Elite einen Aufstand der Armen fürchte. Aubrey hatte keine Antworten. Die Lippen der Mächtigen waren dichter verschlossen als ihre Privattresore. In Charlies Brust schwelten Verdächtigungen und er sah mit Bitterkeit zu, wie sich eine nach der anderen bestätigte.

Der Zugriff der Regierung wurde stärker. Soldaten patrouillierten regelmäßig durch die Städte. An den Straßenecken wurden die Papiere überprüft. Radikale verschwanden. Institutionen, die die Regierung kritisiert hatten, wurden geschlossen. Milde Ortsbeamte wurden durch ehemalige Militärkommandeure ersetzt. Panzer und Gewehre wurden zu einem gewohnten Anblick. Die Bürger gewöhnten sich auch an den Anblick von Soldaten. Ausgangssperren wurden streng durchgesetzt. Versammlungen von mehr als zwanzig Leuten waren streng verboten. Unter dem Vorwand Sicherheit drang der Militarismus in das Denken der Menschen ein. Das Kriegsrecht wurde zunehmend als normal empfunden.

Charlies Geist drehte sich endlos im Kreis: *Warum?* Es war klar, dass die hochrangigen Politiker Unruhen befürchteten. Der Evakuierungsplan war nach hinten losgegangen. Die Armen kehrten in die Städte zurück. Sie hatten Verbindungen zueinander aufgenommen, hatten Wissen erworben und Gärten angelegt, die sie am Leben erhielten. Inez berichtete, dass alle Versuche, Menschen zu organisieren, streng von Agenten beobachtet und oft unterwandert wurden ... *und nicht nur von Regierungsagenten,* warnte sie. Die Unternehmen beschäftigten eine Schar Spitzel, Eindringlinge und Informanten, die jeden Widerstand im Keim ersticken sollten.

Charlie beobachtete - wie ein Falke - die Winde, die einmal von dieser, einmal von jener Seite kamen. Der Verdacht quälte ihn, dass er eine entscheidende Einzelheit übersah. Die Medien ließen weiterhin ein Trommelfeuer von Phrasen über *Cyberhacker* und einheimische Terroristen los und behaupteten, dass zwar die Identität der Täter nicht endgültig bewiesen sei, dass die Menschen aber sicher sein könnten, dass die Behörden an der Aufklärung arbeiteten.

„Sie arbeiten daran, ihre eigenen Spuren zu verwischen", spottete Charlie.

Ein Trommelfeuer neuer Gesetze kam aus dem Kongress, drunter eines, das *Freedom of Defense Act – Freiheit-der-Verteidigungs-Gesetz.* Charlies drehte sich der Magen um, als er es las. Das Gesetz verstärkte den Trend, Proteste, Demonstrationen und alle Formen von Äußerungen einer abweichenden Meinung zu kriminalisieren. Es zerstörte die letzten Verbindungen zu internationalen Maßstäben der Menschenrechte. Faire Verfahren wurden durch Verfahren vor einer neuen Art Gericht ersetzt, über die niemand irgendetwas wusste. Der unbestimmte Ausdruck *einheimischer Terrorist* wurde durch eine Reihe von Klauseln definiert, die verhinderten, dass bis dahin geltende Gesetze angewandt wurden, und die Verhaftungen ohne Haftbefehl oder Verhandlung ermöglichten, wenn jemand verdächtigt wurde, mit Gruppen in Beziehung zu stehen, die die Sicherheit und das Wohlergehen der Vereinigten Staaten von Amerika unterwanderten.

*In anderen Worte*, schrieb Charlie äußerst sarkastisch, *der Ausdruck einheimischer Terrorist kann auf jeden angewendet werden, der die Tyrannei des gegenwärtigen Unternehmens-Politik-Systems infrage stellt oder Widerstand dagegen leistet.*

Der Groll gegen die Anwesenheit von Soldaten erreichte seinen Höhepunkt. Ein Kind warf einen Stein und wurde erschossen. Feindlichkeit loderte zwischen Bürgern und Soldaten auf. Die Menschen litten unter den Einschränkungen. Frustration brodelte hinter den Häuserfassaden in ruhigen Straßen. Der Aufbau von Spannungen war in der gesamten Nation erkennbar.

„Etwas geht vor, das wir nicht sehen“, murmelte Charlie. Er schüttelte den Kopf. „Sie sind außer auf Kontrolle noch auf etwas anderes aus. Irgendeiner profitiert davon.“

Eines Abends bekam Sadie einen Telefonanruf von ihrem Vater.

„Charlie“, sagte sie, als sie aufgelegt hatte. „Ich denke, eben habe ich rausgefunden, was es ist.“

* * *

Charlie und Sadie fuhren auf der Hauptstraße einer Landstadt in Pennsylvania. Die Einheimischen standen in den Eingängen. Sie zogen die Stirn kraus, wenn sie die Soldaten vorbeiziehen sahen. Die Kellnerin im Imbiss sah durch das Fenster. Sie trug eine Schürze und hatte ihre Arme über der Brust verschränkt. Hinter den Rücken der vorbeiziehenden Soldaten spuckten die Männer auf den Asphalt. Über allen schwebten Überwachungs-Drohnen. Panzer standen bewegungslos vor dem kleinen Postamt. Gasbohrungs-Geräte wurden die Straße entlang gefahren. Soldaten bellten Befehle. Das Kriegsrecht hatte lokale und staatliche Regeln ersetzt, es schützte die Grundstoffbohrungs-Industrie, die bis in die Hinterhöfe der Leute vordrang.

Charlie schluckte schwer und schickte Sadies Vater eine stillschweigende Entschuldigung dafür, dass er die ganze Zeit angezweifelt hatte, was er gesagt hatte. Operation Amerikanische Grundstoffbohrung war wirklich keine Verschwörungstheorie. Der Kontinent wurde für den Export fossiler Brennstoffe vergewaltigt. Charlie hörte im Geiste Bills humorloses Lachen.

„Verschwörungstheorie ist ein großartiges Etikett, das die Regierung benutzt, um die Leute zu täuschen, sodass sie die Wahrheit nicht erkennen", hatte Bill einmal gesagt. „Aber *Pipelines* lügen nicht. Zwanzig neue Umschlageplätze für Kohle sind an der Westküste gebaut worden, dazu Hochrüsten der Raffinerien, Genehmigungen und Lizenzen ... die Behördendaten sind für diejenigen einsehbar, die die Ausdauer haben, sie ausfindig zu machen, und die eins und zwei zusammenzählen können."

Die einst friedlichen Straßen brodelten vor Unruhe. Spannung klirrte metallisch in der Luft. Feindseligkeit qualmte aus den Menschen wie aus Schornsteinen. Alle wussten, dass fossile Brennstoffe das Todesurteil für den ganzen Planeten waren. Kohlendioxid-Ausstoß, globale Erwärmung, Klimawandel und auch die Förderung von Öl, Erdgas und Kohle zerstörten die Erde und vergifteten das Wasser. Aber solange der Export nach China und Indien und die globale Industrie eine Möglichkeit waren, setzten der *Schlächter, der Bankier und der Kerzenhalterproduzent* mit Volldampf den Weg in die Zerstörung fort.

Lange Zeit dachten alle, der drohende Klimawandel würde diesen Wahnsinn aufhalten, aber die von den Unternehmen kontrollierten Medien zerstörten den gesunden Menschenverstand und die wissenschaftliche Wahrheit ganz und gar. Die Vereinigten Staaten spielten mit einer finsteren Mischung aus Vorgaukeln und Monopoly, die zur Auslöschung der Menschen führen würde. Die Landschaft würde in unmittelbarer Zukunft zugrunde gerichtet sein: die Flüsse würden von Öl verschmutzt, Wüsten würden sich ausbreiten, wo früher einmal fruchtbares Ackerland gewesen war, Gifte würden das Wasser verderben, Berge würden gesprengt und der Wind würde Strahlungen verteilen

„Die Menschen werden sich das nicht gefallen lassen", hatte Charlie zu Bill gesagt. „Sie werden revoltieren."

„Meinst du, die Machthaber wüssten das nicht?", hatte Bill erwidert. „Sie haben Gesetze in Bereitschaft für

Massenverhaftungen, zivile Morde, unbegrenzte Haft, Militärtribunale und Kriegsrecht. Die meisten Leute sind ahnungslos." Er machte eine Handbewegung, die die ganze Nation umfassen sollte. „Lämmer im Schlachthaus! Juden auf dem Weg in den Holocaust!"

Die Leute wollen einfach nicht glauben, was geschieht. Sie sitzen da und kauen stundenlang auf Gerüchten herum, und dabei kriecht die Förder-Maschinerie immer dichter an die Schwellen ihrer Häuser heran. Sie werden sich zu Tode zanken und streiten, denn sie wollen die schreckliche Wahrheit nicht glauben. Charlie wurde traurig, als er sich vorstellte, wie seine Vettern durch Gift krankgemacht und seine Mutter erschöpft und elend wurde. Er stellte sich die Augen von *grand-père* vor, die seine Ahnung vom kommenden Unheil spiegelten. Er hörte die Worte des alten Mannes: *Leben, Freiheit und Liebe? Wer wird dafür eintreten?*

*Ich werde es tun*, dachte Charlie, als er an einer Reihe Soldaten vorüberfuhr.

„Das ist Wahnsinn!", protestierte Sadie. „Sie benutzen das Kriegsrecht, um die Unternehmen machen zu lassen und sie vergiften das Wasser! Wie können nur ein paar wenige mit ihrer Gier alles Leben zerstören?"

„Warum sollten sie sich um die Folgen kümmern?", fragte Charlie bitter. „Sie haben genug Geld, um sich die letzten unberührten Orte zu kaufen, ihre Privathäuser sauber zu halten und ihre noch übrigen Tage in relativer Bequemlichkeit zu verbringen, während die übrige Welt elend stirbt."

„Aber wie können sie nur? Sie haben nicht das Recht dazu!", widersprach Sadie.

„Sie hatten auch kein Recht, Afrikaner zu versklaven", erinnerte Charlie, „oder den Ureinwohnern Amerikas das Land wegzunehmen. Das hinderte allerdings die Mächtigen nicht, auf ihrem angeblichen Recht zu bestehen, aus Besitz, der angeblich der ihre war, Vorteil zu ziehen."

Sadies ausdrucksvolle Augen glühten.

„Das war es dann, Charlie. Das ist der letzte Entscheidungskampf zwischen der Macht der Gier und der Macht der Liebe. Entweder machen wir der Förderung von Öl und Kohle ein Ende oder wir gehen alle vor die Hunde."

Sie bogen auf den Parkplatz hinter der öffentlichen Bibliothek ein. Bill hatte die Nachricht von der Militäreskorte der Gas-Gesellschaft von einem Mann am Ort gehört. Er hieß Rudi und Bill hatte verabredet, dass Charlie und Sadie von New York nach Süden führen, um sich mit ihm zu treffen. Der stämmige Mann lehnte sich auf die Ausleihtheke und sprach leise mit der Bibliotheksleiterin. Sie sah die beiden Neuankömmlinge und stupste Rudi an. Dieser drehte sich um, schüttelte Charlie die Hand und nahm seine Baseball-Mütze zur Begrüßung Sadies ab.

„Schön, dass ihr kommen konntet. Wir stecken wirklich in Schwierigkeiten, mein Gott, ich will's euch erzählen!" Seine Blicke glitten nach draußen zu den Soldaten in der Straße, die dort herumlungerten. Rudi führte sie nach unten in das teilweise renovierte Kellergeschoss und zwischen ein paar Bücherregalen auf Rollen hindurch in einen kleinen, muffig riechenden Raum mit Steinwänden. Fenster gab es nicht. Wasser rann die alten Granitwände herunter. Die Lampe über ihren Köpfen kämpfte vergeblich darum, ein wenig dämmriges Licht auszusenden. Sadie schauderte in der Kühle und zog die Pulloverjacke fester um ihren Körper. Sie wünschte sich, sie hätte dicke Hosen statt Leggins unter ihrem Rock. Sie fuhr sich mit den Fingern über die Gänsehaut auf ihren Armen. Eigentlich war es ihr nicht recht gewesen, nach Süden zu fahren, aber Rudi brauchte unbedingt einen Rat und Charlie wollte die Situation mit eigenen Augen sehen. Rudi zog drei Klappstühle aus einem Stapel an der Wand.

„Dieser alte Lagerraum stammt noch aus der Zeit des Revolutionskrieges. Ich hätte euch ja mit zu mir genommen", entschuldigte er sich, „aber sie bewachen mein Haus, weil ich den Soldaten gesagt habe, sie sollten zum Teufel noch mal aus meiner Stadt abziehen."

Offensichtlich tat Rudi diese Äußerung nicht leid. Es gibt Zeiten und Orte für Soldaten ... und seine kleine Landstadt in Pennsylvania gehörte nicht dazu! Er duldete ihren Unfug am vierten Juli, aber weiter reichte seine Geduld nicht. Er war ein gottesfürchtiger, Flaggen schwingender amerikanischer Bürger, aber Soldaten waren dazu da, das Land zu verteidigen, und nicht dazu, eine Gruppe gieriger Unternehmer zu schützen, wenn die gegen den Willen der Menschen fossile Brennstoffe förderten.

Rudi zog die Baseballmütze vom Kopf und klatschte sie sich aufs Knie.

„Die Armee fährt mit ihren Panzern geradewegs durch die Hauptstraße, in der Mitte fahren die Maschinen der Gas-Gesellschaft und hinterher marschieren Soldaten. Ich hab meinen Augen nicht getraut. Ich hab sie gefragt, was zum Teufel sie da eigentlich machen. Sie haben mir gesagt, sie setzten die Verfassung durch."

Charlie gähnte.

„Ja", nickte Rudi. „Sie haben gesagt, die Gas-Gesellschaften hätten die Schürfrechte und sie seien hier, um diese Rechte durchzusetzen. Er hat gesagt, dass unsere Gemeinde ein paar nicht verfassungsgemäße Gesetze erlassen hätte, deshalb seien sie da, um Gerechtigkeit zu schaffen. Ich muss gestehen, da hat mich die Wut gepackt."

Rudi hatte sich direkt vor die Panzer geworfen und eine Menge Ungeheuerlichkeiten ausgespuckt, sodass sich die halbe Stadt versammelt hatte, als er über die verdammten Politiker drüben in D.C. geflucht hatte, die nicht verfassungsgemäße Gesetze schneller verabschiedeten, als Bohnen einen zum Furzen brachten! Und übrigens hätte das Militär kein Recht, die Gas-Unternehmen zu eskortieren. Nirgendwo im Gesetz heißt es, dass das Militär über Gerechtigkeit entscheidet! Dafür ist das Justizministerium da. An diesem Punkt sagten ihm die Soldaten, dass in Zeiten des Kriegsrechts Gerechtigkeit eine andere sei. Da hat er geschrien: *Kriegsrecht, so ein Quatsch!*

*Seht zu, dass ihr eure diebischen Panzer-Ärsche aus meiner Stadt bewegt!*

„Vor langer Zeit hat diese Stadt eine Gemeinde-Rechtsverordnung erlassen, die Fracking von Naturgas verbietet und die Rechte der Natur schützt. Man wird uns noch für Umweltschützer halten, weil wir etwas tun mussten, um die Gas-Gesellschaft davon abzuhalten, unsere Brunnen zu vergiften. Die Drecksäcke da oben auf Staats- und Bundesebene werden Atomwaffenteste auf deinem Esstisch erlauben, wenn ihnen jemand genug dafür zahlt. Darum haben wir das verdammte Ding erlassen, weil wir nicht anders konnten. Es war die Rede von Klagen vor Gericht, aber ich weiß nich, plötzlich hat das alles aufgehört. Ich hab gedacht, wir würden ungeschoren davonkommen ... bis jetzt."

Rudi schauderte und rieb sich mit seiner rauen Handfläche die zwei Tage alten Bartstoppeln.

„Jeder, der auch nur zwei Gramm gesunden Menschverstand beisammen hat, kann sehen, dass das, was passiert, ganz einfach falsch ist", sagte Rudi. „Die Soldaten da sollten die Leute davor schützen, dass sie vergiftet werden, und sie sollten nicht die Unternehmen bis direkt in unsere Hinterhöfe eskortieren!"

Er schnaubte vor Wut.

„Die Soldaten wurden richtig hässlich über meine kleine Predigt. Sie drohten, mich standrechtlich zu erschießen, dann begnügten sie sich aber damit, der Stadt das Aufruhr-Gesetz vorzulesen."

Der kommandierende Offizier hatte den Leuten in deutlichen Worten gesagt, dass er das Befolgen der Befehle und Gehorsam gegen die Ausgangssperre im Dunkeln erwarte. Er dulde keinen Widerspruch und fordere vollkommene Zusammenarbeit mit den Soldaten, wenn die ihre Aufgaben für die Gas-Gesellschaft erledigten.

„Im Wesentlichen erwartet man von uns, dass wir uns wie feige Hunde auf den Bauch legen! Wir haben die Ausgangssperre gebrochen – kein Gedanke, sie zu befolgen –

und hielten in derselben Nacht noch eine Versammlung ab. Die Leute waren alle in Waffen. Sie kritisierten öffentlich das Vorgehen und griffen nach ihren Gewehren, aber ich sagte: Ihr seid verdammte Narren. Was richten denn eure Schießgewehre gegen Panzer aus?"

„Da hast du schnell gedacht, Rudi", seufzte Charlie erleichtert.

„Einfach gesunder Menschenverstand", der Mann zuckte die Achseln. „Ich habe ihnen gesagt, wenn wir Krieg anfangen, werden wir einfach abgeschlachtet. Wir müssen Frieden halten, bis wir alle zum Teufel gejagt haben. Damit hab ich die Leute abgekühlt, aber ich kann keinen Anspruch darauf erheben, ein Gandhi zu sein. Ich brauche Rat, weil es verdammt noch mal unmöglich ist, dass wir sie die Stadt fracken lassen. Wir haben nur eine Quelle und wenn die vergiftet ist, is Schluss bei uns." Er produzierte einen Würgelaut in der Kehle. „Die ganze Stadt ist hin. Ich habe das in anderen Orten gesehen."

„Habt ihr Verbindung mit anderen Städten in eurer Gegend?"

„Ja, sie haben auch Soldaten, ist dasselbe wie bei uns und an anderen Orten, die Gesetze verabschiedet haben, um die Energieförderindustrie draußen zu halten. Sie erwarten Widerstand."

„Ja, den werden sie kriegen", versprach Charlie. „Zuerst einmal: Auf welcher Seite ist die Ortspolizei?"

„Sie haben die Schnauze voll und winden sich unter dem Druck der Armee. Was sie betrifft, sie haben einen Eid geschworen, die Leute zu schützen. Wir haben offen und ehrlich ein Gesetz verabschiedet, das Fracking verbietet. Ihre Aufgabe ist, das Einhalten von Gesetzen durchzusetzen."

„Oh, da habt ihr ja ein paar gute Polizisten bei euch."

„Ja, haben wir", sagte Rudi stolz.

„Und wie ist es mit den Leuten? Machen sie nur heiße Luft und wedeln mit Schießgewehren oder sind sie bereit zu handeln?"

Rudi sah ihn an. Er kannte seine Leute. Sie würden toben und Zeit schinden, aber verdammt, wenn etwas getan werden musste, wurde es getan. Sie waren Arbeiter. Sie fuhren Lastwagen, gruben Gräben, sie gossen Asphalt, hämmerten Stahl, fällten Holz, bündelten Heu, luden Fracht auf und ab ... sie hatten keine Angst vor schwerer Arbeit und er konnte keinen von ihnen einen Feigling nennen. Er nickte.

„Gut", sagte Charlie und fuhr sich mit den Fingern durchs Haar. „Wenn wir nicht unter Kriegsrecht ständen, gäbe es eine Menge Möglichkeiten, die Gas-Industrie zu behindern und ihr das Leben schwer zu machen. Auch so brauchen sie vielleicht bestimmte Genehmigungen, Freigaben von Straßen und Lizenzen. Wenn ihr darauf besteht, habt ihr wenigstens etwas, auf das ihr euch stützen könnt, und ihr könnt gegen die weiteste Auslegung des Gesetzes Widerstand leisten. Nur weil sie eine Armee haben, die sie schützt, bedeutet das nicht, dass ihnen ein Stadtbeamter nicht das Leben schwer machen könnte. Kann er oder sie einige Akten eine Weile verlegen?"

„Kati?", prustete Rudi. „Das ist ihre Spezialität."

„Sehr gut, versuche, die Gas-Industrie durch Verzögern der Büroarbeit zu behindern. Wenn das Militär das alles abtut, dann gibt es andere Möglichkeiten. Haben sie ihre Ausrüstung schon vollkommen an Ort und Stelle?"

„Nein. Das versuchen sie jetzt gerade, aber die Erde ist zu weich."

„Gut. Behindert sie, ihr könnt vielleicht als Ersatz für die Abzugsrohre entlang den Straßen ein paar tiefe Gräben graben, die zu den Quellen rausführen."

„Aber wir brauchen keine Abzugsrohre ..." Rudi brach ab, als er plötzlich verstand, worauf Charlie hinauswollte. „Mmm-hmm, ich kenne den Kerl, der einen Bagger hat. Er wird mit großer Freude einige tiefe, breite Gräben in diese Nebenwege graben."

„Genau. Es dauert lange, bis Abwasserrohre reinkommen, besonders welche, die nie bestellt worden sind. Woher kommt denn das Wasser?"

„Aus John Paytons Kuh-Teich."

„Könnt ihr ihn dazu bringen, ihn trockenzulegen?"

„Sicher. Er ist wütend, weil die Armee den Damm gebrochen hat, als sie einmarschiert ist. Er hat gesagt, er würde ihnen niemals erlauben, sein Wasser zu nehmen. Sie haben die Schürfrechte seiner Familie in die Krise gebracht ... aber dieser ganze Unsinn mit dem Bau einer Straße direkt über dem Petunien-Garten seiner Frau und das Leersaufen seines Kuh-Teichs ist ihm nun wirklich zu viel! Schließlich muss man eine Grenze ziehen."

„Großartig", sagte Charlie, um ihn zu ermutigen. „Die Soldaten und die Arbeiter der Gas-Gesellschaft werden schließlich etwas brauchen, solange sie da sind ..."

„Ja, ich will verdammt sein, wenn sie etwas bekommen!", schrie Rudi. „Meine Schwester hat den besten Imbiss in der Stadt und sie sagt, sie würde sie einfach nicht bedienen. Wenn sie sie mit der Waffe bedrohen, will sie ihnen sagen, sie hätte in die Suppe gepisst."

„Das macht sie gut", kicherte Charlie. „Sprich mit den anderen Ladenbesitzern und besonders mit den Leuten an den Tankstellen. Einige werden zu viel Angst haben, um Widerstand zu leisten, aber lass uns die anderen dazu holen. Sie können eine Weile schließen, vielleicht können sie ein Schild draußen dranhängen: *Wegen eines Todesfalles in der Familie geschlossen.*"

„*Wir sind angeln gegangen*", witzelte Rudi.

„Gut, du hast verstanden", sagte Charlie. „Lass dir etwas einfallen, aber sei auch vorsichtig. Geh in die anderen Städte in der Nähe und bringe die Leute dazu, es auch so zu machen. Halte dich versteckt und mach weiter. Halte Augen und Ohren offen, ob es Freunde und Nachbarn gibt, die auch die Schnauze voll haben und beruhige sie. Brecht nichts auf und zerstört auch kein Eigentum der Gas-Gesellschaft. Das würde Gründe für Verhaftungen geben und die Arbeiter des Unternehmens würden denken, sie hätten das Recht, die Leute zu verprügeln. Ihr müsst allen klarmachen, dass die Regierung nicht berechtigt ist, Soldaten zu schicken, wenn sie eigentlich Gesetze vor Gericht durchfechten müsste."

„Die Gemeinderechtsverordnungen wurden schon mehr als einmal vor Gericht vertreten", meinte Rudi.

„Ja, darum passiert das alles. Das Naturrecht ist ein und dasselbe wie die Menschenrechte und die Öl-, Gas- und Kohle-Industrie trampelt schon viel zu lange auf beiden rum. Jetzt, wo wir der großen Umweltkatastrophe gegenüberstehen, sieht man die Schrift an der Wand wegen der fossilen Brennstoffe, aber sie wollen sich einfach nicht hinlegen und sterben."

„Zum Teufel", schnauzte Rudi, „wir auch nicht."

„Werden wir auch nicht", versicherte Charly mit fester Stimme. Er machte eine Pause und dachte einen Augenblick lang nach. „Nur dass der Präsident das Kriegsrecht aufrechterhalten kann ...Die Leute schäumen ja vermutlich vor Wut und die Moral der Soldaten in der Stadt sinkt wohl auch von einem Tag auf den anderen. Wenn ihr lange genug aushalten und Widerstand leisten könnt, können wir uns die Aufhebung des Kriegsrechtes vornehmen und das Militär aus der Gleichung rausbringen."

„Wir brauchen bei grundlegenden Sachen Unterstützung", sagte Rudi. „Wenn unsere Läden schließen, fehlen uns natürlich auch die Lebensmittel und anderes."

„Ja", seufzte Charlie, „und nicht nur euch geht es so. In allen Städten, in denen es eine *Pipeline*, ein Kohlebergwerk, einen Verschiffungshafen oder eine Öl-Raffinerie gibt, stehen die Einwohner jetzt wahrscheinlich auch Soldaten und Panzern gegenüber. Wir müssen eine Infrastruktur für die Erfüllung von Grundbedürfnissen aller Widerständler aufbauen. Sadie? Kennst du irgendjemanden, der in einer Schaltzentrale arbeiten kann?"

„Ja, Charly, aber ..." „Gut. Lass uns Kontakt mit ihm oder ihr aufnehmen und anfangen, eine Ressourcen-Strategie zu planen."

„Meine Frau betreibt den lokalen Zweig eines Second-Hand-Ladens", bot Rudi an.

„Wirklich?!" Charlies Augen leuchteten auf.

„Ja, sie haben auch Lastwagen und Liefertouren in andere Staaten. Sie sind etwas ganz Reguläres. Die Leute laden ihren Müll ab und das Team meiner Frau sortiert ihn und schickt ihn weg. Sie sind auch mit anderen Ketten vernetzt. Ich will mit ihr drüber reden", versprach Rudi.

„Das könnte die Welt ändern. Ihr seid im Begriff zu versuchen, das Kriegsrecht zu überstehen."

„Charlie", unterbrach Sadie beunruhigt. „Wir müssen gehen. Ich habe so ein Gefühl ..."

Charlie sah sie an. Sie war schon auf den Füßen und ihre Blicke gingen aufgeregt hin und her. Ihr Gesicht drückte große Besorgnis aus. Sie hörten ein Rascheln, das bis ins Kellergeschoss drang. Die Bibliotheksleiterin kam den engen Gang zwischen den Bücherregalen auf Rollen entlang gestürzt.

„Rudi", zischte sie. „Oben ist ein Bulle! Er sagt, er sucht einen Terroristen. Einen, der *der Mann aus dem Norden* genannt wird, und er hat ein Foto von ..." Sie brach ab. Ihre Augen weiteten sich, als sie Charlie erkannte, und sie zeigte auf ihn:

„... ihm!"

## KAPITEL ZWÖLF

.....

### *Blue-Ridge-Fahrt*

Bevor ihnen richtig klar wurde, was geschah, fanden sich Charlie und Sadie außerhalb der Bibliothek wieder und rasten in Rudis altem Pritschenwagen die Fernstraße entlang.

„Nehmt ihn, nehmt ihn", darauf hatte Rudi bestanden. „Ich habe noch zwei davon im Hof stehen. Ich nehme von deinem Wagen die Schilder ab und verstecke ihn auf dem Schrottplatz, wohin alle verlassenen Autos abgeschleppt werden. Fahrt nur!"

Sadie steuerte den Wagen, als sie aus der Stadt fuhren und Charlie versteckte sich auf dem Boden der Kabine. Charlie dachte, er würde an einem Angst-Krampf sterben, als der Wagen langsam durch eine 30-Kilometer-Zone der Stadt fuhr. Sein Herz schlug im Rhythmus des Mantras, das er sich immer wieder vorsagte: *Es war nur Routine, nur eine Routine-Untersuchung, sie wussten nicht, dass ich dort war, es war nur ein Bulle, der überall suchte.* Kein Polizistenschwarm war um sie herum. An keinem Kontrollpunkt wurden sie angehalten. Schließlich gab Sadie mehr Gas, schaltete rauf und sie bogen in die Schnellstraße ein. Sie sah sich ängstlich nach Überwachungs-Drohnen um. Nichts. Sie sah in den Rückspiegel, um sich zu vergewissern, dass sie nicht verfolgt wurden. Nichts. Sie blieben gerade unterhalb der Geschwindigkeitsbegrenzung und waren beruhigt, als andere Autos überholten. Charlie setzte sich auf einen Sitz und schnallte sich an. Die gleichmäßige Geschwindigkeit des Verkehrs beruhigte sie und ihre Herzen schlugen wieder im normalen Takt.

Sadie atmete hörbar auf. Ihre Finger verschlangen sich in seine und drückten sie, bevor sie losließ. Beide zitterten ein wenig. Sadies Herz schlug sehr schnell. Ein wilder Unglaube stieg in ihr auf.

„Sind wir eben wirklich knapp der Verhaftung entgangen?“, stieß sie aus.

Sie brachen gleichzeitig in Lachen aus, ein surrealistischer Humor hatte sie ergriffen, sie würgten an ihrem Schock.

„Es ist ... überhaupt nicht ... komisch!“, versuchte er zu sagen.

„Nein, nein“, jaulte sie, aber sie konnten nicht aufhören zu lachen. Schließlich schlingerte das Auto ein bisschen und das ernüchterte sie.

„Sie suchen mich tatsächlich“, sagte er und schluckte schwer. Bis jetzt waren es nur Gerüchte und Besorgnis gewesen, aber jetzt hatten die Behörden tatsächlich seine Identität aufgespürt.

„Hast du es dir anders überlegt?“, fragte sie.

„Nein“, antwortete er. „Ich denke schon an all die Arbeit, die wir als nächste tun müssen.“

Sie sahen einander kurz in die Augen. Sie waren erschrocken, aber immer noch entschlossen.

In Virginia tankten sie. Sadie wollte aufs Klo gehen, kam aber schon eine Minute später wieder rausgerannt.

„Du bist jetzt in den Nachrichten. Sie veröffentlichen Anzeigen über den Terroristen Charlie Rider, *den Mann aus dem Norden*! Die Regierung bittet die Bevölkerung, ihr dabei zu helfen, dich aufzuspüren.“

„Das ist also das erste, worüber ich schreiben werde“, sagte Charlie wütend und sie fuhren schnell los. „Ehe die Regierung keinen besseren Ruf hinsichtlich ihrer Gerichtsprozesse hat, sollte die Bevölkerung ihr nicht helfen und nicht dazu Beihilfe leisten, dass sie das Leben der Bürger zerstört!“

An der nächsten Tankstelle, die sie anfuhren, hing ein Plakat draußen an der Anschlagtafel: *Charlie Rider: Gesuchter Terrorist.* Sadie war empört und riss es ab.

„Lassen Sie das“, fuhr eine Frau sie an.

Sadie hielt sich gerade noch so zurück, ihr zu sagen, sie sei ein großer Fan von Charlie Riders Arbeit und sie habe die Absicht, es sich signieren zu lassen.

„Warum denn?“, fragte sie stattdessen.

„Er ist ein Terrorist!“, schrie die Frau schon fast.

„Ach?“, fragte Sadie mit monotoner Stimme. „Was hat er denn gemacht?“

Die Frau sah sie an, als käme sie vom Mars.

„In allen Nachrichten ist von ihm die Rede.“

„Genau so wie von den neuesten Berühmtheiten“, entgegnete Sadie.

„Nein“, sagte die Frau verzweifelt. „Die Nachrichten berichten, er ist ein Terrorist!“

„Aber was hat er gemacht?“, wiederholte Sadie.

Die Frau sah sie verwirrt an. Sadie wurde genauer:

„Hat er ein Gebäude in die Luft gesprengt? Hat er jemanden angegriffen? Hat er das Computer-System der Regierung lahmgelegt?“

„Nein ... aber er muss ja irgendwas gemacht haben, sonst würden sie ihn ja nicht in den Nachrichten erwähnen.“

„Hat man denn in den Nachrichten nicht gesagt, was er getan hat?“

„Nein, das wird geheim gehalten“, sagte die Frau stur.

„Oder es gibt vielleicht gar nichts“, gab Sadie zurück. „Vielleicht hat er ja gar nichts getan.“

Die Frau machte eine Pause und zog die Stirn kraus. Dann glitt ein Schimmer der Befriedigung über ihr Gesicht.

„Er hat diese Artikel geschrieben!“, sagte sie triumphierend. „Das hat er gemacht! *Er ist der Mann aus dem Norden.*“

„Haben sie diese Artikel mal gelesen?“, fragte Sadie.

„Natürlich nicht!“, sagte sie und betonte jedes Wort. „Sehe ich vielleicht wie eine Terroristin aus?“

„Sieht er denn so aus?“, fragte sie und sah auf das Plakat in ihren Händen.

„Also, das kann man nie sagen“, schnaufte die andere.

„Seine Artikel würden dich eines Besseren belehren, wenn du sie lesen würdest", murmelte Sadie so, dass die andere es nicht verstehen konnte.

„Ich würde diese Artikel niemals lesen, sie sind verboten", zischte sie. Sie sah sich ängstlich um, falls sie belauscht worden wären, und dann ging sie schnell in den Laden der Tankstelle.

„Die haben ja Nerven, dass sie mich zum Terroristen erklären", beklagte sich Charlie beim Wegfahren. „Alles, was ich jemals gemacht habe, ist, die Leute zur Gewaltfreiheit aufzurufen!"

„Diese Feinheit entgeht ihnen wahrscheinlich", sagte Sadie. „Du rufst zum Aufstand auf und daran müssen sie dich hindern. Wir müssen uns verstecken, Charlie. Dein Foto ist überall."

„Sie benutzen mich, um die Leute vom Kriegsrecht abzulenken", murmelte Charlie.

„Oder als Vorwand dafür, es zu verlängern", setzte Sadie nachdenklich hinzu. „Die Suche nach Charlie Rider wird so lange in den Schlagzeilen auftauchen, bis sie dich eingefangen haben. Das Kriegsrecht wird als große Hilfe angepriesen werden, dich aufzuspüren. Das Militär wird sich einmischen. Die Bullen werden Straßenblockaden errichten und Suchtrupps aufstellen, die ohne Haftbefehl agieren. Die Streitkräfte werden Verhöre durchführen ... und ich wette, die Leute werden sich drängeln, sie bei all dem zu unterstützen."

Er seufzte zustimmend und sah aus dem Autofenster. Tausende Leute bewegten sich durch die amerikanische Landschaft. Sie gingen ihren Geschäften nach, schluckten die Fernseh-Lügen, ohne mit der Wimper zu zucken, und erschienen Tag für Tag zur Arbeit. Jesus hatte sie Lämmer genannt, die Anarchisten nannten sie Herdenmenschen. Beide Wörter beschreiben die große Herde der Mitläufer, die furchtsam zusammenbleiben, während die Wölfe die Kranken, die Spinner und die Schwachen raussuchen. Auf den plumpen und wolligen Rücken dieser Schafe wachsen die Annehmlichkeiten der Gesellschaft. Sie ernähren die Nation.

Sie kleiden die Leute. Sie sind eine Sorte für sich. Sie achten ihre Führer, halten Ordnung und gebären wunderbare Kinder.

Für *den Mann aus dem Norden* waren sie gefährlicher als Wölfe. Sie hatten so große Angst davor, aus der Reihe zu tanzen, dass sie mit einem selbstzufriedenen Bääåh zum Schlachthaus trotten würden. Wenn man versuchte, sie zu warnen, stießen sie mit den Hufen und mit ihren sturen Köpfen. Sie fürchteten das Unübliche mehr als die ihnen vertraute Tyrannei. Charlie schüttelte den Kopf über so viel Torheit. Konnten sie denn nicht einsehen, dass die Schäfer ihre Hunde darauf abgerichtet hatten, sie zu kneifen und zu beißen, damit sie sich wieder einordneten? Konnten sie nicht verstehen, dass die Wölfe vor der Tür standen, weil die Schäfer sie durchs Tor eingelassen hatten? Charlie seufzte. Konnten sie nicht einsehen, dass die Schäfer die Schafe für die *Schlächter* großzogen?

*Vorwärts!* drängte er die unsichtbaren Massen im Stillen. Bevor es Zäune und Schäfer gab, kamen die Herdenführer aus den Herden. Sie führten ihre Herden auf bessere Weiden, sie führten sie in Richtung Sicherheit und Leben. *Selbst die liebevollsten Hirten wollen euch essen,* sagte er den Leuten im Stillen, und *die grausamen unter ihnen misshandeln euch noch, bevor ihr schließlich gebraten werdet.*

Charlie legte die Stirn gegen die Scheibe und versuchte sich diese unvorstellbare Herde als eine Ansammlung verschiedener Menschen zu denken. Er hatte sie im Supermarkt, auf der Bank und an den Tankstellen gesehen. Er konnte sich einen nach dem anderen vorstellen: den dicken Mann auf dem Laufband, das paar dünner Beine im Stehcafé, eine schwitzende Stirn unter einem Helm, das pummelige Baby, das sich an seine Mutter klammerte, den Teenager mit Akne ... einer von ihnen würde sein Tod sein.

„Diese Wohlmeinenden mit ihren guten Absichten“, sagte er, „sind unsere größte Gefahr.“

Sie nickte zustimmend.

„Besonders jetzt, wo die Fernsehsender rausschreien, du wärst ein Terrorist. Die meisten Leute im Land schäumen vor Wut über die neuesten Anschläge."

„Aber das war ich ja nicht", protestierte Charlie.

„Das ist den Leuten egal", stöhnte Sadie. „Sie hören das Wort Terrorist und hören auf, geradeaus zu denken."

Charlie fluchte.

„Ich kann nicht einfach verschwinden. Ich muss etwas über die Soldaten in Pennsylvania und die Fortsetzung des Kriegsrechts schreiben."

„Sie werden das Internet beobachten wie Spieler einen Glücksspielautomaten. Sobald du einen Artikel loslässt, haben sie uns innerhalb von Minuten eingekreist. Lupe sitzt deswegen in der Patsche."

Charlie ächzte. Er fühlte, wie das Messer der Sorge ihn aufschnitt und die Wunde mit Schuldgefühlen salzte. Hunderte, wenn nicht Tausende hatten ihn während der Evakuierungen bei Lupe gesehen.

„Sie wird das schon schaffen", sagte Sadie und versuchte damit, sich selbst davon zu überzeugen, dass das zutreffen werde. „Sie sieht zwar wie eine unschuldige Vorstadt-Mami aus, aber sie ist ebenso stark wie ihre Mutter und kann doppelt so gut lügen. Sie wird behaupten, dass sie keine Ahnung hatte ... du kamst ihr so nett vor ... wer hätte das denken können?"

„Ich möchte wirklich gerne wissen, wer der Bundessicherheitspolizei einen Tipp gegeben hat!", sagte Charlie.

„Gute Frage. Deine Familie hätte niemals aufgedeckt, dass du *der Mann aus dem Norden* bist. Zipper hätte es auch nicht getan. Aubrey nimmt Geheimnisse mit ins Grab. Wer weiß es sonst noch?"

Spark Plug. Wenn sie den Punk verhaftet hätten, hätte er die Verbindung aufgedeckt, um selbst dem Gefängnis zu entgehen. Aber dann wieder, überlegte Charlie, wusste Spark Plug ja nicht, dass er Charlie Rider hieß – das wusste keiner der

Anarchisten. Er ließ seine Verdächtigungen fallen und wandte sich wieder dem Gespräch über ihre Strategie zu.

„Wir müssen herausfinden, ob die Bundessicherheitspolizei vermutet, dass du bei mir bist, Sadie. Sie werden uns beide aufspüren, indem sie dein ..."

„Mein Handy!", rief Sadie. „Ich habe es hinten im Auto liegenlassen!"

„Sollten wir riskieren, es zu holen?"

„Nein – ich meine: ja – oooh", klagte Sadie. „Ich weiß nicht. Sie können die Telefone aufspüren, auch wenn sie ausgeschaltet sind. Es ist nicht auf meinen Namen, jedenfalls nicht auf meinen richtigen Namen, aber sie finden die Verbindungen raus, sie werden Rudis Schrottplatz morgen um und um drehen."

„Wir könnten Rudi von einem öffentlichen Telefon anrufen und das herausbekommen. Ich habe mir seine Nummer aufgeschrieben und den Zettel in meine Brieftasche gesteckt. Wir könnten ihm sagen, er soll das Telefon kaputt machen."

„Nein!", rief Sadie. „Alle meine Kontaktnummern sind drauf. Wir können es nicht kaputt machen lassen, bevor wir die Nummern haben, Charlie."

Charlie stöhnte. Ohne diese Nummern hätten sie weder einen Ort, an dem sie sich verstecken könnten, noch eine Möglichkeit, Artikel an die Untergrundnetzwerke zu schicken. Er schlug vor, Bill oder Aubrey anzurufen und ihnen zu sagen, sie sollten die Nummern holen, aber Sadie dachte, es sei riskant, gerade in diesem Augenblick irgendjemanden vom Löwenzahnaufstand anzurufen. Sie mussten herausfinden, ob die Bundessicherheitspolizei nach Sadie suchte. Sie entwarfen ihre Strategie in Schwindel erregenden Kreisen, während sie durch das nördliche Ackerland des Shenandoah-Tales fuhren und die Blue-Ridge-Schnellstraße erklommen. Sie stellten sich vor, auf der sich windenden mit Bäumen bestandenen Straße wären sie den Behörden aus den Augen und aus dem Sinn. Das Adrenalin entwich aus ihrem Blut und das machte sie abgeschlafft und müde.

„Gewitterwolken!" In der Ferne rollte eine schwarze und dichte Wolkenmasse auf sie zu. Ein starker Regenvorhang verdeckte die Straße nach Süden.

„Das war's also mit Zelten", seufzte Charlie.

„Hier muss irgendwo ein Motel sein."

„Wir haben kein Bargeld, Sadie", erinnerte er sie. „Sobald ich meine Kreditkarte benutze, haben wir sie auf dem Hals."

„Ich habe meine Karte."

„Und was ist, wenn sie wissen, dass wir zusammen sind?"

Darüber dachte sie einen Augenblick nach.

„Na gut, ich habe genug Bargeld für ein Zimmer und etwas zu essen, aber ich muss zu mehr Geld kommen."

„Und wie?"

Sie zuckte die Achseln und antwortete nicht. Die grauen Wolken hingen tief. Sie trieben nach Süden und warfen Schatten auf das Land. Die Sonne erschien in einer Wolkenspalte im Westen und blendete sie mit einem Lichtstrahl, als der erste Regen gegen die Windschutzscheibe schlug. Inzwischen hatten sie die erste Landstraße erreicht, die sich den Hügel hinunter in eine Stadt schlängelte. Der Regen trommelte in nicht nachlassenden Strömen auf sie ein. Das kleine Hotel war ihnen ein willkommener Anblick.

Sadie bezahlte das Zimmer, während Charlie sich schon im Auto die Mütze tief ins Gesicht zog. Mit einem Auge sah sie auf den Fernseher in der Lobby. Bei der Suche nach *dem Mann aus dem Norden* wurde sie nicht erwähnt. Sadie atmete erleichtert auf. Ihr Zimmer war klein, aber sauber. Charlie fror und war hungrig, aber er machte sich doch gleich daran, Notizen für den nächsten Artikel aufzuschreiben. Allerdings hatte er keine Vorstellung davon, wie oder wann sie einen Artikel abschicken könnten. Sadie duschte, um sich aufzuwärmen. Sie schnüffelte an ihren Kleidern. Sie rochen nach Aufregung und Schweiß. Sie seufzte, zog sie trotzdem wieder an und sagte Charlie, sie werde etwas zu essen auftreiben gehen.

„Das kann eine Weile dauern", sagte sie und biss sich auf die Lippe.

„Macht nichts“ antwortete er abwesend. Er versuchte den Gedanken festzuhalten, der ihm durch den Kopf ging, und ihn niederzuschreiben. „Ich bleibe hier und schreibe.“

„Gut so.“

Sie ging. Charlie hockte sich zum Schreiben hin. Er rang mit schwierigen und langen Gedankenketten, komprimierte sie zu prägnanten Sätzen und plagte sein Gehirn damit, wichtige Blickwinkel zu erkunden. Es war fast zwei Uhr morgens, als Charlie hörte, wie das Auto vor dem Hotel hielt. Er blinzelte und rieb sich mit der Hand über die Augen, da die Zahlen auf der Digitaluhr verschwammen. Sein Magen stach, als er hörte, wie Sadie den Schlüssel ins Schloss steckte und hereinkam.

„Was hat denn so lange gedauert?“, fragte er. Sie sah erschöpft aus.

„Kein Lebensmittelladen im Umkreis von 30 Meilen“, klagte sie, „und als ich einen gefunden hatte, war er geschlossen. Ich musste in die nächste Stadt fahren, um etwas zu essen zu kaufen.“

Sie veranstalteten ein kleines Picknick auf dem Bett. Sadie war nicht zum Sprechen aufgelegt und sie hätten einander ohnehin nicht hören können, weil der Regen so laut auf das Blechdach trommelte. Charlie kämpfte im Geist mit den Worten im Artikel. Er sah von seiner Kritzelei auf und fand Sadie in tiefem Schlaf. Sie hatte sich seltsam auf dem schmalen Streifen des Bettes über den Resten ihres Abendessens zusammengerollt. Er räumte das Bett leer und konnte sie überzeugen, dass es besser sei, kurz aufzuwachen, um unter die Decken zu kriechen. Dann war auch er erschöpft. Beim Einschlafen sah er noch, wie schon das graue Dämmerlicht ins Fenster schien.

*Checkout* um elf Uhr war viel zu früh für sie. Müde fuhren sie wieder bergauf. Sie fuhren den ganzen Tag über, denn sie hatten das starke Bedürfnis, viele Meilen hinter sich zu bringen. Der zweite Tag ging in den dritten über. Eine Nacht schliefen sie im engen Führerhaus und wachten steif und gereizt am nächsten Morgen auf. Die Straßenkurven und die ewigen Bäume wurden langweilig. Die Mahlzeiten, die aus Brot und Kichererbsenmus bestanden, wurden schal. Wieder regnete es und sie fuhren auf den Parkplatz eines Hotels. Charlie schloss das Zimmer auf und knipste das Licht an. Sadie wartete im Flur.

„Willst du heute Abend wieder schreiben, Charlie?" fragte sie.

„Sollte ich. Wir können die Artikel gebrauchen, wenn wir eine Möglichkeit finden, sie Bill oder Aubrey oder sonst jemandem zukommen zu lassen", sagte er und sah auf einen mit der Hand geschriebenen Zettel, der ans Telefon geklebt war: Aus dem Zimmer konnte man keine Ferngespräche führen. Draußen war ein öffentliches Telefon. Von dort aus konnten sie Rudi anrufen und herausfinden, ob die Bundessicherheitspolizei sie gesucht hatte. Er seufzte. Ihm graute davor, so lange im kalten Regen zu stehen. Das kleine Überdach würde wenig Schutz vor den vom Wind getriebenen Regengüssen bieten, aber wenigstens würden die Leute nicht aus allzu großer Nähe zusehen, denn sie würden eilig aus ihren Autos steigen und ins Hotel gehen. Sadie nickte. Auch sie schien entmutigt.

„Ich will noch etwas einkaufen", sagte sie. „Bei uns ist alles knapp geworden."

„Gut", antwortete Charlie. Sie gingen in verschiedenen Richtungen durch den Regen. Er winkte, als sie rausfuhr. Sie winkte nicht zurück. Er wählte Rudis Nummer und wartete. Charlie blinzelte und versuchte durch den Sturm etwas zu hören. Wasser quatschte aus den gebrochenen Gummisohlen seiner Turnschuhe. Beim fünfzigsten Läuten schaltete sich der Anrufbeantworter ein, aber Charlie traute sich nicht, etwas reinzusprechen. Er hängte auf und ging durch den Regen. Er ging im engen Hotelzimmer hin und her und fühlte sich bei jedem Schritt behindert. Sein Sinn beschäftigte sich beharrlich mit ihrer Situation und er überlegte sich jede Möglichkeit immer wieder neu. *Was wir brauchen, ist ein sicher verschlüsseltes Web-System*, sagte er sich. Dergleichen gab es ja. Die Regierung hatte sie nicht für illegal erklärt. Die Unternehmen machten sie nur unerschwinglich. Datenschutz war ein Privileg der Reichen. Alle anderen mussten sich damit abfinden, dass man sie wie ein Buch lesen konnte. *Es muss irgendwo Software-Raubkopien geben*, dachte er, aber Sadie hat sie nie erwähnt. Vielleicht hatte die Regierung sie gefunden. Oder vielleicht waren sie auch nur zu teuer. Charlies Gedanken gingen im Kreis. Er versuchte zu schreiben, aber die Worte ertranken im deprimierenden Ansturm des Regens. Irgendwann fiel er in Schlaf. Am nächsten Morgen wachte er auf. Eine Wange drückte sich gegen die Seiten und er hatte einen schmerzhaften Krampf im Nacken. Sadie saß zusammengesunken auf einem Stuhl und starrte aus dem Fenster. Sie hatte dunkle Ringe unter den Augen. Das Feuer war aus ihr entwichen, es war vom nassen Wetter und dem langen Aufbleiben ausgelöscht.

„Geht es dir gut, Sadie?“, fragte er und rieb sich die Augen.

Sie drehte das Gesicht weg, sodass ihr Profil aussah, als wäre es in das Licht der Morgensonne, die ins Zimmer schien, geätzt. Er sah, wie ihre Lippen zitterten und sie das zu unterdrücken versuchte.

„Worum geht es denn?“, drängte er.

„Ich bin nur müde, Charlie“, antwortete sie unbeteiligt.

„Wie wäre es, wenn wir uns heute eine Pause gönnten?“, bot er an. „Sie sind uns im Augenblick nicht auf den Fersen. Vielleicht könnten wir uns einfach unter einen Baum setzen, so einen, wie die waren, an denen wir bisher nur vorbeigesaust sind.“

„Ja“, sagte sie mit schwacher Stimme. „Das wär schön.“

Er nahm ihre Hand und drückte sie.

„Komm, wir fahren den Hügel rauf und tun so, als wäre das Land nicht verrückt.“

Sie lachte traurig und stimmte zu.

Sie kletterten ins Auto und Charlie kämpfte mit dem trägen Getriebe, als sie wieder auf die Schnellstraße hochfuhren. Er fuhr, bis er eine Ausfahrt sah, die an einen Platz führte, der nicht von der Straße aus eingesehen werden konnte. Sie stiegen aus, setzten sich in das dichte Wiesengras und lehnten sich mit dem Rücken an einen von der Sonne erwärmten Felsbrocken. Die Bäume teilten sich und ließen einen weiten Blick in die dunstigen Berge frei. Der Wind zerzauste die zarten Frühlingsblätter. Um sie herum waren die Geräusche des Waldes. Singvögel sangen. Eichhörnchen schimpften. Zweige knackten unter den Fußtritten eines unsichtbaren Tieres weiter unten. Sadie sagte leise:

„Die Heldengeschichten erzählen einem nichts über die Zeiten, in denen man Angst hat, todmüde ist, nicht richtig isst, zu ungewöhnlichen Zeiten schläft und immer dieselben alten Kleider anhat, weil man sich nicht traut, einkaufen zu gehen."

Sie senkte den Kopf und sah an sich runter.

„Ich bin *schmutzig*, Charlie. Nicht von gutem gesundem Erdboden, sondern vom menschlichen Dreck; das schlimme menschliche Verhalten hinterlässt auf mir eine Schicht von Erschöpfung und Angstschweiß, die ich nicht abwaschen kann, wie oft ich auch dusche."

„Nein", widersprach er und stieß sie mit der Schulter an. „Sie können dich mit ihrem Dreck nicht runterziehen. Sieh dir das an." Er zeigte auf die Wolken über den Berghängen, wo ein kleiner Vogel in einem starken Aufwind kämpfte. „Du bist wie dieser Vogel. In dir schlägt ein Herz, das nicht aufgeben will, auch wenn alles andere an dir todmüde ist."

Sie lächelte leicht und war dankbar für seine freundlichen Worte.

„Du bist mir ein so guter Freund, Charlie."

„Ich weiß", antwortete er glücklich. „Ich bin dein bester Freund."

„Das warst du immer, weißt du das?"

„Mmm-hmm", machte er. „Auch du bist mir ein guter Freund."

„Ich?", fragte sie spöttisch. „Was habe ich je für dich getan, außer dir das Leben zu ruinieren?"

„Na gut, davon mal abgesehen“, witzelte er und dachte an die FBI-Agenten, die ihn aufgespürt hatten. Dann sah er ihren traurigen Gesichtsausdruck und sagte: „Sadie, ich habe einen Witz gemacht.“

„Ich nicht.“

„Gut, vielleicht *sollte* mein Leben durch dich ruiniert werden. Hast du darüber schon mal nachgedacht? Vielleicht *sollte* ich nicht normal handeln und du *solltest* kommen und das auslösen.“ Er sah sie mit feierlichem Gesichtsausdruck an. Sie war von dieser Vorstellung nicht begeistert. Er zuckte die Achseln. Das machte nichts oder doch nicht allzu viel.

„Ach komm, Sadie, was hätte ich denn ohne dich getan?“

„Oh, ich weiß nicht“, seufzte sie. „Vielleicht hättest du ein nettes ruhiges Leben geführt.“

„Herzlich wenig Aussicht in dieser Welt“, erwiderte er. „Ich meine, wer kann schon den amerikanischen Traum leben? Haus, Auto, zwei Kinder, ein Hund ...“

„Eine Ehefrau im Kleid aus den 1950er Jahren.“

„Mit einer Schürze.“

„Und einem Regenmantel.“

Beide lächelten.

„Absoluter Schwachsinn!“, kam es von Charlie.

Humor besiegt Müdigkeit. Die Sonne und die Stille beruhigten beide, vertrieben ihre Angst und entspannten allmählich ihre Körper. Sadie rollte ihren Kopf, den sie gegen den Felsbrocken lehnte, zur Seite und ein Lächeln verbreitete sich auf ihrem Gesicht.

„Ich stell dich mir in Collegeschuhen vor“, sagte sie, „und in die Sonntagszeitung vertieft.“

„Im Bademantel“, ergänzte er, „über einem karierten Schlafanzug.“

„Und die Kinder sitzen auf dem Boden und lesen Comics ... ein bezauberndes kleine Mädchen.“

„Und ein strammer kleiner Junge“, fügte er hinzu.

„Blondes Haar und braune Augen?“

„Blaugrau. Wie ihre Mutter“, sagte Charlie.

Sadie versteifte sich. Ihr Lächeln verschwand. Charlies Herz wurde schwer. Er hatte den Scherz zu weit getrieben. Charlie beugte sich mit Herzklopfen über den Abgrund der Wahrheit und blickte auf die schartigen Felsen einer unerwiderten Liebe hinab. Er verwünschte sich für seinen Ausrutscher. Sadie sah zu Boden.

„Manche Träume sollen nun einmal nicht wahr werden, Charlie."

Die Zeit blieb stehen. Charlie sah verzweifelt weg. Keines von beiden sagte etwas. *Das hat sie dir schließlich schon tausendmal gesagt*, schalt sich Charlie. *Sie ist nicht interessiert.* Die Welt zeichnete sich scharf vor seinem Blick ab. Jedes Blatt, jeder Stein, jeder Grashalm verspottete ihn. Das Blau des Himmels wurde trüb. Seine Gedanken wurden dunkler als die Gegend bei einem Gebirgssturm geworden wäre.

Das ganze Land war von Träumern und Spekulanten aufgebaut worden, dachte Charlie, einem paar Trotteln, die von den glitzernden Bildern des flachen, fruchtbaren Ackerlandes verführt waren, von Bergen von Gold und einem ganzen Kontinent, der ausschließlich von Freiheit erfüllt war. Es muss ihnen das Herz gebrochen haben, als sie hierher kamen und Steilküsten, dichte Wälder, stechende Insekten, Eis und Kälte vorfanden ... ganz zu schweigen von Tausenden von Eingeborenen, die sich nach den vorangegangenen Massakern gegen sie wandten. Das musste ein wahrer Weckruf gewesen sein, dachte Charlie, aber das hindert uns nicht daran, auf unseren Träumen zu bestehen, die Eingeborenen abzuschlachten, Afrikaner zu versklaven, uns das Land anzueignen, als ob es auf uns gewartet hätte ... und wir tun es immer noch, verwandeln den Traum in einen Albtraum, weigern uns aufzuwachen und verurteilen jeden Mann, jede Frau und jedes Kind in diesem Land zum Tod durch das Schlachtermesser von Export, Förderung der Bodenschätze und Gier.

Charlie hatte einen bitteren Geschmack im Mund. Zwölf Jahre alte Träume verdampften schneller als der Nebel an den

Bergabhängen. Sadie, Haus, Kinder und der große Traum der amerikanischen Kultur, die versprochen hatte: *Wenn du schwer genug arbeitest, bekommst du ein Leben in glückseliger Vollkommenheit*. Alle scheitern, er hatte um die Wahrheit gerungen, das Land wäre nur in einen langen Kampf verwickelt, um Vernunft und Demokratie wiederherzustellen. Er würde niemals den amerikanischen Traum leben, niemand würde das tun, aber er hatte sich geweigert, ganz und gar wach zu werden. Die Regierung, die Unternehmen, reiche Leute, arme Leute: Sie alle lebten eine Lüge und glaubten an einen Traum, der niemals wahr werden würde.

„Komm schon“, murmelte er. „Wach auf!“

„Was?“, fragte Sadie.

Er fuhr zusammen, er hatte nicht bemerkt, dass er laut gesprochen hatte. Sie sah ihn verwirrt an, als ob seine Worte sie aus ihrem eigenen Traum-verwandelt-sich- in-einen-Albtraum weggezogen hätten.

„Nichts“, sagte er und fuhr sich mit der Hand übers Gesicht. „Ich sage mir nur selbst: Wach auf!“

„Bist du müde? Du hast die ganze Nacht geschrieben“, sagte sie.

„Nein, nicht vom Schreiben“, seufzte er. „Ich bin aller dieser Dummheiten müde, die die Leute anrichten. Ich bin müde von unserer Verrücktheit und von unserer Unfähigkeit, uns einfach gegenseitig zu lieben und füreinander Sorge zu tragen.“ Charlies Blick brannte vor Überzeugung. Er stand auf. Wir können nicht weiter nach einem Traum gieren. Wir müssen aufwachen! Wir müssen uns bewusst werden ... aktiv ...“

„Lebendig“, sagte Sadie. Sie richtete ihre Blicke auf die bewaldeten Hänge. Der Tag pulsierte um sie her im langsamen Herzschlag der Welt. Das Sirren von Insekten erfüllte die Luft. Ein Windhauch bewegte die Wiesengräser. Der Sonnenschein goss seine Wärme über ihre Gesichter. Das Summen der Bienen hallte in ihren Adern wider.

„Sieh dir diese Erde an, Charlie“, sagte sie langsam und zeigte auf die sich weit ausbreitenden und von Wolken überhangenen Berge. „Das Leben will leben, aber mehr als das will es lieben. Es muss lieben. Überleben reicht nicht. Verzweiflung und Hass, Einsamkeit und Grausamkeit – das sind die Visitenkarten des Todes. Das Leben wendet sich sanft sich selbst zu, es umarmt alles und hüllt es ein. Aber jetzt kämpft das Leben darum zu leben und wir können nirgendwohin davonlaufen. Wir werden alle leben oder sterben, je nachdem, wie es mit dem Löwenzahnaufstand ausgeht. Nicht nur wir, sondern der ganze Planet."

Er nickte. Das empfand er ebenso.

„Sadie, ich muss dich etwas fragen."

„Ja?"

Sein Herz schmerzte, als er nach Worten suchte. Es gab nur eines in seinem Leben, was er sich stärker wünschte als den Erfolg des Löwenzahnaufstandes ... und eben hatte sie ihm gesagt, das sei nur ein Traum. Er stand im Gras und sah in das leere Blau des Himmels. Auch er fühlte sich leer, und doch war er unerschrocken. Ihm waren keine Träume übrig geblieben. Nur eine Wirklichkeit zeichnete sich scharf vor seinen Augen ab. Er war bereit, für das Leben zu kämpfen, auch wenn er selbst dabei sterben sollte.

„Ich denke, unsere Wege sollten sich hier trennen, Sadie", sagte er. Sie sah ihn mit offenem Mund an. Er hob die Hand, als sie widersprechen wollte. „Ich laufe nicht mehr weg. Es ist Arbeit zu tun und es wird gefährlich. Die Agenten sind ja schon auf der Jagd nach mir." Er zuckte die Achseln. „Aber auf der Jagd nach dir sind sie noch nicht. Du bist ohne mich besser dran ..."

Sadie sprang so plötzlich aus dem Gras auf, dass er erschrocken zurückfuhr. Sie knuffte ihn gegen die Brust und loderte vor Empörung. „Heißt das, du willst mich abservieren? Jetzt? Nach allem, was wir durchgemacht haben?", schrie sie.

„Aber nein, Sadie", stammelte er. „Ich würde mir niemals *wünschen*, dich im Stich zu lassen. Es ist nur ..."

„Du kannst mich mal, Charlie Rider", sagte sie und drehte sich auf dem Absatz um. „Du hast mich nun mal auf dem Hals.

Steig ein!“ Sie lief über das Gras. Er rannte hinter ihr her und überholte sie auf dem Parkplatz. Sie blieb plötzlich stehen, als er nach der Beifahrertür griff.

„Was denkst du dir eigentlich dabei?“, fragte sie. „Wir haben etwas abgemacht, erinnerst du dich dran?“

Sie stieß ihn auf die Fahrerseite.

„Du fährst. Ich sage dir, wo lang.“

## KAPITEL DREIZEHN

.....

***Leiste Widerstand!***

Sadie steuerte sie durch die Kapillargefäße des ausgedehnten Gefäßsystems der amerikanischen Autobahnen. Sie fuhren durch Nebenstraßen, die so unbedeutend waren, dass niemand sich die Mühe gemacht hatte, ihnen Namen zu geben oder sie zu Ende zu pflastern. Sie sah auf keine Landkarte. Sie steuerte intuitiv und in Schlangenlinien nordwärts zurück in Richtung von Rudis Stadt. Sie sahen keine einzige Straßensperre, keinen Soldaten, Polizisten oder sonst eine lebendige Seele. Kurz bevor sie ankamen, bog Sadie in eine Tankstelle ein, um Rudi anzurufen. „Du bist es, meine liebe Nichte?", rief Rudi. Er sprach verschlüsselt, denn er wusste, dass jeder Telefonanruf aufgezeichnet und abgehört wurde. „Leg los, junge Frau, ich warte schon auf deinen Anruf. Denkst du, dass du bald mal vorbeikommst?"

„Ja, tatsächlich. Ich habe mein Telefon vergessen ..."

„Ja sicher. Tut mir leid, aber die Kinder von meinem Nachbarn haben es erwischt, haben sich in die Informationen eingehackt und schließlich haben sie es ganz und gar kaputt gemacht. Ich kauf dir ein neues, aber ich hab's geschafft und aus dem ganzen Schreck deine Telefonnummern gerettet."

„Danke!", rief Sadie erleichtert. „Sind irgendwelche Freunde von mir in letzter Zeit vorbeigekommen?"

„Nee, hier draußen ist es zu langweilig. Du solltest uns besuchen kommen. Hier kann man gut ausruhen und sich entspannen, auch wenn die Soldaten immer noch in der Innenstadt kampieren. Ich werde im Haus meiner Mutter etwas für euch herrichten. Wie findst du das?"

Sadie sagte: In einer halben Stunde würden sie da sein und hängte auf. Sie fuhren auf der Straße zurück, die sie eine Woche zuvor aus Rudis Stadt rausgefahren waren. Die Panzer parkten immer noch vor der Post. Die Läden waren nun geschlossen. Der Imbiss hatte ein Schild aufgehängt: *Macht euch euer Essen gefälligst selbst!*

Rudi versteckte Charlie auf dem Dachboden bei seiner Mutter. Die ehrwürdige alte Dame wohnte in einem Bauernhaus in einem der Außenbezirke der Stadt. Charlie benutzte die Kontakt-Adressen von Sadies Telefon, um seine Artikel wieder zu verbreiten. Sadie stellte fest, dass die Bundessicherheitspolizei sie nicht suchte, jedenfalls soweit das irgendjemand wusste. Sie hielt sich als Rudis Nichte bei den Versammlungen im Hintergrund und half den Einwohnern der besetzten Stadt dabei, den Beginn des Förder-Prozesses zu verzögern. Sadie ermutigte zu einer Kampagne höflicher Nichtzusammenarbeit, die das Ziel hatte, sich die Achtung der Soldaten zu verdienen und ihnen gleichzeitig auf eindeutige Weise die Botschaft zu übermitteln, es sei völlig unpassend, dass sie die Unternehmen schützten.

„Sie haben genügend Waffen, um die Welt auszuradieren. Wir wollen dafür sorgen, dass sie es sich zweimal überlegen, ehe sie sie einsetzten ... das wollen wir nicht durch Furcht, sondern durch Liebe erreichen."

Es war schwer, darauf zu bestehen, als sich die ersten Gastürme auf ihren Wiesen erhoben. Ärger flammte auf und die Geduld ging zur Neige. Sadie redete einem Bauern nach dem anderen aus, mit Gewalt zu reagieren.

„Seht mal", erklärte sie, „das hat auch seine gute Seite. Wir können diese Zeit nutzen, um den Soldaten zu sagen, dass wir sie gerne auf unserer Seite hätten. Sobald die Soldaten zu ihrer Basis zurückgeschickt werden, können wir nicht mehr mit ihnen reden. Wir müssen sicherstellen, dass die Soldaten erfahren, warum sie die Befehle ihrer Befehlshaber missachten sollten und dass sie die Bürger dabei unterstützen sollten, wenn diese ihr Land beschützen."

Sie sahen sie skeptisch an, als sie das erklärte, aber auf lange Sicht würde ihre Stärke darauf beruhen, dass sie sich mit dem Militär in Verbindung setzten und die Soldaten überredeten, ihre Gewehre niederzulegen oder zur Seite zu treten.

„Eines Tages", versprach Sadie, „werden diese Soldaten für uns eintreten ... aber nicht, wenn wir jetzt Steine nach ihnen werfen."

*In jeder Uniform steckt ein Sohn oder eine Tochter; sie werden als Schachfiguren für die Politik missbraucht*, schrieb Charlie in seinem nächsten Artikel. *Freundlichkeit ist die größte Kraft des Löwenzahnaufstands. Sie kann Divisionen, die gegen uns eingesetzt werden, umstimmen. Wir müssen die Soldaten an ihre Menschlichkeit, ihre Verbindung mit diesem Land und ihre Verwandtschaft mit den Leuten gemahnen.*

Als Reaktion errichteten die Leute Schilder für die Soldaten entlang den Straßen.

*Lasst nicht zu, dass die Gier nach Profit das Land vergiftet, denn ihr habt ja geschworen, es zu verteidigen!*

Als die Gas-Gesellschaft die Schilder entfernte, ermutigte Sadie die Leute dazu, sich mit Schildern an die Kreuzungen und Straßenecken zu stellen. Damit erinnerten sie die Soldaten daran, dass auch ihre Heimatstädte von der Förderung betroffen seien. Rudi sagte den Leuten, sie sollten mit Schildern umhergehen, auf denen stand:

*Deine Mutter.*
*Dein Vater.*
*Deine Schwester.*
*Dein Bruder.*
*Dein Haus.*
*Dein Hof.*
*Dein Brunnen.*

Rudis Schwester brachte ihnen Kekse und Limonade und entschuldigte sich, dass sie ihnen kein Abendessen vorsetzen könne.

„Ich weiß, dass ihr Männer und Frauen gute Leute seid. Auch die meisten Arbeiter sind das. Es ist nur das Fracking an sich und die Gas-Gesellschaft, wisst ihr. Wir müssen ihnen deutlich machen, dass sie in unserer Stadt nicht willkommen sind. Ich bin sicher, dass ihr dafür Verständnis habt. Ihr kommt später einmal wieder her ... und dann werden wir euch das wahre Willkommen einer Kleinstadt bezeigen!"

Rudi hatte eine Neigung zum Monologisieren und er verbrachte Stunden damit, bei den Soldaten zu stehen und mit ihnen über die Unmoral zu reden, als Soldat Zivilisten als Feinde zu behandeln, und darüber, was *ihre wahre Pflicht* sei. Er mahnte die Soldaten, unmoralische Befehle zu missachten. Die Nürnberger Prozesse hätten einen Präzedenzfall geschaffen, den man keineswegs ignorieren dürfe: Die Nachwelt akzeptiert die Entschuldigung nicht, *man habe schließlich nur Befehle befolgt*.

„Wenn euer General euch sagt, ihr sollt eine Atombombe abwerfen, würdet ihr das etwa tun? Ich jedenfalls nicht!", rief Rudi. Die Soldaten sagten, er solle nach Hause gehen.

Am nächsten Tag kam er mit einem Veteran wieder, der geradewegs auf die Soldaten losmarschierte und den Zustand der Welt beklagte.

„Warum schicken sie gute Soldaten wie euch, damit sie Brunnen fracken und *Pipeline*s legen? Das ist Korruption! Was die Politiker und Unternehmen nicht durch Gesetze erreichen, das erreichen sie durch Gewalt! Es ist eine Schande, eine himmelschreiende Schande, zusehen zu müssen, auf welche Weise die Streitkräfte missbraucht werden!"

*Der Mann aus dem Norden* verschickte Artikel über die schlechte Moral der Soldaten und den Kummer von Männern und Frauen, die geschworen hätten, das Land zu verteidigen, und die sich jetzt gezwungen sahen, Zivilisten zu bedrohen. Selbstmorde von Soldaten waren seit Jahrzehnten ein Thema und die Sorge darüber hatte wieder den Höchststand erreicht. Charlie schrieb einen zweiten Artikel, in dem er die Bürger drängte, alles ihnen Mögliche zu tun, um die Menschen in Uniformen zu unterstützen. Die Leute schrieben nun Sympathie-Karten und lieferten sie persönlich ab, damit die Soldaten sie auch wirklich bekämen.

*Es tut uns leid, dass ihr auch das noch tun müsst!*

*Mein Sohn frackt den Brunnen deiner Mutter! Lasst uns all das beenden!*

*Wir arbeiten mit euch, um diese Situation zu einem Ende zu bringen.*

Es war schwer zu sagen, ob die Strategie irgendeine Wirkung hatte, bis Rudi eines Abends, lange nach der Sperrstunde, zum Haus seiner Mutter kam. Er zitterte von Kopf bis Fuß, aber ein breites Grinsen lag auf seinem rötlichen Gesicht.

„Mein Gott, fast hätten sie mich erwischt! Ich hatte die Drahtschere in der Hand, mit der ich Telefonleitungen zum Büro der Gas-Gesellschaft durchgeschnitten hatte – ich weiß, du hast gesagt, keine Querschüsse, aber ich habe diese Drähte im letzten Jahr gelegt und sie sollen verdammt noch mal nicht dafür benutzt werden, mich zu vergiften! Wenn sie mich wegen schlechter Arbeit verklagen, verklage ich sie wegen Verbrechen gegen die Menschlichkeit! Jedenfalls kam ich gerade dort raus, als ich direkt auf die Soldaten stieß, die die Sache untersuchen sollten. Sie sahen mich eine Minute lang an und waren irgendwie überrascht. Dann zischte der eine Kerl, mit dem ich erst gestern geredet habe, *hau ab!* Und ich flitzte. Er muss es gewusst haben, muss er!"

Die ganze Woche über waren Charlie und Sadie in hektischer Eile damit beschäftigt, die Leute davon zu überzeugen, sie sollten ihre Wut und Frustration unter Kontrolle halten. Rudis Stadt war einigermaßen einig gegen die Gas-Gesellschaft, aber an anderen Orten zerschnitt die Feindseligkeit gegenüber dem Plan der Förderung die Gemeinden wie ein Messer. Die Leute brauchten Arbeit und suchten verzweifelt Arbeitsstellen. Die Abendnachrichten behaupteten, die Öko-Freaks würden die Kinder verhungern lassen, um die Wale zu retten. Charlie knirschte mit den Zähnen über die enormen Fähigkeiten der Propagandamaschine der Unternehmen.

„Wir müssen einfach nur doppelt so klug sein wie sie", seufzte Sadie. „Wir müssen den Leuten sagen, dass die

Förderung der kürzeste Weg ist, die Wirtschaft zu töten ... und auch uns selbst. Lass uns das verbreiten: *Wir sind nicht gegen die Wirtschaft, sondern wir sind gegen das Aussterben der Menschen.*"

Die Wirtschaft war der Dreh- und Angelpunkt. Die Angst vor einem leeren Bauch heizte die Umweltzerstörung an. *Der Mann aus dem Norden* schickte einen Artikel über die Millionen von Wegen, auf denen die Unternehmens-Machtelite die Wirtschaft zerstört und den Anbau erneuerbarer Energien unterdrückt habe.

*Fast alles, was ihr jemals über Wirtschaft gehört habt, ist eine Lüge,* schrieb er, *Durchsickern des Geldes von den Reichen zu den Armen, Steuererleichterungen, Enthaltsamkeitsmaßnahmen, arbeite-schwerer-und-du-kommst-vorwärts – alles Lügen! Die Wirtschaft ist ein lebendes System, wie euer Körper und wie die Erde. Sie funktioniert am besten, wenn wir einander unterstützen. Der Austausch von Geld, den eine gesunde Wirtschaft schafft, ist es, nicht die Herrschaft über Reichtum und die Ansammlung davon durch die da oben.*

Große Wolken von Falschinformation verdunkelten die Sternbilder der Wahrheit. Sadie und Charlie hatten keine Möglichkeit zu ermessen, ob die Leute aufwachen oder ob sie noch tiefer in den Sumpf der Angst einsinken würden. Rudis Stadt war nur eine von Tausenden, die täglich mit bewaffneten Soldaten konfrontiert waren. Ständig gab es Zusammenstöße. Menschen wurden verhaftet. Es gab Hausdurchsuchungen. Die Leute wurden bedroht. Als die dritte Woche des Kriegsrechts zu Ende war, ging die strapazierte Geduld der Menschen allmählich auch zu Ende. Charlie beobachtete das aufmerksam und er wartete auf den Augenblick, in dem die schwelende Glut in Flammen umschlagen würde.

## KAPITEL VIERZEHN

.....

***Cacerolazo Countdown***

[*Cacerolazo*: Form des Protests in Venezuela, Chile und Argentinien. Von *Cacerola* (span. *Topf*) Erzeugung von Lärm auf Töpfen und Pfannen bei Demonstrationen. Oft auch Hinweis auf „leere Töpfe".]

*S'ist Zeit! S'ist Zeit! S'ist Zeit!* sang der Vogel vor dem Dachfenster. Charlie war im Bauernhaus von Rudis Mutter versteckt und sah nun von seiner Schreibarbeit auf. Ein Vogel nach dem anderen hatte seine Schar auf den Telefondrähten verlassen und trotzte dem zögerlichen Nahen des Frühlings. Pirole, Meisen, Stare, Häher und Schwalben, Drosseln, Finken und Wiesenlerchen; alle Vögel flogen wieder gerne. Trällern erklang von den Zäunen der Höfe und der Hinterhöfe und aus den Stadtparks.

*S'ist Zeit!* zwitscherte der kleine Vogel. *Der Frühling ist da! S'ist Zeit! S'ist Zeit! S'ist Zeit!*

Charlie kratzte sich die wachsenden Bartstoppeln und sah sehnsüchtig hinaus zu dem Vogel im Ahorn; der bekam gerade Blätter. Charlie hielt seine brennende Ungeduld mit der Intensität seines Schreibens im Zaum. Wenigstens das war ihm geblieben. Die Beschuldigung als Terrorist hatte ihn zwar eingesperrt, aber jedenfalls hielt sie ihn nicht vom Schreiben ab. Er setzte seinen Stift auf die Seite.

*S'ist Zeit!* rief der Vogel vom Ahorn.

*Ich weiß,* dachte Charlie, *s'ist Zeit, dass das Kriegsrecht aufgehoben wird ... aber wie?*

Eine streunende Kuh muhte vom Blumenbeet her. Rudis Mutter lehnte sich aus dem Fenster und schlug mit einem Holzlöffel auf den Kupferboden einer Pfanne.

„Hau ab!", schrie sie. „Mistvieh!"

Charlie sah auf. Der Klang der Pfanne hallte in seinen Gedanken wider. Er kritzelte einen Gedanken aufs Papier und schickte ihn los.

Am Montag darauf traten im ganzen Land Menschen mit feierlichem Gesichtsausdruck auf ihre Eingangsterrassen und die Stufen vor ihren Haustüren. Sie verschränkten verbissen die Arme vor der Brust. Das Zwielicht wurde grau. Die Ausgangssperre war zu Ende. Sie bewegten sich nicht. Soldaten befahlen ihnen, ins Haus zu gehen. Die Füße blieben wie angewurzelt stehen. *S'ist Zeit*, sangen sie, *der Strom ist wieder da. Die Anschläge sind vorbei. S'ist Zeit, dass das Kriegsrecht aufgehoben wird.* Die Soldaten sagten: *Es kann nur auf Befehl des Präsidenten aufgehoben werden.* Die Leute zuckten die Achseln. *Wir haben euch jedenfalls gewarnt*, sagten die Soldaten. Die Sonne verschwand. Die Leute gingen in ihre Häuser.

Sie erschienen wieder an den Fenstern und hielten Töpfe in der Hand. Durch das ganze Land ging der Schall, überall dorthin, wohin die Körper nicht gehen konnten. Töpfe dröhnten ihren Protest. Der Rhythmus überwand die Polizei-Blockaden. Durch den Takt verbanden sich die Menschen im Geist miteinander. Die *Cacerolazo*-Demonstration kam von denen, die spanisch und französisch sprachen. Sie verbreitete sich wie ein Lauffeuer von der Großstadt in die Vorstadt und weiter in die Kleinstadt. Sie war von der Frustration der Menschen entzündet worden.

Am Dienstag erklangen Töpfe und Pfannen schon in der Morgendämmerung und weckten die Nachbarn aus dem Schlaf.

*S'ist Zeit! S'ist Zeit!* Der Rhythmus des Geklapper-Getöses ließ nicht nach. Die scharfe Antwort hallte in den Panzern wider, erschütterte die Büros der Politiker, trieb die Konzentration zum Fenster hinaus, unterbrach Mahlzeiten, störte den Frieden und machte die Beamten wahnsinnig.

Am Mittwoch wurde den Leuten in Rudis Stadt verboten, auf Töpfe und Pfannen zu schlagen. Also schlugen sie stattdessen auf die Schutzbleche ihrer Trecker und die Motorhauben ihrer Autos. Der lokalen Polizei wurde befohlen, Lärmverordnungen zu erlassen. Sie weigerte sich. Das Militär verbot das Trommeln. Schweigen breitete sich über die Stadt.

Am Donnerstag schickte Inez Hernandez Rudi eine Nachricht.

„Macht die Radios an. Wir senden den Lärm aus der Stadt."

Radiorekorder erschienen in den Fenstern. Die Läden stellten Radios auf die Dächer. Die Musiker in der Stadt schlossen ihre Verstärker an und der Rhythmus, der ertönte, hallte in der Stadt wider.

„Trommelt weiter!" sagte Inez zu den Leuten. „Die Nation hört zu!"

In New York war nie zuvor so laut getrommelt worden.

Am Freitagabend bebte die Stadt. Die Vorstädte erzitterten. Die ländlichen Regionen hallten wider. Der Lärm verband Großstädte mit Kleinstädten und Dörfern. Solidarität vereinte die Menschen. Der Lärm wurde ungeheuerlich und wild.

Er riss die Seelen mit seinem donnernden Missklang mit. Die Leute lehnten sich aus den Fenstern; sie waren erschrocken von dem Aufruhr, den sie entfesselt hatten, verblüfft über das Ausmaß des Protests, überwältigt vom Umfang der Massen.

Am Samstag wurde der Nation befohlen aufzuhören. Die Reaktion prallte offenbar ab. Es würde keine Ruhe einkehren, ehe nicht das Kriegsrecht aufgehoben worden war! Der letzte Artikel des *Mannes aus dem Norden* klang ihnen in den Ohren: *trommelt, um die Ausgangssperren aufzuheben! Macht Lärm, um die Pipelines aufzuhalten! Haut drauf, um das Bohren nach Gasquellen aufzuhalten. Hämmert, um die Soldaten aus den Straßen wegzukriegen! Welche Zwecke ihr auch verfolgt, holt eure Pfannen raus. Wir werden nicht unter der Knute der Tyrannei leben!*

Am Sonntag nahm das Trommeln den Rhythmus des Gebets an. Ave Marias wurden mit dem Pingpang der Töpfe ausgesendet. Kirchgängern wurde gesagt, sie sollten dreimal zur Buße schlagen, viermal reuevoll, fünfmal für ihre Seelen und sechsmal für ein Wunder. Am Abend schworen die Leute, es gehe mit dem Teufel zu. Nur Satan konnte einen solchen Krawall angerichtet haben! Niemand schlief, weder im Himmel noch in der Hölle und schon gar nicht hier unten auf der Erde. Es ging das Gerücht, dass Gott oder der Teufel – oder vielleicht beide – das Ohr des Chefkommandanten verdreht und ihm eingeflüstert habe, dass seine unsterbliche Seele auf dem Spiel stand – ganz zu schweigen von seiner Zurechnungsfähigkeit, seinem Schlaf, seiner Stellung, seiner Autorität und seinem Kommando über die Soldaten –, wenn er nicht den Forderungen seines Volkes nachgeben würde.

Andere nannten säkularere Gründe: die Atheisten schworen, der Börsensturz hätte das bewirkt, die Anarchisten behaupteten, der drohende Zusammenbruch der Gesellschaft hätte die Entscheidung bewirkt, die Psychoanalytiker schworen, die *First Lady* habe mit Scheidung gedroht, der *Bankier* sagte, es sei statistisch unvermeidbar gewesen, der *Schlächter* sagte, *der Mann aus dem Norden* sei schuld*, der Kerzenhalterproduzent* grölte, der Präsident habe keine Eier, die Leute schüttelten den Kopf über den Irrsinn all dieser Leute. Jeder Idiot konnte den wahren Grund für das Hämmern *hören.* Aber Erklärungen hin und her, alle waren sich darin einig: Am Montag geschah dann das Wunder:

Das Kriegsrecht wurde endlich aufgehoben.

## KAPITEL FÜNFZEHN

. . . . .

***Das war knapp!***

Es begann als ein Flüstern, ein leises Geräusch.

Ein Ruf ertönte.

Ein Schrei.

Ein aufgeregter Freudenschrei.

Die Nachrichten überschlugen sich und wurden immer lauter, bis sie wie ein Donnerwetter über die Stadtbewohner hereinbrachen.

Sie sind weg! Sie sind weg!

*Weg! Weg! Weg!*

Der Schrei erklang wie Glocken, die diesen Augenblick des Triumphes läuteten. Verspannte Schultern lockerten sich. Tränen wurden vergossen. Sie schlugen sich mit der Hand vor den Mund. Die letzten Panzer rollten aus Rudis Stadt und Sadie fiel irgendeinem Fremden um den Hals.

„Glückwunsch", sagte er und schob den Schirm seiner Baseballkappe hoch.

Sadie machte große Augen.

„Charlie!", zischte sie. „Was machst du denn hier?"

„Das konnte ich mir nicht entgehen lassen!", antwortete er und zeigte auf die jubilierende Menge. Er war die ganze Woche über eingesperrt gewesen, während die Nation um ihre Freiheit gekämpft hatte. Inzwischen war ihm ein Bart gewachsen. Er war in der Menge, die sich auf den Gehwegen versammelt hatte, gut versteckt. Die Leute standen dort, um den Abzug der Truppen mit anzusehen. Das Herz hämmerte ihm gegen die Brust, als er sah, wie die Rücken der Soldaten um die Ecke verschwanden. Sie hatten es geschafft! Die Leute hatten mit friedlichen Mitteln das Kriegsrecht beendet. Sadie umarmte Charlie in einem Anflug von Aufregung und sein Herz war von Gefühlen erschüttert, die nichts mit dem Abmarsch der Soldaten zu tun hatten.

„Ich liebe dich!“, sagte er, aber der Lärm der Menge verschlang seine Worte.

„Was?!“, rief sie.

„Ich habe nur gesagt …“, er brach ab. Er packte Sadie am Arm, drehte sie um und zeigte auf etwas. Ihr blieb der Mund offen stehen. Sie schrie, aber niemand konnte sie hören. Verzweifelt schüttelte sie die Leute, die neben ihr standen, aber es war zu spät.

Ohne Warnung fiel eine Schar Polizisten über sie her.

* * *

„Wofür wollt ihr uns verhaften?!“, schrie der Mann mit dem buschigen Bart dem Polizisten entgegen. Sadie stieß ihn an und versuchte ihn zu beruhigen. Er war einer der Aktivisten, die gekommen waren, um die Leute in der Stadt zu unterstützen. *Bitte,* flehte sie ihn schweigend an, *mach kein großes Trara und bring uns keinen Polizeiboss auf den Hals … nicht wenn Charlie grade hier ist.* Sadie betete, der Polizist möge ihn nicht erkennen. Sie sah, wie der Offizier der Spezialkräfte die Leute in Richtung des Wagens stieß, in dem die Randalierer abtransportiert werden sollten. Die örtliche Polizei war nirgendwo zu sehen.

„Sie werden verhaftet, weil sie sich ohne Genehmigung versammelt haben, Freiheit-der- Verteidigungs-Gesetz, Abschnitt 326B“, antwortete der Beamte obenhin.

„Ach ja, richtig“, brummte der Aktivist. „Dieses Stück nicht verfassungsgemäßer Bosheit hatte ich ja ganz vergessen.“ Der korpulente Mann keuchte, als er sich hinsetzte. Sein Bauch quoll über seinen Gürtel. Sein Gesicht war rot angelaufen. Er nickte Sadie zu und sah Charlie an, aber mit seinem Vollbart und langen Haar erkannte er ihn nicht. Der Mann sah zu dem Polizisten auf.

„Ende des Kriegsrechts und Rückkehr zu unserm guten alten Polizeistaat, wie?“

Der Polizist warf ihm einen ärgerlichen Blick zu und ließ beim Weggehen die drei mit Handschellen im Wagen zurück. Der Mann nickte Charlie zu. „Du kommst mir bekannt vor. Hast du auch einen Namen?“

„Den möchte ich lieber nicht sagen“, erwiderte Charlie kurz.

„Barnabas ... Mortimer ... Horaz?“, scherzte der Mann. „Hat deine Mama dich nach Onkel Phineas genannt?“

„Sowas Ähnliches“, antwortete Charlie. In der augenblicklichen Situation war er angespannt und nervös. Da kam der Beamte mit dem Fahrer zur Tür des Wagens zurück. Charlie blinzelte. Der Fahrer war einer von der Armee, kein Polizist. Was ging hier vor?

„Ausweis!“, bellte der Polizist.

„Du musst mir nur in den Schritt fassen“, sagte der Aktivist, „rechte Vordertasche.“

Der Polizist blitzte ihn an und wandte sich unfreundlich an Sadie.

„Du!“

„Ich habe meinen verloren. Er ist da draußen in meiner Handtasche.“ Sadie wies mit dem Kopf auf den Gehweg. Durch die offene Tür des Wagens konnten sie sehen, dass sich die Menge zerstreut hatte. Die Leute waren davongelaufen oder verhaftet worden. Der Polizist wandte sich Charlie zu, um ihn zu befragen.

„Wie viele demokratische Zivilisten habt ihr euch geschnappt?“, unterbrach ihn ihr Gefährte mit dem Bart.

Der Polizist kniff die Augen zusammen und antwortete nicht.

„Dies war die größte Verhaftung, seit ihr beschlossen habt, dass Tränengas mehr Spaß macht“, spottete der Aktivist.

„Sie haben das Recht, den Mund zu halten. Das empfehle ich Ihnen.“

„Ach“, rief der Aktivist, „ist das nicht ein seltener Tag in der Geschichte des Protests! Ich habe das Recht zu etwas und du informierst mich tatsächlich darüber?“

Der Beamte sah ihn angeekelt an und sprach mit dem Mann von der Armee: Er solle bei der Dienststelle die Identität feststellen, Fingerabdrücke nehmen und die Namen aufschreiben. Dann schloss er die Tür des Wagens. Der junge Soldat sah die drei Gefangenen mit einem sehr seltsamen Ausdruck an. Dann nickte er schnell dem Beamten zu und ging zum Führerhaus.

„Du hast doch deinen Ausweis noch oder nicht?“, fragte der Aktivist mit zufriedenem Grinsen.

„Ja, danke“ erwiderte Charlie dankbar, denn er hatte die Taktik hinter der scheinbaren Oberflächlichkeit des Mannes erkannt.

„Schon gut. Ich heiße Mack. Dass du ihm gesagt hast, du hast deine Handtasche fallen lassen, war eine schnelle Reaktion“, meinte Mack anerkennend. „Du hast wohl schon viele Proteste mitgemacht?“

„Ein paar mehr, als ich zählen kann“, antwortete sie knapp.

„Wir müssen unsere Ausweise loswerden“, flüsterte Charlie Sadie zu.

„Oh, du musst Schlappschwanz heißen“, kicherte Mack. „Mach dir nichts draus. Solange du nicht als Terrorist verdächtigt wirst, kommst du wieder raus ...“ Er hielt inne und sah Charlie neugierig an. „Wart mal“, sagte er und senkte die Stimme, „bist du nicht Wie-heißt-er-doch-noch?“

Charlie sagte nichts. Mack setzte sich überrascht zurück, als er *den Mann aus dem Norden* erkannte.

„Dein Bart, das längere Haar, das Durcheinander da draußen, darum habe ich dich nach den Bildern im Fernsehen nicht gleich erkannt.“ Er sah Sadie an: „Wenn ich du wäre, würde ich so tun, als würde ich ihn nicht kennen. Also, Kinder, ihr hättet eure Ausweise wegwerfen sollen, als wären sie glühende Schüreisen. Ich rate euch, in der Dienststelle nach

Strich und Faden zu lügen. Was habt ihr euch zum Teufel dabei gedacht, euch ins Schlangennest zu setzen?"

„Neugierige Katzen verbrennen sich die Tatzen."

„Ich hoffe, ihr konntet eure Neugier befriedigen", brummte Mack, „denn für Leute wie dich gibt es keine Rückkehr von dort, wohin sie dich bringen werden."

Der Wagen schlingerte und hielt. Sadie taumelte gegen Charlie. Mack zog die Brauen hoch.

„Was hat der Fahrer vor? Wir sind noch nicht bei der Dienststelle."

Der Soldat riss die Tür auf.

„Raus!"

Sie kletterten – wegen ihrer Plastikhandschellen ungeschickt - aus dem Wagen. Sie waren in einer verlassenen Allee, die man von der Straße aus nicht einsehen konnte. Der Soldat hatte ein Gewehr auf dem Rücken und eine Pistole am Gürtel. Er warf einen angespannten Blick über die Schulter. Mack schluckte.

„Sie wissen, dass das Kriegsrecht vor ein paar Tagen aufgehoben worden ist", sagte er nervös, „und Erschießungen in Alleen sind jetzt wirklich nicht angebracht."

Der Soldat drehte Mack herum, stieß ihn gegen den Wagen und griff nach seinen gefesselten Handgelenken.

„Ihr habt heute einen guten Tag, Jungs."

Klick.

Der Soldat schnitt die Plastikhandschellen durch.

„Spring mich nicht an", warnte er Mack. Er machte eine Geste in Sadies Richtung, sie solle sich umdrehen, und schnitt die Fessel durch.

„Nicht dass ich mich beklage", sagte Mack, „aber was zum Teufel tust du?"

„Ich habe gelobt, dass ich das amerikanische Volk verteidigen und die Verfassung schützen werde", brummte der junge Soldat, „und nicht, dass ich Leute in unbefristete Haft bringe, weil sie ihre Rechte ausüben."

Sadie machte große Augen. Sie fuhr sich mit der Hand zum Mund.

„Gott segne dich! Gott segne dich!“, rief sie. „Du bist ein Wunder!“

„Junge Frau, es wäre ein größeres Wunder, wenn du nicht so laut wärst.”

Sadie schwieg. Charlie zog noch die Stirn kraus und versuchte sich vorzustellen, was der Soldat tun würde, wenn er auch ihn herumgedreht hätte. Als er die Plastikfessel durchschnitt, sagte der Soldat fast unhörbar zu Charlie:

„Ich weiß, wer du bist. Ich weiß, was ich tue. Schreib nicht über mich. Ich will nur sagen ... danke!“ Er streckte seine Hand aus. Charlie schüttelte sie. Er war noch äußerst überrascht. „Verteidige weiter unsere Demokratie!”

Er ging zum Führerhaus und fuhr weg. Mack schlug Charlie so stark auf den Rücken, dass der fast hinfiel.

„Charlie-verdammter-Rider! Du Teufelskerl hast noch mal Glück gehabt. Unter all den Soldaten, denen man das Gehirn gewaschen hat“, Mack machte eine Pause und schüttelte ehrfurchtsvoll den Kopf, „hast du einen Eid-Wächter erwischt.“

„Zwei Fragen“, warf Charlie ein. „Erstens: Wie kommen wir hier weg? Und zweitens: Was in aller Welt ist ein Eid-Wächter?“

Mack klopfte ihm auf die Schulter.

„Ich kann beide Fragen beantworten. Los, kommt!“

* * *

Mack erklärte lautstark, wer die Eid-Wächter waren, während sie wie Ölsardinen auf dem Vordersitz seines winzigen Autos zusammengepresst saßen. Die Rücksitze waren bis ans Dach mit Macks Habseligkeiten vollgestopft. Charlie machte sich auf dem Beifahrersitz so klein wie möglich und hatte sich eine von Macks schmuddeligen alten Skimützen bis über die Augen gezogen. Sadie hatte den Schaltknüppel zwischen den Knien und Mack entschuldigte sich jedes Mal, wenn er schalten musste.

„Ein Eid-Wächter ist ein Soldat oder Polizist oder ein anderer Sicherheitsbeamter, der die Befolgung nicht verfassungsgemäßer Gesetze verweigert. Sie haben einen Eid abgelegt, die Verfassung der Vereinigten Staaten zu verteidigen, und lassen nicht zu, dass Dreckskerle von Politikern sie als Schachfiguren in ihren Machtspielen benutzen. Nicht gegen ihr eigenes Volk."

„Angefangen haben sie als rechte Fanatiker für die Einhaltung des zweiten Zusatzartikels der Verfassung", warf Sadie ein, „aber die Gesetze sind so außer Kontrolle geraten, dass immer mehr Polizisten und Soldaten beitraten." [Der 2. Zusatzartikel zur Verfassung der Vereinigten Staaten verbietet als Teil der *Bill of Rights* der Bundesregierung, das Recht auf Besitz und Tragen von Waffen einzuschränken.]

„Wie viele sind sie jetzt?", fragte Charlie.

„Man sagt, sie seien jetzt etwa dreißigtausend, aber wer weiß das schon? Das ist nicht eben das, was sie ihren Vorgesetzten auf die Nase binden", sagte Mack.

„Ich habe gehört, dass von Tag zu Tag mehr eintreten", fügte Sadie hinzu.

„Wird das nicht als vollkommene Widersetzlichkeit betrachtet?"

„Ja, mehr oder weniger", Mack zuckte die Achseln. „Aber es kommt auf die Kommando-Kette an. Es geht das Gerücht, dass es jetzt bis nach oben Eid-Wächter gibt. Ich habe gehört, dass es einer der obersten Generäle war, der die Aufhebung des Kriegsrechts durchgesetzt hat."

Charlie drehte sich der Kopf. Es war verrückt. Der Löwenzahnaufstand keimte sogar im Herzen des Militärs! Es juckte ihn in den Fingern, darüber zu schreiben, aber er sah ein, dass das für die Beteiligten sehr gefährlich wäre.

Charlie langte an Sadie vorbei und drückte Macks Schulter. „Danke. Wenn der erste Polizist meine Identität rausgekriegt hätte, hätte ich den Rest meines Lebens in Einzelhaft zubringen müssen."

„Wir wären wahrscheinlich mit dir gemeinsam im Gefängnis verrottet", meinte Mack.

Sadie runzelte die Stirn.

„Wie ist es denn mit den anderen, die heute verhaftet werden? Denkst du, dass sie sie zu unbegrenzter Haft verurteilen?"

Mack nickte entschieden.

„Bestimmt. Dieses Durchgreifen soll eine Lektion sein, die die Tatsache in den Schatten stellt, dass wir gerade die Regierung gezwungen haben, das Kriegsrecht aufzuheben!" Mack freute sich einen Augenblick lang, dann wurde er schnell wieder ernst. „Es ist kein Spaß, was diese Leute erwartet. Diese Verhaftungen sind eine Warnung, dass Widerstand gegen die Behörden nicht toleriert wird. Dissidenten werden im Gefängnis verrotten wie all die anderen angeblichen Terroristen."

„Eintreten für Demokratie wird jetzt als Terrorismus betrachtet?"

„Sicher", sagte Mack scheinbar unbesorgt. „Sie war immer eine Bedrohung der elitären Machtstruktur." Er lachte humorlos. „Wir wollen euch beiden ein paar Räder beschaffen und euch hier wegbringen. Mach ihnen das Leben schwer, Charlie Rider. Um der Bürger willen, die jetzt in genau die Gefängnisse eingesperrt werden, in die sie *uns* bringen wollten. Wir wollen diese Unternehmens-Diktatur stürzen!"

## KAPITEL SECHZEHN

. . . . .

### *Nach Westen!*

Die Grundhaltung im Land war umgesprungen wie Frühlingswinde. Bei Ballspielen und in Bars, bei den Abendessen, die Kirchen als geselliges Ereignis oder, um Spenden zu sammeln, veranstalteten, und beim Friseur, überall konnten die Leute über nichts anderes mehr sprechen als über den Erfolg der *Cacerolazos*.

Blicke forderten Polizei und Soldaten unverblümt heraus. Die Leute ließen ihre Muskeln des Widerstands spielen ... und siegten. Der Löwenzahnaufstand gewann an Achtung in den zynisch gewordenen Herzen der Bürger. Normale Leute hörten, dass der Terrorist im Fernsehen hinter dem *Cacerolazo* stecken sollte. Sie sahen sich um und zischten: *Charlie Rider? Seid ihr sicher?* Einige machten sich Sorgen, dass sie wegen Unterstützung des Feindes angeklagt werden würden, weil sie auf Pfannen geschlagen hatten. Andere machten ein finsteres Gesicht beim Anblick der STECKBRIEF-Plakate und wollten wissen, ob dieser junge Mann wirklich ein Volksfeind war, wie die Anzeigen behaupteten. Artikel vom *Mann aus dem Norden* waren stark verbreitet. Mack fuhr nach Maine und brachte Sadies Eltern Grüße von ihrer Tochter. Inzwischen fuhren Charlie und Sadie in einer unzuverlässigen Kombilimusine, die Mack aus Teilen von seinem Schrottplatz zusammengeflickt hatte, nach Westen.

„Wenn das Auto schlappmacht, tritt die Kupplung durch und gib Gas und das wird es wieder in Gang bringen", sagte er fröhlich. „Das Auto sieht nicht nach viel aus, aber es bringt eine gute Fahrleistung, und wenn euch die Bundessicherheitspolizei mit Kugeln durchlöchert, wird das zwischen den Rostflecken nicht weiter auffallen."

Nichts von allem, was er gesagt hatte, war besonders ermutigend. Es ging das Gerücht, dass die Unternehmens-Elite gefordert hatte, dass Charlie ermordet würde, und dass der Präsident einen entsprechenden Befehl unterzeichnet habe. Charlie und Sadie sahen immer mit einem Auge zum Himmel nach Mörder-Drohnen und mit dem anderen suchten sie die Umgebung nach Heckenschützen ab. Ein Kontrollpunkt am Mississippi verursachte Charlie Schweißausbrüche, aber Sadie zückte ihre alten Militärpasse und flirtete so sehr mit dem jungen Offizier, dass es schon an ein Wunder grenzte, dass er nicht gleich hinten in den Wagen kletterte, um mit ihnen in den Sonnenuntergang zu fahren. Der Fluss floss düster, braun und wild unter der Brücke durch. Nach einem kurzen Wegstück durch sanfte Hügel streckten sich die Felder von Kansas flach und offen vor ihnen aus. Charlie atmete zum ersten Mal in seinem Leben die Weite des Westens.

Sie vermieden die Stadtzentren und fuhren durch verlassene kleine Städte mit gesperrten Hauptstraßen. Meilenweit erstreckten sich Felder mit Mais und Weizen in alle Richtungen. Das verbeulte Auto war in dieser Gegend eine perfekte Tarnung. Charlie saß auf dem Beifahrersitz und schrieb, wenn Sadie ihn beim Fahren abgelöst hatte. Die Schwingungen der amerikanischen Nebenstraßen halfen ihm beim Schreiben: *Wir sind die Tinte, die durchs Land fließt, die Geschichte seiner Wiederbelebung oder seines Untergangs.*

Als sie an diesem Abend in eine trostlose Stadt in Kansas eingefahren waren, stotterte der Motor und starb ab. Charlie drehte am Anlasser, gab Gas, hob die Kühlerhaube und fummelte an den Eingeweiden des Motors herum. Nichts. Er rutschte mit dem Rücken an der verrosteten Außenwand des Autos runter und setzte sich neben Sadie auf den Boden.

„Wir müssen wohl einen Mechaniker rufen."

„Wir brauchen Geld", sagte sie.

„Ja!"

„Jede Stadt hat eine Bar", seufzte sie. Sie bewegte sich, um aufzustehen. Charlie sah sie scharf an und fasste sie am Arm.

„Was meinst du damit?“

„Bars stellen Stripperinnen an, Charlie“, antwortete sie und vermied es, ihn anzusehen. Er ließ ihren Arm los, als hätte er sich eben daran verbrannt.

„Als wir durch die Blue-Ridge-Berge fuhren, bist du da auf diese Weise an Geld gekommen?“

„Na ja, es wächst nicht auf Bäumen“, antwortete sie defensiv. Sie stand auf. „Es ist Samstag. Heute Abend kann man Geld machen. Morgen übernimmt die Heiligkeit und am Montag beginnt die Arbeitswoche, und dann sind wir am Arsch.“ Sie ging mit großen Schritten die Hauptstraße lang. Charlie sprang auf und folgte ihr.

„Sadie, tu das nicht ...“

Sie fuhr herum.

„Hast du irgendeine andere glänzende Idee?“, fragte sie.

Die hatte er nicht.

„Ich mache das, seit ich sechzehn bin, Charlie“, sagte sie heftig. „Es ist für mich durchaus nichts Neues.“ Etwas Heißes und Metallisches war in ihrer Stimme. Die Erinnerung an die Vergangenheit zeigte sich in ihren verkrampften Schultern. Sie verschränkte die Arme über der Brust, um sich gegen seine Reaktion zu verteidigen. Er starrte sie an, als hätte er gerade die Körner aus einem Maiskolben geschält und gesehen, dass sie voller Würmer waren.

„Sechzehn, Sadie?“

„Da hatte ich was zu essen“, sagte sie kurz. „Und dann musste ich Schulden zurückzahlen.“

„Was für Schulden hat denn eine Sechzehnjährige?“

„Abtreibung.“

Totenstille trat ein. Die Stadt gefror um dieses eine Wort. Charlie klingelte es in den Ohren.

„Deshalb bin ich zu Hause abgehauen, Charlie“, sagte Sadie. „Ich bin ausgerastet und aus dem Tal weggerannt, weil ich es meinen Leuten nicht sagen wollte.“

Bruchstückhafte Erinnerungen an wütenden Streit mit Bill fuhren Charlie durch den Kopf. Damals war es, als steckte man seine Hand in einen Fleischwolf, wenn man sich bei Sadie und ihren Eltern aufhielt. Sadie hatte mit ihren pubertären Äußerungen ihre Beziehung zu Ellen und Bill zerstört. Man sagt, Zeit heilt alle Wunden, aber es war eine mühevolle Heilung gewesen. Sadie war nicht gewohnt, ihren Eltern auch nur zu sagen, was sie gerne zum Mittagessen gegessen hätte, ganz zu schweigen davon, ihnen eine unerwünschte Schwangerschaft anzuvertrauen.

„Ich habe eine Pille genommen. Es war nicht so schlimm. Es war vorbei." Sie zuckte die Achseln.

Charlie schüttelte den Kopf. In ihm stieg Wut auf.

„Lüg mich nicht an!"

„Tu ich nicht!"

„Pillen kosten nicht so viel!"

„Nein." Plötzlich legte sie den Kopf zurück und sah wild in den Himmel. Charlie wurde es bang ums Herz und er schluckte schwer.

„... die zweite Abtreibung hat viel gekostet."

Jede Faser seines Körpers schrie *Was?* Aber seine Kiefer waren wie festgeklemmt.

„Wenn eine im Leben hoch hinaus will, dann erlebt sie mehr als einen Absturz", sagte sie. Ihre vorgegebene Härte täuschte Charlie durchaus nicht.

„Sadie, die Geheimnisse, die du mir bisher nicht gesagt hast, sagst du mir jetzt am besten gleich alle auf einmal. Wir gehen unseren Weg gemeinsam, seit wir zwölf sind, aber ich gehe keine halbe Meile mit dir weiter, wenn wir nicht ehrlich miteinander sein können."

Sie ließ den Kopf hängen und ihr Haar verbarg ihr Gesicht. Sie stieß mit der Stiefelspitze den Schotter auf dem Asphalt weg. Sie schluckte noch einmal und sah auf.

„Ich hatte zwei Abtreibungen, Charlie. Die erste, als die Regierung noch kostenlos Pillen ausgab. Beim zweiten Mal war ich neunzehn und reiste mit einem Jungen, von dem mir Aubrey tausendmal sagte, dass er nichts taugt, aber ..." Sie brach ab.

„Aber was?“

„Ich denke, ich wollte, dass der Traum Wirklichkeit wird, Charlie: Heirat, Kinder, Haus, Normalität.“

„Das ist nicht dein Ernst – *du*?“

Sie zuckte die Achseln.

„Hast du den Verstand verloren? Wie oft hast du gesagt, Heirat und Sadie passen nicht in ein und demselben Satz zusammen?“

„Weißt du, ich wusste, dass du es mir ausreden würdest“, seufzte sie.

„Warum hast du mich nicht angerufen, du Dumme?“

„Ich konnte damals alles nicht richtig beurteilen.“

„Genau so sieht es aus!“

Sie sahen einander eine Weile schweigend an. Sadie wandte den Blick ab und trat voller Unbehagen von einem Fuß auf den anderen.

„Also, was ist passiert?“

„Ich habe eine Weile gewartet, ehe ich es dem Jungen gesagt habe. Ich hoffte, er würde das Kind wollen und mich heiraten“, erwiderte sie. „Stattdessen schlug er mich und verschwand.“

Charlies Wut ließ sofort nach.

„Jesus, Sadie, es tut mir so leid!“

„Ja, mir auch“, sagte sie bitter. „Aber damals hatte die konservative Regierung alle Abtreibungen verboten und die entsprechenden Kliniken zugemacht. Nicht dass das viel ausgemacht hätte, denn ich hatte in meiner Handtasche nicht viel mehr als ein paar Salzcracker.“

„Deine Eltern hätten dir geholfen. Jesus, Aubrey hätte dir den Flug nach Frankreich bezahlt, damit du es da machen lässt.“

„Ich weiß. Jetzt weiß ich das. Damals habe ich versucht, mein beschissenes Ich alleine in Ordnung zu bringen und damit habe ich es noch mehr fertiggemacht. Ich fand einen Hinterhofarzt, der wie einem christlichen Horrorfilm entstiegen war, und ja, es war furchtbar. Ich bin fast verblutet, Charlie, in einer verdammten Stadt, die wie diese hier aussah, genauso puritanisch wie die hier", sie trat ärgerlich gegen den Bordstein, „und das alles, weil ich die Pille nicht kriegen konnte, die die Regierung früher einmal Mädchen wie mir gegeben hatte, die zu jung waren, um für sich selbst zu sorgen, geschweige denn für ein Kind!"

Sie sah auf und ihr Gesicht drückte Wut und großen Schmerz aus. Sadie schluckte die Tränen runter, die in ihr aufstiegen, während die Vergangenheit in die Gegenwart eindrang. Sie setzte sich auf den Bordstein und sah verloren und verletzt aus wie der Teenager, der sie damals gewesen war. Charlie setzte sich neben sie. Er zögerte einen Augenblick, dann legte er den Arm um sie.

„Es tut mir so leid!" Ihm fiel nichts Besseres ein. Alle Dichtung war aus seiner Seele verschwunden. „Du hättest mir das sagen können."

„Das ist nichts, was man auf Postkarten schreibt", sagte sie und lächelte zaghaft. „Und was hättest du tun können?"

„Ich hätte die Schule geschmissen und mir den Arsch abgearbeitet, um dir da rauszuhelfen."

„Wirklich?" Sie drehte sich auf dem Bordstein, um ihn genau anzusehen. Auch er sah sie an.

„Sadie, ich hätte alles für dich getan. Alles. Und ich würde auch jetzt noch alles für dich tun. Auf deiner Hochzeit will ich der beste Mann sein, deine Kinder hüten, alles, was du brauchst."

„Ich kann keine Kinder bekommen, Charlie. Das habe ich dir schon gesagt."

Er starrte sie an.

„Nein, das hast du mir noch nie gesagt."

„Doch, hab ich, in den Blue-Ridge-Bergen."

Er sah sie an, als wäre sie übergeschnappt.

„Du hast über Kinder Witze gemacht", sagte sie. „Ich habe gesagt, dass manche Träume niemals wahr werden können."

Charlie würgte.

„Ich dachte, du würdest über ... haben wir nicht über meine Kinder gesprochen?“ Er stotterte und brach ab wie ein ruinierter Motor.

Sadie war außer Fassung und sprang vom Bordstein auf.

„Na ja, wir haben nur rumgealbert“, stotterte sie und wurde rot, „aber ich dachte, ich müsste dir sagen, dass es niemals so sein würde.“

Er stand auf und ihm schwindelte leicht.

„Was würde niemals so sein?“

Sie machte ein paar Schritte.

„Ja ... wenn es jemals geschehen würde ... wenn du meintest ...“

Sie erstarrte. Er erstarrte. Die drei Fuß Pflaster zwischen ihnen schienen so breit zu sein wie der Grand Canyon. Sie kamen gefährlich nahe an den Rand der Wahrheit. Charlie schluckte. Das Herz schlug ihm bis in die Kehle und drohte rauszuspringen und auf den Boden zu fallen, wenn er irgendetwas sagen würde. Sie starrte ihn mit erschrockenen Rehaugen an. Jede Faser ihres Körpers schien bereit zu fliehen. Sie blinzelte und fuhr sich mit der Zunge über die Lippen.

„Charlie? Ich will dich was fragen, und wenn ich einen Rappel habe, können wir alles vergessen, was ich gesagt habe und einfach weitermachen wie bisher ...“

„Sadie, ich liebe dich“, unterbrach er sie.

Da war es heraus. Die Wahrheit war zwischen ihnen wie ein Drahtseil gespannt.

„Du liebst mich?“, fragte sie.

Er nickte.

„Wirklich?“

Er nickte noch einmal.

„Das ist dein Ernst?“

Er wurde ungeduldig.

„Ja, Sadie! Ja! Ich liebe dich seit der achten Klasse. Wenn ich gewusst hätte, was du durchmachst, hätte ich den Klingelbeutel in der Kirche geplündert, das Auto meines Großvaters kurzgeschlossen und wäre zu dir gekommen. Es hat mich wahnsinnig gemacht, wenn ich dir beim Plaudern über deine Abenteuer und die Jungs, mit denen du dich verabredet hattest, zuhören musste ..."

„Ich habe versucht, Eindruck auf dich zu machen", bekannte sie plötzlich.

„Sadie, mach dich nicht über mich lustig, bitte nicht!" Die Welt schwankte unter seinen Füßen und die Wahrheit war wie ein dünner Draht, der über eine tiefe Schlucht von Unmut gespannt war. „Wenn du mir das Herz brechen willst, dann tu's gleich hier auf dem Gehweg. Zerschmettere es ein für alle Mal!"

„Charlie?", fragte sie nervös und leckte sich nervös über die Lippen.

Charlie dachte, das Brechen seines Herzens hänge von ihrer Zungenspitze ab.

„Sag es einfach, Sadie", drängte er sie. Er schloss die Augen wie einer, der seine Erschießung erwartet.

„Ich liebe dich."

Er machte ein Auge auf. Sie hatte die Schlucht überbrückt. Ihre Nasenspitze war nur Zentimeter von seiner entfernt. Ein Lächeln kräuselte ihre Lippen.

„Du liebst mich?"

„Ja."

„Aber ... aber ... warum ... wie kommt es, dass du nie etwas davon gesagt hast?" stotterte er überrascht.

„Ich dachte, du würdest dich mit einer Frau, die wirklich großartig ist, häuslich niederlassen wollen."

„Du machst Witze. *Ich*?" Charlie würgte. Er konnte es nicht glauben. „Alles, was ich mir je gewünscht habe, war, mich *nicht* irgendwo häuslich niederzulassen oder in den Sonnenuntergang hineinzufahren oder was auch immer ... wenn ich es nicht gemeinsam *mit dir* machen könnte! Sadie, hast du das nicht gewusst? Ich würde für dich von der Grenzbrücke springen! Ich habe die Regierung deinetwegen attackiert. Alles, was ich tue ist ... weil ... deinetwegen!"

„Charlie?"

„Ja?“

„Halt den Mund!“

Sie küsste ihn.

Bebte die Erde? Gaben seine Knie nach? Zerplatzte das Universum und setzte sich wieder zusammen? Charlie wusste es nicht und es kümmerte ihn auch nicht. Ein Wagen mit jungen Leuten hupte sie an, als er vorbeifuhr. Über ihren Köpfen ging die Straßenbeleuchtung an. Die Sirenen eines Feuerwehrautos heulten, als es zwei Blocks weiter über die Kreuzung fuhr. Der Himmel brach auf und die Engel spielten auf ihren Geigen. Charlie bemerkte es nicht. Er hatte sich in ein kleines Stückchen Leidenschaft aufgelöst und wusste nichts anderes mehr. Ihre Lippen trennten sich und verweilten, der Atem kehrte in seine Lungen zurück, aber Sadie holte ihn immer so schnell, wie sie konnte, zu sich zurück. Das Zeitgefühl ging ihnen auf dem Bordstein verloren – die Leute der Stadt eilten nach Hause zum Abendessen. Die Nation ging an ihnen vorüber, denn sie wollte Kartoffelbrei essen. In den Abendnachrichten vergaßen sie zu erwähnen, welch denkwürdige Ereignis auf einem staubigen Gehweg in Kansas stattgefunden hatte. Das Drehbuch würde niemals über den Augenblick berichten, der den Lauf der Geschichte änderte.

Die Nacht raffte ihre dunklen Röcke um sie zusammen wie eine übertrieben sorgfältige alte Frau und die beiden sahen auf, als sie sie mit ihren kühlen Fingern anstubste. Sadie starrte auf ihr Auto und seufzte. Der plötzliche Schock der Liebe hatte kein Wunder vom Himmel auf die Erde heruntergezogen.

„Charlie, ich sags gar nicht gerne, aber wir müssen immer noch das Auto reparieren lassen.“

Er zuckte die Achseln. Er war damit zufrieden, das Wochenende auf dem Gehweg zu schlafen, am Sonntag in die Kirche zu gehen, um Gott für Sadie zu danken, und sich alles andere am Montag zu überlegen. Er schwebte so hoch in seiner Liebe, dass ...

Ein Polizeiauto kam um die Ecke. Sadie drehte Charlies Kopf zu sich herum und verbarg sein Gesicht in ihrem Haar. Ihr Herz hämmerte in der Brust, erschrocken und von der Kälte ernüchtert. Charlie mochte denken, er lebte im Paradies, aber sie wusste, dass sein Körper noch hier auf der Erde war und dass der Himmel nur eine kurze Reise auf der Kugel eines Heckenschützen entfernt war. Das Auto fuhr langsam vorbei. Es fuhr um die Ecke und sie atmete erleichtert auf. Sie waren nur zwei junge Leute gewesen, die sich auf dem Gehweg vergnügten.

„Charlie?" fragte Sadie sanft. „Wir waren doch ehrlich, nicht wahr?"

„Mmm-hmm", erwiderte er und ließ seine Lippen über ihren Nacken laufen.

„Da ist noch was, das ich dir sagen sollte."

„Mmmmf", murmelte er.

Sie rückte etwas von ihm ab und legte ihre Handflächen um seine Wangen.

„Ich habe mir den Löwenzahnaufstand ausgedacht."

Er versuchte, ihr ins Gesicht zu sehen, aber er war schwindlig vor Liebe und konnte in der Dunkelheit nicht weit sehen. Ihre Worte erschienen ihm sinnlos.

„Du hast was?"

„Ich habe ihn mir im letzten Herbst ausgedacht. Ich fuhr Richtung Norden, um euch zu besuchen, und versuchte, mir eine besondere Geschichte auszudenken, die ich dir würde erzählen können und – bums – habe ich den Löwenzahnaufstand erfunden."

Das Pflaster krachte unter ihm. Die Wirklichkeit schwankte.

„Du meinst, es gibt ihn gar nicht?", würgte er hervor.

„Oh doch", sagte sie sehr ruhig. „Es gibt einen Aufstand ...nur sind *wir* diejenigen, die ihn angezettelt haben."

Charlie fühlte, wie ihm die kühle Luft über den Rücken strich. Er schauderte in seinem dünnen T-Shirt

„Die Geschichten ..." krächzte er.

„Sie ereignen sich jetzt schon, aber als du einmal angefangen hast, über den Löwenzahnaufstand zu schreiben, da fing auch er gerade erst an“, sagte sie und winkte mit der Hand dem aufgewühlten Aufruhr der Nation zu.

Charlies Gedanken rasten zurück zu den vielen Malen, als er zum Widerstand gegen die Tyrannei der Regierung und zur Evakuierung mit Hilfe der *Wiedergeburt der Vorstädte* aufgerufen hatte, zu seinem Ausarbeiten der Strategie der direkten Aktion in allen Einzelheiten für Rudi, zum *Cacerolazo* und seinem Entkommen vor der Verhaftung.

„Du lieber Himmel“, seine Stimme überschlug sich. „Die Regierung hat recht ... ich habe einen Aufstand angezettelt.“

„Hm, eigentlich schon.“

Er sprang vom Bordstein auf.

„SADIE!“, schrie er. „Wie konntest du nur?“

„Ich wusste ja nicht, dass das wirklich eintreten würde!“, rief sie. „Damals dachte ich, es wäre ein guter Spaß!"

„Als Terrorist gesucht werden ist kein Spaß!“

„Was hättest du sonst wohl gemacht? Dein ganzes Leben lang über Fußballspiele geschrieben?“

„Das klingt verlockend im Vergleich damit, in Kansas gestrandet zu sein und den FBI auf den Fersen zu haben!“, schrie er.

„Gut, erzähls dem ganzen Land, warum nicht?!“, brüllte sie ihn an. Sie drehte sich auf dem Absatz um und ging in die andere Richtung.

„Wohin gehst du?" rief er ihr nach.

„Etwas Geld verdienen, bevor die Bundessicherheitsbeamten auftauchen!“, schrie sie zurück.

„Warum überlässt du mich ihnen nicht gleich als Zielscheibe für Schießübungen?“, schlug er wütend vor.

„Weil ich dich liebe, du Idiot!" schrie sie über die Schulter.

Charlie fluchte. Er trat gegen das Auto. Es gab einen unsympathischen Ton von sich. Er starrte Sadie nach, als sie mit raschen Schritten die Hauptstraße runterging.

„Wenn ich du wäre“, erklang die Stimme eines Mannes, „würde ich ihr schnell nachgehen."

Charlie erschrak zu Tode. Ein dünner kleiner Mann mit wildem widerspenstigem Haar lehnte nachlässig am Telefonmast. Er war von einem Lichtkegel von der Straßenbeleuchtung umgeben. Charlie sah ihn finster und übellaunig an.

„Warum das denn?“

„Erstens weil du sie liebst”, sagte der Mann. „Und zweitens …“

Er drehte langsam den Daumen in Richtung der Stoßstange seines Wagens, den er hinter ihrer rostigen Klapperkiste abgestellt hatte. Charlies Blick fiel auf das Symbol: Weiß, grün, gelb mit roten Buchstaben …

„SADIE!“, schrie er. „Sadie, komm zurück!“ Er rannte die Straße runter hinter ihr her, seine Füße trommelten auf das Pflaster und seine Stimme jauchzte vor Überraschung.

„SADIE!! Der Löwenzahnaufstand ist hier!!!!!“

## KAPITEL SIEBZEHN

. . . . .

***Der außergewöhnliche Cybermonk***

[*Cybermonk*: Ein Mönch unserer Tage, der moderne Computer und Technologie optimal gebraucht und der in seinem Kloster Zugang zu moderner wissenschaftlicher, sonst schwer zu bekommender Ausrüstung bekommen hat. Er verbringt seine Zeit damit, Helden mit seinen technischen Fähigkeiten dabei zu unterstützen, Schurken dingfest zu machen.]

Die Zeichen waren überall: Autoaufkleber auf den Autos, runde Aufkleber auf den Rückseiten der Stoppschilder, unauffällige Embleme in den Ecken von Flugblättern, überall Bilder mit einer Pflanze mit gezackten Blättern und leuchtend goldenen Blüten und gelegentlich an den verstecktesten Orten in kühnroten Buchstaben die Worte: *Der Löwenzahnaufstand ist hier!*

Tucker Jones tollte wie ein Kobold herum, den man mitten in ein Maisfeld gesetzt hatte. Der Schalk schaute ihm aus den braunen Augen. Er war aus seiner Druckerei in der Stadtmitte hierher spaziert und hatte den ganzen Streit mit angehört.Tucker Jones war dankbar für seinen – und ihren – Glücksstern und er war sehr froh, dass *er* sie gefunden hatte, ehe jemand anderes sie ausfindig gemacht hatte. Obwohl *der Mann aus dem Norden* nun einen Bart trug und sein Haar struppig war, fiel es Tucker nicht schwer, ihn zu erkennen.

„Unter allen Orten, an denen ihr eine Panne hättet haben können", rief er dem inzwischen berüchtigten Charlie Rider zu, „ist diese kleine verschlafene Stadt in Kansas nicht gerade eine Brutstätte für Aufstand, aber wir sind doch ein paar. Das Fernsehen sagt, ein Terrorist namens Charlie Rider ist auf freiem Fuß, da habe ich ein paar Aufkleber gedruckt, bin um Mitternacht herumgelaufen und habe diese Willkommensgrüße ringsumher angebracht."

Tucker Jones fuhr sich mit beiden Händen über sein verfilztes Haar. Er betrieb die einzige Druckerei in der Gegend und hatte seit Monaten Charlies Artikel abgedruckt und verbreitet. Dabei hatten ihm seine Untergrund-Schnellzug-Zeitungsjungen, wie er sie nannte, geholfen.

„Du!" rief Sadie. „Du warst es!"

Sadie wusste, dass irgendwo im Land ein anonymes Glied in ihrem Netzwerk die Verbreitung von Charlies Artikeln kräftig vorantrieb. Sie hatte versucht, ihm auf die Spur zu kommen und Kontakt zu ihm aufzunehmen, aber das war gefährlich. Allein ihre Suche könnte die Behörden allarmieren.

„Ja, ich war es", gab Tucker Jones bescheiden zu.

Er lief schnell ums Auto herum und öffnete ihnen die Autotüren, als wären sie Königliche Hoheiten auf Besuch. Charlie warf einen anerkennenden Blick auf den Autoaufkleber, der sie zusammengebracht hatte. Tucker lachte.

„Ich habe viele Zettel mit *Mein Kind steht auf der Liste der besten Studenten* gedruckt. Es war nur ein kurzer Sprung der Fantasie, auf *Der Löwenzahnaufstand ist hier* zu kommen."

„Machst du dir keine Sorgen über die Polizei?", fragte Sadie.

Tucker zuckte die Achseln. „Wir haben in der Stadt nur sechs Polizisten, und solange nicht geradezu etwas explodiert, kümmern die sich selten um etwas. Ich habe mir Sorgen über die Bewohner gemacht, aber nach dem Erfolg von *Cacerolazo* ist die Stimmung zugunsten *des Mannes aus dem Norden* umgeschlagen. Niemand hatte gerne unter dem Druck der Soldaten gelebt, auch wenn sie nicht die *Pipeline* beschützt hätten. Ich kann nicht sagen, dass die Leute für den Löwenzahnaufstand sind ... aber sie sind auch nicht dagegen. Die meisten wollen vor allem nicht in Schwierigkeiten geraten."

„Schwierigkeiten haben sie ohnehin. Da haben sie keine Wahl", meinte Charlie.

„Ich weiß", seufzte Tucker. „Der Ortspolizist kam heute in die Druckerei geschneit. Ich bin fast gestorben. Die Modelle für die Aufkleber lagen offen rum, aber er wollte mich nur warnen, irgendetwas anzurichten, das er nicht würde übersehen können." Tucker lachte. „Jetzt, wo ihr hier seid, denke ich allerdings, ich sollte sein Sehvermögen – oder seine Geduld – nicht noch weiter strapazieren."

Tucker pellte den Aufkleber von seinem Kotflügel und warf ihn unter die Lenksäule. Er nahm Sadie und Charlie mit in sein Haus, auf dessen Hinterseite sich große Flächen von Maisfeldern erstreckten. Tucker war voller Feuer und Humor, quasselte endlos, so wie Junggesellen es tun, die zu viel Zeit in Einsamkeit zubringen und Gesellschaft, wenn sie einmal welche haben, sehr genießen. Er drehte die Lampen in der Küche an, zog die Vorhänge vor die Fenster und bot ihnen alles an, was ein Junggeselle an Abendessen zubereiten kann, wobei er sich bei seinen Gästen entschuldigte, dass es etwas eintönig sei.

„Ich habe nie geheiratet und nie kochen gelernt und eines Tages habe ich beides bereut. Aber die meiste Zeit über bin ich mit meiner Einsamkeit und Tiefkühl-Pizza vollkommen zufrieden."

Der schlanke Intellektuelle verbrachte seine Tage mit Drucken und seine Nächte mit Programmieren. Er nannte sich selbst einen ruhigen kleinen *Cybermonk*, der für den Weltfrieden betet und seinen Teil, soweit er kann, dazu beiträgt. Er machte Witze darüber, er sei zu einem Teil revolutionär, zu einem Teil ein Technikfreak und zu einem dritten Teil ein Bauernjunge aus Kansas. Die Leute dächten, Landwirtschaft bestehe nur aus Treckern und Kühen, aber ein Computer und Tucker waren wie Zwillinge gemeinsam aufgewachsen. Seit seiner Kindheit hatte er der Laser-Kontrolle der Agrarindustrie, die sie über die Pflanzer und Ackerbauern ausübte, Schwierigkeiten gemacht. Für Tucker entfaltete, blühte und zerstörte sich eine Welt von Welten in der Lücke zwischen Einsen und Nullen. Das Gebiet des Programmierens bot ein Modell des Universums und schuf Spiegelungen der Realität, die die unendlichen Vertauschungen des Lebens offenbarten. Tucker sagte ihnen, dass er gelegentlich, wenn er in einen Zahlenstrom blicke, dabei auf das innerliche Funktionieren der Seele stoße.

„Computer sind so großartig und so böse wie die Menschen selbst“, sagte Tucker ironisch. „Das ist ein beängstigender Gedanke angesichts des bösartigen und dummen Verhaltens, das wir jetzt erleben, nicht nur der Durchschnittsmenschen, sondern auf jeder Ebene der Gesellschaft.“

Tucker berichtete, wie Unternehmens- und politische Führer ständig ihre eigenen schlechtesten Eigenschaften vervielfältigten, indem sie Computer dazu benutzen zu jagen, zu morden, zu zerstören und den Menschen Angst zu machen und sie zu kontrollieren.

„Wenn ich dran denke, was unsere Regierung und die Unternehmen mit der Technik anstellen, dreht sich mir der Magen um“, sagte Tucker. Er dachte einen Augenblick lang nach, sah dabei an die Decke und kratzte sich sein verfilztes Haar. „Aber dann auch wieder sehe ich: Es ist nichts anderes, als was sie der Welt der Natur antun.“

Sadie starrte ihn an und hielt den Atem an, *konnte auch er das sehen?*

„Es ist lebendig“, sagte er. „Ich schwöre euch, das Internet ist so gewiss ein lebendes System wie die Atmosphäre, das Meer und die Erdschichten. Die Leute verstehen das nicht. Die Suche nach künstlicher Intelligenz ist ein unangebrachter Unsinn unseres menschlichen Snobismus über Empfindungsvermögen. Die Felsen, die Bäume, die Wolken – sie alle sind Wesen, die ihre eigene Form von Intelligenz besitzen. Wir brauchen nicht Computer nach unserem Bilde zu schaffen. Wir müssen erkennen, dass wir eine neue Art Wesen auf unserem Planeten geschaffen haben, ein Wesen, das in Wechselwirkung mit uns lebt, sich entwickelt, Ressourcen verlangt und das mit der übrigen Schöpfung im Gleichgewicht existieren muss.“

Sadie fühlte, wie sich ihr Gesicht zu einem Lächeln verzog. Er sah es. Der schlanke kleine *Cybermonk* verstand, dass das

Leben heilig war, und zwar bis hinunter zu den Rechten und Verantwortlichkeiten eines Gewirrs von Drähten.

Sadie starrte Tucker an und stellte sich vor, wie die Kindheit dieses Mannes gewesen sein mochte: Er war zu klein für *Football*, zu intelligent zu seinem eigenen Besten, ein paar Jahre zu früh geboren, um von der Modewelle *Computerfreaks are sexy!* profitieren zu können. In New York oder San Francisco hätte der junge Tucker Jones vielleicht eine kreative und radikale Freundesgruppe gefunden. Sadie zuckte die Achseln. Der Mann war von einer ernsten Bescheidenheit und die gefiel ihr. Alle diese ruhigen Jahre lang mochten die Maisfeldern diesem *Cybermonk* des Mittleren Westens als Gebirgs-Einsiedelei gedient haben.

„Das Internet sollte kostenlos, offen und unzensiert sein und sich selbst regieren“, erklärte Tucker und sein Gesicht leuchtete vor Leidenschaft. „Niemand sollte das Recht haben, es zu beherrschen, zu kommerzialisieren, seine Wahrheit zu manipulieren und niemand sollte es besitzen. Es ist ein Lebewesen. Und wie Menschen, Tiere, Pflanzen und die Erde selbst, hat dieses Wesen Rechte.“

Sadie stützte ihren Ellenbogen auf den Tisch und spielte mit der Rinde ihres Toasts. *Von dieser Vision sind wir sehr weit entfernt*, dachte sie. Die Menschen erkannten noch nicht einmal ihre eigenen Rechte und die der anderen vollkommen an, geschweige denn die der Tiere oder des Planeten. Die Versklavung von Tieren war so verbreitet wie Hauskatzen und Mastparzellen. Unterwerfung der Ökosysteme als natürliche Ressourcen griff ebenso um sich wie Vergewaltigung und Misshandlung von Frauen. Dieselbe Mentalität, die danach strebte, das Land in Besitz zu nehmen und auszubeuten, strebte auch nach der absoluten Herrschaft über das Internet und die Computer. Und jetzt strebte das gegenwärtige, von den Unternehmen politisch gelenkte Regime danach, die Menschheit zurück ins Mittelalter zu drängen, gerade zu einer Zeit, in der unser Überleben von der Anerkennung der gleichen Rechte der gesamten Schöpfung abhing. Ihr entfuhr ein

Seufzer. Tucker hörte es und grinste, als wüsste er die Antwort auf alle metaphysischen Rätsel des Lebens.

„Zum Glück haben wir das Alternet."

„Das was?" fragten Charlie und Sadie gleichzeitig. Sie sahen einander an. Sadies Herz machte hoffnungsvoll einen kleinen Sprung. Charlie blinzelte und plötzlich fiel ein Lichtstrahl in sein Herz.

„Was ist Alternet?", fragte Charlie.

Tucker hob die Augenbrauen und ließ sie wieder sinken. Er knipste die Lichter an. Ein verwirrendes Durcheinander von Drähten und Schaltplatten wurde sichtbar.

„Das ist Gerümpel", prustete Tucker und führte sie um die Regale herum. Hinter dem Chaos war eine ordentliche, gemütlich mit einem Teppich und einem Beistelltisch ausgestattete Ecke. Auf dem Tisch standen eine kleine Teekanne und ein Wasserkocher. Tucker zog ein paar Kisten heran, auf die sie sich setzen konnten, und winkte in Richtung Computer. „Dies ist das Alternet, ein multinodales, unzensiertes, verschlüsseltes interaktives Online-System, eine Alternative zum von der Regierung manipulierten und von den Unternehmen beherrschten Internet."

Charlie kratzte sich am Kopf.

„Internet *für* die Leute *von* den Leuten." Tucker vereinfachte es so. „Und mit Privatsphäre", sagte er. Privatsphäre war eine Idee, die in der Online-Welt lange überfällig war.

Charlie fuhr senkrecht in die Höhe. Wenn sie das nur einen Monat früher gewusst hätten!

„Wie funktioniert das?", fragte Charlie begierig.

„Verschlüsselung", antwortete Tucker. „Sie ist nicht perfekt, aber sie ist sehr viel besser als das, was die Leute zurzeit benutzen. Es gibt auch eine Kodierung, die den Standort der Ursprungsnachricht verbirgt. Sehr wichtig. Für deine Artikel kann ich hier klicken und sie an Tausende Ursprungsstandorte überall auf dem Globus schicken ... das heißt, du kannst von

Kansas aus schreiben, aber die Bundessicherheitspolizei wird denken, du wärst auf Maui."

„Ich würde lieber auf Maui schreiben und die Artikel nach Kansas schicken", sagte Charlie.

Tucker knuffte ihn gegen die Schulter: „Ja, aber dann hätte ich dich nicht kennengelernt!"

„Bah, ich bin nichts. Dies allerdings, dies braucht einige Intelligenz." Charlie zeigte mit aufrichtiger Hochachtung auf den Computer.

„Na ja, einer muss es schließlich machen", antwortete Tucker. „Die Unternehmen bauen jetzt die Hardware der Computer-Telefone so, dass sie der Regierung ermöglichen, den Leuten auf die Spur zu kommen. Wenn sie das mit einer Killerdrohne kombinieren, dann läufst du im Grunde als Ziel herum. Jahrelang haben sie von Mikrochips gesprochen, aber seit die Leute Mobiltelefone haben, gibt es keinen großen Bedarf mehr an Chips, die den Leuten implantiert würden. Wir haben sie immer bei uns."

„Manchmal."

*„Immer"*, behauptete Tucker. „Die Unternehmens-Geschäftswelt hat es bis zu dem Punkt gebracht, dass die ganze Welt in Bereitschaft ist. Wir navigierten, kauften ein und kommunizierten auf eine Art und Weise, die eine suchterzeugende Beziehung zu unseren Telefonen und Computern erforderlich machte. Alles Wirtschaft. Man konnte keinen Erfolg im Leben haben, wenn man kein Computertelefon hatte. Und jedes dieser Telefone war festverdrahtet, um die Lebensumstände offenzulegen, alles, was man tut, und dazu die politischen Ansichten über die Regierung."

„Was die Leute nicht für problematisch hielten", meinte Charlie, „außer einigen wenigen von uns, die eine Ahnung von dem Wahnsinn hatten, der sich da entfaltete. Ich habe mir nie ein Mobiltelefon angeschafft. Sadie hat mein altmodisches, aber ..." Er verstummte, lachte und sah sie über die Schulter hin an.

„Stimmt", gab sie zu, „angesichts deiner Berufswahl stellte es sich als klug heraus."

„Mach altmodische Vorstellungen nicht runter. Vielleicht haben sie dir das Leben gerettet", sagte Tucker geradeheraus. „Sie könnten uns alle retten. Wir haben auf eine frühere Zeit des Internets zurückgegriffen und einen distributiv verarbeitenden Rahmen erschaffen, in dem jede Einheit in der Matrix wie ein Mini-Server funktioniert, wobei er Teile des regulären Internets erweitert und andere Teile davon ersetzt. Das Alternet war für meine Kollegen und mich ein Wettlauf gegen die Zeit. Wir versuchen, dieses alternative System zu entwickeln, bevor der unterdrückerische Unternehmens-Staat wirklich die Nation im Griff hat. Ich hoffe nur, wir sind nicht zu spät dran."

„Wie viele Teilnehmer hat das System?", fragte Charlie

Tucker zuckte die Achseln.

„Ich würd mal sagen ein paar Hundert."

„Mensch, wirklich?"

„Ach, das ist nichts. *Peanuts*", spottete Tucker. „Wir könnten einen großen Schritt vorwärts machen, wenn meine Kollegen jemals all ihren Mut zusammennehmen würden."

„Was meinst du damit?", fragte Charlie.

„Bis jetzt ist das Alternet ein wohlgehütetes alternatives Geheimnis für Verschwörungstheoretiker, Aktivisten und *Whistleblower*, aber jetzt haben wir eine Software-Version, die jeder runterladen und damit seine Hardware mit dem Alternet verbinden kann. Damit wird die Privatsphäre wiederhergestellt und die Leute werden vom Daten-Faschismus der Regierung befreit."

„Wie das?", fragte Charlie.

„Da gibt es eine Menge Möglichkeiten. Wir benutzen natürlich Verschlüsselung, aber der wichtige Aspekt von Alternet ist, dass die *Software* die Überwachungsviren der Regierung zur Strecke bringt. Die meisten Leute verstehen das nicht, aber eine ihrer Möglichkeit, unsere Dateien zu lesen, ist die, unsere Computer mit ihren Schnüffelviren zu infizieren.

Das Alternet spürt sie auf und setzt sich obendrauf. Bei jeder Nachricht, die ein- oder ausgeht, fragt es: was bist du? Je nach der Antwort verschlüsselt es den Code auf unterschiedliche Weise. Dann bekommt Mami eine Verschlüsselung, die nur Mamis Computer versteht. Und die Regierung? Sie bekommt alles, was wir ihr gönnen: Rezepte, Liebesbriefe, einen Haufen Dreck."

Tuckers Gesicht hellte sich zu einem wilden Grinsen auf.

„Das ist der Clou: Wenn es nur eine kleine Anzahl von Alternet-*Usern* gibt, stellt das eine Anomalie dar, die die Regierung leicht angreifen kann. Aber wenn ein riesiger Teil des Landes gleichzeitig ins Alternet geht, können die Bundessicherheitsbeamten sie nicht finden. Dreck, ständiger Dreck. In der Zwischenzeit geht für uns andere das Leben weiter."

Charlie pfiff durch die Zähne und dachte an die *Wiedergeburt der Vorstädte*. Er stellte sich auf einmal die Folgen vor.

„*Wow*. Ade Internet!" rief er.

„Guten Tag, Alternet", ergänzte Tucker, „das neue, von Unternehmen unabhängige, unkontrollierte alternative System."

„Weshalb macht ihr es nicht?", fragte Charlie.

„Oh, vor allem aus Angst", sagte Tucker verzweifelt. „Die Bundes-Teufel erschrecken uns."

„Mit gutem Grund", gab Charlie zu. „Mir sind die Agenten jetzt seit Monaten auf den Fersen."

„Ja, aber von einem bestimmten Punkt an sind die Guerilla-Taktiken nicht mehr strategisch sinnvoll", sagte Tucker. „Wir sind bereit. Der Löwenzahnaufstand ist bereit. Wir brauchen das Alternet!"

Charlie verstand nicht, warum Tucker es nicht selbst herausbrachte.

„Alle Achtung vor dem demokratischen Prozess." Er lachte über Charlies Verwirrung. „Mittel und Zwecke, Charlie. Du hast selbst darüber geschrieben. *Wir können keinen Apfel auf einem*

*Dornenbusch wachsen lassen*. Wenn wir eine wahre Demokratie aufbauen, kann ich nicht meinen Kollegen einfach die Arbeit stehlen und despotisch handeln. Ich muss sie – einen nach dem anderen – *überzeugen*. Daran arbeite ich schon den ganzen Monat. Dass ihr jetzt unter meinem Dach hockt, kann allerdings den Ausschlag geben."

„Wie meinst du das?"

„Du bist die lebendige Verkörperung unseres Dilemmas: Wegrennen und verstecken? Oder standhalten und kämpfen? Es ist alles eine Frage der Strategie. Manchmal muss man in den Untergrund gehen, kleine Brötchen backen und kann nur symbolisch Widerstand leisten. Die Leute verachten dergleichen, aber in Wirklichkeit ist es wichtig. Denk mal an meine Autoaufkleber. Sie haben uns ohne Worte miteinander verbunden, nicht? Ein Symbol. Aber dann kommt ein Zeitpunkt, zu dem es die rechte Zeit ist, sich nicht mehr zu verstecken. Dann ist Zeit auszubrechen und die Welt am Kragen zu nehmen."

„Denkst du, dass diese Zeit gekommen ist?"

„Ich denke, sie kommt schnell, und ich denke, das Alternet kann dazu beitragen, dass sie noch schneller kommt."

„Aber du bist nicht sicher?"

„Nein, bin ich nicht. Ich habe meinen Finger nicht am Puls des ganzen Aufstandes. Ich versuchs, aber ..."

„Er ist so glatt wie ein Aal", grinste Charlie.

Tucker lachte und stimmte zu.

„Ich will dir was sagen, allerdings gewinnt dein kleiner Aufstand schneller an Beliebtheit als Löwenzahn im Frühling aufschießt. Diese zivilen Evakuierungen haben dem Löwenzahnaufstand zu einem großartigen Ansehen in der Öffentlichkeit verholfen."

„Oh, das haben nicht eigentlich wir gemacht."

Tucker hob die Brauen.

„Das hat Guadalupe Hernandez-Booker aber den Polizisten gesagt."

„Du hast von Lupe gehört?", rief Sadie.

Tucker grinste.

„Alle haben von ihr gehört. Sie hat in den Nachrichten zur Hauptsendezeit gesagt, dass der berüchtigte *Mann aus dem Norden* Charlie Rider seine Identität vor ihr versteckt und sie mit der Organisation der Bürger-Evakuierung reingelegt hätte. Als sie fertig war, waren die Polizisten überzeugt, dass Charlie sie als Geisel benutzt hätte und alle erfuhren, dass der Löwenzahnaufstand für die Rettung von Millionen von Menschenleben verantwortlich war! Und jetzt, da in allen Städten Aufständische sind, die sich der Förderung der Bodenschätze widersetzten, und nachdem der Erfolg mit *Cacerolazo* das Kriegsrecht beendet hat, hat der Löwenzahnaufstand die Regierung, was Beliebtheit angeht, vernichtend geschlagen!"

Charlie und Sadie sahen einander mit ungläubigem Staunen an. Sadie fing zu lachen an, aber ein Gähnen verschlang es. Tucker sah auf die Uhr. Es war fast Mitternacht.

„Meine Freunde, wir sollten jetzt am besten schlafen gehen. Morgen wird es wirklich aufregend!" Damit schloss Tucker ihr Gespräch ab.

* * *

Als Charlie und Sadie im einfachen Schlafzimmer allein waren, sahen sie einander scheu an. Die Entdeckung ihrer Liebe an diesem Nachmittag auf dem Gehweg kam ihnen wie eine ferne Fata-Morgana vor. Sadie setzte sich auf den Bettrand und starrte auf Charlies zerschlissenes Hemd. Ihre Finger zuckten und hätten gerne durch das Loch im Hemd hindurch seine Rippen berührt. Der Stoff bewegte sich leicht bei seinem Atmen. Sie bewegte die linke Hand. Die Öffnung wurde weiter. Das Bett gab unter seinem Gewicht nach.

„Bist du mir wegen des Löwenzahnaufstands noch böse?", fragte Sadie ruhig.

Er schüttelte den Kopf und musste über seine Dummheit, ihre wilden Ideen und in der Hoffnung, er und Sadie hätten nicht alles verdorben, ein bisschen lächeln. Er hielt ihr seine Hand mit der Handfläche nach oben hin, es war ein Zeichen für einen Waffenstillstand. Sie fuhr mit ihrem Finger seine lange Lebenslinie entlang und legte ihre Handfläche dann auf die seine. Sie lächelte. Beider Pulsschlag war derselbe.

*Sadie Byrd Gray,* dachte er. Seine Blicke liefen über ihren ganzen Körper, lange Gliedmaßen, von rauen Spielen zerschundene Knie, die seltsame Biegung, wo ihr Ellenbogen herausstand, die muskulösen Arme, ihre Finger, wie ihre Brüste gegen ihr Hemd drückten. Seine Blicke folgten der Linie ihrer Schlüsselbeine, der Höhlung ihrer Kehle, der Neigung ihres Kopfes, ihren Backenknochen. Ihre blaugrauen Augen hielten ihn in Geiselhaft. Ein Lächeln spielte um ihren Mund. Charlie konnte sich nicht rühren.

Der synkopische Herzschlag, die abwechselnden Fragen: *Liebt er mich? Liebt sie mich?* verband sich zum gemeinsamen Rhythmus: *du liebst mich! du liebst mich!* In der unermesslichen Nacht der Liebe, verschwand die Unsicherheit der Einsamkeit. Sie schwebten in den letzten Zentimetern der Entfernung voneinander.

Er erstarrte auf der Schwelle; er hatte zwölf Jahre lang darauf gewartet, sie zu überschreiten. Sadie lachte und zog ihn ohne Zögern über diese Schwelle.

* * *

Tucker nahm am nächsten Morgen seine schwarzgerahmte Brille ab und lächelte vor sich hin. *Endlich*, dachte er, als wenn er ihre Liebesumkreisungen die vielen Jahre über hätte beobachten können und nicht erst die wenigen Stunden, die er sie kannte. Die ganze Welt schien sich in Harmonie aufgelöst zu haben. Er hatte das Gefühl: Heute ist *alles* möglich!

Nach einem schnellen Frühstück gingen sie ins Untergeschoss. Der Gedanke daran, Menschen durch eine sichere Verbindung zu erreichen, erregte sie. Zuerst infiltrierten sie Bills Netzkamera, die er aus Zerstreutheit auszuschalten vergessen hatte. Als sie ihn grummeln hörten, rief Sadie ihn an und erzählte ihm, dass sie auf einem sicheren System anrufe und er solle um Himmels willen den Webcam-Betrachter einschalten. Einen Augenblick später erschien sein Gesicht auf ihrem Bildschirm. Er erblickte seine Tochter und lächelte. Dann traten ihm Tränen in die Augen und er war so überwältigt, dass er seinen Kopf eine Minute lang gesenkt hielt.

„Weine nicht, Papa. Es geht mir gut", versicherte Sadie.

„Deine Mama und ich haben die Nachrichten eingeschaltet, um zu erfahren, ob sie dich oder Charlie gefangen haben", sagte Bill mit einer Stimme, die rau vor Sorge war. „Ist Charlie da?"

„Ja, Bill, ich bin hier", sagte Charlie, nachdem er sich neben Sadie gesetzt hatte. Bill rieb sich mit beiden Handflächen seitlich übers Gesicht. Sadie sah einige neue graue Strähnen in seinem Haar.

„Es war hier ganz schön heftig", gab er zu. „Sie haben Charlies Mutter fast zu Tode erschreckt, als sie mitten in der Nacht auftauchten und bei der Suche nach dir alles um und um drehten. Bei uns streichen Bundes-Agenten um den Hof. Die Bundessicherheitspolizei ist gegen alle Studenten misstrauisch, die hier in der letzten Woche aufgetaucht sind. Ich fürchte, sie riechen nach Rebellion." Müde zog er die Brauen zusammen. „Oh, euer Freund Mack ist angekommen. Er ist ein Gottgesandter. Er hat die Aktivisten trainiert und auch noch Unkraut gejätet. Ellen und ich hatten niemals eine so große Hilfe auf dem Hof - wirklich ein Segen -, seit Aubrey Lebensmittel die Ostküste runter geschickt hat."

„Wo ist Mama?", fragte Sadie

„Sie ist bei Charlies Mutter. Sie wird wie ein Käfer unter einem Glas beobachtet. Ich würde an eurer Stelle nicht einmal mit euerm sicheren System Kontakt zu ihr aufnehmen. Die Bundessicherheitsbeamten verhören sie sehr streng, aber sie sind nicht sehr weit damit gekommen."

„Warum nicht?“, fragte Charlie. „Was machen meine Verwandten?“

„Oh“, erwiderte Bill und kicherte, „sie haben versucht, so hilfreich wie möglich zu sein, aber leider stellt sich heraus, dass sie entweder so taub sind wie der alte Mathieu oder dass sie nur eine Sprache können wie Valier. Er hat zu mir gesagt, niemand außer Gott hat das Recht, mir Fragen zu stellen! Wenn sie ihn mit Fragen belästigen wollen, müssen sie das *en français* tun!

Charlie lächelte.

„Also haben die Bundessicherheitsbeamten einige Übersetzer für diesen schwierigen Dialekt aus Québec hergebracht, aber die ganze Familie ist über deine Lebensumstände extrem uninformiert“, fuhr Bill mit leisem Lächeln fort.

„Sie bleiben dabei, dass du in Québec, Montréal, Paris, Mexiko bist ... deine Tante sagte ihnen ins Gesicht, dass du ein erwachsen gewordener Messdiener bist und sie ist sicher, dass du nach Rom durchgebrannt bist, um den Papst kennenzulernen.“

„*Wow*“, machte Charlie. „Ich hab mir immer gewünscht, durch die Welt zu reisen!“

Plötzlich fuhr Tucker in die Höhe.

„Genau, das ist es!“ Er stieß Charlie an der Schulter an. „Wir machen einen Cyber-Nebelvorhang für dich und benutzen das Alternet und das Internet. Wir bringen Leute dazu, dass sie dich in E-Mails, Telefonanrufen und Online-Posts erwähnen. Überall im Land wurde Charlie Rider gesehen!“

"*Kilroy was here?“*, gluckste Charlie.

„Ja, *Charlie Rider was here!“* krähte Tucker. „Wir werden die Bundes-Paparazzi dazu bringen, dass sie ein Gespenst jagen!“

Sie brachen schnell das Telefongespräch ab und versprachen, sie würden einen längeren Plausch halten, sobald sie die neue Idee auf den Weg gebracht hätten. Tucker wurde sofort aktiv, verstärkte Bills Alternet-Verbindung, nahm

Verbindung zu seinen Mitstreitern auf und erzählte ihnen von Charlies Nebelvorhang-Projekt.

Verbundensein elektrisierte den Löwenzahnaufstand. Tucker und Charlie hingen aneinander wie Huck Finn und Tom Sawyer und steigerten die Aufregung des jeweils anderen. Zipper hatte Videos vom *Cacerolazo* aufgenommen. Aubrey meldete aufregende Neuigkeiten über interne Kämpfe in der Machtelite. Inez lachte boshaft, als sie ihnen erzählte, die Armen sind der Meinung, Ausgangssperren und Polizei-Absperrungen bieten eine gute Gelegenheit, demokratische Prozesse einzuleiten und lokale Regierungen für die später einmal autonomen Viertel aufzustellen. Lupe ließ einen Schwall spanischer Wörter los, als sie vom Alternet hörte, und sie bat Tucker, seine Partner zu überzeugen, sie sollten die Software-Version der *Wiedergeburt der Vorstädte* überlassen

"*¡Madre de Dios!* Habt ihr eine Ahnung, was wir alles damit machen könnten?!"

Tucker nahm Kontakt zu seinen Partnern auf. Er warb. Charlie zog. Lupe schob. Sadie überzeugte. Der Damm des Widerstrebens brach. Das Alternet wurde rasend schnell bekannt.

Der FBI geriet in Panik. Er stufte es als einen weiteren terroristischen Anschlag von Charlie Rider und dem Löwenzahnaufstand ein. *Der Mann aus dem Norden* lachte, drückte auf *Senden* und lieferte einen Artikel ab, der die Vermutungen widerlegte und geradewegs in jedermanns Posteingang landete.

Charlie schrieb: *Wenn man das Aufkommen des Alternets einen terroristischen Anschlag nennt, dann ist das, als behaupte man, die Erfindung des Toasters bedrohe die nationale Sicherheit. Es ist eine Technik und nicht mehr. Wenn die Regierung sich vor dem Alternet fürchtet, dann, weil sie sich in Wahrheit vor dem Volk fürchtet.*

Die Nation summte von Neuigkeiten und Informationen. Die Wörter scharten sich wie Vögel. Die Leute benutzten Sadies Konzepte von *schaffen, kopieren, verbessern, mitteilen,* um einander ihre Gedanken mitzuteilen. Der Wahlspruch des Löwenzahnaufstandes wurde von einer zum anderen weitergegeben: *Sei freundlich, nimm Verbindung zu anderen auf, hab keine Angst!* Tuckers Nebelvorhang verbreitete sich schnell. Der *Kilroy-Was-Here*-Humor traf den amerikanischen Sinn für Humor und über Charlie Riders Ansichten wurde in der gesamten Nation berichtet. Volkserzählungen und Stadtlegenden über seine Abenteuer machten die Runde. Ein Cyber-Hacktivist ließ boshafterweise Charlies digitales Ich durch die Säle des Pentagon spazieren. Ein anderer brachte das Gerücht in Umlauf, Charlie Rider sei oben auf die Golden Gate Bridge geklettert, auf den sie überspannenden Stützseilen runtergerutscht und ins Meer abgetaucht. In einer dritten Geschichte wurde erzählt, Charlie Rider habe sich ins Weiße Haus geschlichen und dem Präsidenten Löwenzahnsamen ins Gesicht gepustet. *Der Mann aus dem Norden* wurde zu einer Legende der Rebellion.

Eines Nachmittags schrubbte Sadie die Küche des Junggesellen. Mit gelben Handschuhen an den Händen scheuerte sie das Abwaschbecken und summte ein Lied aus dem Radio mit. Charlie und Tucker waren im Untergeschoss und arbeiteten an Strategien, da unterbrach Sadie ihre Konzentration mit einem Schrei:

„*CHARLIE! TUCKER!* kommt her!!!"

Die beiden Männer rasten die Treppe rauf, fielen durch die Küchentür und landeten übereinander auf einem der Stühle.

„Was ist los?"

„Schsch!", befahl ihnen Sadie.

Das Radio sendete eine Mitteilung vom selbst ernannten König des *Rock 'n' Rebel* Silas Black. Er war eine Untergrund-Radio-Legende und so beliebt, dass er an die Oberfläche der *Mainstream*-Musik durchgestoßen war. Er war als *black 'n' blues*-Mann aufgewachsen und war so gedemütigt worden, dass ihm nichts anderes übriggeblieben war, denn als Sänger aufzusteigen. Dem Aufrührer war es gelungen, in die Beliebtheit der Masse aufzusteigen, obwohl die Ätherwellen immer stärker eingeschränkt worden waren. Silas witzelte, dass er der Vorzeigerebell im Radio sei: die Industrie hielt ihn sich, weil neben ihm alle anderen wie gute, Torten essende, Maiskolben abnagende patriotische Fahnenschwinger wirkten. Heute brachte der Sender eine Live-Sendung aus Chicago.

„Gut also“, begann Silas in seiner ihn bezeichnenden leisen gedehnten Sprechweise, „ich denke, ich sollte euch eine kleine Geschichte darüber erzählen, wie die Bundessicherheitsbeamten einen anhalten.” Er machte eine Pause und stimmte seine Gitarre. Seine Fans waren neugierig, was er dieses Mal wieder getan hatte. „Sie fragten mich, ob ich diesen Terroristen gesehen hätte, diesen Charlie Rider. Ich sagte: Terroristen? Was für einen Terroristen? Niemanden als die Gauner in Washington hat *der Mann aus dem Norden* terrorisiert.“ Als das Publikum lachte, zupfte Silas Black ein paar Töne auf seiner Gitarre.

„Gut, Leute, ich habe ihnen die einzige Wahrheit gesagt, die ich gehört hatte ... Charlie reist irgendwo in Georgia rum ... wenn er sich nicht gerade unter einem Regenschirm im regnerischen Seattle versteckt ... aber dann habe ich auch gehört, er sonnt sich da unten in der Wüste. Wisst ihr, wenn ich jetzt darüber nachdenke, dann kommt es mir vor, als hätten alle Charlie Rider gesehen außer den Bundessicherheitsbeamten!“

Er ließ seine Finger über die Seiten gleiten und suchte eine Melodie, die er nicht sogleich fand. Sadie biss sich vor Vergnügen auf die Lippe und Charlie öffnete erstaunt den Mund. Tucker stellte den Ton lauter.

„Ich sagte ihnen, wenn sie aufhören würden, ihn einen Terroristen zu nennen, würde er ihnen vielleicht ein paar Plätzchen backen und sie besuchen kommen.“

Silas spielte ein Gitarrensolo und kicherte vor sich hin. Dann brach er ab und brachte die summenden Saiten zum Schweigen.

„Wisst ihr, was ich sage?“

Sie konnten hören, wie er sich nahe ans Mikrophon schob. Sie konnten die Spannung seines Publikums fast fühlen; es hing an seinem Mund.

„Reise weiter, Charlie Rider, reise weiter“, sang Silas. „Der König von *Rock 'n' Rebel* schickt dir dieses Lied ...“ Die anderen Musiker setzten ein.

*Alles, was du tun willst, ist herumreisen, Charlie ...*

*Reise, Charlie! Reise!*

Der alte *Soulsong* brach aus den Musikern heraus. Das Publikum seinerseits brach in Hochrufe aus. Tucker lachte. Sadie schlug mit der Scheuerbürste den Takt und sang leise mit.

*Alles, was du tun willst, ist herumreisen, Charlie ...*

*Reise, Charlie! Reise!*

Tucker lachte noch lauter. Charlie war stumm vor Staunen. Silas Black hatte jede einzelne Zeile des Gedichts überarbeitet. Die Menge sang den Refrain mit. Charlie starrte das Radio an, als könnte er seinen Ohren nicht trauen.

„Meinen die das wirklich?“, fragte er verwundert.

„Hör nur, Charlie“, rief Sadie.

*Reise, Charlie! Reise!"*

Der Geist des Widerstandes brach sich im Publikum Bahn. Silas Black hatte den Akkord der Rebellion in der Seele der Nation angeschlagen. Er gab ihren Stimmen einen Ausdruck für das Protestlied in ihren Herzen. Sie waren gedemütigt, beiseite gedrängt, unterdrückt und bedroht worden. Die Leute jubelten Charlie zu mit dem lange Zeit vergessenen Triumph der Kleinen über die Mächtigen. Es war ihr Schrei Davids gegen den Riesen Goliath. Das Orchester ließ wieder die Trompeten klingen, um dem Publikum Zeit für einen Ausbruch wilder Begeisterung zu lassen ...

Dann war das Radio tot.

„Das war die Regierung, die dich gemeinsam mit den Leuten grüßen lässt”, meinte Tucker.

„Zu spät!“ Sadie freute sich. „Zehn Millionen Zuhörer zu spät.“

Sie hatte recht, die Melodie war zu einem Ohrwurm geworden. Sie summten sie in den Lebensmittelläden. In den Gospel-Kirchen im Süden wurde sie wie ein Spiritual gesungen, Charlies Verwandte murmelten die Verse vor sich hin. Lupes Kinder sangen das Lied im Pausenhof. Aubrey pfiff es auf seinem Balkon, wenn die Sonne über den Wolkenkratzern der Stadt aufging. Die Nation schrie es heraus wie ein Gebet um ihre Freiheit.

*Alles, was du tun willst, ist herumreisen, Charlie ...*

*Reise, Charlie! Reise!*

## KAPITEL ACHTZEHN

.....

***Löwenzahnpolitik***

Lupe Hernandez-Booker stürzte sich auf den Monitor des Computers. Sie hatte ihren jüngsten Sohn im Arm und Feuer in ihrer Seele. Die Sicherheit des Alternets erlaubte ihrem rebellischen Geist, aus dem Versteck herauszukommen, und Mut war in ihrem Herzen aufgeblüht. Der berechnende Blick ihrer Mutter glitzerte in ihren Augen. Die leidenschaftliche Entschlossenheit ihrer Schwester leuchtete in ihrem Gesicht. Bundes-Agenten hatten sie wochenlang belästigt und versucht, den Aufenthaltsort *desMannes aus dem Norden* herauszubekommen, und Lupes Geduld war schließlich aufgebraucht. Ihr älterer Sohn Marcos war verhört worden, als er von einem Freund nach Hause ging. Todd war vorübergehend wegen des Verdachts auf antiamerikanische Umtriebe entlassen worden. Zwei Wochen zuvor hatte ihre ahnungslose Tochter den letzten Baustein in ihrer rosa Schultasche aus der Schule mit nach Hause gebracht und eine Reihe unerwarteter Ereignisse angestoßen. Schließlich nahm Lupe durch das Alternet Kontakt zu Charlie auf.

„Eva kam mit Anti-Terror-Literatur nach Hause, in der gerechtfertigt wird, warum die Regierung unsere Demokratie zerstört!“, schrie Lupe wütend. „Das war zu viel. Ich schlug die Verfassung und die *Bill of Rights* auf und erteilte meinen Kindern eine Lektion in Bürgerrecht. Meine Kinder wissen das Grundlegende über Demokratie nicht, nicht einmal Marcos! Er ist zehn und weiß nicht einmal, was Wählen hieß!“

„Seit Jahrzehnten werden Bürgerrechte nicht mehr in der Schule gelehrt“, sagte Charlie. „Das Fach wurde aus dem Lehrplan gestrichen, als ich noch ein Kind war. Die Regierung will keine Bürger, die ihre Rechte kennen. Sie will Soldaten und Verbraucher. Der Muster-Amerikaner befolgt Anweisungen, gehorcht Befehlen, arbeitet schwer für geringen Lohn und stellt die Autorität nicht infrage."

Lupe schniefte.

„Ja, meine Kinder werden da nicht mitmachen. *¡Ya basta!* Genug ist genug. Ich werde nicht zulassen, dass die Regierung meine Kinder verdirbt. Nicht diese Regierung! Nicht meine Kinder! Wisst ihr, was ich tun werde?"

Lupes Augen wurden hell vor Rebellion.

„Ich bringe den Leuten bei, wie sie sich wehren können."

Charlie schloss die Augen vor dem plötzlichen Auftauchen des Bildes von Lupe als einer bewaffneten Revolutionärin mit einem Baby im Arm. Sie lachte, als sie seinen Gesichtsausdruck richtig deutete.

„Mach dir keine Sorgen, *querido,* nicht, was *du* denkst! Du hast darüber geschrieben, dass man die Säulen der Diktatur der Unternehmen untergraben soll, und ich habe beschlossen, sie an der einzigen Stelle, die für sie zählt, anzugreifen ... bei ihren Profiten! Es ist höchste Zeit für Boykotte. Ich schicke die *Wiedergeburt der Vorstädte* an die Arbeit! Sie sind bereit. Wir sprechen seit Wochen darüber, dass wir das tun wollen. Ich habe dreisprachige Versionen deiner Artikel in die Rundbriefe der *Wiedergeburt der Städte* gestellt", erzählte Lupe Charlie, ihre Augenwinkel kräuselten sich vor Lachen, „und zwar unter die Rezept-Rubrik zwischen Löwenzahnsalat, - suppe und – stärkungsmittel. Diese Gruppe liest sie und nimmt mit mir Kontakt auf. Sie sagen, sie wollten andere über wahre Demokratie belehren. Alles, was sie brauchten, war ein Wohnzimmer und Leute. Also sagte ich: kein Problem. Inez hatte dasselbe schon in der Stadt angefangen. Sie spricht mit ihren Leuten – besonders mit denen, die durch unfaire Gesetze von den Wahlen ferngehalten werden – und will sie dazu bringen, dass sie sich mit einer Gemeinde-Selbstregierung beschäftigen, die sich auf partizipatorische Demokratie gründet. Inez fängt damit an, Leuten beizubringen, wie sie auf respektvolle Weise mitteilen können, dass sie anderer Meinung sind! Nichts ist für eine funktionierende Demokratie wichtiger, als dass Bürger dazu in der Lage sind, über ihre unterschiedlichen Ansichten zu sprechen, sagt Inez." Lupe holte tief Atem und redete weiter. „Nachdem ich einige Unterrichtsstunden in Demokratie erteilt hatte, wollten die Leute wissen, wie sie an dem Aufstand teilnehmen könnten. Darum habe ich ein paar Leute angerufen, die Methoden des gewaltfreien Kampfes unterrichten können, und sie gebeten, uns zu trainieren. Inez und ich haben es besprochen und es ist schon arrangiert. Alle *Wiedergeburt-der-Vorstädte*-Gruppen und ihre städtischen Nachbargemeinden in fast allen großen Städten warten darauf, dass ...".

„Warte mal! Warte mal!", unterbrach Charlie und etwas wie Hoffnung erfüllte seine Brust. „Heißt das, dass ihr Tausende von Gemeinden überall in den Vereinigten Staaten habt, die sich in gewaltfreiem Widerstand trainieren?!"

„Ja . . . *sí*. Mehr oder weniger. An manchen Orten sind es nur ein oder zwei Leute", sagte sie bescheiden.

„Lupe! Verstehst du, was das bedeutet?" schrie er.

„Natürlich", antwortete sie einfach. „Die Leute machen sich für den Wandel bereit."

Die kleine mütterliche Frau, die, einen Haushalt nach dem anderen, die amerikanische Landschaft verwandelte, schüttelte den Kopf über Charlies aufgeregt ausgesprochene Lobesworte.

"*De nada*", sie zuckte die Achseln, *gern geschehen!*

Sie nahm ihr Baby und stillte es.

Nachdem sie das Gespräch beendet hatten, beugte sich Charlie über sein Schreibpapier wie ein Büßender, der in der Kirche anbetet. Dass Lupe sich so sehr einsetzte, erstaunte ihn. In ein paar kurzen Wochen war sie von einer Frau, die ihn aus Angst vor der Polizei fast aus dem Haus gejagt hätte, zu dem geworden, was die Anarchisten *die größte Zersetzung des herrschenden Paradigmas in der amerikanischen Geschichte* nannten. Charlie rang mit den Worten, um die Schönheit zu beschreiben, die sich in Lupe Hernandez-Booker entfaltet hatte. Sie war zu Überzeugung und Mut herangewachsen. Innerlich hörte er noch Lupes von Gefühlen erfüllte Stimme. Er konnte ihr rundes Gesicht sehen, das von Leidenschaft erhellt und von Sorge überschattet war. Er seufzte. Wie konnte er Lupe Hernandez-Booker auf die Seiten bannen? Was war nur an manchen Menschen, das ihre Beschreibung mit Worten unmöglich machte? Er tippte sich mit dem Bleistift an die Lippen, fuhr sich mit dem Radiergummi am Bleistiftende durch das struppige Haar, nagte die gelbe Farbe ab und ...

„DU LIEBER SCHRECK!“

... stach sich fast damit ein Auge aus, als Tucker wie ein *Stuntman* aus dem Kanonenrohr aus dem Untergeschoss heraufgeschossen kam.

„Wir habens!“, rief Tucker mit einem Luftsprung.

„Was haben wir?“, fragte Charlie.

„Den Beweis, dass die letzten Wahlen gefälscht waren!“, rief Tucker.

„Was?“, japste Charlie.

„Ja!“, versicherte Tucker. „Seit Monaten arbeitet das Alternet-Team daran.“

„Wer? Wie viele sind darein verwickelt?“

„Die meisten der im letzten Herbst zur Wahl stehenden Posten sind auf irgendeine Weise manipuliert worden.“

„Aber das bedeutet...“

Tucker nickte und hob ausdrucksvoll die Augenbrauen.

„Der Präsident, der Vizepräsident, Konservative und Liberale gleichermaßen. Wenigstens ein Drittel der Politiker hat sich seinen Weg zur Macht geradewegs durch Betrug gebahnt. Und das ist nur die Statistik von den letzten Wahlen. Ohne Zweifel ist das nicht das erste Mal.“

„Aber das ist, als wenn man den ganzen Kongress des Amtes enthebt“, sagte Charlie erschrocken.

„Genau!“, antwortete Tucker, „und die Gouverneure, die Bürgermeister, die Bezirksaufseher – alle! Wir haben dafür nicht einmal Gesetze für einen Prozess.“

„Das müssen wir den Leuten mitteilen ...“, wollte Charlie sagen.

Tucker unterbrach ihn.

„Es ist eine heikle Sache", warnte er. Der schlanke Mann begann in der Küche hin und her zu gehen und fuhr sich mit der Hand durchs stachelige Haar. „Wenn die Leute nicht bereit sind, ist diese Information für sie wertlos. Wenn die Leute darüber *zu* wütend werden, greifen sie zur Gewalt. Wenn der Löwenzahnaufstand nicht für eine starke Aktion bereit ist, wird die folgende Unterdrückung durch die Regierung alles zerstören. Aber selbst wenn das alles in Ordnung ist und wir tatsächlich die politische Szene saubergemacht haben ... welche Engel oder Ungeheuer warten dann in den Kulissen?"

Tucker hatte sich, so gut er konnte, bei den Parteien der Minderheiten umgehört. Er wusste, dass es militante Extremisten und religiöse Führer gab, die nur darauf warteten, dass sie einen Fuß in die Tür bekommen könnten. Es gab auch sehr gute Leute, die politisch in die Ecke gedrängt worden waren, und wahre Revolutionäre des Herzens, die nur auf eine Gelegenheit warteten. Tucker beugte sich über den Abgrund des radikalen Wandels und wusste, dass ein Gramm Vorsicht eine Tonne späteren Chaos verhindern würde.

Sadie kam durch die Hintertür hereingefegt.

„Dein Apfelbaum blüht ..." Sie brach ab, als sie den Gesichtsausdruck der beiden sah. „Was ist denn passiert?"

Sie erzählten es ihr. Sadie riss die Augen auf und lächelte dann.

„Die Information über die Wahl ist der *Whistle-Blow*-Beginn einer unglaublichen Veränderung", sagte sie und nickte mit wilder Gewissheit. „Tucker hat allerdings recht. Wir müssen erst einmal bereit sein. Regierung *durch* das Volk *für* das Volk fällt nicht einfach vom Himmel. Wir müssen danach greifen und es in die Wirklichkeit ziehen."

Sie zitterte vor Leidenschaft. Ihr Gesicht rötete sich vor Begeisterung. Ihr Herz schlug so stark, als hätte sie ihr Leben lang auf diesen Augenblick gewartet.

„Charlie, du solltest über die Notwendigkeit eines Vielparteien-Systems schreiben", drängte sie, „und etwas über Transparenz, offenen Dialog mit Bürgern, wahre Verpflichtung dazu, der Öffentlichkeit zu *dienen*, und darüber, dass es wichtig ist, das Geld der Unternehmen aus den politischen Kampagnen rauszuhalten! Schreib über die Macht des Mitgefühls in Regierungskörperschaften und die Bereitschaft des Volkes zu einem revolutionären Wandel." Sie lächelte die beiden Männer an. „Wir sind dabei, den Samen der Löwenzahn-Politik zu verbreiten und eine starke neu Regierung von Grund auf wachsen zu lassen!"

„Löwenzahn-Politik?", fragte Charlie. „Was heißt das denn genau?"

„Eine vom Volk betriebene partizipatorische Demokratie. Wir sind kein Unkraut, das man ausreißt. Wir sind Menschen, jeder ist einzigartig und vollkommen fähig, weise zu regieren, besonders wenn wir Leben, Freiheit und Liebe in den Mittelpunkt unserer Politik stellen."

„Sie werden dich noch zur Präsidentin ernennen", neckte Charlie.

Sadie lachte bei dieser Vorstellung.

„Ich bin zu jung und außerdem muss man dafür die High School abgeschlossen haben."

„Nein, bist du nicht", erwiderte er, „jeder unwissende Bürger, der in Amerika geboren ist und über fünfunddreißig ist, ist dafür qualifiziert."

„Da müssen sie dann noch fast zehn Jahre warten."

„Vielleicht können sie das notwendige Alter noch herabsetzen. In zehn Jahren wird das Eis der Polkappen geschmolzen sein und Washington wird unter Wasser stehen", meinte Charlie.

„Ich werde mich an der Spitze des überfluteten Kapitols festklammern und schreien: *für Leben, Freiheit und Liebe!"* Sadie in ihrer Bluejeansjacke und den abgeschnittenen Hosen nahm die entsprechende Pose ein.

Charlie lächelte und stellte sich die Szene bildhaft vor.

## KAPITEL NEUNZEHN

. . . . .

*Mutter im Werden*

Ellen Byrd wusch ihre Pinsel aus und trat etwas zurück, um ihr Werk zu betrachten. Dies war ihr bisher größtes Bild und bedeckte die ganze Seite der Scheune. Das Mauerbild strahlte in lebhaften Farben und sie glänzten zum Teil noch nass. Jeder, der die Hauptstraße entlang fuhr, konnte die Worte sehen: *pour la vie, la liberté et l'amour!* Für Leben, Freiheit und Liebe! Der alte Valier Beaulier gab es klugerweise als traditionellen französisch-akadischen Trinkspruch aus. Hinter dem Rücken der Ermittlungsagenten erhoben die Talbewohner ihr Glas auf Charlie und den Löwenzahnaufstand.

„Ellen!", rief ihr Mann von der Tür des Bauernhauses aus. „Telefon!"

„Wer ist dran?", rief sie zurück.

„Es geht um dein Lieblingsbild!"

*Sadie!* Ellen rannte die Auffahrt rauf, um mit ihrer Tochter zu sprechen. Bill lief aus dem Haus und rief etwas von Trecker reparieren und Sadie sagen, er liebe sie und würde ein andermal mit ihr sprechen. Ellen lächelte darüber, was für Augen ihre Tochter machen würde. Fünfundzwanzig Jahre Erinnerung an diese Augen überschwemmten sie: Wie sie sich das erste Mal in einem zerknitterten roten Gesichtchen geöffnet hatten, die Art, wie Sadie sie am Morgen aufschlug, ihr schnelles Überfliegen von Texten in Büchern, wie sie Bienen, Wolkenkratzer und die ganze Welt ansahen. Ellen erinnerte sich an die erste Nacht, nachdem sie in das Tal gezogen waren. Damals hatte sie ihre quengelige Halbwüchsige mit nach draußen genommen, die Sterne anzusehen. Ein dunkles Wunder hatte Sadie den Kopf nach hinten gebogen und der Strom der Sterne floss ihr vom Himmel geradewegs in den offenen Mund. *Du bist Sternenstaub, mein Mädchen,* hatte

Ellen zu ihr gesagt. *Nicht aus der fernen Vergangenheit, sondern gerade jetzt, wenn sie in dich einfließen und zu deinem Ich werden*. Sie erinnerte sich an das schreckliche Verschwinden, das sie ihnen mit sechzehn angetan hatte, und wie Bills Augen ihr feuriges Naturell verloren hatten, das Sadie in ihnen entzündet hatte. Mit einem jähen Zusammenziehen ihrer Eingeweide erinnerte sie sich an Sadies ersten Telefonanruf von der Straße: Die Lügen waren wie Funken einer Wunderkerze aus ihrem Mund gekommen. Sadie versuchte ihr Möglichstes, aber sie konnte ihre Mutter nicht im Geringsten täuschen. Sie hatten eine sehr lange gemeinsame Reise hinter sich.

„Also, was ist los?" fragte sie.

Sadie zuckte zusammen. Mütter können bewirken, dass sich die Geheimnisse ihres Kindes wie Regenwürmer auf heißem Beton winden, aber die Information über den Wahlbetrug war eine tickende Zeitbombe und es war das Beste, wenn noch niemand davon erfuhr.

„Oh, ich denke nur gerade nach", sagte Sadie.

„Mmm-hmm, und über was?", fragte Ellen und wurde sofort argwöhnisch.

Sadie ahnte, wie sich die Nackenhaare ihrer Mutter intuitiv aufstellten, deshalb antwortete sie vorsichtig:

„Ich hatte das Gefühl, dass unser Land im Begriff ist, eine in einem Jahrtausend einmalige Chance zu einer radikalen Veränderung zu bekommen", sagte sie und dachte an den Wahlbetrug und den Aufruhr, den seine Aufdeckung verursachen würde. Sie zitterte vor Aufregung. Ein Strom von Worten brach aus ihr heraus. „Ich kann es sehen, Mama, eine ganz andere Art, etwas zu tun. Uns würde es so viel besser gehen, wenn wir uns selbst regieren, einander zuhören und uns Zeit nehmen würden, alles richtig und nicht nur zweckmäßig zu machen. Wir haben in unserem Land niemals wahre Demokratie erfahren. Die Verfassung, die die Gründerväter geschrieben haben, war nur ein weiterer Schritt auf der langen Straße zur Gleichberechtigung, und selbst nach der Einführung des Wahlrechts und der Formulierung der Bürgerrechte haben wir noch eine Menge zu verbessern. Wir müssen für die Umwelt Sorge tragen und ebenso für die Menschen. Jetzt treibt Geld die Politik an, weil es die Geisteshaltung unseres Volkes antreibt, aber wenn Liebe aus den Herzen hervorbricht und Mitgefühl die treibende Kraft in der Politik wird ... stell dir vor, was für eine Welt wir schaffen könnten!"

Ellen sah vor ihrem inneren Auge die Leidenschaft in Sadies Augen leuchten und sie stand plötzlich der größten Herausforderungen zum Mut gegenüber, der sie als Mutter je begegnet war. Die Ahnung von Sadies Möglichkeiten und Fähigkeiten erschreckte sie und gleichzeitig begeisterte sie sie. Sie beruhigte ihren Atem, atmete tief einmal, zweimal, dreimal. Sie zwang sich dazu, nicht an die möglichen Gefahren für ihre Tochter, sondern an die Möglichkeiten, die im Bauch des Universums lagen, zu denken. Ein kühner Funke Leben wartete ungeduldig und wollte geboren werden, ein Gedankenkind, das sich aus dem Lebensblut von Sadies Geist gebildet hatte und das von der Leidenschaft ihres Herzens genährt wurde und nun gegen die Fruchtblase des Unterbewusstseins stieß und sich mühte, durch das Tor zur Realität zu gelangen.

„Sadie?", fragte sie zum Schluss, „du hast einen Aufstand erfunden. Bist du bereit, eine Revolution anzufangen, um ihn bis zum Ende durchzuführen?"

* * *

Tucker und Charlie arbeiteten noch bis spät in die Nacht im Untergeschoss. Währenddessen stand Sadie an der Hintertür von Tuckers Haus und sah in die Dunkelheit hinaus. Sie war noch vom Gespräch am Nachmittag aufgewühlt. Ellen hatte die Rahmenbedingungen ihrer Möglichkeiten erschüttert. *Du könntest die Mutter einer Nation sein*, hatte Ellen gesagt. *Mutter einer Nation?* Es war gewaltig. Es war ein verrückter

Vorschlag. *Sie?* Sadie machte sich in Gedanken über sich lustig, spottete über sich, verspottete die Arroganz dieser Vorstellung, und doch ... es gibt Augenblicke, in denen das Schicksal groß und gegenwärtig in unserem Leben heraufzieht und uns die entscheidende Aufforderung unseres Schicksals hinhält. Sadie wusste, dass ein solcher Augenblick gekommen war.

Ein trockenes Lachen dörrte Sadie die Kehle aus. Der Humor des Schicksals ist schwärzer als die Nacht. Ironie ist ein hämischer Gefährte. Zweimal hatte ihr Leib vom Leben pulsiert. Zweimal hatte sie es zurückgewiesen. Seit zehn Jahren schlich sich diese Entscheidung in ihre Träume und starrte sie mit düsteren Blicken an. In einem Augenblick, in dem sie feige gewesen war, hatte sie vor langer Zeit eine Abstammungslinie von Lebenszeiten weggeworfen, die Abstammungslinie ihres Vaters, ihrer Mutter und auch aller ihrer ungeborenen Kinder. Sie hatte einen ganzen Zweig des menschlichen Familienbaums abgebrochen.

An diesem Nachmittag hatte Sadies Mutter ihrer Tochter ein Ultimatum gestellt.

Ellen hatte gesagt: „Du wirst niemals die Mutter eines Kindes aus deinem eigenen Fleisch und Blut sein, aber es gibt eine ganz neue Lebensweise, die darauf wartet, geboren zu werden. Sie steht an der Schwelle zur Realität und bettelt um eine Mutter."

Dieser Gedanke hing dort am Nachthimmel und war ebenso sichtbar wie die Sterne. Ellen hatte ihn gesehen. Gleich als die Worte sich zu einer Vorstellung formten, nahm die bis dahin nebelhafte Gestalt Form an.

„Unser Land ist bereit, neu geboren zu werden. Etwas Frisches und Neues bläht sich im fruchtbaren Zerbröckeln des Alten. Mitgefühl, Verbundenheit, Zusammenarbeit und saubere Umwelt wirbeln ungeduldig im Äther. Bring sie in die Welt, Sadie. Ich weiß, dass du das kannst."

Ellen hatte Sadie als einen Teil ihres eigenen Lebensblutes neun Monate lang in sich getragen und sie als strampelndes und schreiendes Wesen in die Welt entlassen. Ellen las in ihrer

Tochter wie in einem Buch: Eselsohren und mit dem Bleistift unterstrichene Lieblingspasssagen waren Zeichen der Erinnerung. Sie war felsenfest davon überzeugt, dass Sadie – kraftvoll, rasch und ohne Zögern - ihrem Land eine Welt des Wandels bringen könnte ... wenn sie es denn wollte.

Sadie lehnte im Türrahmen von Tuckers hinterer Veranda und beobachtete, wie die Motten und Nachtschmetterling um die Lampe kreisten. Sie schaltete das Licht aus und befreite damit die armen Insekten von ihrer fanatischen Begierde nach Licht. Als Sadies Augen sich an die Dunkelheit gewöhnt hatten, erschienen Sterne in der dunklen Weite. Sie setzte sich auf die Verandastufen und drückte sich an das verwitterte und kühle Holz, das Sicherheit vermittelte. Ihr ungewisses Herz schlug fanatisch in ihrer Brust. Das Gedankenkind wartete atemlos auf ihre Antwort.

*Zeig mir*, dachte Sadie*, zeig mir, was du bist.*
*Im Ernst?* erwiderte der sich abzeichnende Begriff.
*Ja,* antwortete sie fest.
*Mich ganz und gar?*
*Ja.*

Es zögerte. Sadie fühlte, dass sich das, was sich hier herumtrieb und darauf wartete, dass sie es annehmen würde, in Sorge zurückzog, dass seine Wahrheit sie nicht freigeben würde, es würde bewirken, dass sie im Schrecken davonliefe. Sadie fühlte, wie ein Feuer in ihrem Inneren zu brennen begann. Viele Frauen, die sich erheben, um Mütter von Nationen zu werden, sterben dabei. Die Geschichte bewies das. Sadie wünschte sich vollkommene Klarheit über das Geschöpf, das geboren zu werden verlangte. Es konnte kein Zurückhalten geben. Kein kokettes Versteckspiel. Keine Darstellung eines kleinen Cherubs oder vollkommenen Engels. Sie wollte die Geheimnisse wissen, die andere Mütter nur ahnen können.

*Zeig mir, wer du bist!* befahl sie entschlossen.

Es sammelte sich wie der Atem eines Tsunami. Ein Flackern von Furcht durchfuhr sie. Ungeheuerlichkeit sammelte sich an. Ohne Warnung sprang die Realität auf und spaltete die Nacht in der Mitte. Licht, das so hell war, dass es die Augen blendete, durchfuhr Sadies Körper. Sie war geblendet und betäubt von der Liebe, die aus den Tiefen des Universums aufstieg. Es war nicht die Liebe von rosa Valentinstaggeschenken und Wangenküsschen. Es war eine brennend heftige und schmerzhafte Kraft, die ihre Klauen in die Seele schlug und allen Unsinn in Stücke riss. Diese Liebe öffnete den Körper der Realität und trennte das schlagende Herz von Blut und Adern und Gefäßkammern wie ein Hindernis für die Wahrheit. Der Tod kam und ging, ging als belanglos vorüber. Religiöse Gedanken vergingen, bevor sie aufloderten. Vorstellungen von Rasse und Klasse versteckten sich voller Scham und weinten: *wir sind nichts, wir sind nichts, wir sind nichts gegen die Großartigkeit dieser Liebe*. Sadie schrie in stiller Qual oder Ekstase, man konnte nicht sagen, welche Worte der tonlose Schrei der Liebe in ihr formte.

*Ich war vor dem Universum hier. Ich werde bleiben, wenn es vergangen ist. Ich werde wieder auf der Erde wandeln ... in jeder menschlichen Form.*

Sadie starb. Sie erstand wieder auf. Sie starb wieder. Sie kam zurück. Ein kleiner Strang Vernunft zitterte. Die Wahrheit zerriss ihr Sein. Viel länger könnte sie es nicht ertragen.

Die letzte Botschaft kam aus der Unendlichkeit.

*Die Liebe kehrt auf die Erde zurück ... haltet euch bereit.*

Und dann war es vorüber.

Sadie saß zitternd auf den Stufen von Tuckers Veranda. Der schwarze Stoff der Nacht hing still und schweigend herunter. Eine einzige Frau kann nicht die Mutter *davon* sein, dachte sie andächtig. Nicht in tausend Jahren. Wir sind nicht dafür gemacht, Gefäße für diese Macht zu sein. Sadie schlug die Arme um ihren Leib und fühlte die Schwäche von Rippen und Haut. Sie atmete tief und fröstelte. Das alles würde sie nicht tragen können. Wir alle wären dafür notwendig, dachte Sadie, jede einzelne Person muss die Mutter dieser Vision sein. Plötzlich fror sie. Alle glitzernden Sterne am Himmel schärften sich zu kristallischer Klarheit.

Sie sollte nicht die Mutter dieser Nation sein … sondern von ihr wurde verlangt, die Hebamme für die Liebe dieser Nation zu sein.

## KAPITEL ZWANZIG

.....

### *Ein Sturm zieht auf*

„Bist du so weit, Sadie?“, rief Charlie zur Hintertür hin, wo sie stand und beobachtete, wie die Sturmwolken über das Maisfeld fegten. *Click*, dachte Charlie und fotografierte Sadie im Geist, wie sie sich da so gegen die Säule lehnte, die das Dach der Veranda hielt. Eine Hand glitt nach oben über ihre schwarzen Locken, die andere stützte sie in die Hüfte. Sie drehte sich um und Charlie sah einen seltsamen Ausdruck in ihrem Gesicht. Ein flüchtiges Gefühl von Endlichkeit durchfuhr ihn, als ob heute der letzte Tag von … was? sei. Das verwirrte ihn und er schüttelte es ab.

„Ein großer Sturm zieht auf“, sagte Sadie.

„Tucker sagt, er wird gegen Sonnenuntergang hier vorbeikommen“, antwortete Charlie und hielt ihr die Fliegengittertür auf.

Sie schlangen ihre Finger ineinander und stiegen die Treppe ins Untergeschoss runter. Tucker sah auf, als Sadie nahe bei ihm war. Die junge Frau strahlte mit der Spannung eines Tornados, der noch nicht ganz den Boden berührte. Es war, als sammelte sie unaussprechliche Kraft zu einem Wirbelwind, schwirrte vor Intensität und wartete wohl nur darauf, dass der Sturm losbrach.

Tucker machte den Computer an und er piepte. Charlie hatte eine Videokonferenz mit einigen Journalisten, Untergrund-Radiomachern und Filmemachern anberaumt. Die Sicherheit des Alternets versah den Löwenzahnaufstand mit einer noch nie da gewesenen Möglichkeit, Herz und Geist der Menschen zu beeinflussen, und Charlie hatte die Absicht, die ganze Kapazität des Netzes zu nutzen. Die drei erschienen auf dem Monitor. Zippers Gesicht tauchte auf und er winkte ihnen froh. Er begann mit etwas, aber ein anderer Journalist kam intensiv und ernst online und drängte sich ohne Umstände ins Gespräch.

„Ich möchte demjenigen danken, der uns dies Alternet beschert hat und es betreibt, denn ohne es wären wir ganz schön angeschmiert. Die *Mainstream*-Propagandamaschine stellt ein enormes Arsenal an Kontrolle dar. In manchen Gegenden haben sie das Internet abgeschaltet und schieben das inländischen Terroristen in die Schuhe ... wir wissen alle, dass da eine elende Lüge ist."

„Wir können ihnen nachweisen, dass es so ist", bot Tucker an. Der stürmische Journalist hob die Brauen. Tucker zuckte die Achseln. „Wir halten es für ziemlich unwahrscheinlich, dass wir sie mit ihrem eigenen Justizsystem zur Rechenschaft ziehen könnten."

Der Journalist schüttelte den Kopf.

„Ihr solltet es versuchen. Die juristische Abteilung ist ein Chaos. Einerseits nehmen sie Bestechungen an, als gäbe es kein Morgen. Andererseits geraten sie in Panik, weil es kein Morgen gibt."

Charlie runzelte die Stirn.

„Was meinst du damit?"

„Wenn die Verfassung wie eine zerrissene Fahne im Wind flattert, dann braucht man kein Justizsystem, um sie auszulegen oder doch?", fragte der Journalist. „Die schwarzen Roben teilen sich gerade in der Mitte. Die eine Hälfte schwenkt zur gesetzlosen Bestechung um. Die andere Hälfte beharrt auf ihrem Standpunkt und schützt die Verfassung. Die [Nichtregierungsorganisation *American Civil Liberties Union]* ACLU spielt mit, als wäre sie eine Gruppe Wild-West-Helden; sie stürzen sich rein, sind bereit, bis zum Tod zu kämpfen, und schlagen schnell und wild um sich. Wenn ihr es mit nicht-so-legalen Aktivitäten der Regierung zu tun habt, solltet ihr euch mit Tansy Beaulisle in Verbindung setzen. Sie ist eine wahre

Rakete von einer Rechtsanwältin, jederzeit bereit für einen Machtkampf."

„Apropos Machtkampf", fügte eine traurige Frau ein, „ich denke, wir sind auf dem Weg zu einem Medien-Schusswechsel über den Löwenzahnaufstand. Er wächst zu schnell und stark, als dass die Propagandamaschinerie ihn ignorieren könnte. Sie machen Charlie Rider schon so schlecht, als ob er die Erstgeborenen der Nation ermordet hätte."

„Ich sage", warf der erste Journalist ein, „dass wir zuerst streiken. Wir bringen unsere eigene Propaganda raus, bevor sie unser Bild zerschlagen. Wir schießen mit einer Schmutz-Kampagne auf sie oder mit einer Reihe Sensationsartikeln."

Der ruppige Vorschlag des stürmischen Journalisten fand bei den anderen Widerhall. Sie fingen an, Ideen loszulassen.

„Wir müssen die Brutalität an den Pranger stellen ..."

„Bilder der Ungerechtigkeit!"

„Menschen, die sich vor Empörung erheben ..."

„Wie die Polizei Tränengas in die Menge sprüht ..."

„Die Schläge ..."

„Nein!", sagten Charlie und Sadie im selben Atemzug.

Sie hatten Tausende solcher Bilder gesehen. Die Szenen von Brutalität weckten sie nachts auf. Die Bilder der schrecklichen Fähigkeiten der Machtelite schlichen sich auch tagsüber in ihre Vorstellungen und erfüllten sie mit Furcht.

„Wir dürfen nicht das Panikmache-Spiel der Regierung mitspielen", platzte Charlie heraus. „Ihr wisst, was sie tun ... Sie berichten über gewalttätige Proteste, Aufstände, Tränengas-Einsätze und sogar Schläge. Das tun sie nicht etwa, um die Menschen zu informieren, sondern um sie einzuschüchtern, damit sie sich unterwerfen."

Der Journalist fiel Charlie ins Wort: „Ja, so sind eben die Nachrichten. Wir müssen über die Fakten, über das berichten, was vor sich geht ..."

„Denkt nicht weiter an die Fakten!" Sadie ergriff das Wort. „Geht tiefer als die Fakten. Sagt den Menschen die Wahrheit."

Ihre Vision brannte ihr in der Brust. Die Glut der Liebe flammte in ihr auf. Im Geiste rollte Sadie die Ärmel auf und machte sich an die Arbeit. Endlich war die Zeit für ihre Hebammentätigkeit gekommen.

„Wollt ihr euch verteidigen oder wollt ihr angreifen?“, Sadie forderte die anderen heraus. „Ich kenne mich nicht im Sprachgebrauch des Krieges aus, aber ich will es euch deutlich und klar sagen: Wir werden diesen Kampf nicht gewinnen, wenn wir uns nur verteidigen.“

Charlie zwinkerte, als er die Entschlossenheit in Sadies Gesicht sah. Der Journalist machte ein finsteres Gesicht. Tucker setzte sich mit einem wissenden Ausdruck zurück: Ihr Tornado war dicht davor, den Erdboden zu berühren. *Noch nicht,* dachte Tucker, *aber es ist noch früh genug, den Journalisten die Flausen auszutreiben*.

„In der Geschichte gewinnt die Erzählung, die am meisten überzeugt“, sagte Sadie. „Und ich sage, dass die Menschen diese Erzählung hören müssen: Leben und Liebe triumphieren über alle Bemühungen, sie zu besiegen. So war es immer und so wird es immer sein. Jeden Tag werden Kinder geboren, Pflanzen wachsen, Liebende finden einander, Blumen blühen.“

„Ja, aber wir müssen darstellen, was vor sich geht, die Verhaftungen, die Todesdrohungen, die Verhöre“, beharrte der Journalist.

„Wenn ihr das unbedingt wollt“, Sadie zuckte die Achseln. „Aber ich würde an eurer Stelle nicht meinen Atem verschwenden. Diese ganze Regierung ist ein großer aufflackernder Sonnenuntergang ... sie sieht feurig aus, aber tatsächlich ist sie auf dem Weg in ihren Untergang.“

Sie machte eine Pause und wurde fast von dem brennenden Gefühl in ihrem Inneren abgelenkt. Es kribbelte ihr in den Händen. Sie konnte das Mitgefühl sehen, das sich mühte, in den anderen aufzubrechen. In dieser Frau hielt die Sorge es zurück. In jenem Mann erstickte es der Zynismus im Keim. Auf Zippers Gesicht leuchtete es. Die andere Frau zeigte ein paar schwache Spuren von Verständnis. Sadie versuchte es noch einmal.

„Jeden Morgen geht die Sonne in der ganzen neuen Welt auf“, sagte sie. „Seht, was da am Horizont aufgeht. Erzählt *diese* Geschichte. Spürt ihr nach. Hört auf das Flüstern im Herzen der Menschen.“

„Alles, was man hört, ist ihr Herzklopfen“, widersprach der raue Journalist. „Alle fürchten sich zu Tode.“

„Unsinn“, sagte Sadie kurz angebunden. „Ich habe keine Angst, Charlie hat keine Angst, und wenn du einen triffst, der Angst hat, dann ist es deine Aufgabe, das anzusprechen, was unter der Angst verborgen ist.“

„Meine Aufgabe ist, die Wahrheit zu berichten“, erwiderte er. „Und die Wahrheit ist, dass die Menschen wütend sind und sich fürchten.“

„Wahrheit ist ein mächtiger tiefer Fluss“, entgegnete Sadie. „Bleib nicht an der Oberfläche hängen. Unter dieser Wut und Furcht fließt ein reißender Strom von Sehnsucht. Die Menschen sehnen sich nach einem besseren Leben, nach einer Zukunft für ihre Kinder, nach etwas Hoffnung, etwas Sicherheit. Wir sind keine Fische an Angelhaken. Wir können eine Vision haben. In unseren Berichten müssen wir die Menschen durch Liebe und nicht durch Furcht zum Handeln inspirieren. Wir müssen ihnen Hoffnung, Antworten und Ideen geben. Diese drei Dinge sind schwerer aufzuspüren als die verschlüsselten FBI-Dateien und die Korruption der Regierung.“

Das Medien-Team schmunzelte darüber. Seine Mitglieder kannten die arbeitsaufwendige und gefährliche Arbeit, eine Geschichte aufzuspüren. Sie alle hatten Leben, Leib und Karriere aufs Spiel gesetzt, um den Stoff für einen wichtigen Bericht zu bekommen.

Charlie trug seine Meinung dazu bei, um das Konzept zu unterstützen.

„Sadie hat recht. Die mächtigste Geschichte, die wir erzählen können, ist die, wie wir selbst aktiv geworden sind“, sagte er und hielt die Hand in die Höhe, um den Einwand des Journalisten abzuwehren. „Es gibt keinen Grund dafür, dass wir nicht die Geschichten davon, wie übel sich die Regierung verhält, als Kontrast zu den Geschichten von der Lebendigkeit der Menschen benutzen, aber wir wollen *unsere* Geschichte erzählen. Wir wollen den Menschen erzählen, warum wir jedes Recht und allen Grund haben, nicht nur Widerstand gegen das Todesurteil der Regierung zu leisten, sondern uns für eine ganz neue Lebensweise einsetzen. Ich will mich nicht damit abmühen, ihre Feuer zu löschen. Ich will, dass uns die Regierung jagt, weil wir eine Revolution anführen."

Sadie sah, wie die Gruppe das Licht anschaltete. Der Journalist ließ voller Bitterkeit seine Liebe ein- und aussetzen, Sadie vermutete, dass er sein verschlossenes Herz schließlich öffnen werde.

„Legt den letzten Rest eures Glaubens an die Menschheit in eure Schriften", drängte Sadie sie. „Haltet davon nichts zurück. Legt eure Herzen und Seelen in diesen Augenblick der Geschichte der Menschheit. Es wird entweder der Beginn einer neuen Welt ... oder es werden die letzten Tage auf Erden sein."

Sadie hörte den ersten Donnerschlag über dem Haus und wie der Regen auf das Dach prasselte. Als sie Charlie ansah, schlich sich Sorge in ihr Herz. Die Ruhepause war vorüber. Sadie löste ihre Finger aus den Fingern Charlies und stand abrupt auf. Sie stieg die Treppe rauf und Charlie sah ihr fragend nach.

„Ach", fragte eine Frau, „ist das deine Freundin?"

„Wieso fragst du das?", fragte der barsche Journalist. „Willst du eine Liebesgeschichte schreiben?!"

Charlie lachte.

„Der ganze Löwenzahnaufstand ist eine Liebesgeschichte. Er ist die größte Liebesgeschichte, die jemals erzählt wurde ... und Sadie hat recht: genau diese Geschichte müssen die Leute hören. Sie hungern nach Liebe. Wir haben das Brot ... wir wollen sie damit speisen."

Charlie kam zur Sache.

„Wir müssen die Leute daran erinnern, dass sie alle, die gewöhnlichen und die außergewöhnlichen, der Löwenzahnaufstand sind, alle gleichzeitig. Wir wollen lachende Kinder, Eltern, die ihre Kinder bei ihren Suppenmahlzeiten küssen, Farnspitzen, die sich im Wald aufrollen. Wir wollen einen Strom der Hoffnung wie Wasser an einem glühend heißen Tag in der Stadt aus einem geöffneten Feuerhydranten verbreiten. Wir müssen die müden Gemüter der Öffentlichkeit daran erinnern, warum das Leben lebenswert ist. Wir wollen sie mit der Beseeltheit ihrer Mitmenschen überschütten. Kein Gramm Schönheit ist zu unwichtig, als dass wir einander darauf nicht aufmerksam machen sollten: Wäsche, die auf Leinen im Wind flattert und die von Sonnenstrahlen getroffen wird, eine Frau, die einem müden Polizisten ein Glas Wasser an die Straßenecke bringt, Tränen der Erleichterung, die den Menschen die Wangen runterliefen, als das Kriegsrecht beendet wurde .. solche Sachen."

Sie entwarfen eine Strategie, um der Hochglanz- und Herzklopfen verursachenden Regierungspropaganda gegen Charlie Rider entgegenzuwirken. Er wurde ja als Terrorist dargestellt, der darauf aus war, die Fundamente der Vereinigten Staaten zu zerstören. Einige Leute glaubten der Regierung, aber andere spotteten. Sie wussten: Charlie Rider war kein Terrorist. Die Propaganda gegen ihn hatte nur bewirkt, dass ihr Misstrauen gegen das, was von der Regierung kam, vertieft wurde.

„Wir wollen so viel wie möglich von dem nennen, wogegen die Leute Verdacht hegen", sagte Charlie. „Sobald die Bürger erkennen, dass auch ihre Landsleute das, was geschieht, infrage stellen, vervielfältigt sich die Stärke unserer Bewegung und wir können damit anfangen, die Autorität der gegenwärtigen Regierung zu untergraben."

Tucker und Charlie arbeiteten auch in der Mittagszeit. Sadie machte ihnen belegte Brote. Dann setzte sie sich hin und sah zu, wie der Regen fiel. Die Tropfen pladderten auf das Verandadach, taten sich zu Bächen zusammen und bildeten Pfützen auf dem Boden. Die feuchte Luft zog Sadie in die Kleider. Sie ließ es zu. Regen bringt den Trauernden Trost. Alles ging vorüber, auch dieser Augenblick würde vorübergehen. Sadie sah dem An- und Abschwellen des Sturmes zu und akzeptierte, dass Veränderungen bevorstanden. Sie weinte und ließ die Erinnerungen an die so wunderbaren Tage mit Charlie fahren. Das öffnete sie für die Zeit, die vor ihnen lag.

* * *

An diesem Abend gingen Charlie und Sadie auf der langen Dorfstraße spazieren, die gleich hinter Tuckers Haus anfing. Die Regenwolken zogen vorüber und hinterließen eine feuchte Zartheit, die den Boden weich machte. Das nasse Gras glitzerte. Der runde Mond leuchtete weiß. Der Mais um sie herum zitterte wie silber-schwarzer Seetang im Meer der Nacht. Der Frühlingswind umwehte sie. Sie gingen eine Meile, ohne zu sprechen, und waren beim Strecken ihrer Sehnen und der Bewegung ihrer Beine einfach zufrieden. Sie schlenderten gemeinsam, sie hatten es nicht eilig, irgendwo anzukommen oder irgendwohin zurückzukehren, kein Ziel, nur ein langsames Schreiten auf einer freien Straße. Das Geräusch der Maisblätter wurde leiser und kam wie aus der Ferne. Charlie sah in die silbrig glänzenden Felder.

„Wir müssen hier in dem Naturschutzgebiet sein, von dem Tucker erzählt hat“, sagte er.

Sie verließen die Straße und gingen in die Wiese. Die Regentropfen im Gras durchnässten ihre Schuhe. Sie gingen weiter, bis es sich anfühlte, als ob die von Menschen gebauten Straßen weit weg wären; die Spuren anderer Arten zogen sich durch das Gras. Sie blieben stehen, lehnten ihre Schultern aneinander und sahen zum Vollmond auf.

„Sadie", fragte Charlie leise, „warum habe ich das Gefühl, als ob ich dabei bin, dich zu verlieren?"

Sie schluckte schwer. Er hatte die aufwühlende Kraft der Veränderung empfunden. Sadie sah Charlie von der Seite an und sie sah, dass er beklommen ihre Antwort erwartete und sich scheute, sich zu ihr umzudrehen und die Antwort in ihrem Gesicht zu lesen. Sadie biss sich auf die Unterlippe und wünschte, sie könnte ihm sein Unbehagen nehmen, aber sie wusste, dass sie es nur vertiefen würde. Er wandte den Kopf und sein Gesicht tauchte in den Schatten.

„Gehst du weg?"

Da war es, brach in seiner Stimme durch, die unendlichen Abschiede, die Herzklopfen verursachenden Ankünfte, ihr Verschwinden, die Sehnsucht und das Verlieren. Schweigend begann er, sein Herz auf die Einsamkeit vorzubereiten.

„Nein, Charlie, so ist es nicht ...", begann sie. Er zog seine Finger aus den ihren. Sie griff danach und hielt sie wieder fest, obwohl er sie wegziehen wollte.

„Was ist es dann?", fragte er und die Qual zerriss seine Worte.

Sie zog ihn an sich und drückte ihren ganzen Körper an den seinen. Damit versuchte sie ihm mitzuteilen: Ich verlasse dich nicht. Auch wenn ich gehe, werde ich dich nicht verlassen! Sie legte ihre Stirn an die seine. Sie waren fast gleich groß, sie war nur ein kleines bisschen größer als er. Sein Atem strich über ihre Lippen.

„Ich liebe dich, Charlie."

Seine Wimpern fächelten gegen ihre.

„Warum gehst du dann?", fragte er.

Sie seufzte und trat zurück, dann strich sie ihm das sandfarbene Haar aus dem Gesicht, bevor sie sich umdrehte, um zum Mond aufzusehen. Charlie berührte ihren Arm, um sie an seine Frage zu erinnern.

„Wir werden diesen Aufstand nicht ohne eine Revolution gewinnen, Charlie. Es gibt dreihundert Millionen Menschen in unserem Land und jemand muss der Liebe aus ihren Herzen ans Licht und in die Welt helfen und sie zum Handeln antreiben."

Er erstarrte im Mondlicht und sah jünger aus als die Nacht. Sie wurde ruhig neben ihm und schien älter als die Sterne. Ihre Füße versanken im fruchtbaren Boden des Herzlandes. Das Land erstreckte sich um sie herum wie eine Windrose. Norden, Süden, Osten und Westen, Veränderung pulsierte gegen die Oberfläche der Realität. Eine neue Welt wartete darauf, geboren zu werden. Das spiegelte sich in Sadies entschlossenem Blick. Sie sah ins Leere und sah Freundlichkeit und Mitgefühl, Verbundensein und Fürsorglichkeit. Sie reckte ihre langen Finger und war bereit, in den Mutterschoß zu fassen und die Zukunft herauszuziehen.

„Ich bin dabei, die Hebamme der künftigen Welt zu werden", sagte sie mit Bestimmtheit.

Zuerst sagte er nichts. Schauer liefen seine Wirbelsäule auf und ab und kribbelten ihm über die Kopfhaut. Er fuhr sich mit der Zunge über die Lippen und schmeckte Blut.

„Und wie?", fragte er.

„Ich muss die Mütter der Nation finden. Sie sind irgendwo da draußen. Ich muss die Liebe, die sie in sich tragen, rausziehen und sie schreiend dem Leben überlassen. Dann muss ich die Väter finden und muss ihnen dieses neugeborene Mitgefühl übergeben. Ich muss es, das so zart und zerbrechlich ist, ihnen in die Arme legen und muss bewirken, dass sie es wie ein Kind lieben. Dann muss ich Lehrer, Tanten, Großeltern und Vettern und Cousinen finden ..."

Während sie sprach leuchtete ihr die Vision aus den Augen. Charlie bemerkte, wie er in die Nacht hinaussah und hoffte, er würde sehen, was sie sah, aber er sah nur die Silberlinien der Felder, die dunkle Straße und hörte das Gras unter seinen Füßen flüstern.

„Musst du wirklich gehen?" fragte er. „Kannst du sie nicht online aufspüren ..."

„Man kann nicht online bei der Geburt eines Babys helfen", sagte sie und musste bei der Vorstellung lachen. „Was ist, wenn es falsch liegt? Was ist, wenn das Becken der Mutter zu eng ist oder sie Angst hat? Oder wenn sie ganz allein irgendwo im Nirgendwo ist und sich fürchtet? Dann muss jemand bei ihr sein, Charlie."

Charlie hörte an ihrer Stimme, wie überzeugt sie war. Sie sah so alt aus, diese junge Hebamme der Welt, wie sie da in die Geheimnisse blickte, die niemand außer ihr sehen konnte. Es war eine Sadie, wie er sie nie zuvor gesehen hatte, und die doch die ganze Zeit über da gewesen war.

„Ich möchte mit dir gehen", bekannte er leise.

„Oh Charlie", seufzte sie. Sie trat auf ihn zu. Sie schmiegten sich einen Augenblick lang aneinander. Die rationalen Gründe dafür, dass er bleiben müsse, gingen ihnen unabweisbar durch den Kopf. Sie wussten beide, dass er nicht mitgehen konnte. Er war sicherer hier in Kansas und wenn er mitginge, würde das die Behörden veranlassen, gegen sie beide hart vorzugehen. Sie legte ihren Kopf auf seine Schulter und versuchte ihm die vielen Gefühle mitzuteilen, die sie plötzlich durchfluteten: Liebe, Sorge, Sehnsucht, Verlustgefühl, Aufregung. Sie hörte, wie sein Herz klopfte.

„Es ist nicht für immer, Charlie", murmelte sie.

Charlie schüttelte den Kopf.

„Versprich mir nichts, Sadie."

Unsicherheit war zu ihrer Lebensweise geworden. Charlie würde lieber mit dieser Wahrheit leben, als an eine Lüge zu glauben. Sadie, ihm und der Welt konnte alles Mögliche zustoßen. Es war besser, wenn er das Unbekannte akzeptierte.

„Liebe mich nur jetzt im Augenblick", sagte Charlie. „Wenn es ein Später geben soll, dann wird es auch kommen."

„Alles *Inscha'Allah*", erwiderte sie. „Das bedeutet: Wenn Gott will. Die Muslime gebrauchen es, um dem Pläneschmieden den Stachel der Arroganz zu nehmen, wenn zum Beispiel jemand sagt: Wir sehen uns morgen *inscha'Allah*."

„Ich will hier die ganze Nacht mit dir stehen, *inscha'Allah,* wenn Gott will?"

„Genau. So ist es mit allem, mit dir, mit mir, mit dem Löwenzahnaufstand. Alles *inscha'Allah*."

Charlie streichelte den hellen Bogen Mondlicht auf ihrer Wange und küsste sie dann. Heftig und herzzerreißend sehnte er sich danach, ihren Geschmack in sich aufzunehmen, ehe sie gegangen war. Sie empfand dasselbe, genoss die Berührung seiner Hände, den Druck seines Mundes, seinen Geruch, die Art und Weise, wie sein Körper sich dem ihren anpasste. Sie wollte die Erinnerungen für die Zeit, die vor ihr lag, aufbewahren.

*Bitte, Gott, wenn du willst, lass diese Nacht ewig währen,* betete Charlie stumm.

„Erinnerst du dich daran, wie du mich gefragt hast, wie du über den Löwenzahnaufstand schreiben solltest?“, flüsterte Sadie.

Seine Lippen trennten sich auf den ihren; lächelnd erinnerte er sich daran. Ein kühler Lufthauch fuhr zwischen ihre Körper. Es gibt nur eine Möglichkeit, darüber zu schreiben, hatte sie gesagt. Schreibe, als würdest du brennen. *Ich brenne,* hatte sein Körper geantwortet. Schreibe, als wäre die Liebe deines Lebens am Horizont und du würdest ihr jedes Wort, das du schreibst, dorthin schicken. Ich komme, hatte er in Gedanken gerufen. Finde deine Leidenschaft, Charlie, hatte sie ihn gedrängt. *Ich tu, was ich kann*, hatte er schweigend erwidert. Mach ein Feuer daraus, hatte sie gesagt. *Ich zünde es an*, dachte er. Schreib von dieser Grundlage aus, hatte sie gesagt.

Seit diesem Tag hatte er eine Million Wörter geschrieben. Er war über den Horizont zu ihr geeilt und doch konnten ihnen jetzt Worte nicht helfen. Im Geist zerriss er jede Seite, die er geschrieben hatte. Er zerriss seine Vergangenheit. Er zerriss die Zukunft. Er verbrannte seine Erinnerungen, seine Siege und seine Niederlagen, seine Kleinigkeit von Herzweh, Verlustgefühlen und Freuden.

Dieser Augenblick brannte, als gäbe es kein Morgen. Alles war *inscha'Allah*. Seine Lippen waren nur Zentimeter von den ihren entfernt. Seine Kopfhaut brannte. Ihre Körper loderten wie ein paar menschliche Fackeln gegen die dunkle Kühle der Nacht. Er neigte sich zu ihr. Ihre Körper streiften einander.

„Sadie?", brachte er hervor.

„Ja."

Er erstarrte. Es war keine Frage. Es war ein Befehl. Er schwieg, überwand die Zentimeter der Trennung und entzündete die Leuchtfeuer in ihrem Inneren.

## KAPITEL EINUNDZWANZIG

. . . . .

### *Sinneswandel*

Sadie flitzte nach Osten wie im Endspurt, denn ein in ihrem Herzen begrabenes Ultimatum war wieder auferstanden. Fünf Jahre zuvor hatten sie ein paar dunkle durchdringende Augen festgenagelt und die Frage gestellt, die Sadies Seele erschüttert hatte: Hast du genug Mut dafür?

Nein, den hatte sie nicht gehabt, jedenfalls damals nicht, aber das Angebot hatte immer aus den Augen ihrer Freundin geleuchtet. Es stand jahrelang ehern und scharf zwischen ihnen. Sadie flog zwischen den Wolkenkratzern der Stadt dahin, huschte zwischen den Gebäuden hindurch und tauchte in die alten Viertel, bis sie die Frau fand: Sie stand auf einem Fleck Erde, den sie im Beton freigemachte hatte. Das schwarze Haar der kleinen Frau war fest zu einem Knoten in ihrem Nacken zusammengebunden. Ihre schwieligen Hände umfassten den Griff eines Spatens. Sie hob den Kopf gen Himmel. Das Sonnenlicht schlüpfte durch die Schultern der Gebäude. Ihre dunklen Augen starrten furchtlos zurück.

„Inez“, sagte Sadie. „Ich bin so weit.“

Es gibt eine Alchemie der Führer, ein Licht, das lodert und das alle rundherum zusammenführt. Inez hatte es schon vor langer Zeit in Sadies Augen leuchten sehen, ähnliche Glut brannte darin wie in ihren eigenen. Inez hielt die Zuhörer fest. Sadie sammelte die Massen. Das waren zwei verschiedene Stärken, zwei Arten von Gnade, zwei Arten von Flammen, um die Welt in Feuer zu setzen. Vor langer Zeit hatte sie Sadie gebeten, ihr dabei zu helfen, den Mut der Armen zu entzünden.

„Wir haben unsere Körper und Herzen und weiter nichts, aber überall in der Welt hat genau das zur Veränderung gedrängt."

Sie hatte fünf Jahre zu früh gefragt. Inez, die durch die Gräben der Leiden in der Stadt ging, war es eine Qual zu warten. Gewehrschüsse ertönten, Familien wurden aus ihren Wohnungen vertrieben und Drogen saugten den Menschen die Seele aus. Inez hatte gewusst, dass Sadie damals zu jung war, aber ihr Herz sehnte sich mit aller Kraft nach Veränderung. Im Laufe der Zeit waren ihre Überzeugungen hart wie Stahl geworden und Inez hatte sich selbst und ihre Gemeinschaft gestärkt, indem sie die erstickende Verzweiflung, die in die Viertel eingedrungen war wie der verseuchte Nebel aus einem Hafen, zurückgedrängt hatte. Fünf Jahre hatten die Landschaft, die Gebäude, die Menschen und besonders Inez verändert. Alles prallte auf einmal aufeinander: Die Zeit war gekommen, die Menschen waren bereit und Sadie Byrd Gray war erwachsen geworden.

Die beiden Frauen stürzten sich in die Arbeit. Sie versammelten Menschen in Kirchen und Wohnungen. Es waren immer neunzehn zu einer Zeit an einem Ort und damit blieben sie genau unter der Zahl, bei der es notwendig gewesen wäre, die Versammlungen genehmigen zu lassen. Zipper filmte ihre Reden und das Alternet vervielfachte ihre Zuschauer zu einigen Tausenden.

Inez fragte sie: „Wie lange wollt ihr noch leiden, bevor ihr aktiv werdet? Wir haben nichts. Unsere Kinder sind hungrig. Wir müssen Schulden machen, nur um zu überleben, und sie machen uns zu Sklaven. Wir kennen alle den Witz über den Mann, der seine Organe auf dem schwarzen Markt verkaufte, um die Behandlung zu bezahlen, sie in Ordnung bringen zu lassen!"

Sie lachten bitter, denn dieser Sarkasmus traf genau die Wahrheit.

„Wie lange wollt ihr noch zu Tausenden leben und sterben, ohne dass ihr euch für einen Wandel erhoben habt?“, fragte Inez sie. „Wann kommt endlich der Tag, an dem ihr sagt: *Jetzt reicht es!* Wir haben nichts mehr zu verlieren, aber alles zu gewinnen!“

Samen gingen auf, die Wochen zuvor gesät worden waren. Während der Zeit der Evakuierungen hatten die Menschen mehr über die Statistiken erfahren, in denen ihr Leben festgehalten wurde: Fünfzig Prozent der Bevölkerung lebten unterhalb der Armutsgrenze. Die Reichsten machten ein Prozent aus und besaßen mehr als sie alle zusammen. Die Menschen wussten, dass die Oberschicht nicht durch schwere Arbeit zu ihrem Reichtum gekommen war. Aubrey Renault hatte oft gehört, wie die Reichen schadenfroh sagten: *Der Grund dafür, dass wir so reich sind, ist, dass alle anderen so arm sind.* Die Zahlen gingen durchs Alternet und fachten die Flammen des Grolls an. Inez und Sadie brachten das Steuersystem in Verruf, das von den Reichen für die Reichen geschrieben worden war. Sie stellten mit großer Deutlichkeit dar, dass der Einfluss der Unternehmen auf die Politik alle bis auf die äußerst Reichen entrechtete. Nur Milliardäre konnten sich für den Kongress bewerben. Die Armen wurden zwar besteuert, aber sie hatten keinerlei Hoffnung, dort vertreten zu werden.

„Das ist Unrecht!“, sagte Sadie. „Wenn die Ärmsten in diesem Land fünfzig Prozent der Stimmen haben, dann sind wir die Mehrheitspartei! Wie können Milliardäre uns vertreten, Menschen, die nie die Qualen des Hungers gefühlt und deren Kinder nie gelitten haben?“

"*Aii Díos*", fügte Inez mit einem Stoßgebet hinzu, „mögen alle Kinder frei von *den* Leiden sein, die unsere erlebt haben ... aber ehe nicht unsere Kinder im Kongress vertreten sind, der die Gesetze macht, wird niemand ein Ende dieser Zustände erleben!“

Sie sprachen zu den Menschen, ohne ihre Berechtigung dazu durch Anzüge, Krawatten oder Lebensläufe nachzuweisen. Sie nahmen aufgrund der Wahrheit dessen, was sie waren, zu den Menschen Beziehung auf. Sadie trug ihre allgegenwärtigen Stiefel, einen kurzen Rock und eine Jeansjacke. Inez trug ein Sträußchen Löwenzahn im Haar und steckte die bestickte Bluse ihrer Mutter in ihre Bluejeans. Die Frauen kehrten ihre Handtaschen um. Sie drehten die Taschen ihrer Kleider nach außen und zeigten, dass sie keine Reichtümer, keine Aktien und kein Geld hatten. Sie hatten nichts als ihre Worte und auch damit konnten sie keine Versprechen geben.

„Nur Gott kann Versprechen geben, die eingelöst werden", sagte Inez leidenschaftlich, „alle anderen können nur ihr Bestes tun ... aber ich schwöre euch mit jedem meiner Atemzüge, ich will sprechen und handeln, um euch zu helfen. Ihr wisst, dies sind nicht die leeren Worte der Politiker. Ich habe diesen Schwur an jedem Tag meines Lebens abgelegt. Habt ihr je erlebt, dass ich ihn gebrochen hätte?"

Nein, das hatten sie nicht. Inez Hernandez gab anderen Suppe und blieb selbst hungrig, sie reichte anderen Brot, wenn ihr eigener Schrank leer war. Sie hatten gesehen, wie sie die Schläge der Polizisten von denen, die geschlagen und misshandelt werden sollten, mit ihrem eigenen Körper abgehalten hatte. Man sagte: Gott schläft mehr als Inez Hernandez. Einige erzählten, Inez schlafe in der Kirche. Schließlich war ihr Leben, wenn sie wach war, ein einziges Gebet und deshalb dachte sich Inez, Gottes Kirche könnte sie ruhig zärtlich an sich drücken, wenn sie einmal ausruhte.

„Mein ganzes Leben lang habe ich den Armen gedient, aber der Machtmissbrauch schafft einen Hunger, den ich nicht stillen kann. Ihr selbst müsst euern Hunger in Veränderung verwandeln."

Inez rief zum Widerstand der gesamten Nation gegen die Planung der Armut auf.

„Lasst euch nicht in die Kriegsmaschine ziehen! Die Kriegstreiber schicken euch in den Tod. Kommt zu mir! Ich will euch Arbeit geben, mit der ihr eure Familien ernähren könnt. Wir haben überall im Land Sieges-Gärten für die Menschen. Wir werden über die Unterdrückung siegen, indem wir die Samen von Gesundheit, Frieden und Gleichberechtigung säen werden."

Die jungen Leute kamen zu Inez. Die Rekrutierungsbüros waren leer. Die Anzahl der sich zum Dienst meldenden Reservisten sank. Die Siegesgärten gediehen. Lieder, die lange Zeit in den Herzen der Amerikaner geschlummert hatten, erklangen in den Städten: *Gonna lay down my sword and shield* ertönte es aus einem Stück Garten und *down by the riverside* [https://youtu.be/2ih3kVkk5_Q] widerhallte es aus einem anderen.

Auf die Aufforderung von Inez Hernandez und Vater Ramon hin riefen die Prediger ihre Gemeinden dazu auf, den Krieg nicht weiterhin zu unterstützen, sondern ihre Brüder und Söhne, Schwestern und Töchter, die im Militär dienten, nach Hause zu rufen und sie weder zu verurteilen noch zu tadeln. Alle sollten treue Anhänger des Friedensfürsten werden. Die Prediger beschlossen ihre Predigten mit den unsterblichen Zeilen aus Jesaja [2,4]: *Da werden sie ihre Schwerter zu Pflugscharen machen und ihre Spieße zu Sicheln. Denn es wird kein Volk wider das andere das Schwert erheben, und sie werden hinfort nicht mehr lernen, Krieg zu führen.*

Die Machtelite streckte den Kopf aus ihren unaufhörlichen Festen heraus. Die Brauen zogen sich zusammen. Wut erfüllte ihre Brust. Die Unantastbarkeit des Krieges durfte nicht infrage gestellt werden. Die unheiligen Kreuzfahrer des Todes sammelten ihre Spione und Agenten.

„Sadie, meine Liebe", warnte Aubrey, „sei vorsichtig! Sei sehr vorsichtig!"

Aus Vorsicht verlangsamten sie ihre sichtbaren Aktionen, aber der schlummernde Samen der Lebensfreude, den Inez in Sadie erkannt hatte, sprosste aus den Tiefen ihres Wesens empor. Sie war begabt und leidenschaftlich und brannte vor Energie. Während Sadie und Inez die Bewegung förderten, durften sie sich nur wenig zeigen. Alles musste in Heimlichkeit geschehen und im Untergrund versteckt werden. Das Alternet war ein wichtiges Werkzeug, aber es war nicht narrensicher. Die Agenten der Unternehmen waren doppelt so schlau wie die der Regierung und die lokale Polizei holte die Leute zu Verhören in die Polizeiwachen und quetschte sie aus.

Lernen ist ausschlaggebend für den Erfolg des Kampfes und deshalb bauten Sadie und Inez auf den Lehrgängen auf, die Lupe eingerichtet hatte. Sie veranstalteten Abendsitzungen über Staatsbürgerkunde, politische Philosophie, Geschichte, laufende Ereignisse und das geltende Recht. Sie sprachen über die Statistiken, die ihr Leben erfassten. Sie durchbrachen die Vorstellung von Passivität, Entmachtung und Verzweiflung in den Köpfen der Menschen mit Berichten über erfolgreiche Revolutionen und erfolgreiche Kämpfe für sozialen Wandel.

„Bürgerrechte, Gleichberechtigung der Frau, Arbeitsreformen – all das ist nicht einfach vom Himmel gefallen", sagte Inez den Menschen. „Jahre des Lernens, des Kampfes, der Not und der Opfer waren dafür notwendig. *So* sieht die Realität des Kampfes für einen Wandel aus! Die Gesetze unserer Nation versklaven uns. Der für die Oberschicht errichtete Schutz verewigt unser Leiden. Für uns verkörpert die Polizei Grausamkeit und Ungerechtigkeit. Die Politiker stellen Tyrannei und Korruption dar. Demokratie ist zu einem hohlen Wort geworden. Für das Volk bedeutet es nichts, denn es wurde seiner Möglichkeit zu wählen beraubt. Das geschah durch kriminelle Überzeugungen, diskriminierende Gesetze und dadurch, dass es nicht Milliarden besitzt, um seine Kandidaten ins Amt zu bekommen!"

Inez verteilte die bittere Wahrheit wie eine schwer zu schluckende Medizin. Die Demokratie war nicht tot, sie war nur bis zur Unkenntlichkeit verdreht. Inez war überzeugt, dass alle Menschen gleich geschaffen seien und dass jeder, reich oder arm, kriminell oder nicht, jung oder alt, gebildet oder ungebildet, ein Votum hatte. Sie gründete Gemeinderegierungen und lud alle ein, daran teilzuhaben. Beim Ringen mit den Schwierigkeiten, die die Gemeinden plagten, lernten die Menschen partizipatorische Demokratie. Es war eine mühevolle Arbeit, voller Frustration und Streit, aber Inez glaubte an ihre Notwendigkeit und ihren Erfolg.

Die Armen der Stadt brachten Stärke, Ausdauer und Mut mit an den Verhandlungstisch. Sie hatten schwere Zeiten überlebt und waren dadurch praktisch, schlau, berechnend, scharf und wachsam geworden. Für Sadie, die von pazifistischen und aktivistischen Eltern aufgezogen worden war, war Gewaltfreiheit ein moralischer Imperativ, aber in Inez' Gemeinden musste sie zu einer Taktik erklärt werden, denn die Menschen waren mit Gewalt aufgewachsen. Sie würden sich nicht darauf einlassen, wenn sie nicht gewinnen würden. Inez wiederholte beharrlich die Beschreibung des Prozesses, durch den Tyrannen ihre Macht verlieren: Die Unterstützung der vielen hatte die regierende Elite hervorgebracht und hielt sie in ihrer Machtstellung! Also mussten die vielen ihnen die Macht auch wieder entziehen. Inez' Augen nahmen den Glanz von Gandhis Seelenkraft an und sie wusste, die vielen würden schließlich nicht mehr aufzuhalten sein. Tag um Tag sah Inez, wie Menschen durch Vorsatz und Überzeugung lebendig wurden.

„Das ist unsere eigentliche Arbeit", sagte Inez eines Abends zu Sadie. „An der Oberfläche legen wir Gärten an und ziehen Nahrung heran, aber in der Tiefe ziehen wir Menschen heran. Wir stärken die Gesundheit durch gute Nahrung, die Körper durch ehrliche Arbeit, den Geist durch Bildung und Herzen und Seelen durch Handeln."

Pilar Marias Kaffee floss wie ein schwarzer Strom. Seine Bitterkeit wurde zum Geschmack dieser Zeit. Sadie würgte ihn mit einer Grimasse runter und akzeptierte die harsche Energie als Buße dafür, dass sie diesen Aufstand mit ihren Lügen in Gang gesetzt hatte.

„Du hast nicht gelogen, Sadie“, hatte ihr Charlie zum Abschied gesagt. „Du hast die Geschichten des Löwenzahnaufstandes vor dir ausgebreitet gesehen wie die Sterne am Himmel und du hast es gewagt, auf die Konstellation hinzuweisen, die sie bildeten.“

Sadie hatte seine süßen Worte mit einem Lächeln mit auf die Reise genommen. Jetzt erleichterten sie ihr den Kampf und ließen den Kaffee weniger bitter schmecken. Eines Morgens wurde ihr klar, dass sie eine Zuneigung für die schmerzhafte Ehrlichkeit des Gebräus entwickelt hatte. Es trieb die Menschen zu Taten an. Es verbrannte Lügen in der Kehle. Es rüttelte die Klarheit im Geist auf. Es ließ keinen Raum für Idealismus, sondern nur für absolute Wahrheit. Pilar servierte den Kaffee schwarz ... er war so schonungslos wie die Realität, in der sie lebten. Sie entschuldigte sich nicht. Sie bot keine Milch an. Sahne und Zucker mussten aus der Seele kommen.

Eines Abends saßen Sadie und Inez im hallenden Kirchenschiff und sprachen darüber, was als Nächstes im Kampf zu tun war. Ihre leisen Stimmen waren im Schweigen der Kirche kaum zu hören. Die ewigen Votivlichter standen in einer Reihe auf dem Altar vor ihnen. Sadie lehnte sich im Kirchenstuhl zurück und sah in die dunkle Leere der Decke.

„Inez“, sagte sie ruhig. „Wie tief willst du in die Revolution eintauchen?“

Inez zog die Stirn in Falten.

„Willst du das Problem ein wenig stutzen, oder willst du es mit den Wurzeln ausreißen?“

„Mit den Wurzeln natürlich“, antwortete Inez sofort.

„Dann müssen wir die Gier bekämpfen“, sagte Sadie. „Wenn wir sie nicht als geistige und moralische Schwäche ansprechen, kann keine noch so große Revolution einen dauerhaften Wandel bringen. Die Gier unserer Gesellschaft muss entwurzelt werden, sonst geraten wir in etwas, das wir hassen."

*Konsum* war einmal der Name einer tödlichen Krankheit gewesen. Jetzt verdarb er in der Praxis die Seele. Er verschlang das Leben. Er verkrüppelte Gesellschaften. Konsum war zum Symbol der amerikanischen Gesellschaft geworden und machte ihren Niedergang deutlich. Gier war die Krankheit, die sie alle töten würde. Niemand war immun gegen sie. Inez erkannte Zeichen dafür, dass sich auch die Armen damit angesteckt hatten. Lupe diagnostizierte sie in den Vorstädten. Charlie wusste, dass auch seine Verwandten auf dem Land daran litten. Sadie trat für ein Heilmittel ein.

„Man hat uns Gier beigebracht", sagte Sadie den Leuten. „Man hat uns Konsum als Maßstab für unseren Wert verkauft, aber seht euch um! Ihr seid Menschen, die daran gemessen werden, welches Maß an Liebe und Freundlichkeit sie anbieten. Wenn ihr nichts habt, seid ihr immer noch mehr wert als Millionen Dollar auf der Bank! Geld ist ein elender Ersatz für die Reichtümer unseres Herzens. Hinter unserer Gier verborgen ist die Sehnsucht nach etwas Größerem, etwas, das man mit Geld nicht kaufen kann und das Waren nicht liefern können. Wir wünschen uns, dass wir lieben und geliebt werden. Wir wollen mit anderen gemeinsam essen. Wir wollen einen Schutz vor dem Sturm. Wir wollen Frieden. Wir wollen Freude."

Inez und Sadie drängten die Menschen, alle Formen von übermäßigem Konsum abzuwerten. Wenn sie Gleichberechtigung wollten, dann müssten sie die selbst verkörpern. Inez sagte ihnen, sie sollten anderen von ihrer Zeit und ihrer Liebe abgeben. Sadie forderte die Menschen auf, die Augen von der Werbung abzuwenden und einander anzusehen und einander zuzuhören. Die beiden gingen noch einen Schritt weiter und drängten die Menschen, sich von der Gier zu befreien, die sie alle versklavte. Sadie drängte die Menschen, den Konsumismus nüchtern zu betrachten. Sie sagte den

Leuten, sie sollten ausspucken, wenn ein Luxusauto an ihnen vorüberfuhr und wenn sie Reklametafeln für goldene Uhren sahen und wenn das Radio ihnen sagte, sie könnten nicht ohne die auf dem Markt neuesten Geräte leben!

„Spuckt eure Versklavung an eine Kultur der Gier aus", sagte Sadie. „Bemerkt dann, wie die Sucht euern Körper verlässt. Und dann geht erhobenen Hauptes weiter. Ihr seid der Freiheit einen Schritt näher gekommen!"

Die beiden sagten den Leuten, sie sollten nicht nur aufhören, den Reichtum zu verehren, sondern sie sollten auch die Reichen nicht mehr billigen.

„Wenn Kinder hungrig zu Bett gehen", sagte Sadie leidenschaftlich, „werden die Diamanten der Reichen zu Sinnbildern ihrer Schande! Kehrt ihnen den Rücken. Entzieht *den* Menschen die Billigung, die Reichtümer aus dem Leiden anderer zusammengerafft haben!"

Nachdem der Löwenzahnaufstand auf die parasitäre Verbindung zwischen Reichen und Armen hingewiesen hatte, verschwanden allmählich die prahlerischen Statussymbole aus der Öffentlichkeit. Die Situation triefte von Ironie. Die Reichen verleumdeten die Unterschicht als Schmarotzer des Systems, während die Reichen die ganze Nation einen nach dem anderen zu Tode schmarotzten. Die fettesten Schmarotzer waren die oben. Sie stahlen den Babies die Nahrung, denn, so lautete der neue Spruch: *Der Schatz des einen ist der Hunger eines anderen.*

Inez empfand das Anwachsen der Spannung. Sie konnte am Geruch der Stadt wahrnehmen, dass ihre Bereitschaft zum Handeln reif wurde. Die Augen folgten nicht mehr mit Neid den vorüberfahrenden Luxusautos. Sie brannten wegen der Ungerechtigkeit. Das Wissen schmerzte. Die Elite verdoppelte ihre Sicherheitskräfte, wenn sie in der Öffentlichkeit auftreten musste. Die Stadtpolizei verstärkte die Blockaden um die Greenback-Straße.

Von der Innenstadt aus verfolgte Aubrey Renault aufmerksam die Bemühungen seiner Freunde. Er zitterte vor schmerzlichen Gefühlen, wenn er die Leute bediente, die gegen seinen kleinen Vogel waren. Er biss die Zähne zusammen, wenn der *Schlächter* seine Kochkunst lobte, er nickte höflich, wenn der *Bankier* an seine Tür kam, doch er wusste, wie leicht sie seine geliebte Sadie verletzten könnten, dieses Mädchen, das vor Jahren an seiner Schwelle gestanden hatte. Nachts schlief er nicht mehr. Schuldgefühle plagten ihn. Er war dadurch reich geworden, dass er die Reichen versorgte. Zwar gab er großzügig, aber das Fass ohne Boden des Leidens verschlang unaufhörlich jeden Cent. Keine Summe war hoch genug, die er als Buße dafür geben konnte, dass auch er seinen Anteil an der Ungerechtigkeit hatte. Er konnte den Aufschrei seiner Seele nicht noch länger mit seinen Robin-Hood-Spielen dämpfen. Seine Lady Freiheit glühte ihn vom Hafen her an. Das nicht erfüllte Versprechen ihres Glaubensbekenntnisses erklang anklagend in seinen Gedanken:

*Gebt mir eure Müden, eure Armen,*

*Eure zusammengedrängten Massen, die sich danach sehnen, frei zu atmen …*

Eines Abends hielt er über den Flammen inne, während er ein *filet mignon* briet. Er ließ erst die eine Seite und dann die andere Seite verbrennen. Er atmete den Gestank des verbrannten Fleisches ein wie ein bitteres Parfüm. Es war so weit. Er drehte die Flamme aus, übergab die Küche dem *sous-chef de cuisine* und ging, noch in der Schürze, in die Nacht hinaus. Er nahm Kontakt zu seinem kleinen Vogel auf und schickte ihr sein Privatauto, damit es sie heimlich zu seiner Wohnung brächte. Sadie und Aubrey sprachen noch lange an diesem Abend miteinander, während sie nebeneinander auf seinem Balkon saßen, von dem aus man über die Stadt sehen konnte. Schließlich nickte Sadie. Sie gaben einander die Hand.

Sie ging. Er betete zur heiligen Freiheit. Als es dämmerte, ging er sich fertig machen.

Die Feier des Jahrestages des erfolgreichsten und exklusivsten Restaurants wurde als Ereignis des Jahres angepriesen. Alle auserlesenen Gäste des Cafés Renault wollten unbedingt dabei sein. *Der Schlächter, der Bankier, der Kerzenhalterproduzent,* der Bürgermeister, der Präsident, der Chef der Sonderoperationen, auch der letzte der Reichen, die mächtigsten Mitglieder der Elite nahmen die Einladung des weltberühmten Aubrey Renault an. Als der Abend kam, hieß Aubrey seine Gäste willkommen. Seine obsidianfarbenen Augen glitzerten. Er wusste, dass er ihnen an diesem Jahrestag ein unvergessliches Fest bieten werde, ein Mahl, das das Gesicht der Politik ändern würde. Das üppige Mahl enthielt nur eine einzige Zutat: Löwenzahn.

„In zwanzig Minuten werden die Hungrigen kommen und am Fest teilnehmen. Laden Sie sie an Ihren Tisch ein ... oder verlassen Sie mein Restaurant!“

Wilder Schreck und Gedrängel entstanden, als die privaten Sicherheitswächter die Elite aus dem Restaurant brachten. Zuerst spottete der *Bankier* und nannte es einen Scherz. Aber auch er floh, als sich die Gerüchte bestätigten.

Die Armen marschierten zur Greenback-Straße.

* * *

Weit oben im Norden sahen und hörten Ellen Byrd und Bill Gray mit angehaltenem Atem, wie der Hauptfernsehsender behauptete, in der Greenback-Straße seien Unruhen ausgebrochen. Bills Laptop auf dem Couchtisch zeigte das aktuelle Bildmaterial via Alternet.

„Sieh dir das an“, sagte Bill. „Es gibt überhaupt keinen Aufruhr. Das Fernsehen zeigt altes Bildmaterial. Ich glaube, diese Bilder stammen noch nicht einmal aus den Vereinigten Staaten."

„Schsch! Da ist Sadie!"

Sie stand im Eingang von Café Renault und erklärte, was geschehen war. Um sechs Uhr hatte eine Gruppe von zehn demokratisch gewählten Vertretern aus den Vierteln versucht, die Barrikaden der Ausgangssperre um die Greenback-Straße zu passieren. Sie zeigten Einladungen zu Aubreys Jahrestagsfeier. Sie waren gekommen, um in den Genuss der Liebenswürdigkeit von Aubreys Angebot zu kommen und um zum ersten Mal in ihrem Leben an *einem* Tisch mit den Mächtigen zu sitzen, die einen so großen Teil ihrer täglichen Erfahrungen bestimmten. Als die Polizei sich weigerte, sie durchzulassen, telefonierte Sadie und in fünfzehn Minuten hatten sich tausend Bürger versammelt. Sie hatten sich auf das Jahrestag-Abendessen ebenso sorgfältig vorbereitet wie Aubrey Renault. Rasch und ruhig führte Sadie die Leute, noch bevor sie aufgehalten werden konnten, durch die Polizei-Barrikaden und sie betraten die Greenback-Straße. Um sieben Uhr hatte die Elite hastig das Feld geräumt.

Sadie stand am Brunnen vor dem Café Renault. Menschen umgaben sie, die nie zuvor einen Fuß in die Straße gesetzt hatten. Jetzt aber standen sie entschlossen da, um zu zeigen, dass die Greenback-Straße den *Leuten* gehöre, allen Leuten. Sie waren nicht gekommen, um etwas zu zerstören, sondern um den Reichtum der Nation *den* Menschen zurückzugeben, auf deren Rücken er verdient worden war.

„Wachtmeister, ihr könnt nach Hause gehen", rief Sadie. „Keine einzige Fensterscheibe wird hier beschädigt. Keine einzige Blume wird zertreten. Wir sind nur gekommen, um mit der Elite am selben Tisch zu sitzen. Es tut uns leid zu hören, dass sie sich weigern, uns, wie zivilisierte Leute es täten, kennenzulernen."

Der Offizier antwortete über ein Megafon:

„Wir haben Befehle, diese Straße von Leuten eurer Art zu räumen."

„Nicht von Leuten meiner Art", antworte Sadie, ging vom Brunnen weg und ging auf ihn zu. „*Unsere* Art Leute. Dieser Herr hier bist du, wenn du keine Rente bekommst. Diese Frau ist deine Frau, wenn ihr Herz krank wird, und du die Operation nicht bezahlen kannst. Diese junge Mutter ist deine Tochter, wenn ihre Hypothek gekündigt wird. Diese verehrungswürdige alte Dame ist deine Mutter, wenn der Kongress ihre Sozialversicherung streicht." Sadie gab jeder Person, von der sie gerade sprach, die Hand. „Du hast die Wahl, du kannst die Menschen schützen und ihnen dienen oder du kannst der bezahlte Söldner der Oberschicht sein."

Weit oben in Nord-Maine barst Ellens Herz vor Gefühlen. *Halte dich von diesen Schupos fern*, Sadie, drängte sie im Stillen. Dieser Leib, den sie geboren, diese Gliedmaßen, die sie genährt, die wilden Locken, die jedem Zwang widerstanden, und die dünne Rüstung von Sadies Haut, alles das stand nur wenige Meter von einer als sicher erscheinenden Verletzung entfernt schutzlos da. Ellens Sinne waren geschärft und sie sah die Gänsehaut auf Sadies nackten Armen, die von der kühlen Abendluft herrührte. Sie hätte ihrer Tochter am liebsten gesagt: Zieh dir einen Mantel an! *Der würde nichts nützen*, dachte sie. Dieses Mädchen müsste einen Ganzkörperpanzer tragen, wenn es sich zwischen bewaffnete Polizisten wagt.

„Wenn ihr nicht sofort die Straße räumt, werden wir die Nationalgarde zur Hilfe rufen."

„Wer von euch hat ein Familienmitglied im Militär, das dort dient, weil die Armut es dazu getrieben hat?", fragte Sadie in die Menge.

In gespenstisch anmutendem äußerstem Schweigen erhoben alle in der Gruppe die Hand. Ellen Byrd schauderte beim Anblick der vollkommenen Überzeugung und Deutlichkeit. Ihre Tochter hatte eine Friedensarmee aufgestellt. Diese Menschen waren organisiert. Sie hatten Wut oder Furcht überwunden und diese Gefühle in Treibstoff für ihre Entschlossenheit umgewandelt. Sie hatten die Hitze der Wut in die Stärke der Ausdauer gemäßigt und ihre Furcht zu Mut gehärtet.

Ellen und Bill lasen Charlies Kurzbericht voller Sorge: Die Situation würde unvermeidlich zu Zwangsräumungen oder Verhaftungen führen.

Charlie schrieb ironisch: *Bisher wartet die Polizei nur ab. Die Strategie scheint zu sein: Ignoriert sie so lange, bis sie nach Hause gehen. Das könnte das klügste taktische Vorgehen in der Geschichte der Vereinigten Staaten sein.*

„Es ist nur eine Frage der Zeit“, warnte Aubrey Sadie. Sie saßen nebeneinander auf dem Rand des Brunnens. „Die Reichen werden sich nicht mit dir treffen und die Polizei wird nicht dulden, dass das hier so weitergeht. Sie darf es nicht.“

„Das wissen wir. Es war von Anfang an eine symbolische Geste“, sagte Sadie und sah in beiden Richtungen in die Straße. Die Besitzer der Ladenfront waren die schlimmsten Agitatoren. Sie forderten die sofortige Räumung des Durcheinanders. Jede Minute, die das andauerte, riss ein Loch in ihre Gewinne. Die Armen beschmutzen die Greenback-Straße mit ihrer Anwesenheit, sie beeinträchtigten die Anziehungskraft der Straße. Sadie wünschte sich, die Demonstranten könnten so lange bleiben, bis sie durch ihre bloße Anwesenheit den krank machenden Elitismus der Kulturoase der Reichen in Stücke gerissen haben würden ... es war nur eine Frage der Zeit.

Aubrey veränderte seine Haltung auf dem Brunnenrand neben ihr.

„Sie werden bald Tränengas einsetzen“, warnte er.

„Dann werden wir zuerst das Spiel verändern“, antwortete Sadie. Sie sah nach den Fenstern der Wohnungen in der Stadt: Die Bürger knipsten das Licht an und aus, um ihre Solidarität mit den Demonstranten zu zeigen. Sie betrachtete die unglaublichen Muster, die sich bildeten und verschwanden. Ihre Blicke folgten den Bewegungen. Einen Augenblick lang verschwand alles um sie her und sie konzentrierte sich auf eine besonders schöne Folge blitzender Lichter. *Das ist das Leben*, dachte sie, *ein Blitzen von Helligkeit, hier und dann nicht mehr hier, eine ständig wechselnde Vertauschung von Dasein und nichts.*

Wir wollen mit dem Formationsflug beginnen, entschied sie. Sie versammelte die Demonstranten um sich. „Wenn die Polizei uns nicht an einem Ort haben möchte, auch gut. Wir werden uns überall hin verteilen wie Vogelschwärme. Wir wollen ja nicht nur die Greenback-Straße. Wir wollen das ganze Land! Lasst uns den Aufstand in Gang bringen!"

Das Wort verbreitete sich durch das Alternet. Die Menschen verließen die Greenback-Straße, aber als *die drei Männer in der Badewanne* schon ihren Erfolg feierten, erblühte eine unerwartete Form des Widerstandes in den Städten überall im Land. Sadie und der Löwenzahnaufstand setzten eine Reihe spontaner Demonstrationen der Bewegung in Gang, die den Spitznamen *Formationsflug* bekamen. Blitzaufläufe trafen auf Märsche und die Menschengruppen vereinigten sich, trennten sich wieder, bildeten sich neu und wogten ohne festes Ziel oder geplante Routen durch die Straßen der Städte. Sie gingen. Sie setzten sich eine Weile auf die Bordsteine und gingen dann weiter. An den Straßenkreuzungen marschierten sie im Kreis und dann gingen sie weiter geradeaus. Die Polizisten konnten nicht herausfinden, was da vor sich ging. Die Menschen jedoch kannten die einfachen Regeln des Spiels: *fliegt vorwärts, wechselt die Führung bei jeder Richtungsänderung, haltet die Abstände gleich und lasst euren Flügelgenossen nicht im Stich.*

Gerade als die Greenback-Straße wieder ihre normale Atmosphäre zurückbekommen hatte - Einkaufen und Abendessen der Extraklasse - schoss eine Flugformation gut gekleideter ‚Käufer' herein und erschreckte die Reichen beim Mittagessen. Bis die Sicherheitskräfte alarmiert waren, war der Schwarm schon wieder verschwunden. Diese Demonstrationen bildeten sich einige Tage lang fast stündlich. Schließlich sperrten die privaten Sicherheitskräfte die Straße vollkommen ab. Es war jedoch zu spät. Das Mysterium der Kulturoase war dahin. In den oberen Rängen wurde geflüstert, dass man nicht mehr sicher sei, wenn man in diese Gegend gehe.

Die Flugformationen waren die gewaltfreie Guerilla-Strategie des Löwenzahnaufstandes. Sie erschienen und verschwanden und wurden immer umfangreicher. Sadies Prinzipien der multinodalen Bewegung - *schaffen, kopieren, verbessern und weitergeben* – boten den gewöhnlichen Menschen einfache Anweisungen für Protest und Wandel. Jemand ging eine Straße in der Stadt runter, zog einen Topf und einen Kochlöffel hervor und ein *Cacerolazo* von tausend anderen erschallte. Ein paar Leute blieben auf einem Fußgängerüberweg stehen und in zwei Minuten stockte der Verkehr, weil Dutzende Menschen langsam und schweigend die Hände erhoben und die unausgesprochene Frage beantworteten: Wer hat Familien der Armuts-Rekrutierung dem Militär geopfert? In einem Park rief eine einsame Stimme: *Was wollen wir?* Und unvermeidlich würde der Ruf ertönen: *Leben!* Und noch einmal wurde gerufen: *Was wollen wir?* Jeder in Hörweite würde in die Antwort einstimmen: *Liebe!* Die Flugformation trieb die Behörden in den Wahnsinn. Sie konnten nichts tun, um sie aufzuhalten.

„Es ist ein Tanz", sagte Sadie den Leuten durchs Alternet. „Ein Tanz von Menschen, die zusammenarbeiten, um zu zeigen, dass *wir selbst* unsere Autoritäten sind. Früher oder später werden die Beamten einsehen, dass sie uns zuhören müssen, denn *jetzt* haben wir gelernt, *einander* zuzuhören."

Nachdem Sadies Rolle als Führerin so deutlich geworden war, war sie gezwungen, ihre Arbeit aus einem Versteck heraus fortzusetzen. Der Polizeichef hatte mit der vollen Unterstützung der Reichen geschworen, einen Rachefeldzug gegen Aubrey persönlich in Gang zu setzen. Sie jagten den Mann gnadenlos, bis er schließlich verhaftet und ins Gefängnis geworfen wurde, ohne dass er für eine Kaution freigelassen werden durfte. Dann wandten die Reichen ihren Zorn gegen Sadie. Die Propagandamaschine nannte sie *die meistgehasste Frau in Amerika*. Tucker hackte in die Mainstream-Medien-Netzwerke, strich ‚gehasste' durch und veränderte den Slogan zu *meistGELIEBTE Frau in Amerika*. Charlie veröffentlichte einen Artikel, in dem er genau erklärte, warum Sadie Byrd Gray immer beliebter wurde, auch wenn die Regierung sie jagte:

*Sadie ist ein Beispiel für den unbezähmbaren Geist und die unbezähmbare Leidenschaft des Löwenzahnaufstandes. Sie strebt unaufhörlich nach Leben, Freiheit und Liebe; sie lässt sich nicht umwerfen und gibt nicht nach. Die vereinten Mächte von Unternehmen und Politik hassen sie eben deshalb, weil sie unserer Liebe so sehr wert ist!*

Sadie war im Keller eines Wohngebäudes versteckt und sehnte sich danach, Charlie zu sehen, und zwar nicht nur auf dem Bildschirm, sondern mit ihren körperlichen Augen. Auch Inez war durch die Belastung ihrer Bemühungen angegriffen. Die kleine Frau sehnte sich danach, ihre Finger wieder in den Erdboden zu senken und friedlich ihren Garten zu bestellen. Beide kämpften jedoch tapfer gegen ihre Beschwerden an. Ihre Opfer schienen, verglichen mit denen Lupes, gering. Sie hatte ihre Kinder in ein Versteck geschickt, denn sie fürchtete, sie würden entführt und für die Auslieferung von jemandem in der Bewegung als Geiseln benutzt. Pilar Maria ertrug die Schwierigkeiten wie der Felsen von Gibraltar und doch brach sie in Tränen aus, wenn sie an die Notlage ihrer Familie dachte.

Auch Sadie tat das Herz weh und doch verdoppelte sie ihre Anstrengungen, einen Volkswiderstand aufzubauen. Die Voraussetzung für Tuckers Veröffentlichung der Information über den Wahlbetrug war, dass die Bürger sich daran gewöhnt hätten, unter dem Druck der autoritären Regierung zu demonstrieren und so weit war es noch nicht. Überwachungsdrohnen flogen über den Straßen. Sadie und Inez hielten die Augen offen, um das Eindringen der Agenten von Regierung und Unternehmen zu erkennen. Bei einer Razzia in der anarchistischen Fahrrad-Kooperative wurden Hawlings und Spark Plug verhaftet. Charlie warnte Sadie, sie solle vorsichtig sein. Er verdächtigte Sparky und das setzte ihm zu.

Sadie teilte Charlie widerstrebend mit, dass es besser wäre, wenn sie keinen Kontakt mehr zueinander hätten. Die Spannung und der Stress der Woche zeichneten sich in ihrem Gesicht ab.

„Sie kommen näher. Ich fühle, dass sie bereit sind zuzuschlagen. Wenn sie dir über mich auf die Spur kommen, könnte das eine Katastrophe werden."

Charlie nickte zustimmend.

„Komm zurück", schlug er vor. „Ich halte an meiner Besetzung von Tuckers freiem Schlafzimmer fest. Ich könnte hier einige Solidarität gebrauchen."

Sie lächelte und streckte ihre Hand zum Monitor:

„Ich liebe dich."

„Ich liebe dich wieder und eine Million Mal mehr!"

Diese Liebe trieb sie durch die anstrengenden Tage. Todesdrohungen für Sadie und Inez stapelten sich vor Pilar Marias Tür. Inez biss die Zähne zusammen und umgab Sadie und sich mit Märtyrertum wie mit einem dünnen Schutzschleier. Damit warnte sie die Welt, dass ihr und Sadies Tod eine Revolution auslösen würde. Sie pflanzte den Menschen diese Vorstellung ein, bewässerte sie mit Gebeten und wachte über ihrem Anwachsen zu einer unheimlichen Möglichkeit, die Sadie erschauern ließ. Revolution würde kommen, ob sie nun ermordet würden oder nicht ... und, ehrlich gesagt: Sie wollte lieber am Leben bleiben.

Eines Abends lehnte sich Sadie gegen eine Wand. Sie war müde und wartete darauf, dass ein Gespräch anfangen würde. Die etwa hundertzwanzig Organisatoren in New York hatten ein geheimes Treffen vorbereitet. Sadie war nervös bei dem Gedanken, daran teilzunehmen, aber Inez dachte, es sei wichtig, dass sie sich an dem Erarbeiten einer Strategie für den nächsten Schritt beteiligten. Sadie seufzte. Es war keine leichte Zeit für die junge Hebamme der Liebe gewesen. Sie war bis an die Ellenbogen in die blutigen Geburtswehen der Menschheit getaucht: Schweiß, Tränen, Mühsal, Gedränge, zusammengebissene Zähne, Schreien. Sadie sah in das halbe Dutzend Gesichter im Raum, in die sich Stress und Sorge ebenso eingeprägt hatten wie Leidenschaft und Entschlossenheit. Ihr Herz schmerzte, wenn sie an sie dachte. Sie waren Eltern im schwierigen Prozess, den Wandel zu gebären. Erinnerungen stiegen in Sadie auf und bedrängten sie. Sie biss ich auf die Lippe und fragte sich, was sie diesen Eltern sagen könnte, wenn es so aussah, als ob der Wandel mehr Kummer als Schönheit in ihr Leben bringen würde. Sie fühlte mit ihnen. Sie hatte zwei Kinder abtreiben lassen und hatte ihre Ausreden wie Mantras wiederholt: *zu jung, zu unreif, nicht bereit, zur falschen Zeit*.

Plötzlich stiegen ihr die Tränen in die Augen. Wenn ich damals nur mehr Unterstützung gehabt hätte! Wenn ich gewusst hätte, dass meine Kinder ernährt und gekleidet werden würden ... wenn ich gewusst hätte, meine Kinder würden nicht in den Krieg geschickt, geschlagen oder unschuldig ins Gefängnis kommen ... wenn die Väter so voller Liebe gewesen wären wie Charlie .. Sadie hielt diese Gedanken an. Das Labyrinth der Was-wäre-gewesen-wenn hatte keinen Ausgang. Sie war hier, jetzt, sie hatte ihre Entscheidung getroffen und dementsprechend breitete sich die Zukunft vor ihr aus. Sie stieß sich von der Wand ab und trat in die Mitte des Raumes:

„Heute Abend wollen wir über Liebe reden."

Beim Einrichten sich selbst regierender Gemeinden war viel darüber diskutiert worden, ob man politische Kandidaten aufstellen sollte, und es war der ideale Zeitpunkt, die Samen der Löwenzahnpolitik auszusäen.

„Ich habe am eigenen Leib Missbrauch-Beziehungen erlebt", bekannte sie, „und jetzt habe ich mir zur Regel gemacht: keine Toleranz! Ich werde mich nicht mit Politikern aufhalten, die mich missbrauchen, bestehlen, verhungern lassen oder vergiften wollen. Wenn mich jemand verletzt, sind wir erledigt. Keine Ausreden. Ich werde nicht noch einmal für diese Person stimmen. Das amerikanische Volk verdient politische Partner, die es respektvoll behandeln. Ich werde für jeden stimmen, der ehrlich sagt: Ich liebe euch ... und der dann entsprechend handelt."

Alle in der kleinen Gruppe nickten zustimmend. Sadie fuhr fort.

„Ich habe mich in diesen großartigen Mann verliebt und er hat mir gezeigt, dass man, wenn man mit jemandem in Beziehung steht, ihm zuhören muss. Genau so eine Beziehung müssen die Staatsdiener zu den Bürgern haben ... es muss eine wahrhaft fürsorgliche und aufrichtige Partnerschaft sein."

„Wer ist dieser Mann? Vielleicht kann ich ihn anrufen und um Rat fragen", scherzte ein Witzbold.

Sadie traf eine Blitzentscheidung. Wenn sie schon aus einem Versteck heraus arbeiten musste, dann konnte sie das ebenso gut aus einem gemeinsamen Versteck mit Charlie tun. Inez erstarrte, als sie Sadies Gedanken erriet. *Tu's nicht, Sadie,* bat sie schweigend, aber ihre junge Freundin sagte es doch.

„Charlie Rider ist der wunderbarste Mann auf Erden."

Dieser reizvolle Informations-Leckerbissen raste durch die Straßen wie die Feuerwehr.

Das erregende Wissen, dass Sadie Byrd Gray und der berüchtigte Charlie Rider ein Paar waren, überfuhr alle Haltesignale der Geheimhaltung. Die Nachricht raste durch das Viertel und erreichte die Ohren von Spark Plug wie eine heulende Sirene.

„Ich habe sie einmal getroffen", sagte er beiläufig zu der Frau, die ihm die Neuigkeit mitgeteilt hatte. Er zeigte auf sein vernarbtes Gesicht. „Als ich verhaftet worden war, versuchten die Bundessicherheitsbeamten die näheren Umstände der beiden aus mir rauszuprügeln."

„Ich denke", sagte das Klatschmaul, „sie müssen hier irgendwo in der Nähe sein."

Spark Plug sah aufmerksam auf.

„Wie kommst du darauf?"

„Ja, Sadie war ja gerade bei der Versammlung ... und wenn er sie liebt, wird er wohl in der Nähe sein, meinst du nicht auch?" Die Augen des Klatschmauls glühten vor Erregung.

Auch Spark Plugs Augen glühten, aber aus anderen Gründen. Er humpelte davon und rief den Agenten zu sich, der ihm bei jeder Bewegung auf den Fersen war. Sie schlossen einen Handel über eine Fortsetzung seiner Freilassung aus dem Gefängnis ab.

## KAPITEL ZWEIUNDZWANZIG

. . . . .

## *KEINE TERRORISTIN*

„Was?!“, keuchte Charlie, als Tucker aus dem Untergeschoss kam und sagte:

„Sie haben die Stadt abgesperrt! Eine gewaltige Mobilisierung führt Hausdurchsuchungen durch. Sadie ist verschwunden – niemand weiß, wohin – Pilar bringt Inez aus der Stadt raus, Zipper behauptet, dass einer mit dem Namen Spark Plug zum Informanten geworden ist ...“

Charlie fluchte und wünschte den Punk mit dem gelben Bauch - zum ewigen Aufenthalt dort! - in die Hölle.

„Das ganze Alternet wird sondiert wie bei einer Darmspiegelung“, brummte Tucker, „und diese Plakate hängen überall!“ Er gab Charlie einen Ausdruck.

Auf einem Foto von Sadie Byrd Gray stand das Wort TERRORISTIN. Darunter stand: *eng verbunden mit Charlie Rider.*

*Die Jagd nach dem Vogel Sadie* faszinierte die *Mainstream*-Medien. In den Abendnachrichten wurde Bildmaterial über bewaffnete Polizisten gezeigt, die Türen eintraten und *Keine Bewegung!* schrien. Die Absperrung New York Citys zum Zweck der Verhaftung der *meistgehassten Frau in Amerika* war Thema der Titelseiten aller großen Zeitungen. Das Radio unterbrach alle fünf Minuten sein Programm, um den Zuhörern ausführlich das Neueste über die verrückte Terroristin mitzuteilen. Panzer fuhren die Straßen auf und ab. Überall verhaftete die Polizei Menschen.

Der Anschlag auf Sadie machte alle, die sie kannten, wütend. Es war ein Anschlag auf sie selbst, ihre Familien und auf alles, das sie sich erhofft und erträumt hatten. Sie beobachteten die Verfolgung einer Frau, die ihnen nichts als Liebe gegeben hatte, und vor Empörung über die Regierung drehte sich ihnen der Magen um. Charlies Schriften kochten über:

*Die Verbrecher aus Unternehmen und Politik müssen für ihre unmoralische Verfolgung von Sadie Byrd Gray verurteilt werden. Die Bezeichnung Terrorist oder Terroristin, die unterschiedslos gebraucht wird, ist eine eindeutige Verletzung der Menschenrechte und ein offenbarer Affront gegen die Gerechtigkeit. Die Elite aus Unternehmen und Politik missbraucht die Bezeichnung Terrorist, um Politik, soziale Bewegungen und, was am wichtigsten ist, die Menschen, die wir lieben, zu verletzen.*

Das war natürlich noch milde ausgedrückt. Seine Worte flammten über die Seiten, widersprachen den Anschuldigungen der Regierung und sie stimmten mit den empörten Reaktionen aller derer überein, die Sadie kannten. Ellen Byrd und Natalie Beaulier-Rider gingen mit Markierstiften gemeinsam zum Postamt des Ortes. Die Postbeamtin sah weg, als die beiden Mütter KEINE auf das Plakat schrieben, auf dem ihre Kinder TERRORISTEN genannt wurden. Schon bald trugen die Bilder von Charlie und Sadie im ganzen Land die Aufschrift KEINETERRORISTEN.

Bill Gray wurde so wütend über die verfälschte Darstellung Sadies als Terroristin, dass er seinen Fernseher auf die Hauptstraße schleppte und dort öffentlich zerschmiss. Charlie veröffentlichte einen Artikel darüber, wie verzweifelt Sadies Vater war, weil er erleben musste, wie sein einziges Kind durch die Propaganda verleumdet und von der Regierung gejagt wurde. Im ganzen Land wurden die Fernseher zerschmissen. Der Gebrauch des Alternets wurde allgemein. Charlie sah mit bitterem Vergnügen Videos von Demonstrationen und wusste, dass mit jedem zerschmissenen Fernseher *die drei Männer in der Badewanne* ihre Kontrolle über die Bevölkerung immer mehr verloren. Es war vorauszusehen, dass die Regierung verbot, Fernseher zu zerschmeißen. Die Leute stellten die Propagandamaschinen auf ihre Gehwege und brachten Zettel an, auf denen stand: *KOSTENLOSE LÜGEN*. Die Regierung reagierte mit Anzeigen im Fernsehen und im Internet, auf denen ein Stiefel zu sehen war, der eine Löwenzahnpflanze zertrat, und in denen es hieß: *Zertretet den Terrorismus!*

Schilder erschienen in Vorgärten, auf denen stand: *Löwenzahnpflanzen sind keine Terroristen*.

Autoaufkleber zierten die Kotflügel der Autos der Nation: *Eine Welt ohne Löwenzahn macht überhaupt keine Freude!*

Von Kinderhand gemalte Plakate wurden in den Fenstern von Schulen, Heimen, Kirchen und Märkten aufgestellt: *Hier wird Löwenzahn angebaut.*

Die Regierung verbot den Gebrauch der Wörter *Löwenzahn* und *Aufstand.*

Das goldene Symbol spross überall. Die Anzahl der Plakate mit Löwenzahn wuchs schneller als die Pflanzen selbst. Fahnen wurden auf Wäscheleinen in den Innenstädten aufgehängt.

Die Regierung verbot das ‚Bild der Terroristen'.

Ellen Byrd rasselte mit dem künstlerischen Säbel und stellte eine Armee von Künstlern auf. Abstrakte Maler warfen gelbe Flecke und grüne Linien auf Leinwände. Sprayer ließen überall mit Schablonen gemalte Löwenzahnpflanzen zurück. Eine Mode kam auf: Löwenzahn-Büstenhalter, die undeutliche gelbe Blüten zur Schau stellten. Feministische Aktivistinnen bildeten Blitzaufläufe, strömten zusammen, rissen ihre Hemden auf, schrien *der Löwenzahnaufstand ist hier*! Und verschwanden wieder.

Tucker hackte das *Mainstream*-Fernsehen und unterbrach die Nachrichten zur Hauptsendezeit mit Zippers neuem Film. Atemberaubende Clips blitzten auf und zeigten Lupes Kinder und Sadie in einem Garten, umgeben von gelbem Löwenzahn. Die Kinder pusteten und die Samen flogen. Kleine Kinne wurden gelb von den Pollen und Sadie knüpfte Ketten für die Kinder. Der Film endete damit, dass Eva Sadie feierlich mit Löwenzahnblüten krönte. Darunter stand nur: *Wir sind keine*

*Terroristen. Wir sind Menschen. Liebe Grüße vom Löwenzahnaufstand.*

Charlie erlaubte sich ein kleines Lächeln. Am selben Abend jedoch erschütterte ihn ein weiterer Anschlag mit schlechten Nachrichten.

„Sie haben eine Razzia auf Bills und Ellens Hof gemacht", sagte Tucker Charlie. „Die Bundessicherheitsbeamten benutzten das Antiversammlungs-Gesetz, um ein Treffen mit deiner Großfamilie abzubrechen. Etwa hundert wurden verhaftet, darunter Bill, Mack und dein Vetter Matt. Als Ellen von einem Besuch bei deiner Mutter nach Hause kam, fand sie alles um und um gedreht. Dein Großvater Valier hat sich in Bills Klohäuschen eingeschlossen und deshalb konnten sie ihn nicht verhaften."

Charlie sank der Mut. Sein Atem stockte. In seinem Kopf drehte es sich. Massenverhaftungen im ganzen Land! Die bis dahin vorhandenen Gefängnisse hatten keinen Platz für die Opfer der Verhaftungswelle. Die Evakuierungszentren wurden als Gefängnisse benutzt. Die Gerichte beklagten einen nicht zu bewältigenden Arbeitsrückstand: die Bürger würden so lange ohne Urteil festgehalten, bis Verhandlungen anberaumt würden.

„In anderen Worten: unbefristete Gefangenschaft in den Lagern", stöhnte Charlie.

Er zermarterte sich das Gehirn auf der Suche nach einer angemessenen Reaktion, während die Menschen von den Straßen verschwanden.

Er schrieb: *Wir dürfen sie nicht vergessen! Lasst ihnen einen freien Platz am Esstisch. Lasst im Büro einen Stuhl für sie frei. Lasst ihre Abwesenheit sichtbar werden. Wir dürfen uns nicht der Ungerechtigkeit beugen.*

Die Menschen errichteten kleine Schilder mit Zitaten aus seinen Artikeln:

*Eine verschwundene Person ist ein Zeichen unserer verschwindenden Freiheit.*

*Ihr seid nicht frei, ehe nicht alle frei sind.*

Die Regierung verhängte eine totale Nachrichtensperre über die Gefängnis-Lager, aber Mack gelang es, etwas von innen nach außen dringen zu lassen.

Er schrieb: *Bill, Matt und den übrigen geht es gut. Wir versuchen die schlechte Situation mit Trainings gut zu nutzen.*

Die nächste Mitteilung enthielt eine schlechte Nachricht:

*Eine Razzia hat unsere Trainings zerstört. Wir müssen jetzt Zwangsarbeit leisten, aber wir versuchen, gesund zu bleiben.*

Die dritte Nachricht ließ Charlie erschauern:

*Wir dürfen nicht mehr sprechen.*

Eine Woche verging, ehe die nächste Mitteilung kam.

*Flüstern ist verboten.*

Und dann kamen keine Nachrichten mehr.

Charlie betete für Mack, Bill, den jungen Matt, all die anderen Akadier, die bei der Razzia verhaftet worden waren, und für Aubrey Renault, der immer noch in New York City festgehalten wurde. Charlies Tisch wurde zum Altar. Dort stellte er Kerzen, Opfergaben und kleine Zettel auf, auf die Gebete gekritzelt waren.

Eines Abends stellte er Sadies Foto dazu.

„Wir haben nichts von ihr gehört“, sagte Charlie leise.

Tucker sagte nichts und starrte nur in das verzweifelte Gesicht des jungen Mannes.

Das Telefon klingelte. Sie flitzten. Tucker antwortete, zuerst misstrauisch, dann immer feierlicher und ruhiger. Ohne ein Wort drückte Tucker den Lautsprecherknopf und Charlie sah vom Tisch auf.

„... der Freund meines Freundes sagte, ich soll diese Nummer anrufen und diese Geschichte erzählen, auch wenn sie nur von einer Maschine kommt. Ich muss anonym bleiben, deshalb kann ich euch nicht sagen, in welchem Lager ich gearbeitet habe ... aber ich kann nicht länger schweigen. Ist das wirklich noch Amerika? Jesus Christus, ich weiß, dass diese Leute nichts Böses getan haben.“

Charlie nahm ein Stück Papier und machte sich Notizen, während die Aufnahme weiterlief.

„Man hat uns gesagt, wir müssten dafür sorgen, dass sie schweigen. Nicht sprechen. Nicht flüstern. Aber ich sah diese Zeichen, wisst ihr, geheime Kommunikation. Ich habe nichts darüber verraten, aber dieser Bursche hat mich dabei erwischt, wie ich sie beobachtet habe. Ich weiß nicht, vielleicht hat er irgendwie verstanden, dass ich ebenso erschrocken war wie er. Er sagte mir, ein Lächeln bedeutet: *Sei freundlich*, eine Berührung der Hand bedeutet: *nimm Verbindung zu anderen auf* und ein Blick in die Augen bedeutet: *Hab keine Angst!"*

Die Leitung knackte. Charlies Atem stockte. Tuckers Augen nahmen einen freudlosen Ausdruck an. Der Spruch der Aufständischen trieb ihnen Tränen in die Augen und Schauder in die Herzen. Charlie schrieb jedes Wort auf, das der Mann gesagt hatte. Im Morgengrauen schickte er die Geschichte als Nachricht durchs ganze Land und sie brannte wie eine Fackel schmerzhafter Erleuchtung.

* * *

Charlie ging beim Schreiben bis an die äußerste Grenze seiner Kräfte. In der Zeit gingen die Verhaftungen weiter und Furcht schnürte die Herzen der Aufständischen ein. Die führerlose Bewegung erreichte einen Punkt, an dem sie zusammenzubrechen drohte. Die Menschen wollten Antworten und Richtungsweisungen, aber anscheinend gab es keine. Zu einer Zeit, als alle Blicke nach Führern der Bewegung suchten, konnte Charlie nur eine Botschaft anbieten.

*Seht in euch selbst. Führer spiegeln Mut oder Furcht wider, die bereits in uns liegen. Werft eure Furcht weg, fasst Mut und geht vorwärts!*

Er versuchte, sich seinen eigenen Rat zu Herzen zu nehmen, aber Schlaflosigkeit und Besorgnis forderten ihren Tribut. Charlie schrieb fanatisch Tag und Nacht. Er war von

Sorge um Sadie erfüllt. In der Zeit wurde der Löwenzahnaufstand ein wenig aktiver: Bilder von der Front des Widerstands gegen die Förderungen strömten durchs Alternet. Die Menschen gaben sich über die Bahngeleise die Hand, wenn Güterzüge Kohle in die Häfen beförderten. Sie blieben stehen, als die Stahlmasse auf sie zu donnerte. Der Zug fuhr allmählich langsamer und die Bremsen kreischten, bis er auf den letzten Metern vor den Menschen anhielt. Der schwitzende Ingenieur bedeckte sein Gesicht mit den zitternden Händen. Seine Befehle waren von einem weit entfernten Büro gekommen: *Überfahren Sie sie, wenn sie das Gleis nicht räumen.* Seine Seele rebellierte. An anderen Orten schlossen die Ingenieure die Augen, verschlossen ihr Herz und ließen die Züge weiterrasen. Die Aktivisten stoben auseinander. Bisher war noch niemand getötet worden ... aber es fehlte nicht viel.

Ein unvergessliches Video vom Widerstand gegen die Öl-*Pipeline* kam durchs Alternet. Die Polizei schlug einen Protestierenden brutal. Der Mann bekam Schläge ins Gesicht, auf die Brust und in die Leiste. Seine Lippe platzte und das Blut lief ihm übers Kinn.

„Wenn ihr meinen Körper schlagt", brachte er mühsam hervor, „schlagt ihr die Erde ... und schließlich ... schlagt ihr euch selbst."

Charlie schrieb eine Antwort. Sie triefte von seinem eigenen Kummer. Er drängte seine Leser, sie sollten mit den Polizisten sprechen, um die Menschen unter der Uniform zu erreichen.

Er schrieb: *Zeigt euch als Menschen und zeigt damit, dass ihr nicht einfach nur Zahlen in einer Statistik seid. Fragt die Polizisten, ob sie ihre eigenen Kinder schlagen würden, wenn man es ihnen befehlen würde ... würden sie das tun? Wir müssen sie an ihre Menschlichkeit erinnern. Das ist unsere einzige Hoffnung, die Gewalt aufzuhalten.*

Als Charlie gerade das Gefühl hatte, sie würden mit der Polizei Fortschritte machen, begann eine neue Kraft Chaos und Verwüstung anzurichten.

„Wir wissen nicht wer – oder was – diese Leute sind!“, rief ein Aktivist. „Ich habe so eine Uniform noch nie gesehen. Sie sind brutal – furchtbar – sie zögern keinen Augenblick, es gibt keine Möglichkeit, mit ihnen Verbindung aufzunehmen. Wir haben es immer wieder versucht.“

Tucker setzte das Alternet-Team darauf an. Die Nachricht kam zurück: es sind *gemietete Bewaffnete*. Sie waren nicht im öffentlichen Dienst beschäftigt. Sie waren die privaten Sicherheitskräfte, die der *Schlächter* seit Jahren geschult hatte. Die Leute nannten sie Greenbacks, sie waren von *den drei Männern in der Badewanne* gekauft und bezahlt. Der Aufschrei der Menschen, das sei illegal, traf auf taube Ohren, aber einer von Charlies Journalisten drängte die Leute, nicht aufzugeben.

„Die Justiz bekommt einen Hirnschlag über das Thema. Zwei Richter vom Obersten Gerichtshof haben sich gestern laut deswegen angeschrien. Es öffnet sich ein Riss. Ich nenne dir die Namen. Bring die Leute dazu, Kontakt mit Rechtsanwälten und Richtern aufzunehmen, die wenigstens den Schein von Demokratie aufrechterhalten wollen. Das Eisen ist heiß, Charlie, schmiede es!“

Es war nicht leicht. Die gemieteten Bewaffneten gingen in Dutzenden von Städten sehr hart vor. Charlie zerbrach sich den Kopf über eine Lösung, da nahm Zipper mit einer erstaunlichen Geschichte Kontakt zu ihm auf. In vielen Städten im ganzen Land waren die Uniformen aller bekannten brutalen Bewaffneten mit einem Streifen grüner Farbe beschmiert.

„*Greenback*-Streifen“, sagte er mit einem Grinsen. „Es geht das Gerücht, dass diese Markierungen eine Aufmerksamkeit der Reinigungsfirmen der Nation seien.“

Die Geschichte munterte Charlie ein wenig auf, aber sonst kamen nur schlechte Nachrichten durch das Alternet.

„Hast *du* das geschrieben?“, fragte Tucker eines Tages und gab Charlie ein ausgedrucktes Blatt. Charlie überflog den Artikel und zog die Stirn in Falten. Der Artikel war in seinem Namen geschrieben und forderte zum Einsatz von Gewalt auf, um die Regierung zu stürzen.

„Natürlich nicht!“, schrie Charlie.

„Wir werden vereinnahmt“, Tucker verzog das Gesicht. „Das musste ja passieren!“

An diesem Abend brachten die Sechsuhrnachrichten eine Geschichte über den Artikel.

„Aufstand-Führer Charlie Rider ruft zu gewaltsamen Anschlägen auf, da die Löwenzahnbewegung keinen Erfolg hat“, sagte der Nachrichtensprecher.

„Löwenzahn ist niemals gewalttätig“, sagte Charlie zu Tucker, „und wir müssen darauf hinweisen, dass sie ihr eigenes Verbot des Wortes Löwenzahn nicht befolgen.“

Charlie entwarf schnell einen Artikel, in dem er die Leute mahnte, sich ihr eigenes Urteil zu bilden. *Der Löwenzahnaufstand befürwortet mit jedem Atemzug friedlichen Widerstand. Das Herz voller Liebe fördert niemals Gewalt. Ehrlichkeit taugt als Werkzeug für uns am besten.*

Er schrieb wutentbrannt. Er hatte den Verdacht, dieser unechte Artikel könnte nur ein Vorgeschmack kommender Ereignisse sein. Er arbeitete bis in die Nacht und würzte seine Worte mit der Sorge um Sadie. Tucker erschien übernächtigt an seiner Tür, er ließ sich nicht täuschen.

*Vor der Dämmerung ist es immer am dunkelsten*, schrieb Charlie. Dann strich er es aus. Dunkel war dunkel. Seine Sonne war an dem Tag untergegangen, als Sadie verschwunden war, und die Dämmerung war ein Versprechen, das vielleicht niemals eingelöst werden würde. Jeder Tag verging ihm mit starken Schmerzen in der Brust. Er konnte nicht mehr schlafen. Er verbrachte lange Nächte damit, dass er aus dem Fenster sah, während sein Stift über die Seite fuhr. Ein Wort hier, ein

Satz dort. Als er sich am nächsten Morgen sein Gekritzel ansah, stand ein Gedicht auf der Seite.

> *Jede Grausamkeit wird dadurch zusammengefasst:*
> *Ich hier*
> *du dort*
> *getrennt*
> *durch diesen Wahnsinn.*

In der Dunkelheit flog Charlies Herz auf der Suche nach Sadie durchs Land. Auf diesem Weg hörte es die unausgesprochenen Gedanken der Schlafenden. Charlie kritzelte sie hin, stellte sie an den Anfang seiner Artikel und entließ sie zu den Menschen. Sie läuteten eine winzige Wahrheitsglocke, die in der Nation widerhallte. *Der Mann aus dem Norden* schlich sich tiefer ins Herz der Menschen. Er war echt. Er war menschlich. Er lebte und atmete wie sie. Er sehnte sich nach Liebe und Leben. Die Gedichte wurden auf Kühlschränke geklebt, an Ansteckbretter gesteckt, sie wurden hinten auf Notizbücher gekritzelt. Eines Nachts wandte Charlie seinen Blick langsam den Sternen zu. Sein Stift ging traurig über die Seite.

> *Sterne . . .*
> *Ihr seid nicht so weit entfernt*
> *wie die, die ich liebe.*

* * *

Eines Abends schlug der einsetzende Trommelwirbel unaufhaltsam sein Crescendo. Charlie und Tucker hatten sich ein paar belegte Brote gemacht und schalteten den Fernseher ein, um etwas über Sadie zu erfahren. Niemand innerhalb der Bewegung hatte etwas von ihr gehört. Deshalb sah Charlie immer die Nachrichten, um herauszubekommen, ob die Regierung ihre Verhaftung ... oder ihren Tod bekanntgeben würde. Tucker wechselte den Kanal zum Hauptsender und er ließ vor Unglauben den Unterkiefer fallen.

„Eine Tragödie ereignete sich heute: Leutnant Gibbs wurde getötet, als zwei gewalttätige Aufständische einen Anschlag auf die Polizisten verübten", sagte der Nachrichtensprecher. Bilder zuckten vorüber: ein Mann hob in der Polizeiwache einen Kanister und ein zweiter Aktivist versuchte, ihn daran zu hindern. Eine Explosion fand statt. Gewehrfeuer. Schweigen. Ein Bild von Leichen auf der Straße. Ein Foto von Leutnant Gibbs in Ausgehuniform.

„Kein Wort darüber, dass die Polizei die beiden Männer niedergeschossen hat!", rief Tucker wütend. „Kein Wort darüber, wie *ein* Aktivist versuchte, den anderen Mann aufzuhalten!"

Er warf sein belegtes Brot gegen den Fernseher, als in den *Mainstream*-Nachrichten die Bilderfolge vom Anschlag wiederholt wurde.

„Ich wette zehn Dollar, dass der Bursche ein *agent provocateur* war, den die Regierung angeheuert hat, damit er Gewalt in Gang setzt", sagte Charlie mit Ekel in der Stimme. „Sieh mal, vielleicht sehen wir etwas, wenn sie die Szene wiederholen."

Sie sahen aufmerksam auf den Bildschirm. Da war der erste Aktivist, er drehte sich um und rief etwas. Dann kam der zweite Mann, sein Gesicht war mit einem Schal bedeckt. Und, ja, ganz sicher, da war es: Als der Ansager frech behauptete, der gewalttätige Aufständische hätte einen Kanister mit Tränengas gestohlen, sah man die Polizei, die ihn eindeutig dem Mann übergab. Die Bilderfolge ging weiter. Der friedliche Aktivist versuchte den Mann davon zurückzuhalten, den Kanister hochzuheben. Es wurde geschossen. Die beiden Männer drehten sich um sich selbst und fielen. Charlie lehnte sich vor. Er sah, wie das Tuch vom Gesicht des Mannes rutschte.

„Spark Plug", keuchte Charlie. „Das ist Spark Plug!"

Seine Gefühle verwirrten sich. Erschrocken und wütend starrte er auf die gefallenen Körper. Es war Verrat. Er erinnerte sich daran, wie Spark ihn in der Werkzeug-Kooperative gegen die Wand gestoßen hatte. Er erinnerte sich, dass er gesagt hatte: *Du kannst nicht bewirken, dass ich dich hasse, du kannst nicht bewirken, dass ich irgendetwas anderes als Liebe für dich empfinde*. Er spottete jetzt über seinen früheren Idealismus und zitterte vor Wut. Dann wurden die Bilder von Spark Plugs fallendem Körper noch einmal abgespielt. Seine Gefühle wichen einer dumpfen Müdigkeit. Es war einerlei. Spark Plug war tot.

Tränen liefen Tucker über die Wangen.

„Ich kannte ihn“, sagte er.

„Wen?“, fragte Charlie, „Spark Plug?“

„Nein, Lee Walker, den Mann, der versucht hat, die Gewalt aufzuhalten.” Tucker stand müde auf und zog das Foto eines jungen Mannes aus einer Schublade, der das Friedenszeichen in die Kamera machte. Tucker stellte das Foto seines langjährigen Freundes auf den Altar. Er schüttelte den Kopf und legte das Foto falsch herum hin. Lee war nicht verschollen. Er würde niemals wiederkommen. Tucker zitterte am ganzen Körper. Auch der Tisch zitterte. Die Fotos der vermissten Freunde zitterten. Kummer erschütterte sie alle. Tucker ließ seine Tränen strömen. Sie fielen auf den Altar wie Regen auf eine Landschaft. Als er hochsah, war sein Gesicht versteinert und aschfahl.

„Sie sind zu viele, Charlie. Sie passen nicht alle auf den Tisch.“

Charlie drehte sich wortlos auf dem Absatz um. Er schloss die Tür zum Schlafzimmer ... und schrieb.

Sie erschienen auf Eingangsstufen und Gehwegen: Altäre, Gedenkzeichen und Schreine wurden überall im Land errichtet. Die Gebete blieben nicht in den Herzen der Menschen, sondern sie ertönten auf öffentlichen Straßen. Große Mahnmale bildeten sich in Alleen und in den Ecken von

Parkplätzen. Der Kummer wurde sichtbar und vereinte die Menschen in Sorge und Verletzlichkeit.

Es war erschreckend, die Zahlen zu sehen, und erschütternd, die Gesichter auf den Fotos anzusehen. Die Menschen gingen zu den Schreinen und ihre Herzen wandten sich gegen eine Regierung, die ihren Bürgern so etwas antat. Die Behörden verboten die Altäre in den öffentlichen Parks, also boten die Menschen ihre Rasenflächen dafür an. Kirchen stellten Schreine auf ihre Eingangsstufen. In den Städten hängten die Menschen die Altäre an alte Eisengitter. Die Namen der Toten, der Eingekerkerten, der Geschlagenen und der Vermissten wurden auf die Gehwege geschrieben. Die Behörden wuschen die Kreideschrift weg. Die Menschen schrieben ihre Listen am nächsten Tag wieder neu.

„Ich habe jeden Tag den Namen meiner Tochter geschrieben“, sagte eine Frau, „und jeden Tag waschen sie ihn weg.“ Ihre Lippen zitterten. „*Nichts* wird mich jemals trösten. Nichts.“

Eine besondere Reihe von Bildern stand auf jedem Schrein. Sie waren vom Löwenzahnaufstand verbreitet worden. Es waren die Fotos von drei Gesichtern - sie waren die neuesten auf der Liste der Opfer. Namen und Titel standen darunter:

| Leutnant Gibbs | Spark Plug | Lee Walker |
|---|---|---|
| Polizist | *Agent provocateur* | Aktivist |

Die Medien nannten den Tod Leutnant Gibbs’: *die Tragödie des Aufstandes.*

Alle anderen nannten den Tod der drei: *die Tragödie der Unterdrückung.*

* * *

Eine Veränderung trat ein. Die Geschichte änderte ihre Richtung. Charlie konnte es kaum glauben. Die Schreine brachten die Menschen stärker zum Handeln, als es bis dahin irgendetwas anderes im Löwenzahnaufstand getan hatte. Die Namen und Gesichter der Väter, Söhne, Töchter, Schwestern und Mütter, denen die Tyrannei Schaden zugefügt hatte, erneuerte die Entschlossenheit der Menschen, Widerstand zu leisten. Hoffnungsvolle Berichte gingen von Norden, Süden, Osten und Westen ein. Lupes Boykott schlug ein Loch in die Profite der Unternehmen. Abschalten von Netzlasten gab es in der ganzen Nation, als die Bürger selbst ihre Elektrizität abschalteten und damit dem *Kerzenhalterproduzenten* mitteilten: Wir wollen deine dreckige Energie nicht. Der *Bankier* sah alarmiert zu, wie die Leute ihr Geld abhoben. Institutionen entzogen den stark kontrollierten Ketten die Investitionen. Die Börse erlitt einen Einbruch. Auf vielerlei Weise nahmen die Menschen den Kampf gegen das übliche Geschäft auf.

„Sie haben die Büroarbeit für die *Pipeline* rausgezögert", sagte Tucker eines Nachmittags zu Charlie.

„Wer?", fragte er und sah von seiner Arbeit auf.

„Wer weiß? Die Büroarbeit blieb wochenlang in der Bürokratie stecken. Jetzt ist der Beamte, der etwas unterschreiben soll, zum fünften Mal in diesem Monat ‚krank'."

„Ja", sagte Charlie mit schwachem Lächeln, „eine Krankheit kann periodisch auftreten."

„Mmm-hmm", Tucker stimmte zu, „und sie kann anstecken."

Einsatzbefehle für die Polizei schlüpften durch die Maschen. Fahrdienstleiter schickten Schupos an falsche Adressen. Pfefferspray-Kanister kamen kaputt an.

„Es sind die Menschen", sagte Charlie ungläubig. „Die Menschen stehen für sich selbst ein, selbst wenn das bedeutet, dass sie damit ihre eigenen Berufe sabotieren."

In Pennsylvania hörte die Förderung von Naturgas auf. Die Tankstellen waren im Umkreis von fünfzig Meilen von Rudis Stadt in jeder Richtung außer Betrieb. Die Restaurants waren alle wegen Renovierungsarbeiten geschlossen. Die Motels waren ausgebucht. Kassierer am Ort weigerten sich, die Unternehmen zu bedienen. Auf dem Schalter war ein Pappschild aufgestellt, mit denen die Unternehmen informiert wurden: *Hier endet der Dollar.*

Auf einem Schild in einem Fenster hieß es: *Tut uns leid, wir leisten unserer Ausrottung keine Dienste.*

Überall gab es Widerstand gegen die Zerstörung. Wie Getriebe durch Sand begann das System zu stocken. Es gab kein Schmieröl, das die Dinge am Laufen gehalten hätte. Sicherungen funktionierten nicht. Autoreifen wurden platt. Notizen verschwanden. Uniformen wurden nicht gereinigt. Lieferungen trafen nicht ein.

„Vollständige Inkompetenz“, grollten die Behörden.

*Löwenzahnaufstand,* flüsterten die Leute.

## KAPITEL DREIUNDZWANZIG

. . . . .

### *Eine Sahne- und Zuckerfrau*

Eine niedrig hängende Wolkenbank drückte von oben herunter und Charlie gab sich dem Trott eines neu anbrechenden Tages hin.

„Wir haben keine Sahne mehr", sagte Tucker, als Charlie sich an der Kaffeemaschine zu schaffen machte, „aber im Schrank steht ein Karton mit Sadies Sojamilch."

Sadie. Charlie schloss die Augen und atmete langsam aus. Sie war immer da, sie steckte in den Winkeln seines Bewusstseins. Vor Kurzem hatte er sich dabei ertappt, dass er auf die Eingangstür gestarrt und erwartet hatte, dass Sadie einfach hereinkommen würde. Sein Leben lang war sie verschwunden gewesen und wieder aufgetaucht ... vielleicht wäre es dieses Mal nicht anders. Er lehnte seine Stirn an den Schrank. Tucker legte ihm eine Hand auf die Schulter.

„Setz dich hin. Ich stelle die Kaffeemaschine an, bevor ich runtergehe."

Charlie sank auf den Holzstuhl und rieb sich mit den Handflächen übers stachelige Kinn. Sein ganzer Körper schmerzte von zu vielen Nächten, an denen er spät schlafen gegangen war, von Sorgen und von Sehnsucht. Als das heiße Wasser auf den Kaffee traf und ein schäumendes Rinnsal in die Kanne lief, hielt sich Charlie die Hände vor die blutunterlaufenen Augäpfel. Zum ersten Mal seit er das Wort *Löwenzahnaufstand* gehört hatte, ergriff ein Gefühl von *ich-will- das- alles-nicht-mehr* sein Herz. Wörter wie Revolution würgten ihm staubtrocken die schmerzende Kehle. Seine Handflächen pressten sich in die Augenhöhlen. Als er vornüber gebeugt und erschöpft dasaß, wurde ihm jeder Quadratzentimeter seines verletzlichen Körpers aus Fleisch und

Blut bewusst. Der starke Kaffeegeruch weckte Erinnerungen in ihm. Er drängte aufsteigende Gefühle zurück. Sein Geist entkam dem Schmerz der Gegenwart und wandte sich einer Erinnerung zu. Als der Kaffee durchlief, dachte Charlie an einen Nachmittag in der *Highschool,* als er in Pierrettes kleinem Café auf Sadie gewartet hatte. Er hatte den Kaffeeduft eingezogen und sich gewünscht, er würde den Mut aufbringen, Sadie zu sagen, was er für sie empfand.

Damals hatte Valier verständnisvoll gesagt: „Also? Schwierigkeiten mit einer Frau?"

„Das geht dich nichts an", hatte er geantwortet.

„Es gibt hundertzweiundsiebzig Mädchen im Alter zwischen fünfzehn und vierzig in unserer Stadt", hatte Valier ihm mitgeteilt, und wir sind mit ihnen allen durch Heirat, Blut oder Klatsch verbunden." Der alte Mann setzte sich auf einen Stuhl. Er legte eine Hand aufs Knie und schlug mit der Handfläche der anderen auf den Tisch, während er über seinen Enkel spottete. „Du bist zu jung, um irgendetwas über Frauen zu wissen."

„Ja, du dagegen bist Experte", erwiderte Charlie. „Du warst fünfzig Jahren lang mit derselben Frau verheiratet."

„Ja, siehst du?" sagte Valier stolz. „Ich verstehe etwas von Frauen."

„Du bist katholisch. Scheidung ist praktisch illegal."

„Genau", flüsterte Valier, „siehst du? Ich war fünfzig Jahre mit Bette verheiratet ... und ich lebe immer noch! Ich kenne die Frauen oder meinst du nicht?"

Beide brachen in Lachen aus. Das Gesicht des alten Mannes leuchtete wie das eines fröhlichen Schuljungen. Dann machte Valier wieder ein ernstes Gesicht.

„Charlie, ich muss dir was sagen, weil du keinen Vater mehr hast, der es dir sagen könnte ..."

„Du brauchst dich nicht verpflichtet zu fühlen, ihn zu vertreten", sagte Charlie ablehnend.

Valier nahm einen großen Schluck aus seiner Tasse und verbrühte sich prompt die Zunge. Er hustete. Charlie blies über seinen Kaffee, seufzte und nahm ein Schlückchen. Valier machte ein finsteres Gesicht.

„Du musst dir angewöhnen, den Kaffee bitter zu trinken, Charlie“, ermahnte ihn sein Großvater. „Ich kenne dich. Du magst Sahne und Zucker, aber was wird sein, wenn die Zeiten schwer werden? Keine Sahne. Kein Zucker.“

„Dann höre ich einfach auf, Kaffee zu trinken”, antwortete Charlie und zuckte die Achseln. „Oder vielleicht schaffe ich mir eine Kuh an und süße den Kaffee mit dem guten alten Ahornsirup.“

Valier sagte fast wütend:

„Heiliger Gott, Charlie, du sollst den Namen des HERRN, deines Gottes, nicht missbrauchen! Sahne und Zucker werden dich nicht durch schwere Zeiten bringen, nein, nein.“

„Ja“, sagte Charlie, „aber was ist das Leben wert, wenn es nur bitteren Kaffee gibt?“

Valier zuckte die Achseln.

„So schlimm ist es nicht. Man gewöhnt sich dran.”

Charlie prustete. Sich dran gewöhnen ... vielleicht war das ein *Ersatz* für Liebe, aber ganz sicherlich war es nicht dasselbe. Johannisbrot war keine Schokolade, Schikoree war kein Kaffee und Frühstückssirup war kein Ahornsirup. Charlie wollte lieber keinen Pfannkuchen, wenn er ihn nicht mit dem echten Sirup bekommen konnte. Die Klingel über der Tür läutete und unterbrach seine Gedanken. Valier sah auf und blinzelte.

"*Qui est cette femme*? Wer ist das?”

Als Sadie lachend hereinplatzte, erwiderte Charlie: „*Das* ist eine Sahne- und Zuckerfrau!“

Sadie. Tausend Meilen entfernt und ein Jahrzehnt später, Charlie schüttelte den Kopf. Er stand in der Küche in Kansas auf und ihm war schwindlig von der Erinnerung. Er goss sich eine Tasse Kaffee ein und sah plötzlich, wie ihm die runzlige Hand seines Großvaters ein gutes starkes Gebräu einschenkte. Dabei sagte er mit seinem stark akadischen Akzent: Zu Beginn muss der Kaffee stark sein, sonst finden Sahne und Zucker nichts, was sie liebkosen könnten, meinst du nicht?

Charlie fragte sich, ob sein Großvater schon damals hatte wissen können, dass Sadie Byrd Gray nicht nur Sahne und Zucker zur Vervollständigung seines Lebens sein würde. Sie hatte ihm die Augen geöffnet und war die belebende Kraft, die ihn antrieb. Er sah zu den Fotos von vermissten und gestorbenen Freunden auf, die ringsum an den Küchenwänden hingen. Fotos und Erinnerungen hingen dort. Namen waren auf Zettel geschrieben und die waren mit Reißnägeln in die hölzernen Türrahmen gepinnt. Über dem Spritzbord tropfte das Wachs von den Mahnwachekerzen ins Spülbecken.

*Ist ihnen denn nicht klar, was sie tun?* dachte Charlie. Die Regierung und die Unternehmen zerstören unser ganzes Leben – unsere ganze Geschichte – alle diese unglaublich schönen Menschen, die leben und atmen und lieben, von einer Generation zur anderen ... wie konnten sie das alles für eine kurze Zeit des Profits wegwerfen?

Draußen im Maisfeld erhob sich plötzlich ein Wind. *Wer sind sie?* flüsterte die Brise. *Der Schlächter, der Bankier, der Kerzenhalterproduzent, der Präsident?* Charlie gab zu, dass diese vier Männer es nicht allein getan hatten. Die Soldaten hatten Gewehre abgeschossen und Bomben geworfen. Die Töchter von einigen hatten die Beschlüsse für die Zwangsvollstreckungen gestempelt. Der Vater eines anderen hatte frühe Warnungen vor Ölaustritt missachtet. Gesetzgeber stimmten über Gesetzentwürfe ab. Beamte verweigerten oder genehmigten Zulassungen. Buchhalter arbeiteten die Zahlen aus. Richter richteten über Fälle. Je genauer Charlie hinsah, umso eher bekam das *Sie* eine Milliarde Gesichter, von denen eines durchaus sein eigenes sein konnte.

Charlie verstand: Wir. *Immer sind wir selbst schließlich die Schuldigen*. Er dachte über die feine Veränderung nach, die sich gerade ereignete. Tausende Menschen hatten ihre Komplizenschaft an der Zerstörung erkannt und bezogen jetzt

Stellung für das Leben. Charlie dachte: *Ah, wenn wir aufhören, sie zu beschuldigen, und selbst die Verantwortung für unser Handeln übernehmen ... wenn wir dem Unrecht bewusst die Zusammenarbeit verweigern ... dann ereignet sich der wahre Wandel.* Nicht von oben und nicht von unten, sondern von allen Seiten auf einmal, wenn alle aufwachen und sich bewusst dafür entscheiden, das Leben auf unserer Erde zu erhalten.

Der Duft des Kaffees schlug ihm ins Gesicht und Charlie beugte sich im Gebet über seine Kaffeetasse. *Bitte*, schrie er zu allen Geistern, Gott oder heiligen Heerscharen, die ihn hörten. *Bitte gebt der Menschheit noch eine Chance. Gebt uns eine Chance zu leben und zu lieben. Bitte*! Der Kaffee gurgelte. Der Mais rauschte. Ein kleiner brauner Vogel flog vom Apfelbaum vor dem Fenster ab. Es klopfte an der Eingangstür. Charlie sah auf. Tucker ging öffnen.

Auf der Schwelle stand Sadie und hielt einen Strauß Löwenzahn in der Hand.

## KAPITEL VIERUNDZWANZIG

.....

### *In Abwesenheit*

Ihre erste Umarmung war ein Schock, wie wenn man in Maine ins kalte Wasser springt. Sie zitterten und es verschlug ihnen den Atem. Dann kam der Atem zurück und ein Strom von Worten ergoss sich aus beiden: *Bill? Ich hab's gehört. Inez? Ihr geht's gut. Wo bist du gewesen? Ich habe mich versteckt. Oh mein Gott, da bist du wieder! Da bist du wieder! Da bist du wieder!* Endlich wurde das Überwirkliche zu einer schmerzhaften Rückkehr in die Wirklichkeit. Er drückte ihre Hand zu stark und hielt sie fest. Ihre Finger ließen einen Eindruck auf seinem Nacken. Ihre und seine Brust hob und senkte sich im selben Rhythmus.

„Ich hab nicht erwartet, dass ich weinen würde", sagte Sadie und wischte sich die Augen mit dem Handrücken.

„Du hättest mich benachrichtigen sollen, als du unterwegs warst", stammelte Charlie. „Ich hätte mich rasiert und geduscht. Mein Zimmer sieht aus wie nach einem der berüchtigten Kansas-Tornados", stöhnte er und dachte an das Chaos von Papieren, Büchern, Artikeln, schmutzigen Kleidern, schmierigen Tassen und vergessenen belegten Broten, die er hätte beiseiteschaufeln müssen.

„Ich hab's dir ja gesagt", erinnerte Tucker. „Ich hab dir gesagt, eines Tages würde sie auftauchen und dir würde die ekelhafte Verrücktheit leidtun."

„Tucker", sagte Sadie und küsste Charlie, „du bist ein sehr kluger Mann!"

Die Zeit, die vom Morgen noch übrig war und lange bis in den Nachmittag hinein lagen sie in fassungsloser Zufriedenheit unter dem Apfelbaum im Hof. Das Gras drückte gegen Charlies Rücken und er schnappte nach der kühlen feuchten Luft. Sadies

Kopf lag auf seiner Brust und ihre Locken kitzelten ihn am Kinn. Violette und graue Wolken zogen unheilverkündend über den Himmel. Ein Windstoß fuhr durch den Apfelbaum und ein kleiner Vogel flog auf. Er rief: *Wartet nicht! Wartet nicht!* Sadies Augen wurden dunkel und spiegelten den schiefergrauen Himmel über ihnen. Das Leben ist kurz. Die Zeit ist flüchtig. Liebt euch jetzt. Wartet nicht damit.

„Ich hätte mit dem Zurückkommen nicht so lange warten sollen", flüsterte sie.

Charlie fühlte an ihrem Körper, als ob jeder Tag der langen Wochen ein Stückchen Sadie gestohlen hätte. Sie war dünn geworden. Unter ihren Augen hatten sich dunkle Ringe gebildet. Das Rosa ihrer Wangen war abhandengekommen. Er fühlte die Verspannung in ihrem Nacken, die entsteht, wenn man ständig über seine Schulter guckt. Ihr Herzschlag war durch ihre Flucht schneller geworden. Sein Puls schlug langsam im Gegenrhythmus und sie erzählte ihm von den Tagen, in denen sie sich versteckt hatte und gerannt war, in denen sie allein gereist war und nicht gewagt hatte, nach Hause zu kommen. Sie hob den Kopf und sah in Tuckers Hof. Zu Hause? Wo war das? Sie hatte im ganzen Land ihre Nester in den Bäumen, ein Flugmuster von Stangen und Schlafplätzen, aber zu Hause? Müde legte sie ihren Kopf wieder hin.

*Hier. Genau hier ist dein zu Hause*, versuchte Charlies Herz ihr zu sagen. Er sah die Spuren der Müdigkeit auf ihrem Gesicht. Sadie sprach weiter. Sie erzählte ihm, wie sie sich im Geheimen einzeln mit den Leuten getroffen hatte. Sie hatte die Wolken der Furcht verjagt und die Vorhänge der Realität beiseitegezogen, sodass die Liebe wie ein neuer Tag hereinscheinen konnte.

„Und?", fragte er. Es verschlug ihm den Atem und er wagte nicht, auf eine positive Antwort zu hoffen.

„Es kommt", sagte sie fest. „Heller als jeder Stern am Nachthimmel, größer als jede Sternenkonstellation. Es ist ein

Sonnenaufgang, der sich vor der Dämmerung in der Dunkelheit formt. Ich fühle es, Charlie."

Donner erschütterte die Wolken. Der Himmel hing schwarz bis auf den Boden. Regen verhüllte den Horizont. Der Wind schüttelte den Baum und harte grüne Äpfel hüpften wie Murmeln darin. Einer fiel. Sadie sah ihn neugierig an.

„Erinnerst du dich an die Zeit, als Vater uns eine Predigt über den Sündenfall im Garten Eden hielt?", fragte sie.

„Ja, ich erinnere mich", antwortete er.

Bill hatte eine Stunde damit zugebracht, eine Lektion über die biblische Geschichte zu erteilen, und er hatte ihnen erzählt, dass der Garten Eden ein Ort in ihren Herzen sei. Er sei ein Ort jenseits von Gut und Böse, ein Zufluchtsort vor dem Sturm des Urteilens; dort hätten wir in unserer Unschuld gewohnt. Charlie wurde es feierlich zumute, wenn er an Sadies Vater im Gefängnis dachte. Er fühlte, wie ihr die Sorge in die Knochen fuhr.

„Sadie", sagte er, „wenn ich im Garten Eden wäre und die Frucht der Erkenntnis ansähe, weißt du, was ich dann tun würde?"

Sie schüttelte überrascht den Kopf.

„Ich würde den ganzen verdammten Apfel essen. Dann würde ich die Kerne nehmen und wie Hans Apfelkern damit davongehen, um eine ganze Welt voller Erkenntnis zu pflanzen. Wenn es sein müsste, würde ich Apfelkuchen backen oder die Äpfel zu Apfelsaft pressen, in jedem Fall würde ich das Bewusstsein in jeden Menschen pflanzen, den ich erreichen könnte. Wir können nicht in unwissender Seligkeit leben. Das funktioniert nicht."

Charlie führte den grünen Apfel zum Mund und wollte reinbeißen, aber Sadie hielt ihn davon ab.

„Nicht doch, Charlie!"

Sie nahm ihn ihm aus der Hand und warf ihn weg. Er verfolgte ihn mit den Blicken, bis er im Gras verschwunden war.

„Möchtest du denn nicht wissen?“, fragte er.

Sie schüttelte den Kopf. Das saure Äpfelchen war wohl kaum ein guter Tausch gegen das Paradies. Wenn die Äpfel voller süßem Saft wären, dann würde sie wissen wollen. Wenn dann die Kälte die letzte Berührung des Sommers zur vollkommenen Reife gebracht hätte, dann würde sie sich die Lippen lecken und nach dem verlockenden Unbekannten greifen. Aber heute, da die Sturmwolken über ihnen lärmten und die Äpfel grün und höhnisch vom Baum fielen, wollte sie nichts davon. Der Garten Eden war im Innern, dachte sie, und sie hatte die Absicht, einen kurzen Augenblick lang im Paradies zu bleiben.

Die ersten Tropfen fielen und Sadie stand schnell auf und zog auch Charlie hoch.

„Komm“, sagte sie, „wir wollen uns etwas zum Abendessen machen, das besser schmeckt.“

Sie rannten, während die Tropfen sie schon in die Haut stachen. Der Wind trieb sie in die Küche. Tucker rührte den Topf mit Suppe um, die auf dem Herd kochte, und wollte dabei nicht gestört werden.

„Es riecht wie ein Gedicht!”, sagte Charlie.

„Das erinnert mich an etwas, Charlie!”, rief Sadie. „Deine Gedichte sind überall! Auf Bahnhöfen, Parkbänken, Bushaltestellen. Ich bin in eine öffentliche Toilette gegangen und jemand hatte eins deiner Gedichte mit einem Markierstift auf eine Kabinentür geschrieben!“

„Welches?” fragte Charlie.

Sie sagte es her:

*Einsamkeit eines Busbahnhofs*
*halbwegs am Ziel*
*heimwärts gerichtet*
*und ich frage mich:*
*wo ist mein zu Hause*
*- mein Herz -?*

„Dieses Gedicht hat mir viel bedeutet“, sagte sie leise.

„Warte nur“, brüstete sich Charlie. „Sie werden das Gedicht von heute Nacht in ihre Statuten schreiben!“

„Hah!“, erwiderte sie. „Wenn es nicht anstößig genug ist für die Klotür, Charlie Rider …“

„Du könntest mir sagen, dass ich es umschreiben soll. Ich würde es die ganze Nacht versuchen.“

Sie schlug mit dem Geschirrhandtuch nach ihm und er sprang hinter ihr her und jagte sie durch die Küche. Dabei summte er so lustig wie eine frühlingsverrückte Hummel.

„Sieh dir die Biene an … mich!“, stimmte er an. Er erwischte Sadie und erfand gleich ein Gedicht: „Erst ein schmiegsamer Kopf … diese benebelten Pollen.“ Sie seufzte und geriet theatralisch in Verzückung. „Darin sich wälzen, im Freudentaumel mit dir!“

„Ihr habt jede lächerliche Geschichte verdient, die ausländische Paparazzi über euch schreiben“, sagte Tucker. Er lachte und zog seinen Regenmantel an, um zum Laden zu laufen und frisches Brot zu holen. Er winkte, als er aus der Tür ging.

„Was heißt denn das?“, fragte Sadie.

Charlie grinste.

„Wir sind ein international berühmtes Paar, Sadie Byrd Gray.“

„Nein!“

„Mmm-hmm. Wir sind beliebter als Silas Blacks neueste Affäre und berüchtigter als *Bonnie and Clyde*. In Frankreich sind wir so etwas wie Nationalhelden!“

Er holte schnell die Boulevardzeitung aus dem Regal neben dem Telefon. Sadie schnappte sie sich. Sie staunte. Ihre Bilder waren auf der Titelseite mit der Schlagzeile: *Revolutions-Romanze*. Sie schlug sie schnell auf.

*„Charlie Rider, Aktivist der bürgerlichen Freiheiten* – das ist hübsch“, kommentierte sie. „In Übersee nennen sie uns nicht Terroristen.“

„Nein“, lachte er, „das ist ausschließlich eine amerikanische Eigenheit.“

Sadie las: „... *wird ‚das amerikanische Scarlet Pimpernel‘ – das scharlachrote Siegel - genannt, da er weiterhin den US-Behörden entwischt. Ist er im Himmel? Ist er in der Höll’? Dieser verdammte schwer fassbare Pimpernel!*“

„Nein“, scherzte Charlie, „ich bin in Kansas, das je nach Perspektive das eine oder andere sein kann.“ Er verdrehte die Augen. Eine Regensalve schlug gegen die Seite des Hauses.

Sadie las weiter: *„Inzwischen dient Riders Geliebte Sadie Byrd Gray weiterhin dem Volk wie ein gewaltfreier Zorro, der der Freiheit und der Liebe ergeben ist.“* Sie lachte und warf das Blatt auf den Tisch.

„Ich habe eine ganze Sammlung von sowas“, sagte Charlie. „Einige davon sind ganz anregend. Ich lese sie dir später vor.“

„Werde ich in deinen Armen ohnmächtig?“, fragte sie mit hochgezogenen Brauen.

„Manchmal. Ich sterbe etwa zweimal, hole dich aus dem Gefängnis und entkomme einer Legion von FBI-Agenten“, sagte Charlie stolz.

„Es würde mich ärgern, wenn es nicht so nahe an der Wahrheit wäre”, seufzte Sadie.

„Die gute Nachricht ist, dass ein halbes Dutzend internationaler Gruppen ihre Regierungen aufgerufen haben, uns Asyl anzubieten“, sagte Charlie optimistisch.

„Großartig!“ Sadie verdrehte die Augen. „Ich hab mir immer gewünscht, in einer Botschaft zu leben.“

„Das ist jedenfalls besser als Einzelhaft“, erwiderte er.

Er hielt sie an einem Ende des Geschirrhandtuchs fest und gab ihr einen Kuss.

„Sadie...“

Die Tür klappte. Sie zuckten zusammen, aber es war nur Tucker.

„Wo ist das Brot?“, fragte Sadie, als sie sah, dass er mit leeren Händen in die Küche gestürzt kam.

„Denkt nicht mehr dran. Wir haben jetzt größere Probleme“, sagte er. „Seht euch das an.“

Er warf eine dicke Zeitung auf den Tisch.

FÜHRER DES AUFSTANDES WIRD DES VERRATS ANGEKLAGT.

„*Was?!*“ Charlie explodierte. Wie können sie uns wegen irgendetwas anklagen, wenn es ihnen noch nicht einmal gelungen ist, uns zu verhaften?”

Tucker zeigte auf die erste Zeile und las vor:

„Die Regierung der Vereinigten Staaten klagt Charlie Rider und Sadie Byrd Gray des intellektuellen Terrorismus an. Sie hat die Absicht, ihnen in Abwesenheit den Prozess zu machen, falls das Duo bis zum Beginn der Gerichtsverhandlung nicht aufgegriffen worden sein sollte.“

„Intellektueller Terrorismus? Was zum Teufel ist intellektueller Terrorismus?“, wollte Charlie wissen

„Das muss das neue Modewort für die Freiheit von Gedanken und Rede sein“, antwortete Tucker. Charlie zog die Zeitung zu sich rüber und las.

„In Abwesenheit? Ist das legal?“, Charlie runzelte die Stirn.

„Nein“, antwortete Tucker, „aber es ist die neue Legalität. Im Artikel heißt es, du würdest vor einer neuen Art Gericht angeklagt, einem Sondergericht für inländische und intellektuelle Terroristen.“

Sadie staunte. Sie sah Charlie über die Schulter. Sie waren wegen Verrats gegen die Vereinigten Staaten und dafür angeklagt, dass sie sich des intellektuellen Terrorismus schuldig gemacht hätten, indem sie sich zum Ziel gesetzt hätten, Werte, Moral und Geist des amerikanischen Volkes zu zerstören.

„Machen die Witze? Wir sollten sie wegen dieser Verbrechen anklagen!” sagte Charlie. Er lief wütend durch die Küche. „Sie haben keinen einzigen Anklagepunkt, der tatsächlich in einem nach dem Gesetz urteilenden Gericht geltend gemacht werden könnte.“

Tucker schüttelte den Kopf.

„Ich hatte schon den Verdacht, dass sie an sowas Ähnlichem arbeiten. Ich dachte, sie konnten sich nur nicht entschließen, ob sie dich lieber gleich erschießen, sobald sie dich sehen, oder ob sie dich verhaften würden. Aus ihrer Perspektive ist das glänzend“, sagte er und zeigte auf den Artikel.

Sie starrten ihn ungläubig an. Er zuckte die Achseln.

„Das ist ihre Chance, um das alte Justiz-System vollständig auszuhöhlen: die Menschen aufstöbern, die sie nicht bestechen können, und die Überbleibsel der verfassungsgemäßen Justiz vernichten. Da fangen sie gleich mal mit *in Abwesenheit* an. Es ist völlig gegen die Verfassung, aber das stört sie nicht. Wenn du dich weigerst, dich zu stellen, werden sie dir so viele Vergehen anlasten, dass es Jahre dauern wird, bis du dir den Weg dort raus gegraben hast.“ Er zählte die Liste an seinen Fingern auf: „Verhaftung umgehen, Schriftstücke nicht unterschreiben, nicht auf die Ausschreibung reagieren, beim eigenen Prozess nicht erscheinen, die Justiz vorführen ...“

„Das ist keine Gerechtigkeit!“, brummte Charlie durch zuammengebissene Zähne.

„Nein, aber wenn du dort nicht auftauchst, bestätigst du damit, dass du dem Gesetz nicht gehorchst. Ich sehe schon die Schlagzeile: Charlie Rider missachtet die Justiz und setzt Terrorismus fort."

„Ich werde verurteilt, wenn ich gehe, und ich bin verurteilt, wenn ich nicht gehe?“, murmelte Charlie.

Tucker las den Artikel weiter. Sein schmales Gesicht umwölkte sich mit Gedanken.

„Vielleicht solltest du gehen“, schlug er zögernd vor.

Charlie fuhr zurück.

„Bist du wahnsinnig? Dieser Prozess ist ein Todesurteil.“ Er nahm die Zeitung vom Tisch und schüttelte sie in Tuckers Richtung. „Selbst wenn wir lebend durch den Prozess kommen – woran ich zweifele – können sie ihn Jahrzehnte in die Länge ziehen und mich inzwischen in Einzelhaft verrotten lassen." Charlie schauderte. Er schüttelte den Kopf und warf die Zeitung Tucker zu. „Ich sage, wenn sie mir in Abwesenheit den Prozess machen können, können sie mich auch in Abwesenheit einsperren."

„Aber wenn wir gewinnen", sagte Sadie und hob eine Hand, um Charlies scharfe Antwort aufzuhalten. „Ich weiß, wir haben kaum Überlebenschancen, aber *wenn* wir gewinnen, wäre das fantastisch für das Justizsystem, für die Nation ... und für uns." Charlie wandte sich ab und Sadie ergriff seinen Arm. „Überleg dir's, Charlie", bat sie ihn. „Wir haben uns wegen dieser wahnsinnigen Beschuldigungen Monate lang versteckt und immer über die Schulter sehen müssen. Das ist unsere Chance, das alles loszuwerden!"

„Das ist unsere Chance, als Tote zu enden", antwortete er zynisch.

„Kann sein. Aber vielleicht findet uns der FBI ja schon morgen", sagte Sadie mit ihrem Sinn fürs Praktische, „und vielleicht werden wir auf der Straße erschossen. Wenn wir vor Gericht erscheinen, haben wir wenigstens eine Chance zu bewirken, dass die Bezeichnung Terrorismus nicht dazu benutzt wird, die Demokratie zu vernichten. Wir könnten vielleicht sogar die bürgerlichen Freiheiten zurückgewinnen, die der Löwenzahnaufstand nötig hat."

In ihren Augen spiegelte sich ihr Glaube daran, dass das zumindest möglich sei, aber Charlie überzeugten ihre Worte nicht. Seit Monaten rannte er vor der Regierung weg, die meiste Zeit war er in Kansas ans Haus gefesselt. Seine Welt war auf vier Wände und einen Hof geschrumpft und er hatte ständig das unheimliche Gefühl, dass ihm der FBI jeden Tag auf die Spur kommen könnte. Die vergangenen Wochen hatten ihm stark zugesetzt. Ihm war nicht mehr viel Hoffnung geblieben. Bis Sadie wieder aufgetaucht war, war er jeden Tag verbissen aufgestanden und hatte geschrieben, um der tödlichen Verzweiflung zu entgehen.

„Geh ohne mich", sagte er kalt.

Sadie fuhr zurück, als hätte er sie geschlagen. Tränen stürzten ihr aus den Augen. Wortlos drehte sie sich auf dem Absatz um, ging ins Schlafzimmer und knallte die Tür so stark zu, dass die gerahmten Fotos an den Wänden wackelten. Charlie sah ihr nach. Tucker bewegte sich unbehaglich hin und her.

„Charlie", begann er.

„Du kannst mich mal, Tucker."

Tucker stand schnell vom Tisch auf. Er fegte an Charlie vorbei und schlug die Fliegengittertür zum Hof zu. Tuckers undeutliche Gestalt beugte sich im Zwielicht nach vorn und offenbar suchte er etwas unter dem Überbau der Veranda. Der drahtige kleine Mann reckte sich und kam in die Küche zurückgesprungen.

„Du machst mich so wahnsinnig, dass ich kotzen könnte", sagte Tucker. „Da hast du nun die mutigste Frau auf Erden, sie ist bereit, für die wertvollste Sache einzutreten, sie steht dir bei, sie verteidigt dich gegen diesen Wahnsinn und du sagst: Geh ohne mich." Er imitierte Charlies Tonfall. Tucker reckte die Faust hoch. Darin zitterte ein Löwenzahnstängel mit silbernen Samen. Er war unter dem Dach trocken geblieben.

„Weißt du, warum der Löwenzahn unbesiegbar ist?", fragte Tucker. „Selbst wenn er schwankt und fällt, gibt er nicht auf. Er gibt jedem Mann, jeder Frau und jedem Kind ein Versprechen: *Wünsch dir etwas, sagt der Löwenzahn* – damit zitierte er aus einem von Charlies Artikeln – *und dieses liebliche Kraut wird sein Bestes tun, um deine von einem Samen getragene Hoffnung in einen fruchtbaren Boden zu bringen.*"

Einen Augenblick lang schloss er die Augen, blies die Backen auf und pustete. Charlie zuckte zusammen, als ihn Tuckers Atem ins Gesicht traf. Die Samen hingen an seiner Wange. Tucker machte die Augen wieder auf. *Ein* Silbersamen war noch auf dem Löwenzahnstängel übriggeblieben. Tucker verzog traurig den Mund.

„Ich denke, der Wunsch wird sich nicht erfüllen."

Charlie starrte ihn an. „Was hast du dir denn gewünscht?"

„Ich habe mir gewünscht, ich wäre du."

Tuckers Augen brannten vor Leidenschaft. Er hatte seinen Frieden, seine Ruhe, seine Einsamkeit und sein Haus hergegeben, um Charlie und dem Löwenzahnaufstand beizustehen. Seine Arbeit hatte ihm nicht die Allbekanntheit gebracht wie Charlie sein Schreiben. Niemand erkannte die riesigen Anstrengungen, die es ihn gekostet hatte, das Alternet nutzbar und sicher zu machen. Er arbeitete unvorstellbar viele Stunden, und doch hatte er immer noch das Gefühl, er tue nicht genug.

„Ich wünschte, *ich* bekäme einen Prozess", sagte Tucker. „Ich wünschte, *ich* hätte die Chance, alles zu riskieren, um alles zu gewinnen. Es ist so viel größer als du oder ich oder alle Hoffnungen und Träume, die wir je für uns hatten. Hast du Angst, dass sie dich töten? Ich habe keine Angst vor dem Tod. Die Dinge laufen früher oder später so oder so. Ich wünschte, ich könnte in diesem Prozess deinen Platz einnehmen, denn dann würde ich jedenfalls den Rest meiner Tage nicht mit Bereuen verbringen ..." Er brach ab.

„Was bereuen"? Charlie forderte ihn heraus, es ihm ins Gesicht zu sagen.

„Bereuen, dass ich zwar anderen Leuten gesagt habe, sie sollten sich erheben ... selbst aber nicht den Mut dazu hatte, als meine Zeit gekommen war."

Charlie verkrampften sich die Eingeweide. Er ließ den Kopf hängen. Der Muskelstrang in seinem Rücken versteifte sich. Tucker wartete. Einem Feind standhalten ist nichts, verglichen damit, einem Freund die harte Wahrheit zu sagen. Charlie hob den Kopf und nahm Tucker den Löwenzahnstängel aus der Hand. Er schloss die Augen, wünschte sich etwas und blies dem erstaunten Tucker den letzten Samen ins Gesicht.

„Was hast du dir gewünscht?"

„Das kann ich dir erst sagen, wenn sich der Wunsch erfüllt, aber ich hoffe, dass es draußen mehr Löwenzahn gibt. Wir brauchen ein ganzes Feld mit Löwenzahn, damit wir das alles durchstehen."

Er streckte die Hand aus. Tucker nahm sie und schüttelte sie.

## KAPITEL FÜNFUNDZWANZIG

.....

### *Eine harte Kämpferin*

Tansy Beaulisle klopfte an die Tür wie ein Tornado zu Besuch. Tucker ließ die Rechtsanwältin ein und sie überschüttete ihn sofort mit einem unaufhaltsamen Redeschwall. Sie war eine kleine Frau und sie trug einen grauen Anzug und Pumps. Ihr Kopf war von einem Heiligenschein dichter Locken umgeben, die mit ihrem gebleichten blonden Durcheinander im Kontrast zu ihrer dunkleren Haut standen.

„Wie geht's, Herr Jones?", fragte sie. „Wo haben Sie die Terroristen versteckt?"

„Sie sind im Untergeschoss und telefonieren, Frau Beaulisle", entgegnete Tucker sanft. Er fühlte sich wie ein Blatt, das von einem Sturm herumgewirbelt wird.

„Sie können mich Tansy nennen, wenn ich Sie Tucker nennen soll."

„Einverstanden. Möchtest du vielleicht eine Tasse Tee?"

„Ich trinke nur kalten süßen Tee, weil ich, mein Gott, heißer bin als ein Ei, das auf Asphalt gebraten wird!" Sie fächelte sich theatralisch mit dem Hefter, den sie aus ihrer Tasche gezogen hatte. Tucker deutete ihr mit einer Bewegung an, sie solle ihm in die Küche folgen. Sie zog ihre Anzugjacke aus, hängte sie über den Stuhl und setzte sich. Dann sah sie sich lebhaft in der Küche um.

„Lieber Gott", rief sie. „Sieh dir deine Wände an!"

Tucker sah auf.

„Oh ja, unser Schrein. Er stand zuerst auf dem Tisch, aber dann wurde er zu groß."

Sie sah sich die Bilder der Freunde und Mitaktivisten an, die verschwunden, tot oder eingesperrt waren. Sie berührte die Fotos von Gandhi, Martin Luther King, Rosa Parks und anderer

Helden der Ahnenreihe der Gewaltfreien. Dann kramte sie in ihrer Tasche und zog ein Foto von Jesus hervor.

„Du kannst ihn dazu tun. Die Quäker lesen die Bibel so, wie Jesus das wollte, von ihnen hat es Tolstoi, der Gandhi inspirierte, der dann die Bühne für Dr. King aufschlug. Wir haben eine Tradition und wir alle müssen etwas über sie lernen, sie studieren und uns jeden Tag darin bewegen." Ihre Augen waren von Leidenschaft erfüllt. „Ich habe auch einen Altar für meine Freunde, die jetzt in Schwierigkeiten sind. In ein paar Wochen werden wir uns um die unbefristeten Einkerkerungen schlagen, drück die Daumen!"

„Wie bitte?", fragte Tucker

*„ACLU [American Civil Liberties Union]* hat einen Fall vor dem Obersten Gerichtshof laufen und versucht zu beweisen, dass unbegrenzte Haft erstens vollkommen verfassungswidrig und zweitens eine Verletzung der Menschenrechte ist. Du solltest beten, denn es wird auch auf Charlies und Sadies Prozess Einfluss haben. Aber übrigens denke ich nicht, dass man dich hier in der Gegend wird beten lassen. Ich meine, nur zu Jesus!" Tucker stammelte: „Ich habe sie alle gesehen, Buddhas und Kwan Yin [Kwan Yin, Quan Yin, richtig GUANYIN, ist eine aufgestiegene Meisterin. Sie ist die Göttin der Barmherzigkeit, der Frauen und Kinder, der Gnade und des Mitgefühls.] Mir ist es recht. Jeder das Ihre." Sie zeigte mit einem langen roten Fingernagel auf die von Tucker aufgestellten kleinen Statuen.

„Tansy?", fragte Tucker und sah auf das goldene Band um ihren Ringfinger. „Darf ich dich etwas fragen?"

„Nur zu, Vorreiter."

„Wie hält dein Mann mit dir Schritt?"

„Tut er nicht. Darum habe ich ihn und den ersten hinter mir gelassen. Warum? Bietest du mir an, meine glückliche Nummer Drei zu werden?"

„Nein! Ich meine, ich will dich nicht beleidigen, aber ..."

„Du hast wohl die andere Fakultät lieber?“, fragte sie neugierig.

Tucker bekam einen Eindruck davon, was für ein wilder Falke diese Frau in einem Gerichtssaal werden könnte.

„Tansy“, seufzte er, „ich bin der Schiedsrichter, der Trainer und der Wasserträger, alles in einer Person, und ich versuche nur, die ganze Welt dazu zu bringen, sich zu vertragen, ich bete für den Weltfrieden und versuche durch ein sicheres Kommunikationsnetzwerk etwas dazu beizutragen.“

Sie grummelte zustimmend.

„Tucker Jones, meinetwegen kannst du tiefgefrorene Pizza anbeten, solange du für Frieden, Gleichberechtigung und Liebe arbeitest. Mir liegt nichts dran, eine Religion besser oder schlechter als die andere zu finden, da es auch so schon zu wenige Engel gibt, die in der Welt umhergehen.“

Sie streckte ihm die Hand entgegen. Tucker lächelte und nahm sie. Ihr Griff war fest und ihr Blick war klar. Gleichzeitig mit ihren draufgängerischen Worten ging Ehrlichkeit von ihr aus.

„Ich bin froh, dass du in deinem grauen Anzug nicht aus Stein bist“, bekannte Tucker. Sie lachte so laut, dass die Wände widerhallten.

„Wahrhaftig nicht! Ich versuche es zurückzuhalten um des äußeren Anscheins willen, aber an den Rändern breche ich immer aus. Die ACLU hat mich hergeschickt, weil ich nicht zugelassen habe, dass sie jemand anderen schicken. Ich bin der Löwenzahnaufstand im legalen Kleinformat und ich bin dabei, Schaden in dieser verachtenswerten Vorspiegelung eines Justiz-Systems anzurichten, die bei uns herrscht. Und dann war auch niemand allzu wild darauf, diesen Fall zu übernehmen“, sagte sie verschwörerisch.

„Und warum hast du ihn übernommen, Frau Tansy?”

„Ja, sie schließen Wetten darüber ab, wie schnell mein Lebensversicherungsbeitrag bis in den Himmel schnellen wird!“ Sie lächelte boshaft, aber völlig unbesorgt. „Lauter Winzlinge“, prustete sie. „Rechtsanwälte gibt es in drei Kategorien: Winzlinge, Klößchen und Miststücke."

„Ich vermute, dass du zu den Letzteren gehörst", erwiderte Tucker schwach.

„Nein, ich gehöre zu keiner dieser Kategorien. Ich bin die Unannehmlichkeit auf zwei Beinen. Dieser Prozess mag ein Zirkus sein, aber, meine Güte, ich habe vor, ihnen die Schau zu stehlen!"

Sadie war die Treppe raufgekommen und ihr Lachen überfiel die beiden in der Küche.

„Bitte sagen Sie, dass Sie meine Rechtsanwältin sind ... ich bin eigentlich sicher, dass es gut gehen wird!"

Tansy drehte sich um und musterte Sadie: ihre langen Beine, ihren kurzen Rock und ihr wildes Haar. Charlie kam gleich hinter ihr die Treppe rauf und Tansys prüfender Blick streifte auch ihn. *Guter Gott im Himmel,* dachte sie erschrocken, *sie sind ja noch Kinder oder doch nicht?* Sie war mindestens zwanzig Jahre älter. Sie hatte schon Stürme und schwere Zeiten überstanden, sie hatte wie der Teufel gekämpft, gesiegt und verloren, alles das, als die beiden noch in den Windeln lagen. *Was wird nur aus dieser Welt?* seufzte sie vor sich hin.

„Ich freue mich, Sie kennenzulernen, Frau Beaulisle", sagte Charlie und hielt ihr die Hand hin. Sie zitterte vor Begeisterung.

„Mmm-hmm, und es freut mich, einen jungen Mann kennenzulernen, der meinen Namen richtig ausspricht: bo-liel."

„Das wird wohl unser französisches Erbe sein", deutete er an. „Die Familie meiner Mutter heißt Beaulier und sie gehört zu den Akadiern oben im Norden."

„Mein Vater war Louisiana-Cajun und meine Mutter Kreolin und in meinem Stammbaum sind Französisches, Englisches, Spanisches, Afrikanisches, Choctawisches [Indianerstamm] und noch ein paar andere Sachen, die zu nennen sie vergessen haben, zusammengemischt", sagte Tansy begeistert. „Kann sein, dass ich mit dir verwandt bin!“ Sie hob ihre dünngezupften Augenbrauen.

Tucker nahm den Kessel mit dem kochenden Wasser vom Herd und machte Tee.

„Ihr trinkt den doch wohl nicht heiß, oder?“, fragte Tansy herausfordernd.

„Heißes Wasser wird dich an einem warmen Tag schneller abkühlen“, sagte Tucker ruhig.

„Ich schwimme seit dem Tag meiner Geburt in heißem Wasser. Gieß eine Tasse für mich ein und stelle sie eine oder zwei Minuten in den Tiefkühler. So Kinder, jetzt will ich euch gleich mal etwas geradeheraus sagen: Ihr werdet in nächster Zeit alle möglichen rüden Kommentare über mich hören. Einige nennen mich *Tansy die Pansy,* Tansy, das Weichei. Sie greifen mich an, wo sie können, aber ich bin eine harte Kämpferin, und wenn ich in Fahrt komme, werden sie einfach nicht mit mir fertig.“

Sie sah mit festem Blick von einem jungen Gesicht zum anderen. An Sadies Gesichtsausdruck sah sie, dass sie spontan und immer unterwegs war. Charly dagegen war eher ein Rechner, scharf beobachtend und geneigt, Abstand zu halten.

„Gut“, setzte sie an, „wir werden folgendermaßen vorgehen. Sie sagen, du hast einige Klauseln des Freiheit-der-Verteidigungs-Gesetzes gebrochen. Das ist eines der faulsten Stücke dieses verfassungswidrigen Drecks, das mir im Leben vorgekommen ist! Wenn es nach mir ginge, würde ich sogar die Farbe vom Weißen Haus wegklagen. Zweimal habe ich etwas blödsinnig falsch gemacht: dass ich nicht früher zu euch gekommen bin und dass ich in diesen Fall als Anklägerin des Gesetzes und nicht als eure Verteidigerin eingetreten bin. Das Gute daran, in der Verteidigung zu sein, ist ja, dass die Beweislast bei ihnen liegt.“

„Kann denn das Freiheit-der-Verteidigungs-Gesetz durch dieses Verfahren nicht außer Kraft gesetzt werden?“, fragte Charlie.

„Nein, nicht direkt, aber an diesem Punkt wird es wirklich heikel für die Regierung. Ihr habt keine einzige Handlung begangen, die nach irgendeinem Gesetz *vor* diesem verfassungswidrigen Unsinn, den sie erlassen haben, als terroristisch eingestuft worden wäre. Und da das Freiheit-der-Verteidigungs-Gesetz freie Rede und Versammlung als Terrorakte bezeichnet, argumentiert die Regierung im Grunde, dass unsere Verfassung Terrorhandlungen zulassen würde, indem sie das Recht auf freie Meinungsäußerung und Versammlung garantiert!"

Tansys Augen glühten angesichts der furchtbaren Verdrehung des Gesetzes.

„Ich will euch was sagen: eine abweichende Meinung haben ist demokratisch. Diskussion ist demokratisch. Diktatur ist nicht demokratisch. Es ist eine Machtprobe und das Justizsystem ist der Wilde Westen. So etwas wie diesen Prozess habe ich noch nie erlebt. Da haben sie sich etwas ganz Neues ausgedacht, etwas, das zwischen einem Militärgericht und einem lynchenden Mob liegt, wenn ihr mich fragt. Außerhalb der Grenzen der Justiz kann ja alles passieren, man muss einfach nur gewinnen."

Tansy lächelte ironisch und kam auf die Einzelheiten zu sprechen. Die Kinder hatten den Ankläger durcheinander gebracht, indem sie angekündigt hatten, sie würden zu der Verhandlung kommen. Tansy rechnete damit, dass die Herrschenden bereits bereut hatten, ein Gericht für diesen Fall bestellt zu haben. Natürlich musste der Richter die endgültige Entscheidung treffen, indem er das Urteil bestätigte oder ihm widersprach. An der Stelle wurde es wirklich schwierig.

„Der Ankläger treibt den Prozess schneller voran, als je ein Prozess in der Geschichte des US-Rechts vorangetrieben wurde, und inzwischen lassen die Richter den Fall fallen wie eine heiße Kartoffel und niemand hat eine Ahnung, wer den Vorsitz haben wird!" Tansy hob in äußerster Verwirrung die Hände.

Charlie konnte sich nicht erinnern, wann er das letzte Mal so sehr gelacht hatte wie bei diesem Abendessen. Tansy war eine witzige Verrückte ... aber er mochte sie. Er erzählte Tansy, dass sie während des ganzen Löwenzahnaufstandes Kontakt mit ihren Freunden gehabt hätten, und fragte sie nach ihrer Meinung über den Prozess in Abwesenheit.

„Und?“, fragte Tansy in ihrer direkten Art, „was sagen eure Freunde?“

„Sag Tansy genau, was Inez gesagt hat“, forderte Charlie Sadie auf.

Sadie imitierte Inez: "*¡Madre de Díos! Wenn das Justizsystem seine Aufgabe nicht erfüllt, werde ich meinen eigenen Gerichtshof eröffnen und sie der Idiotie anklagen.“*

„Das ist gar nicht so daneben“, meinte Charlie. „Mahatma Gandhi hat den indischen Rechtsanwälten geraten, dem britischen System ihre Zulassungen zurückzugeben und ihre eigenen Schiedsgerichte aufzustellen“

„Ich habe auch schon an sowas gedacht, für den Fall, dass meine Kollegen die Sache nicht auf die Reihe kriegen!“, erklärte Tansy. „Wir haben ein Recht auf faire Prozesse und wir müssen dafür einstehen.“

Charlie fügte hinzu: „Natürlich werden wir das tun. Wir haben das Recht, unsere Meinung zu sagen. Wir haben das Recht, uns zu versammeln. Wir haben das Recht, uns selbst zu regieren. Wir haben das Recht, gegen die Tyrannei unserer eigenen Regierung Widerstand zu leisten. Wir haben das Recht, unsere Kinder vor der Vergiftung zu bewahren.“

Tansy lehnte sich auf dem Stuhl zurück und rüttelte sie mit einem Lied auf, das plötzlich aus ihr hervorbrach und die Fotos an den Wänden zum Wackeln brachte. Der alte *Spiritual* widerhallte stark aus ihrer Kehle.

*Du hast ein Recht! Du hast ein Recht!*
*Du hast ein Recht auf den Baum des Lebens!*

Sie schlossen die Augen, als sie Tansys mächtige Stimme hörten. „Wisst ihr, dass es im Garten Eden *drei* Bäume gab?"

Charlie und Sadie sahen einander an. Bei ihrem Gespräch über den Baum der Erkenntnis von Gut und Böse hatten sie den Baum des Lebens ganz vergessen.

„Jeder hat ein Recht auf den Baum des Lebens", betonte Tansy. „Mir ist es egal, was die Prediger über das Thema sagen. Sie denken, beim Baum des Lebens ginge es um Unsterblichkeit. Na gut, vielleicht bei dem in der Bibel, aber in meinem Lied? Es geht auf die Zeit der Sklaverei zurück, als die weißen Kolonisatoren eine Verfassung zusammenstellten und Jefferson den Leuten sagte, sie hätten ein Recht auf Leben, Freiheit und das Streben nach Glück. Die Schwarzen sagten, sie hätten dieselben Rechte. Als aber niemand auf sie hörte, drückten sie diese Botschaft in einem Lied aus, damit ihre Kinder nicht vergessen sollten, dass sie das Recht zu leben hätten."

Voller Abscheu schüttelte sie den Kopf.

„Ich sehe, was diese von den Unternehmen beherrschte Regierung tut, und wisst ihr, was ich denke? Gott wird ihnen nicht vergeben, dass sie die Arbeit Satans tun. Die ganze Welt ist die Wiege der Menschheit und Gottes Kinder sterben darin. Ich singe das Lied, um die Leute daran zu erinnern, dass wir ein Recht haben!

Die Melodie brach noch einmal aus ihr heraus, als ob eine lange Ahnenreihe von Menschen, die sich für die Freiheit erhoben hatten, in ihrer Kehle mitsummte und forderte, durch das Lied befreit zu werden.

*Du hast ein Recht! Du hast ein Recht!*
*Du hast ein Recht auf den Baum des Lebens!*
*Die Stimme wiegt schwer, aber du hast ein Recht,*
*Du hast ein Recht auf den Baum des Lebens!*
*Es gibt Höhen und Tiefen, aber du hast ein Recht,*
*Du hast ein Recht auf den Baum des Lebens.*

Tansy summte nachdenklich die Melodie. Dann schüttelte sie die Geister ihrer vielschichtigen Vergangenheit ab und ließ sich wieder auf die Gegenwart ein.

„Jetzt muss ich euch etwas Schwieriges fragen."

„Was denn?", fragte Sadie.

„Seid ihr gläubig?"

Sie blinzelten, diese Frage hatten sie wirklich nicht erwartet. Tansys Mund zog sich für einen Augenblick zu einem schmalen Strich zusammen und sie hob eine Augenbraue in Sadies Richtung.

„Du bist keine Christin", sagte sie, „sonst würde ich nicht fragen. Gott segne meine Religion", sagte sie und verdrehte die Augen, „aber sie verlangt mehr Glauben als irgendeine andere Spiritualität auf Erden. Man muss glauben, denn nichts am Christentum scheint besonders sinnvoll und niemand hat die Möglichkeit, dass ihn rationales Denken in den Himmel bringt. Was wir hier haben", damit tippte sie auf die Rechts-Dokumente, „ist eine Frage von Wundern und Glauben. Zuallererst müssen wir an Gerechtigkeit glauben." Sie hob die Hände, um Charlie von seinem Einwurf abzuhalten. „Ich weiß, ich weiß, es ist ein weiter Weg für einen rationalen Geist. Herrgott, ich bin die längste Zeit meines Lebens Rechtsanwältin und es ist nur mein unerschütterlicher Glaube an etwas, das oft taub, stumm und blind ist und Gerechtigkeit genannt wird, nur dieser Glaube hält mich bei meiner Arbeit fest. Ich habe den Glauben daran, dass eines Tages Gerechtigkeit herrschen wird, deshalb arbeite ich weiter in diese Richtung. Ja und Wunder? Ja, ohne ein Wunder werden wir nicht gewinnen, fangt schon einmal an zu beten." Sie lachte über sie und zuckte die Achseln. „Aber ihr seid schon so weit gekommen und das bringt mich auf den Gedanken", hier machte sie eine Pause und sah sie mit finsterer Bewunderung an, „Gott muss euch beide wohl besonders lieben."

„Wie kommst du darauf?", seufzte Charlie.

„Ja, ER hat mich auf euern Fall angesetzt, nicht wahr?“

Charlie sah diese starke und geschickte Rechtsanwältin mit ihrem gebleichten blonden Haar, ihren roten Fingernägeln und dem Höllenfeuer in den Augen ... und begann zu beten.

## KAPITEL SECHSUNDZWANZIG

.....

### *Eine schwierige Frage*

Ein Sturm wütete über ihnen und Tansys Laune entsprach den Blitzschlägen. Sadie hatte sich bereits mit Tucker ins Untergeschoss zurückgezogen und sie hatten es Charlie überlassen, die Frustration der Rechtsanwältin zu mildern.

„Unser größtes Problem ist es, euch lebendig zum Prozess zu bringen." Tansy machte kein Geheimnis aus ihrem Misstrauen gegen das FBI. Sie hatte zu viele Zeugen sterben sehen und sie hatte unbefristete Einkerkerungen erlebt, die fünfundzwanzig Jahre gedauert hatten, sodass sie zögerte, ihren Klienten zur Zusammenarbeit mit den Behörden zu raten. In den vergangenen Jahren hatte diese Strategie weder zu Gesundheit noch zu langem Leben geführt. Charlies und Sadies Mütter hatten Todesdrohungen erhalten. Valier wurde einige Male mitgeteilt, sein Enkelsohn habe den Tod verdient. Tansy hielt ein Attentat auf sie durchaus für wahrscheinlich.

„Bevor ihr zu internationalem Ruhm gekommen seid, wäre es ein einfacher Mord gewesen, aber jetzt, da ihr das halbe Land dazu angeregt habt, für die *Bill of Rights* aufzustehen, beobachtet die Welt genau, was hier vor sich geht, und wenn sie euch ausschalten, dann wird das als Attentat bewertet."

Das Zusammenbrechen der Justiz in den Vereinigten Staaten war durchaus kein Scherz. Ihr Militär-Budget war so groß wie das der übrigen Welt zusammen genommen und der elende Zustand, in dem die Verfassung war, hatte die Behörden in aller Welt nervös gemacht. Die Bemühungen des Löwenzahnaufstandes waren nicht unbemerkt an der globalen Gemeinschaft vorübergegangen.

„Wenn ich euch erst einmal nach Washington gebracht habe, wird man uns weiterhelfen", sagte Tansy. „Die Juristen werden die existierenden internationalen Mächte mit ins Boot holen und wir streben Hausarrest für euch in der französischen Botschaft an. Sie können euch nicht alle an mysteriösen Umständen im Gefängnis sterben lassen. Wir haben sogar die schriftlich festgelegten Richtlinien für den formellen Arrest, sie können euch also nicht an einen Ort bringen, wo ihr gefoltert werdet. Aber passt gut auf, das ist kein Spaß. Ihr werdet die ganze Zeit über von französischen Sicherheitskräften bewacht werden. Ihr könnt euch dann nicht an die Presse wenden, mit niemandem treffen als mit mir und an Flucht von dort ist gar nicht zu denken. Ich musste euer Recht auf Asylsuche für das Recht auf einen fairen Prozess eintauschen. Der Präsident hat gedroht, er werde eine Atombombe auf Frankreich werfen, wenn sie euch außer Landes bringen." Tansy verdrehte die Augen. „Ich kann euch sagen, ein gutes Dutzend von uns haben sich die Beine ausgerissen, um für euch zu sorgen."

„Danke", antwortete Charlie.

„Ach, was solls! Bisher habe ich noch nichts getan. Ich muss erst einmal rausfinden, wie ich euch nach Washington reinbringe. Ich muss mir eine Geschworenengruppe suchen, die nicht halb verrückt ist, aber wenn ihr mit mir kommt, geraten wir leicht alle in Schwierigkeiten." Tansy zerbrach sich den Kopf, um eine Lösung zu finden. Schließlich zuckte sie die Achseln. „Worum geht es in deinen Kritzeleien?", fragte sie und sah auf Charlies Notizbuch.

„Ach nichts Besonders", sagte er bescheiden, „nur ein paar Gedichte."

„Liebesgedichte für unsere kleine Sadie?", fragte sie. „Ich sag dir, du bist wirklich fantastisch. Das FBI ist hinter dir her und du schreibst Liebesgedichte? Schreib lieber etwas mit Feuer und mach den Leuten Feuer unter ihren faulen Hintern, damit sie ihn von ihrer Couch heben. Es ist ein Aufstand im Gange, weißt du!"

„Liebe motiviert stärker als Furcht", erwiderte Charlie.

„Gut, dann schreib ein Liebesgedicht, das die Nation aufschreien lässt!“

## KAPITEL SIEBENUNDZWANZIG

.....

### *Revolutionen*

In den Feldern in Nord-Maine schäumte Ellen Byrd vor sich hin, während sie den alten Trecker langsam im Kreis herumfuhr. Revolutionen geschehen nicht einfach, weil wir am Morgen gelangweilt aufwachen. Ellen fuhr die Vorderräder des Treckers in die Reihe. Revolutionen geschehen, weil der Ehemann im Gefängnis eingesperrt ist und die Ernte auf dem Boden verfaulen könnte. Sie drückte den Gashebel runter. Revolutionen geschehen, weil die Tochter gezwungen ist, sich zu verstecken. Sie rumpelte die Reihe runter und schlug die Kartoffelpflanzen nieder, um die Kartoffeln für die Ernte zuzubereiten. Revolutionen geschehen, weil ein junger Mann nicht lebend zu seinem Prozess kommen kann. Ellen sah auf das hügelige Land, das jenseits des Nadelwaldes lag. Revolutionen geschehen, weil Menschen der Misshandlungen und der Ungerechtigkeit müde werden. Sie musterte den Horizont des Kummers, der sich nach allen Seiten hin ausdehnte. Revolutionen geschehen, weil Frauen Schmerzen auf sich nehmen, um ihre Familie noch einmal zusammenzuhalten. Die Erschütterungen des Motors fuhren ihr in die Knochen. Revolutionen geschehen, weil das Herz den Kampf, der seiner Liebe angesagt wird, zurückweist.

Auf halbem Weg, dort wo das Ackerland zu einem Felsen anstieg, stellte Ellen den Motor ab. Sein Rumpeln verklang in der einsamen Stille des Bauernhofes. Sie kletterte vom Trecker und ging durch die Kartoffelreihen. Ihre Gummistiefel scheuerten sie an den Knöcheln. Ihre Gestalt, die einer Weide glich, bog sich gegen den Wind. Ihre große einsame Gestalt ließ das Ackerland hinter sich.

Revolutionen geschehen, weil eine einzige Frau sagt: *Es reicht!*

## KAPITEL ACHTUNDZWANZIG

. . . . .

### *Der Marsch*

Die Atmosphäre des Machtkampfes erfüllte die Luft. In einer Woche sollte der Prozess beginnen. Gerüchte zogen sich über Hügel und Ackerland. Legenden gingen über Vorstädte und die Dächer der Stadt. Das Liebesgedicht des *Mannes aus dem Norden* ging den Menschen durch den Kopf. Die Wiedergabe des Volksliedes durch den *King of Rock 'n' Rebel's* hallte ihnen in den Ohren.

*Im Herzen der Dunkelheit,*
*Mitten in der Nacht,*
*In der Hitze der Gefahr,*
*Brennend hell,*
*Werde ich dir begegnen, Liebe,*
*Bei Tagesanbruch.*
*Sage wo, meine Liebe,*
*Sage wann,*
*Sage jetzt,*
*Ich bin schon auf dem Weg.*

Sie sagten, er komme aus dem Norden. Sie flüsterten, sie komme aus dem Süden. Man dachte, eine Armee von Aufständischen würde mit ihnen marschieren.

„Was geht denn da vor?!“, fragte Charlie, als Tucker ihm die Nachricht mitteilte.

„Sadies Mutter hat es in Gang gesetzt, dann hat sich deine Mutter angeschlossen, dann die anderen im Tal und jetzt sind alle zu der verrücktesten Vorstellung zusammengekommen, die der Löwenzahnaufstand je gegeben hat ...“

Charlie fiel die Kinnlade runter, als ihm klar wurde, was geschah.

„Es gibt einen Marsch auf Washington?“, rief er.

Tucker bestätigte das. „Alle marschieren. Der ganze Löwenzahnaufstand marschiert auf Washington, um Gerechtigkeit für dich und Sadie zu fordern.“

Von Norden, Süden und Westen sammelte sich ein großer Menschenzug. Niemand wusste, wo, aber Gerüchte behaupteten, dass Charlie und Sadie zu ihrem Prozess unterwegs waren und dass sie dabei von den Körpern der Menschen geschützt würden. Die Frauen prahlten damit, dass sie neben Charlie Rider marschiert wären, und die Männer schworen, Sadie Byrd Gray hätte sie angelächelt.

Ellen Byrds Worte flogen von einem zum anderen und mit jeder Wiederholung wurde das Ausmaß des Marsches größer. *Wir müssen ihnen zeigen, dass die größte Kraft auf Erden nicht die Regierung, nicht die Unternehmen und nicht das Militär sind ... die größte Kraft auf Erden ist die Liebe der Menschen zueinander!* Ellen ging Hand in Hand mit Natalie Beaulier-Rider. Sie führten den Zug an, der vom Norden kam, um das Recht ihrer Kinder zu verteidigen.

Tausend Meilen entfernt erbebte Charlie im Innersten, wenn er an die Gefahr dachte, auf die die Menschen zumarschierten.

„Sie werden einem Massaker zum Opfer fallen“, flüsterte er. „Tausend, zehntausend, sogar hunderttausend Menschen ... der Präsident wird seine Soldaten rufen, alle werden auf den Straßen erschossen. Wir müssen sie aufhalten.“

„Nein“, sagte Sadie. „Wir müssen ihnen helfen.“

„Und wie?“, fragte er.

„Indem wir den Marsch anwachsen lassen, bis er nicht mehr aufzuhalten ist.“

„Dazu werden Millionen nötig sein.“

Sadie nickte zustimmend, ihre Augen schossen Blitze. Sie stützte sich mit beiden Händen auf den Tisch und zitterte von der Macht der Liebe, die ihr durch die Adern lief. Ihre Mutter riskierte Tod und Einkerkerung für sie. Charlies Mutter schwor, sie werde den Leib ihres Sohnes mit ihrem eigenen schützen. Hunderte von Löwenzahnaufständischen erhoben sich für Gerechtigkeit und Liebe. Sadie holte tief Atem bei jedem mutigen mitreißenden Schritt dieser Hebammen-Reise, in der alle Einkerkerungsdrohungen, alle Attentatsversuche, alle Siege und alle Niederlagen in diesem einen Augenblick der Entscheidung zusammentrafen. Ein wichtiger Scheideweg war erreicht und das Ganze war von der großen Liebe ihrer Mutter in Gang gesetzt worden. Sadie sah Charlie und dann Tucker an. Seit Monaten hatten sie im Verborgenen gearbeitet und das Volk für den Wandel gestärkt. Sadie schloss die Augen und fühlte der Nation den Puls. Sie ließ sich die Lebenszeichen der Unternehmens-Regierung durch den Kopf gehen. Sie nahm die Stärke der Menschen wahr. Sie nickte in der ruhigen Küche in Kansas. Sie waren bereit. Die Zeit war gekommen.

„Tucker“, sagte Sadie, „gib jetzt die Information über den Wahlbetrug an alle weiter.“

* * *

Die Nachricht erschütterte die Nation. Nichts war je so schnell durch das Alternet verbreitet worden. Die Größe des Marschs verdoppelte sich über Nacht. E-Mails und Telefonanrufe strömten ins Kapitol und darin wurde der Rücktritt gefordert. Das Weiße Haus und der Kongress wendeten die juristischen Fachbücher um und um, um Zeit zu gewinnen. Sie sagten dem Volk, dass der Amtsenthebungsprozess Monate dauern werde, dass die Daten überprüft werden müssten, sie sollten nicht nach Washington marschiert kommen, alles sei unter Kontrolle, der fällige Prozess werde stattfinden. Niemand glaubte auch nur ein Wort davon. Sie wollten Aktion, *jetzt!*

Die Regierung warnte die marschierenden Aufständischen, sie sollten sofort den Marsch einstellen. Die Marschierenden weigerten sich. Die Gründe für den Marsch vervielfältigten sich von Meile zu Meile, sie vervielfältigten sich mit jeder Person, die sich anschloss. Charlie und Sadie zu ihrem Prozess begleiten war nur *ein* Schritt auf dem gesamten Pfad der Aktionen. Der Löwenzahnaufstand plante, seine Forderungenliste auf den Tisch zu legen: sofortiger Rücktritt aller Beamten, die an dem Wahlbetrug beteiligt waren, die Wiederherstellung der bürgerlichen Freiheiten, die Aufhebung des Freiheit-der-Verteidigungs-Gesetzes, Revision der Steuergesetze, Reform des Schulden-Gesetzes, Beendigung der Finanzierung der Politik durch die Unternehmen, Erneuerung des Umweltschutzes und ein Ende von Förderung und Export von Bodenschätzen.

„Wir gehen nicht eher nach Hause, als bis grundlegende Veränderungen erfolgen!“, versprach Inez Hernandez. Die kleine Frau fädelte sich durch die Marschierer aus dem Norden und entwarf einen Plan für die Zeit, wenn sie am Kapitol angekommen wären. Pilar begleitete ihre Tochter wie ein Schatten und hielt mit scharfen Augen nach Heckenschützen und Polizei Ausschau. Überwachungsdrohnen begleiteten sie ständig. Ein oder zweimal dachten die Leute, sie sähen die schwarzen Schatten von Kampfdrohnen. Diese Maschinen waren zum Töten ausgerüstet. Schon der Ton ihres unheilverkündenden tiefen Dröhnens jagte den Leuten Schauder über den Rücken.

Ein Befehl wurde bekannt: Charlie und Sadie sollten ermordet werden. Er war im Alternet veröffentlicht worden. Der Befehl hieß: *Erschießt Gray und Rider, sobald ihr sie seht.*

„Wenn wir uns nicht für die Rechte von Charlie und Sadie erheben“, erklärte Ellen Byrd, „werden allen Menschen auf diesem Planeten ihre Rechte genommen. Ob ihr nun Jones oder Smith heißt, jetzt sind wir alle *Gray Riders*.“

Der Name blieb haften. Der Marsch von *Gray Riders* nahm an Umfang zu. Die *Wiedergeburt der Vorstädte* öffnete ihre Tore und legte Decken auf den Boden der Häuser. Entlang der

Straße stellten Kinder Blumensträuße auf die Eingangsstufen und hängten Kränze an ihre Haustürgriffe. Damit schickten sie den Marschierenden die Botschaft: Hier wächst Löwenzahn, *in diesem Haus findet ihr Zuflucht.* Als der Marsch an ihren Häusern vorbeizog, folgten viele dem Beispiel von Lupe Hernandez-Booker und schlossen sich an.

Tansy Beaulisle erschien ohne ihre Klienten in Washington D.C. und machte sich eilig daran, die Geschworenen zusammenzustellen.

„Es werden mehr als eine Million Menschen sein, die sich den Zirkus ansehen werden!", erklärte sie. „Es wird besser sein, wir sind bereit, wenn sie hier ankommen!"

Noch in derselben Woche entschied der Oberste Gerichtshof, dass unbegrenzte Haft nicht verfassungsgemäß sei, und ordnete die sofortige Freilassung aller Betroffenen an. Ellen Byrd setzte sich auf einen Bordstein und weinte vor Erleichterung. Gleich westlich von Rudis Stadt in Pennsylvania kam Bill Gray aus dem Gefängnis und begann sofort seinen Marsch nach Washington. Der junge Matt Beaulier und Charlies übrige Verwandte begleiteten ihn. Mack mit dem gelben Bart, der so dünn wie noch nie in seinem Leben geworden war, hielt den Fahrer eines leeren Schulbusses an, erklärte, wohin sie wollten, und bat ihn, dass er sie mitnähme. Der Mann stellte zur Antwort das Radio an: Silas Black sang Charlies Liebeslied. Er nahm die Gruppe bis zur westlichen Flanke der Marschierer mit, parkte den Bus und marschierte mit ihnen.

Wenn der Marsch am Abend ruhte, hielten Inez, Ellen und Natalie Versammlung ab, in denen sie mit den Menschen über das sprach, was vor ihnen lag. Ellen sprach beredt über Philosophie und Strategie des gewaltfreien Kampfes. Inez trainierte die Leute in praktischen Fertigkeiten und Taktiken. Die meisten Marschierenden hatten zuvor an Trainings teilgenommen, die Lupe und Inez initiiert hatten. Ellen stieß einen tiefen Seufzer der Erleichterung aus, als deutlicher wurde, dass die Menschen sich der Gewaltlosigkeit verpflichtet fühlten. Teilnehmer am südlichen Zweig des Marsches hatten berichtet, dass Leute mit Gewehren und Pistolen aufgetaucht seien. Im westlichen und nördlichen Zweig wurde jeder Einzelne gedrängt, ein Bekenntnis zur Gewaltfreiheit abzulegen, und man bestand darauf, dass alle Waffen zurückgelassen würden.

„Wenn wir Gewalt mit Gewalt erwidern, bricht ein Bürgerkrieg aus“, sagte Ellen zu den Marschierern. „Wir müssen uns leidenschaftlich und mit starkem Glauben zur Gewaltfreiheit verpflichten.“

In einer Nacht kampierten sie auf dem Heufeld eines Bauern. Wachposten wurden aufgestellt für den Fall eines Überfalls von Militärs oder Polizei oder auch von Bürgern, die der Darstellung der *Mainstream*-Medien glaubten, der Marsch der *Gray Riders* wäre ein Aufstand von Terroristen.

„Ich will ganz ehrlich zu euch sein“, sagte Ellen. „Wir werden mit Gewalt, vielleicht sogar mit extremer Gewalt konfrontiert werden. Vielleicht werden einige von uns sterben. Ganz sicherlich wird man uns schlagen, misshandeln, Schmerzen und Leiden zufügen. Bevor wir auch nur einen Schritt weiter auf dieser Reise machen, muss euch klar sein, welche riesige Verpflichtung ihr eingeht. Einige von uns“, sagte sie mit unheimlicher Überzeugung, „werden es vielleicht nicht mehr bis nach Hause schaffen.“

Sie sah in die vielen Gesichter, die vor nervöser Aufregung glühten und grimmige Entschlossenheit zeigten – gleichzeitig waren sie von Sorgen überschattet. Ellens Herz war voller Mitgefühl mit der Gebrechlichkeit des Menschen und damit, wie der Mut so zarte Strukturen von Adern und Haut erfüllen konnte. Auf dieser Reise würden die Menschen weinen. Ihre Münder würden vor Schmerz schreien. Ihre Hände würden in Furcht und gegenseitiger Hilfe ineinander greifen.

„Wir ziehen in die Schlacht“, sagte Ellen. „Wir sind mit nichts als Gerechtigkeit, Mut und hingebender Liebe bewaffnet. Sind wir Wahnsinnige? Vielleicht, aber Leute wie wir haben mehr als einmal die Geschichte geprägt. Es hat sich immer wieder gezeigt, dass Veränderungen, die durch gewaltfreie Mittel erreicht wurden, viel länger bestehen als die, die durch das Chaos von Krieg und Gewalt erreicht wurden. Wir nähern uns dem Kapitol unserer Nation nicht als bewaffnete Aufständische, sondern als Bürger, die sich den grundlegenden Rechten unserer Demokratie verschrieben haben."

Sie machte eine Pause. Die Verpflichtung zum gewaltfreien Kampf war ja keine Kleinigkeit. Es genügte nicht, dass Gewaltfreiheit ein erhabenes Ideal war. Sie musste zu einer inneren Überzeugung werden. Sie musste zu dem Willen werden, in der Hitze des Leidens zu vergeben, und zu der tief verwurzelten Stärke, einen Vergeltungsschlag zurückzuhalten. Ellen forderte die Menschen auf, das schwere Kreuz Jesu zu tragen, nicht das hölzerne oder die Dornenkrone, sondern das mächtige unsichtbare Kreuz, das ein Mann getragen hatte, der gekreuzigt worden war und der dennoch in seinem Herzen Raum für Vergebung gefunden hatte. Wenn die Polizei kaltblütig Menschen erschoss, wenn ihnen Pfefferspray in die Augen geblasen wurde, wenn Soldaten Bajonette gegen Unschuldige richteten, wenn Körper in den Straßen fielen, wenn Frauen blutig geschlagen und Männer verkrüppelt wurden, in diesen Zeiten, so forderte Ellen, sollten die Marschierer die Grenzen der menschlichen Geduld überschreiten und die Gefilde der Heiligen betreten.

Nicht allen würde das gelingen. Nicht jede Hand würde vom Kampf zurückgehalten werden. Nicht jedes Herz würde, ohne sich nach Rache zu sehnen, die Gräuel ertragen. Einige würden feststellen, dass ihre Entschlossenheit angesichts des Schreckens nachlassen würde. Andere würden bemerken, wie gerechter Ärger sie ergriff, ohne dass sie ihm hätten wehren können. Ellen wusste andererseits, dass, wenn genug Marschierer eine derartige Stärke aufbringen könnten, sie viele andere mitreißen würden. Solche Selbstregierung, verbunden mit aufrechter Führung, würde das Fundament sein, auf dem die Nation sich neu aufbauen würde.

Am nächsten Morgen ermutigte eine gute Nachricht die Menschen zum Weitermarschieren. Die Angaben über den von Tucker mitgeteilten Wahlbetrug waren analysiert worden, und obwohl die *Mainstream*-Medien weiterhin darauf bestanden, die Angaben wären ihrerseits gefälscht, bestätigten offizielle Berichte ihre Echtheit. Tucker und das Alternet-Team hatten sichergestellt, dass die Nachricht nicht nur das Volk, sondern auch die Beamten, Polizisten und die ganze Kette des Militärkommandos erreichte.

Zwietracht spaltete das Militär. Die Eidwächter weigerten sich offen, den Befehlen des illegitimen Präsidenten zu gehorchen. Hochrangige Generäle hielten in aller Eile Besprechungen ab. Die Kommandos auf niedrigeren Ebenen beobachteten, wie der Wind sich drehte, und waren unsicher, auf wessen Seite sie sich schlagen sollten. Polizeibehörden im ganzen Land spalteten sich. Bürger wandten sich an die Orts- und an die Staatspolizei und forderten, dass sie den Marsch wohlwollend betrachteten. Im Norden schlossen sich Soldaten in Motorfahrzeugen den *Gray Riders* an. Die Leute sahen nervös nach den Fahrzeugen, bis Natalie Beaulier-Rider die Geduld verlor und kühn an ein Fenster klopfte.

„Also wenn ihr uns einen Strafzettel für zu schnelles Fahren geben wollt, dann beeilt euch!"

„Ich bin nicht hier, um euch zu belästigen", widersprach der Offizier. „Ich bin hier, um euch beizustehen."

"*Voyons!* Machen Sie Witze?"

„Nein, mache ich nicht. Ihr seid friedliche Bürger, die für ihre Rechte einstehen. Ich werde die Grenze des Staates nicht überschreiten, aber bis ihr in D.C. seid, habe ich vor sicherzustellen, dass ihr auf meinen Straßen keinen Ärger bekommt."

Natalie war dankbar für das, was sie hatte, und dankte Gott. Die Marschierer aus dem Norden gerieten nicht in Schwierigkeiten. Die westlichen *Gray Riders* berichteten über kleine Zwischenfälle, waren jedoch noch nicht aufgehalten worden. Die wirklichen Schwierigkeiten trafen den Süden. In Virginia brach die Polizei mit solcher Gewalt über die Marschierer herein, dass Norden und Westen eine Pause einlegten und bangten. Dann kam die Nachricht aus dem Süden: Wir sind nicht so viele wie ihr, aber wir werden jetzt nicht anhalten. Eilige Strategieversammlungen wurden abgehalten. Eine Idee flog wie ein Vogel durch die drei Flanken: *Zerstreut euch, aber geht vorwärts.*

Die Leute verschwanden.

In den Behörden blieb ein Unbehagen zurück, das Gefühl, eine große Gefahr nähere sich. Beamte wurden nervös und waren über die ständigen Gerüchte beunruhigt. Etwas lag in der Luft. Der unsichtbare Marsch der Menschen sammelte Kraft und in den Vorstädten verdoppelte und verdreifachte sich die Menge, immer mehr Menschen kamen dazu. Als sie die Stadtgrenzen erreichten, waren sie so viele geworden, dass sie nicht mehr unsichtbar bleiben konnten. Im Zwielicht erschien an allen Seiten der Stadt eine wimmelnde Masse. Die Armee wurde ausgeschickt, die Straßen zu verbarrikadieren. Der Marsch kam zum Stehen. Am nächsten Tag würde der Prozess beginnen. Am Morgen waren die Menschen entschlossen durchzubrechen.

Die Sonne erhob sich langsam an einem grauen Himmel. Die Leute kamen auf die Füße. Zwar waren sie steif davon, dass sie die Nacht im Sitzen verbracht hatten, aber sie waren entschlossen. An der Südseite erwartete Bereitschaftspolizei die Marschierer. Ihre Herzen schlugen stark, aber ihre Füße gingen vorwärts. Eine Stimme erhob sich und sang ein altes Spiritual, dann wurde sie schwächer und erstarb in der Spannung, die die Kehle würgte. Sie gingen auf die Barrikaden zu und beteten um ein Wunder. Eine Stimme erteilte einen

Befehl. Die Augen der Bereitschaftspolizisten sahen den Sprecher an … und ein Wunder geschah. Ein Jubelschrei der Menschen erhob sich, als die Eidwächter die Bereitschaftspolizei zwangen, beiseitezutreten, sodass die Menschen in Frieden weitermarschieren konnten.

„Achtet auf die *Greenback*s", warnten die Uniformierten. „Sie lauern euch auf. Viel Erfolg und viel Glück! Verteidigt unsere Demokratie!"

Aufständische und Soldaten gaben einander die Hand. Der Marsch ging ruhig und schnell weiter.

In den westlichen Vierteln traten *Greenback*s den Marschierern entgegen. Sie waren in voller Ausrüstung und hielten Tränengas und Gummigeschosse bereit. Das westliche Kontingent der Marschierer war das kleinste und schwächste der drei. Die *Greenback*s hatten Befehl, die Menschen zu zerstreuen, nicht, sie zu töten. Mengen von Protestierenden waren bereits in die Stadt eingedrungen. Unnötige Brutalität in diesem Stadium könnte den Bogen überspannen. Die Befehle lauteten abzuwarten, dass die Aufständischen zuerst zuschlagen würden, ihnen dann mit Schlägen und Tränengas zuzusetzen und sie dadurch fortzujagen.

Die Marschierer aus dem Westen wurden langsamer, als die *Greenback*-Kräfte in Sicht kamen. Eine feste Mauer von Schilden hielt sie auf. Eine zweite und dritte Reihe bildete sich hinter der ersten. Die Marschierer teilten sich auf und suchten sich einen Durchgang durch die Nebenstraßen. Viele Meilen lang schien es so, als ob ein Kordon von Söldnern die friedlichen Demonstranten daran hindern würde weiterzukommen. Man sagte, dass es der südlichen Flanke gelungen sei durchzubrechen. Die *Gray Riders* wandten sich in Richtung des vermuteten Durchbruchs, aber die *Greenback*s verstellten ihnen den Weg. Bill Gray sah, wie sich die Verstärkungslinien teilten, und wandte sich an den jungen Matt Beaulier.

„Das ist unsere Chance“, sagte er grimmig. Seine Zeit im Gefängnis hatte ihn härter und furchtlos werden lassen. Nur noch eine einzige Reihe *Greenback*s schützte die Straße, auf der sie waren.

„Lass uns stürmen“, schlug Matt vor.

Die beiden Männer schüttelten einander die Hände und stürmten vorwärts. Andere schlossen sich an und gemeinsam brachen sie einen schmalen Spalt in den Blockadedamm. Keuchend rannten Bill Gray und Matt Beaulier die Straße entlang und die *Greenback*s jagten hinter ihnen her. Gummigeschosse flogen, Tränengas erfüllte die Luft, Chaos brach aus . . . aber sie liefen immer noch in Richtung Gerichtsgebäude.

Im Norden machten die *Gray Riders* Halt. Die Nachricht von den Zusammenstößen im Westen hatten sowohl die Marschierenden als auch die Behörden erreicht. Man hatte Soldaten befohlen, die Bereitschaftspolizei im Norden zu verstärken. Bewaffnete Infanterie erwartete die Leute. Die roten Einschusshilfen von Angriffswaffen glühten zwischen schwarzen Helmen und Schilden. Die *Gray Riders* blieben stehen und Inez Hernandez ging langsam auf die Soldaten zu, um mit ihnen zu sprechen.

„Wir sind nicht eure Feinde. Wir sind euer Volk. Diese Straßen gehören uns, euch und unseren Kindern. Lasst uns durch.”

Die Soldaten bewegten sich nicht. Sie hatten ihre Befehle. Sie erhoben die Gewehre.

„Seht ihnen in die Augen!“, schrie Inez. „Seht ihnen in die Augen und seht Liebe.“

Niemand wusste, ob sie zu Soldaten oder zu Bürgern sprach. Die beiden Frontlinien strafften sich. Sowohl die Aktivisten als auch die Soldaten hatten ihre Trainings durchlaufen, die so verschieden waren wie Tag und Nacht. Ein langaufgeschossener junger Mann stand in der vordersten Reihe der *Gray Riders* und hörte in seinem Innern Charlie sagen: *eines Tages werden die Soldaten ihre Waffen niederlegen, weil sie es müde sind, Menschen zu töten, die sie lieben*. Zipper schluckte schwer und betete, dass es eines Tages so kommen werde.

„Eines Tages" murmelte er, „werden sie ihre Gewehre niederlegen, weil sie es müde sind, Menschen zu töten, die sie lieben."

Eine große schlanke Frau fasste ihn an der Hand und stimmte ein:

„Eines Tages werden sie ihre Gewehre niederlegen, weil sie es müde sind, Menschen zu töten, die sie lieben."

Eine dritte Stimme fiel ein.

Ein Chor entstand.

„Eines Tages", chanteten die Marschierer, „werden sie ihre Gewehre niederlegen, weil sie es müde sind, Menschen zu töten, die sie lieben."

Blicke bohrten sich in Blicke. Die Schultern verspannten sich. Ein Finger zog den Abzug. Zipper schloss instinktiv die Augen und erwartete, dass ihm die Kugel in die Brust fahren werde.

„Eines Tages", betete er.

Er öffnete die Augen und sah direkt in die Augen des Soldaten.

*Eines Tages*, betete er.

Der Gewehrlauf schwankte ---

... und dieser Tag kam.

Ein Soldat in der ersten Reihe ließ das Gewehr sinken. Der Befehlshabe bellte einen Befehl. Der Soldat schüttelte den Kopf.

„Nein."

Ein Wort. Ein Wunder beruhte auf diesem einen Wort. Der Soldat wich langsam aus seiner Reihe und der Befehlshaber drohte ihm mit dem Standgericht. Er ging rüber auf die Seite der *Gray Riders*. Er weigerte sich, Zivilisten zu töten; sie hatten ja das Recht, gegen das, was geschah, zu protestieren. Ein zweiter Soldat ließ die Waffe sinken und stieß einen Schrei der Enttäuschung aus. Ein dritter Soldat stellte sich gerade hin.

Inez Hernandez sagte:

„Wenn ihr uns gestattet, friedlich weiterzumarschieren, werden wir ruhig zum Gerichtsgebäude gehen, das ist alles. Wir werden hier nichts zerstören. Bitte verwandelt unsere friedliche Demonstration nicht in ein Massaker. Gestattet uns, friedlich weiterzugehen."

Noch blickten die *Gray Riders* gebannt auf die Gewehrläufe und hörten atemlos zu, da sahen sie, dass sich im Gesicht des Befehlshabers unterschiedliche Gefühle miteinander mischten. Niemand rührte sich. Die Situation war kurz vor einem Ausbruch. Inez bemühte sich weiterhin, ihn zu überzeugen. Quälende zehn Minuten vergingen.

Aufregung ergriff die Marschierer, als sie sahen, wie ein Soldat zum Befehlshabe rannte. Ein eiliges Gespräch fand zwischen den beiden Männern statt. Der Gesichtsausdruck des Befehlshabers veränderte sich von Erstaunen über Verwirrung zu Ärger. Inez versuchte das leise Murmeln zu verstehen.

„... Marschierer aus dem Süden sind durchgebrochen, die westlichen gehen in Richtung Gerichtsgebäude ... der Offizier sagt, wir sollen sie durchlassen. Sir, ja Sir, er kennt die Befehle des Präsidenten, Sir. Es stimmt ...", der Soldat brach ab.

„Nur was?", bellte der Befehlshaber so laut, dass es alle hören konnten.

„Die Befehle des Offiziers kamen vom General, Sir."

Inez machte große Augen über die Andeutung von innerem Streit zwischen dem Präsidenten und dem hochrangigen General. *Uneinigkeit in der Führung*, dachte sie, *es gibt einen General, der die Legitimität des Präsidenten nicht anerkennt*. Sie hob sich diese Erkenntnis für später auf.

Die Blicke des Befehlshabers überflogen die Marschierer, gingen dann über seine Soldaten und richteten sich schließlich auf den Boden. Einen Augenblick lang stellte er Berechnungen an. Dann hob er den Blick und nickte entschlossen. „Lasst sie durch."

Die Menschen schrien vor Erleichterung. Die drei ungehorsamen Soldaten atmeten auf. Der Marsch ging weiter.

„Danke", sagte Zipper, als er an dem ersten Soldaten vorbeiging, der gegen den Befehl gehandelt hatte. Der junge Mann nickte kurz. Schweiß lief ihm übers Gesicht.

„Danke", sagte auch Ellen Byrd – doch damit allein konnte sie das überwältigende Gefühl in ihrer Brust nicht ausdrücken.

„Danke", sagte Natalie Beaulier-Rider. Der Ton ihrer Stimme ließ ihre Gefühle erkennen und sie versuchte in zwei kleinen Silben auszudrücken, wie bedeutsam das Geschehen für sie und alle anderen war.

Noch in derselben Stunde erreichte der Marsch der *Gray Riders* die Stufen des Justizgebäudes. Die nördliche Flanke strömte in den weiten Hof, wo ihn die südliche Flanke bereits erwartete. Die Marschierer der westlichen Flanke kamen gelaufen, einige hustete vom Tränengas und einige hatten Prellungen von den Gummigeschossen. Sie trugen ihre verletzten Gefährten, aber dennoch gelang ihnen ein Jubelschrei, als sie schließlich ankamen. Bill Gray suchte in der Menge nach der langen Gestalt seiner Frau, er erblickte ihre silbrig-schwarzen Locken und tauchte durch die Menge. Er war doppelt so entschlossen, wie er den *Greenback*s gegenüber gewesen war. Der junge Matt Beaulier war angeschlagen, hatte blaue Flecke und war außer Atem und doch stieg er die Stufen zum Gerichtsgebäude rauf und reckte seine Arme in einer Siegesgeste. Die Menge jubelte mit ihm, kurz bevor die Wachen sie von den Stufen vertrieben. Ein Ring von Eidwächtern stand rund um die Versammlung herum und hielt Ausschau nach den *Greenbacks*, die unweigerlich auftauchen würden. Inez wählte schnell ein paar Leute aus, die die Eidwächter drängen sollten, keine Gewalt anzuwenden.

Die Luft knisterte vor Spannung. Die Menschen warteten gespannt darauf, dass Charlie und Sadie auftauchen würden.

Sie stellten sich auf die Zehenspitzen und reckten den Hals, tippten den neben ihnen Stehenden auf die Schulter und fragten einander: seht ihr sie? Ab und zu sah jemand zum Himmel auf, als ob er erwarte, dass sie wie Vögel angeflogen kämen. Die Menschen traten ungeduldig von einem Fuß auf den anderen. Oben auf den Stufen des Gerichtsgebäudes schmunzelten die Beamten. Nach allem, was geschehen war, wäre es da nicht ein Spaß, wenn Charlie Rider und Sady Byrd Gray gar nicht zu ihrem Prozess erscheinen würden? Die Beamten bereiteten sich darauf vor, den Leuten diese Neuigkeit zu verkünden.

„Entschuldigt mich“, sagte eine sanfte Stimme, die durch die Menge drang.

„Pardon!“, sagte eine andere Stimme. Er schlüpfte zwischen einigen Schultern hindurch.

„Macht den Weg frei!“, bellte jemand. „Sie sind hier!“

Köpfe wandten sich. Schultern rückten zur Seite. Die Leute ließen einen Gang frei.

Sadie und Charlie tauchten aus der Menge auf. Sie gingen langsam auf den einander gegenüber liegenden Seiten der Stufen zum Gerichtsgebäude rauf. Ihre Herzen hämmerten und sie erwarteten, dass jede Minute eine Katastrophe eintreten könnte. Sie trafen sich in der Mitte unter den unerbittlichen Blicken der Wachen.

„Charlie Rider“, sagte Sadie ruhig.

„Sadie Byrd Gray“, seufzte er und lächelte.

„Keinen Augenblick Langeweile, wie?“

„Oder allein nur wir beide“, erwiderte er und winkte der Menge. Sie griff nach seiner Jacke, zog ihn zu sich heran und küsste ihn. Der Wahnsinn der Welt verblasste zu einem Nichts ... und kam einen Augenblick später brüllend ins Leben zurück, als Jubelrufe gegen die weißen Wände des Gerichtsgebäudes schlugen.

„Ja, das ist eine Premiere“, murmelte Sadie. „Was?“, fragte Charlie.

„Eine Menge von Tausenden von Menschen, die bei einem einfachen Kuss jubelt."

Charlie lächelte.

„Ich würde sagen, es ist das Zeichen eines großartigen Fortschritts in diesem Land", erwiderte er.

Er küsste sie noch einmal, nur um die Menschen noch einmal über die Liebe jubeln zu hören.

## KAPITEL NEUNUNDZWANZIG

. . . . .

### *Der Prozess*

Direkt vor den Türen des Gerichtsgebäudes versuchte die Polizei Charlie und Sadie zu verhaften. Mit der Hilfe einer Schar von Rechtsanwälten, Wachleuten aus der französischen Botschaft und einem schriftlichen Befehl des Richters, dass die Angeklagten in der Obhut französischer Beamter zu lassen seien, machte Tansy Beaulisle den Versuch zunichte. Eine Gruppe kräftiger französischer Sicherheitsbeamter brachte Charlie und Sadie in aller Eile ins Haus, während Tansy lautstark gegen die Polizei protestierte. *Vom Regen in die Traufe*, dachte Charlie, *das ist die Geschichte meines Lebens*. Wenige Augenblicke später kam Tansy hinter ihnen hereingebraust und überschüttete sie mit einem Wirbelwind an Worten.

„Seht mal, wie groß die Menge ist! ACLU gibt sich große Mühe, eine besondere Erlaubnis oder eine Gerichtsordnung oder sowas zu erwirken, um sie davor zu bewahren, in den nächsten zwanzig Minuten einem Massaker zum Opfer zu fallen. Ich kann euch sagen, es war eine höllische Woche. Die Anklage hat mir so furchtbar zugesetzt, dass ich zum Erzengel Michael anstatt zu Jesus gebetet habe. Die gegnerische Truppe wird vom erfahrenen Kämpfer Ron Warner geführt", sie schnitt eine Grimasse. „Sie haben ihn ausgetauscht, nur um mich zu ärgern, da bin ich mir sicher. Er war der Star-Jurist bei jedem schändlichen, schurkischen, schamlosen Prozess, an dem ich je gearbeitet habe, und er hat mich und die Gerechtigkeit bei zahlreichen Gelegenheiten zu Brei geschlagen. Ich hoffe nur, er wird sich einen rechtlichen Eingeweidebruch an einem dieser Tage holen", grollte sie. „Auf der positiven Seite: Richter Samuel J. Bowker ist Vorsitzender."

„Ist er ein freundlicher Richter?", fragte Charlie.

„Zum Teufel: nein. Sowas wie einen freundlichen Richter gibt es nicht. Bowker ist der einzig Wahre. Ich blicke nicht durch, was er in seiner Zirkusaufführung macht. Er muss gekauft oder geschmiert worden sein, denn er war mal ein alter Rechts-Nörgler. Versteh mich jetzt nicht falsch, er ist so konservativ, dass er mich dazu bringt, in kaltem Schweiß aufzuwachen und für die Rechte meiner Vagina zu beten! Aber er ist ein Elefant im Porzellanladen, wenn er widerborstig wird und wenn es zwei Dinge gibt, die er nicht mag, dann sind das machtgeile Militante und Politiker, die die Verfassung in Unordnung bringen. Da hast du es."

„Da habe ich was?", fragte Charlie und ihm wurde schwindlig.

„Die schwächste Chance auf ein Wunder", erklärte sie. „Als damals der Kongress über Waffenkontrolle grantig wurde, haben sie Bowker sein Jagdgewehr weggenommen und, mein Gott, er ist darüber immer noch in heller Aufregung. Er kümmert sich nicht viel um die Freiheit der Rede, aber sein Jagdgewehr? Es kann durchaus sein, dass er deswegen die *Bill of Rights* verteidigt."

„Warum hat er nicht seine Beziehungen spielen lassen und sich eine Sondererlaubnis geholt?"

„Mein Lieber, es geht ihm ums Prinzip. Ein erwachsener Mann sollte nicht jemanden schmieren müssen, um in seinem eigenen Teich eine Ente zu jagen."

„Na gut", Charlie zuckte die Achseln, „genau so denke ich über Proteste. Ein Bürger sollte nicht die Regierung um Erlaubnis bitten müssen, um in seinen eigenen Straßen Krawall zu machen."

Tansy strahlte.

„Siehst du, Chuck? Ihr seid im Begriff, die besten Freunde zu werden."

Im Gerichtssaal sah Charlie den Richter mit seiner mit Hängebacken verzierten Armesündermiene und zweifelte etwas an Tansy und ihren verrückten Ideen. Charlie hatte

Tansy seine Einstellung zum Gesetz mitgeteilt und sie hatte sie an den Richter weitergegeben, denn sie dachte, Bowker würde Charlies einzigartige rechtliche Aussichten zu schätzen wissen. Während die Minuten verstrichen, wurde es Charlie immer unbehaglicher bei Tansys draufgängerischer Strategie. Die Anwesenheit der Aufrührer und gleichzeitig der Polizisten und Soldaten vor dem Gerichtsgebäude ließ allen die Nackenhaare zu Berge stehen. Der Richter Bowker fand die offenkundige Missachtung des Gesetzes, die sich da draußen abspielte, gar nicht komisch. Er mochte den besserwisserischen Ausdruck im Gesicht des jungen Terroristen nicht und auch nicht die Tatsache, dass die Eltern der Angeklagten so lange Stunk gemacht hatten, bis man auch sie im Gerichtssaal zugelassen hatte. Und ganz gewiss schätzte er es gar nicht, dass es nicht einmal die üblichen Vorbereitungen gegeben hatte, bevor Charlie Rider ein angemessener Prozess gemacht wurde.

„Herr Rider“, grummelte Richter Bowker, „es ist nur eine Formsache. Erklären Sie sich schuldig oder nicht schuldig?”

„Weder noch, Sir.“

„Weder noch ist keine Antwort, die Sie hier geben können.“

„Das ist doch recht kurzsichtig von dem Justizsystem, meinen Sie nicht?“

Richter Bowker beschuldigte ihn, das Gericht zu verhöhnen.

„Euer Ehren“, widersprach Charlie, „mit allem gebührenden Respekt: die Tatsache, dass Sadie und ich vor Gericht stehen, ist eine Verhöhnung des Gerichts. Das Freiheit-der- Verteidigungs-Gesetz ist eine Verhöhnung dieses Gerichts. Jedes Gesetz, das der Kongress in diesem Jahr verabschiedet hat, ist eine Verhöhnung des ...“

Der Richter schnitt ihm mit einer Handbewegung das Wort ab.

„Ich frage Sie noch einmal. Erklären Sie sich der Verletzung des Freiheit-der- Verteidigungs-Gesetzes Sektionen 326B und 327A schuldig oder nicht schuldig?“

„Ich habe mein von der Verfassung garantiertes Recht auf freie Rede und freie Versammlung ausgeübt.“

„Sie erklären sich also nicht schuldig?“

„Ich erkläre, dass ich in diesem Fall jenseits der Schuld bin, Sir, und ich weigere mich, meine Handlungen in dieser Sprache zu bezeichnen. Ich glaube, dass der Kongress der Verletzung der von der Verfassung garantierten Rechte schuldig ist.“

„Herr Rider, heute steht nicht der Kongress der Vereinigten Staaten vor Gericht, sondern Sie.“

„Euer Ehren, ganz gleich, was auf der Prozessliste steht, die Verfassung, der Kongress, der Präsident und das Volk der Vereinigten Staaten stehen heute vor Gericht.“

„Reden zu halten kommt ihrer Rechtsanwältin zu, nicht Ihnen, Herr Rider“, sagte Bowker tadelnd.

Charlie zuckte die Achseln.

„Dann klagen Sie mich an.“

Ein Zucken ging über das Gesicht des Richters. Charlie hatte den flüchtigen Eindruck, dass Bowker gelächelt hätte. Dann lief ein wilder finsterer Ausdruck bis zu den Hängebacken über das Gesicht des Richters und brachte Charlie von diesem Eindruck ab.

„Zum Zweck der Gerichts-Vorgänge“, sagte Bowker zu dem Protokollanten, „notieren Sie, dass der Angeklagte erklärt, er sei nicht schuldig gemäß der Anklage. Das ist allerdings nach seiner philosophischen Ansicht nicht ganz richtig. Sie können abtreten, Herr Rider.“

„Sagen Sie doch Charlie zu mir“, sagte Charlie. Er streckte die Hand über den Tisch. Der Gerichtssaal erstarrte. Bowker schürzte die Lippen und sah streng über seine Brille. Charlie machte keinen Rückzieher.

„Sie sind ein Mann, ich bin ein Mann", sagte er ruhig. „Wir werden einander richtig gut kennenlernen. Ich stelle mich nur vor, wie ein Mann sich einem anderen eben vorstellt."

Richter Bowker befahl ihm kalt, sich wieder zu setzen.

* * *

Staatsanwalt Ron Warner war eine Schlange im Seidenanzug. Das wäre allerdings eine Beleidigung der Schlangen. Charlie sah, wie der Mann hin und her schlich und ein Schauder lief ihm über den Rücken. In der ersten Reihe der Zuschauerbänke saßen Bill Gray und Ellen Byrd neben seiner Mutter. Natalie war es gelungen, mithilfe ihrer scharfen Reden Bill, Ellen und sich Einlass zu verschaffen. Charlie sah, wie noch die Empörung auf ihren Wangen brannte. Natalie betrachtete das Gericht genau und schnaufte kritisch. Sie schürzte die Lippen beim Anblick des Staatsanwalts. Von draußen hörte man Tumult, während Charlie zum Beginn des Verhörs aufgerufen wurde. Seine Blicke glitten zu den Türen, aber das Milchglas hinderte ihn daran zu erkennen, ob die Menge angegriffen worden war. Warner stürzte sich auf Charlie und stellte seine erste Frage:

„Charlie Rider, sind Sie der Anstifter des Löwenzahnaufstandes?"

Charlie zuckte vor der bösartigen Grausamkeit des Mannes zurück und ging schnell zum Gegenangriff über.

„Euer Ehren", sagte er und wandte sich dem Richtertisch zu, „würden Sie bitte Herrn Warner verhaften lassen?"

Alle im Gerichtssaal waren bestürzt und verwirrt. Richter Bowker forderte Charlie auf zu erklären, was er meine.

„Es gibt ein in der ganzen Nation geltendes Verbot dieses Wortes", sagte Charlie. „Ich bitte darum, dass vor diesem Gericht Rechtsgleichheit gilt."

Richter Bowker starrte ihn säuerlich an und dann richtete er seinen Blick auf den Staatsanwalt.

„Herr Warner, würden Sie bitte unterlassen, dieses Wort zu gebrauchen?“

„Ich schlage eine zeitweise Aufhebung des Verbots innerhalb des Gerichts vor“, sagte Warner sanft.

Charlie schnaufte.

„Ich schlage eine ständige Aufhebung einer so offensichtlichen Verletzung des ersten Zusatzartikels der Verfassung vor. [Der 1. Zusatzartikel zur Verfassung der Vereinigten Staaten ist Bestandteil des als *Bill of Rights* bezeichneten Grundrechtekatalogs der Verfassung der Vereinigten Staaten. Der 1791 verabschiedete Artikel verbietet dem Kongress, Gesetze zu verabschieden, die die Meinungsfreiheit, Religionsfreiheit, Pressefreiheit, Versammlungsfreiheit oder das Petitionsrecht einschränken.] Wenn die Journalisten, die über den Prozess berichten, dieses Wort nicht zensieren, werden dann die Leser dieses Wortes verhaftet?“

„Herr Warner, vielleicht können sie das Wort ersetzen, zum Beispiel durch *Hundeuntaten*?“, forderte Richter Bowker ihn auf.

Tansy stand auf und erhob Einspruch.

„Das würde für die Geschichte einen ungenauen Gerichtsbericht liefern und vielleicht in künftigen Fällen zu falschen Urteilen führen.“

„Euer Ehren“, warf Warner in seinem öligen Ton ein, „wir können sie eine *terroristische Gruppe* nennen.“

„Das ist nicht bewiesen!“, protestierte Tansy.

Bowker zog die Augenbrauen bis zum Haaransatz hoch.

„Ich werde für die Dauer des Prozesses eine Gerichts-Ausnahme einführen. Die Journalisten können sich das zunutze machen. Die Menschen sollten das Gesetz achten.“

Charlie explodierte.

„Die Menschen sollten sich weigern, die ungerechten Gesetze einer illegitimen Regierung anzuerkennen! Es ist lächerlich, dass ich vor Gericht stehe und für das Recht auf freie Rede kämpfe und vor dem Verbot, unsere Bewegung bei ihrem Namen zu nennen, katzbuckle. Wenn das Gericht nicht für die Einhaltung des ersten Zusatzartikels eintritt, dann muss das Volk es tun!"

Charlies Worte drangen aus dem Gerichtsgebäude heraus. Auf der Straße erreichte Charlies Verteidigung des ersten Zusatzartikels den jungen Matt Beaulier und Inez. Sie waren dabei, die Menschen so zu organisieren, dass sie den *Greenbacks* würden standhalten können. Die beiden tauschten schnell einen Blick und das Wort Löwenzahnaufstand kämpfte für seine Befreiung. Im Gerichtssaal wurden die zunächst gedämpften Rufe lauter, bis alle im Saal sie deutlich hörten.

"*Insurrection Dent-de-lion! Insurrection Dent-de-lion!*"

"*Insurrección diente de león! Insurrección diente de león!*"

Niemand hatte je daran gedacht, die Wörter auf Französisch oder Spanisch zu verbieten.

Tansy schmunzelte und sang leise.

*„Wir haben ein Recht! Wir haben ein Recht!*
*Wir haben ein Recht, die Rede zu befreien!"*

Bowker betätigte den Hammer. Tansy schwieg. Die festgelegten Prozeduren wurden fortgesetzt. Warner kochte unter seinem pomadisierten Haar. Charlie entschloss sich, den Staatsanwalt als notwendiges Übel zu betrachten.

„Herr Rider, ist es wahr, dass sie den Löwenzahnaufstand gegründet haben?"

„Nein."

Warner machte eine Pause und zog die Brauen in die Höhe. Charlie erklärte.

„Der Löwenzahnaufstand ist eine Bewegung ohne Führer. Er wurde nicht gegründet. Er brach in den Herzen der Menschen aus als Reaktion auf die zunehmende Korruption der Regierung und ihre Herrschaft."

„Haben sie einen Aufstand gegen die Regierung angestiftet?"

„Die Formulierung ist nicht korrekt", antwortete Charlie.

„Beantworten Sie die Frage!“ Warner bestand darauf. „Haben Sie die Menschen angewiesen, Widerstand gegen die Regierung zu leisten?“

„Ich habe den Menschen geraten, ungerechten, zerstörerischen und verfassungswidrigen Gesetzen nicht Folge zu leisten.“

„In anderen Worten: gegen die Regierung zu revoltieren.“

„Nein“, sagte Charlie fest. „Es gibt keine anderen Worte dafür. Wir haben niemals die Regierung an sich bekämpft, sondern nur die Korrumpierung der Demokratie der Vereinigten Staaten. Sollten die gegenwärtigen politischen Führer die bürgerlichen Freiheiten wieder in den Zustand versetzten, der von der Verfassung garantiert wird, könnte ich die Bürger nur ermutigen, ihre bürgerlichen Freiheiten im Zusammenhang mit einer funktionsfähigen Demokratie einzusetzen.“

„Das ist wunderbar idealistisch, Herr Rider“, spottete Warner, „aber es geht über die eigentliche Frage hinaus. Bitte antworten Sie mit ja oder nein: Haben Sie die Bevölkerung gedrängt, das Gesetz zu brechen?“

„Ich kann diese Frage nicht mit ja oder nein beantworten“, erwiderte Charlie.

Warner wandte sich an den Richter.

„Euer Ehren, der Angeklagte behindert die Justiz.“

„Im Gegenteil“, gab Charlie sofort zurück, „ich bestehe auf Gerechtigkeit. Sie haben gefragt, ob ich die Bevölkerung gedrängt hätte, das Gesetz zu brechen. Darauf kann ich nur antworten: Ich habe die Bevölkerung gedrängt, die Gesetze, die in der *Bill of Rights* formuliert sind, hochzuhalten.“

„Was die Verletzung des Freiheit-der- Verteidigungs-Gesetzes Sektionen 326B und 327A notwendig machte."

Charlie zuckte die Achseln.

„Das Gericht und nicht ich hat entschieden, dass die verfassungswidrigen Gesetze des Kongresses heute nicht vor Gericht stehen.“

Es war zermürbend. Sadie beobachtete, wie Warner Charlie mit jedem Wort bedrängte, auf ihn einschlug und ihn provozierte. Ihr Körper verspannte sich in Mitgefühl. Ihre Handflächen waren schweißnass. Warner arbeitete rücksichtslos. Er war bösartig und erbarmungslos. Tansy beobachtete ihn wie ein Falke und machte sich ausgiebig Notizen.

„Du kannst daraus lernen“, sagte sie zu Sadie. „Du bist als Nächste dran.“

Sadie zwang sich, das Flüstern der Furcht, das sich in ihr erhob, zum Schweigen zu bringen. Sie richtete ihre Blicke auf Warner und versuchte den Menschen unter dem Soldaten im Geschäftsanzug zu erkennen. Sie sah seine rote Nase, ein Zeichen dafür, dass er trank, sie sah die Verbitterung seines Herzens, die Anspannung seiner Schultern aus Vorsicht und den tief in seinem Innern verwurzelten Groll.

Charlie stieß einen schweren Seufzer der Frustration aus, der Sadies Aufmerksamkeit erregte. Er fuhr sich mit einer Hand über die Augen, was ein Zeichen dafür war, dass sein Geduldsfaden am Zerreißen war. Sadie hustete. Er sah sie an. Sie lächelte: *Sei freundlich.* Er hob die Finger. Sie berührte sie aus der Ferne: *nimm Verbindung zu anderen auf.* Sie sah ihn an: *hab keine Angst!* Charlie wandte sich nun wieder ruhig dem Staatsanwalt zu.

„Es tut mir leid“, sagte er höflich, „würden Sie wohl bitte die Frage wiederholen?“

* * *

Am folgenden Tag waren die Straßen zwischen der französischen Botschaft und dem Gerichtsgebäude mit Löwenzahnsymbolen bepflastert. Die Menge dort draußen schwenkte Flaggen, Spruchbänder und Plakate. Den Löwenzahnaufständischen war befohlen worden, sie sollten ihre Versammlung auflösen. Sie weigerten sich. Sie erwarteten jeden Augenblick das Durchgreifen der *Greenbacks*. Inez gelang es, Tansy mitzuteilen, dass sie eine Flugformation bilden würden, um eine direkte Konfrontation mit den *Greenbacks* hinauszuschieben. Heute hatten einige Gruppen der Aufständischen vor, dem Kongress ihre Forderungen vorzulegen. Der Glanz des Sieges, den sie mit der Ankunft beim Gerichtsgebäude errungen hatte, verblasste unter dem steigenden Druck.

„Jetzt kommt's drauf an, Sadie", hatte Charlie gemurmelt, als sie den Gerichtssaal betraten.

Von Anfang an hatte Charlie gefühlt, wie sich die Schwierigkeiten zusammenbrauten. Warner war ein zufriedenes Lächeln ins Gesicht geschrieben. Er ließ sich Zeit damit, seine Befragung anfangen zu lassen, und sah Sadie mit einem Blick an, der hätte Milch gerinnen lassen können. Das Gericht wartete, als er noch den Kopf schüttelte und die Augenbrauen hochzog. Sadie war unruhig. Die Geschworenen rückten auf ihren Stühlen hin und her. Richter Bowker sah teilnahmslos zu.

Tansy stand auf.

„Einspruch, Euer Ehren."

Warner drehte sich um, um sie anzusehen.

„Wie können Sie Einspruch erheben, wenn ich noch gar nichts gesagt habe?"

„Mein Einspruch gilt dem Folgenden", sagte Tansy. Sie überraschte Charlie damit, dass sie den Slang, den sie gewöhnlich sprach, in eine genaue, dem Gericht angemessene Sprache verwandelt hatte. „Ihre theatralischen Versuche, meine Klientin einzuschüchtern, sind eine unzulässige Verschwendung der Zeit des Gerichts."

Charlie verbarg ein Lächeln. Die gute Tansy. Sie ließ keine Möglichkeit zu einem Schlag aus. Richter Bowker kratzte sich die Nase. Man konnte unmöglich sehen, ob aus Amüsiertheit oder aus Ärger – oder aus beidem. Er verbarg es mit seiner breiten Hand.

„Herr Warner, würden Sie bitte anfangen? Wir sind nicht hier, um uns den ganzen Tag lang die Angeklagte nur anzusehen."

„Oh ja", sagte Warner, „der liebliche Sadie-Vogel ist ..."

„Einspruch", sagte Tansy. „Der Name meiner Klientin ist Sadie Byrd Gray und die Anklage täte gut daran, sie entweder mit vollem Namen oder dem schrecklichen Frau Gray zu bezeichnen, wenn sie von ihr sprechen will."

„Spielt das eine Rolle, Tansy?" Richter Bowker zog die Stirn kraus und nahm die Brille ab. Sein Ausdruck verriet eine lange Geschichte von Gerichtsfällen mit diesem Energiebolzen von einer Rechtsanwältin.

„Ja, Euer Ehren. Ich würde Sie niemals mit Sammy-Bo oder den Staatsanwalt mit Ronnie-Wonnie anreden. Jeder Versuch, meine Klientin durch die Verstümmelung ihres Namens zu erniedrigen, muss als ein Fall von Vorurteil des Gerichts gegen Frauen aufgefasst werden. Und übrigens, Euer Ehren, fürs Protokoll: Ich ziehe es vor, Frau Beaulisle genannt zu werden."

„Und nicht *Tansy die Pansy*?", murmelte Warner.

Tansy sah ihn nicht an, sondern wendete sich an den Richter.

„Ich empfehle Euer Ehren, Herrn Warner wegen Missachtung des Gerichts zu belangen", sagte sie.

Richter Bowker seufzte. Es würde ein langer Tag werden.

„Herr Warner, ich bitte Sie dringend, die angemessenen Höflichkeitsformen und Benennungen aller Personen im Gericht zu benutzen, oder wir werden hier niemals fertig. Fahren Sie fort!"

Tansy setzte sich zufrieden auf ihren Platz.

„Operation weitschweifige Darstellungskunst war erfolgreich", flüsterte sie Charlie zu.

Warner stolzierte zum Zeugenstand.

„Frau Gray, Sie sind eine liebreizende junge Dame ..."

„Einspruch“, sagte Tansy. „Herr Warner hat bereits wiederholt auf die physische Erscheinung meiner Klienten Bezug genommen ...“

„Es war nur ein Kompliment für Frau Gray“, warf Warner ein.

„Wir sind hier nicht in einem Nachtklub, Herr Warner”, erwiderte Tansy, „und sie ist schon vergeben.“

Die Geschworenen lachten.

Warner drehte sich schnell zu Sadie um und fragte heftig: „Warum hat die Regierung Sie auf die Terroristenbeobachtungsliste gesetzt?“

„Ich denke, meine Fähigkeit, Menschen beim Verteidigen der Demokratie zu vereinen, hat die Unternehmens-Machtelite etwas nervös gemacht“, antwortete Sadie.

„Ist das der einzige Grund?“

„Soweit ich weiß, ja“, seufzte Sadie. „Vielleicht könnten Sie den Leiter des Heimatschutzes selbst fragen.“

„Auf diese Liste werden Leute gesetzt, weil sie im Verdacht terroristischer Machenschaften und anderer illegaler Handlungen stehen“, teilte Warner ihr mit. „Haben sie sich jemals illegaler Handlungen schuldig gemacht, Frau Gray?“

Charlie hörte einen leisen Laut von Sadies Mutter. Er drehte sich um und sah, wie Ellens erschrockener Blick hinter einem stählernen Ausdruck verschwand. Tansy sprang auf.

„Euer Ehren, die Jugendgeschichte meiner Klientin wurde vor sieben Jahren versiegelt und ist vor Gericht nicht legal zulässig“, sagte Tansy.

„Herr Warner!?“ Richter Bowker winkte ihn zum Richtertisch. Sie sprachen schnell und gedämpft miteinander. Bowker zog die Stirn kraus, brummte missbilligend und räusperte sich schließlich.

„Der Einspruch wird abgelehnt“, sagte Bowker fest. „Nach dem Freiheit-der- Verteidigungs-Gesetz Sektion 117A kann das Jugendrecht beigezogen werden, wenn es für die Anklage wegen Terrorismus wichtig ist. Fahren Sie fort, Herr Warner.“

„Verdammt!“, fluchte Tansy leise, als sie sich setzte. „Halte aus, Mädchen, da kriegen wir dich durch.“

„Worum geht es?“, fragte Charlie sie leise.

Tansy schüttelte nur den Kopf und bedeutete ihm zu schweigen.

Warner drehte sich heftig um und zeigte auf Sadie.

„Frau Grays kriminelle Vergangenheit zeigt eine Erfahrungsgeschichte unmoralischen und illegalen Verhaltens. Dieses beschränkt sich nicht auf Prostitution einer Minderjährigen, sondern dazu kommen noch Gebrauch und Verteilung von Rauschmitteln, Besitz von illegalen Substanzen ...“.

„Einspruch!“, rief Tansy. „Die Berichte ergeben, dass diese illegalen Substanzen nichts anderes als Besitz und Servieren von Alkohol durch eine Minderjährige sind. Herr Warner führt das Gericht in die Irre.“

„Herr Warner“, ermahnte Bowker ich, „bitte stellen Sie die Tatsachen richtig dar.“

„Na gut“, Warner zuckte die Achseln, „ich habe versucht, die schändliche Geschichte dieser Frau diskret zuzudecken, aber wenn Sie darauf bestehen ...“. Er begann, bevor irgendjemand Einspruch erheben konnte. „Sadie Byrd Gray ist eine Prostituierte, die wiederholt illegal abgetrieben hat, die ihren Ausweis gefälscht und über ihr Alter, ihre Beschäftigung und Aktivitäten gelogen hat.“

„Einspruch!“, rief Tansy. „Ich widerhole, dass die Anklage sowohl die Fakten falsch interpretiert als auch Informationen gibt, die für den Fall irrelevant sind!“

„Oh, sie sind doch relevant“, sagte Warner. „Ausweisfälschung ist ein Merkmal von Terrorismus. Die Sex-Industrie ist durchaus mit kriminellen Aktivitäten eng verbunden, und obwohl diese Frau der ahnungslosen amerikanischen Öffentlichkeit im Überfluss etwas von *Leben und Liebe* erzählt“, hier hob er die Stimme in theatralischem Entsetzen, „was für eine Empfehlung des Lebens ist es schließlich, wenn eine zwei Abtreibungen hinter sich hat? Nicht eine, sondern zwei!"

Sadie saß wie versteinert unter den starren Blicken des Gerichts da. Ihre Lippen bebten einmal, aber Charlie wusste nicht, ob sich Wut oder Verletztheit hinter der Fassade ihres ausdruckslosen Gesichts versteckte. Sie zuckte zusammen, als Warner sich wieder an sie wandte.

„Was haben Sie dazu zu sagen?"

„Das ist fast zehn Jahre her", antwortet Sadie teilnahmslos.

„Ach?", sagte Warner in einem Ton, der Charlie in die Eingeweide fuhr. „Wie war es denn in der letzten Märzwoche? Haben Sie in den Spelunken Tits Galore und Mel's Hotties, die in den Blue-Ridge-Bergen liegen, als Stripperin gearbeitet oder nicht?"

„Als Stripperin arbeiten ist nicht gegen das Gesetz ..."

Warner unterbrach sie.

„Es geht hier um Ihre Moral. Sie wird dadurch infrage gestellt, Frau Gray. Sie behaupten, Sie wären eine würdige Führerin des amerikanischen Volkes. Wie kann das Gericht Ihr Verhalten als etwas anderes als selbstsüchtige Handlungen einer Frau ansehen, die sich der Verdorbenheit ergibt, um ihre eigenen Zwecke zu verfolgen?"

Warner quälte Sadie weiter mit Fragen, die so brutal waren, dass Sadies Wangen blass wurden. Er grillte sie mit ihrer Geschichte von radikalem Aktivismus und legte nahe, sie habe eine Neigung zum Extremismus. Er stellte ihre Motive hinter den Ereignissen in der Greenback-Straße infrage und behauptete, dass die Flugformation Aufruhr gewesen sei. Er nannte ihre Bildungskampagnen im Untergrund Gehirnwäsche und antiamerikanische Propaganda. Charlie ballte seine Hände zu Fäusten und klemmte sie zwischen die Knie. Warner grub Geschichten aus Sadies Vergangenheit aus, zog sie in die Gegenwart, zitierte sie und verspottete sie. Charlie konnte es kaum ertragen zu sehen, wie Missbilligung die Gesichter der

Geschworenen prägte. Als Warner schließlich höhnte *keine weiteren Fragen*, atmeten Charlie und Sadie erleichtert auf.

Tansy stand auf und der Zorn Gottes leuchtete ihr aus den Augen.

„Einen Augenblick, bitte“, bat sie das Gericht. Es war offensichtlich, dass sie Mühe hatte, sich zu beherrschen. „Ich bin erschüttert über die himmelschreiende Verletzung der Ethik des Gesetzes durch die Anklage, schockiert und entsetzt über die Verleumdungs-Taktik, die im Fall einer jungen Frau angewendet wird, der es wegen der ungesetzlichen Verfolgung durch Regierungsagenten nicht möglich war, Zugang zu den herkömmlichen Geld-Systemen zu bekommen ...“

„Einspruch“, sagte Warner lächelnd.

„Abgelehnt“, bellte Bowker und überraschte damit den Staatsanwalt.

Tansy versteckte schnell ihre eigene Überraschung, indem sie höflich nickte.

„Danke, Euer Ehren. Sie stellen meinen Glauben an die Justiz wieder her.“

Sie sah Sadie einen Augenblick lang an, dann wandte sie sich an das Gericht.

„Die relativ verbreiteten kriminellen Verstöße von Jugendlichen sind kein Hinweis auf ihre Neigung zum Verbrechen und außerdem stehen die wirtschaftlichen Ungerechtigkeiten des von Männern dominierten Marktes, die Frauen dazu treiben, ihren Körper zum Erwerb zu benutzen, hier heute nicht vor Gericht ... allerdings hoffe ich, diesen Punkt verfolgen zu können, bis er vom Staub des menschlichen Fortschritts bedeckt ist.“

„Einspruch“, rief Warner, „feministische Dogmen spielen in diesem Fall keine Rolle.“

„Stattgegeben“, antwortete der Richter. „Frau Beaulisle, bitte bleiben Sie bei dem, was für das Thema relevant ist.“

Tansy nickte höflich, aber ein winziges Lächeln glitt über ihr Gesicht. Jetzt hatte sie die Aufmerksamkeit der weiblichen

Geschworenen gewonnen. Tansy wandte sich zu Sadie um, die jetzt leichter zu atmen schien.

„Frau Gray, haben Sie ihre Freiheit der Rede und Ihr Recht auf Versammlung ausgeübt und auch andere dazu ermutigt?“

„Ja, das habe ich.“

„Und das haben Sie, obwohl sie wussten, dass es eine Verletzung des Freiheit-der- Verteidigungs-Gesetzes war?“

„Ich tat es, weil ich wusste, dass es notwendig war, um die Grundprinzipien unserer Demokratie zu verteidigen.“

„Glauben Sie, dass unsere *Bill of Rights* ein wesentlicher Teil unserer Demokratie ist?“

„Ja, das glaube ich“, antwortete Sadie leidenschaftlich.

„Haben Sie jemals gewalttätige Handlungen gegen den Staat in Betracht gezogen?“

„Nein, niemals. Ich habe immer die Methoden des friedlichen Widerstandes befürwortet und mich dafür eingesetzt.“

„Frau Gray, gegen was genau leistet der Löwenzahnaufstand Widerstand?“

„Ja, einige sagen, wir leisten gegen die Tyrannei der Regierung, gegen wirtschaftliche Ungerechtigkeit und gegen Umweltzerstörung Widerstand, aber ich bleibe dabei, dass diese Ansichten eine falsche Auffassung von der Realität sind. In Wahrheit leisten wir gegen gar nichts Widerstand.“

Tansy bat um eine Erklärung. „Der Löwenzahnaufstand steht für Leben, Liebe, bürgerliche Freiheiten, partizipatorische Demokratie, wirtschaftliche Gleichberechtigung und Unversehrtheit der Umwelt“, antwortete Sadie. „Wenn diese Bewegung als oppositionell hingestellt wird, dann werden die proaktiven, Leben unterstützenden Aspekte des Löwenzahnaufstandes übersehen. In Wirklichkeit sind es ein paar gierige Leute aus der Unternehmenselite, die gegen die übrige Menschheit Widerstand leisten. Sie machen ihre Sache gut, aber sie werden nicht gewinnen. Leben will leben. Das ist eine Tatsache, für die diese zerstörerischen Wenigen sehr dankbar sein sollten, weil unser Lebenswille auch sie am Leben hält. Ich erwarte nicht, dass mir der Kongress eine Ehrenmedaille überreichen wird, aber wenn irgendjemand seine Mitglieder dazu bringen könnte, mich nicht mehr anzugreifen, wäre ich äußerst dankbar dafür."

Die Geschworenen lachten und während Sadie den Zeugenstand verließ, applaudierten sie ganz offen. Am Ende des Tages eskortierten die Sicherheitskräfte der französischen Botschaft Charlie und Sadie hinaus. Tansy ging neben ihnen und plante, mit zur Botschaft zu fahren, um mit ihnen eine Strategiesitzung abzuhalten. Charlie sah den verlassenen Hof und fragte sich besorgt, welches Schicksal die Aufständischen an diesem Tag wohl getroffen hatte. Ein liegen gebliebenes Stück Pappe auf dem Pflaster fiel ihm ins Auge. *Sei freundlich, nimm Verbindung zu anderen auf, hab keine Angst!* Tansys Blick folgte dem seinen.

„Du brauchst dir keine Sorgen zu machen", rief sie. „Ich habe vor Kurzem eine Nachricht bekommen, dass sie zum Weißen Haus rübermarschiert sind und bisher sind nur einige hundert verhaftet worden. Offenbar verweigert die Polizei den Gehorsam. Es geht das Gerücht, dass ein Einsatzkommando der *Greenbacks* in Polizeiuniformen versammelt wird, das die Menge auseinandertreiben soll. Das wäre gleichbedeutend mit Verrat: Söldner anwerben, die die Bürger abschlachten. Allerdings könnte es stimmen, wenn die Polizei die Befehle verweigert. Selbst das Militär scheint in der Mitte gespalten zu sein: Einige bleiben dabei, diesen falschen schwachsinnigen Präsidenten zu schützen, andere stehen auf der Seite der Eidwächter und unterstützen das Volk."

Charlie biss sich besorgt auf die Lippe. Tansy sprach weiter.

„Inez Hernandez ist es gelungen, die Liste mit den Forderungen heute in den Kongress zu bringen. Ein paar Politiker brachten es ganz legitim in den Plenarsaal."

„Ich vermute, nicht alle Politiker sind Gauner", meinte Charlie.

Sadie schnaubte: „Ich wette, Pilar Maria hat sie bestochen."

Charlie würgte. „Das hätte Inez nicht zugelassen!", rief er.

„Weißt du", erklärte Tansy, „dieser kleine Knallbonbon hat mich für sich eingenommen. *Inez for Prez*, Inez soll Präsidentin werden! Wenn sie Chefkommandant würde, dann wären die Kriege schon vorüber, bevor sie angefangen haben!"

Sadie lächelte vor sich hin. *Genau so ist es*! dachte sie.

Tansy redete immer weiter und weiter und die Wachen schoben sie in gepanzerte Autos. Auf ihrem Weg zur Botschaft wandte Tansy ihre Aufmerksamkeit noch einmal dem Prozess zu.

„Was um alles in der Welt hat Bowker heute getan?", beklagte sie sich.

„Oh ... vielleicht den Vorsitz geführt?", vermutete Charlie.

Tansy warf ihm einen Blick zu.

Charlie sagte nun im Ernst: „Was? Ich denke er war großartig, wie er für Sadie und alles eingetreten ist."

„Chuck", sagte Tansy verzweifelt, „Bowker wird euch wahrscheinlich nicht raushelfen! Er wird jede Regel gegen euch beide auslegen, sonst hätten sie ihn gar nicht in die Nähe dieses Prozesses gelassen, sondern ihn mit zwölf Meter langen Stangen ferngehalten. Darum will ich wissen, was er bei diesem Fall für eine Rolle spielen wird. Die Regierung hat viele willfährige Richter, mit deren Hilfe sie dich strangulieren kann." Tansy seufzte verwirrt. „Ich schwöre, irgendwas wird da hinter den Kulissen ausgebrütet und ich bin sicher, es ist kein Küken."

Sadie kicherte.

„Vielleicht geschieht auch in seinem Herzen der Löwenzahnaufstand."

Tansy sah sie überrascht an. *Bowker?* Sie dachte an ihre lange Geschichte mit dem Richter, wie sich im Laufe der Jahre seine Falten vertieft, seine Hängebacken vergrößert und die Schärfe des Bisses seines aufbrausenden Temperaments zugenommen hatten. Als er zugestimmt hatte, diesen Prozess zu führen, war sie felsenfest davon überzeugt gewesen, dass man ihm eine saftige Bestechung versprochen hatte. Die meisten Richter würden sich halbe Kontinente weit davon entfernt halten. Der Fall war ein Karriere-Killer. Wenn der Richter die Angeklagten für unschuldig befinden würde, würde die Machtelite ihn für immer auf die schwarze Liste setzen. Wenn er gegen die jungen Leute entschiede, würde ihn das ganze Land hassen, ganz zu schweigen davon, dass man damit der Verfassung einen Abschiedskuss geben würde. Bower sollte sich irgendwo in Sicherheit bringen und dort die Pensionierung abwarten, aber hier war er, in einem gefährlichen neuen Gebiet, ein regelrechter John Wayne des Wilden Westens. Tansy sah wieder zu Sadie auf.

Der Löwenzahnaufstand ... im alten Bowker?

„Es ist schon Verrückteres vorgekommen“, sagte Sadie hoffnungsvoll. „Er hat eine Vorliebe für die Verfassung, denk dran. Er könnte den Mächtigen spielen, der das verteidigt, von dem er weiß, dass es Recht ist.“

„Darauf würde ich nicht unbedingt setzen“, sagte Tansy zynisch, „aber falls es sich als wahr herausstellt, schwöre ich zu dem Mann da oben: Ich steige auf den Richtertisch und gebe dem alten Hund einen Kuss!“

## KAPITEL DREISSIG

.....

### *Le Grand Ménage: Großreinemachen*

Am nächsten Tag erwarteten sie im Gerichtsgebäude Überraschungen. Die Aufständischen waren zurückgekommen und überschwemmten das weite Gebiet vor dem Gebäude. Die Wachleute von der französischen Botschaft runzelten die Stirn und fassten Charlie und Sadie fester, während sie rasch die Stufen raufstiegen. Ein alter Mann erreichte die Menge und stieß einen lauten Schrei aus. Er humpelte schnell auf sie zu, mit einer Hand winkte er, mit der anderen hielt er seinen Stock. Die Wachleute erstarrten und erwarteten einen Angriff. Charlie blinzelte.

"*Pour la vie, la liberté, et l'amour!*", rief der würdige alte Mann.

"*Grand-père*!", schrie Charlie.

Valier stieg mühsam die Stufen rauf und sein Atem ergoss sich in einem Strom französischer Worte. Er stieß die Wachleute einfach beiseite, als sie Anstalten machten, ihn von Charlie fernzuhalten.

„Ich bin kein Terrorist, ihr Narren. Ich bin der Großvater des Jungen. *Mon Dieu!* Lasst mich ihn noch einmal ansehen, bevor ich sterbe, wie?"

Valier sagte das mit seinem schweren akadischen Akzent, bis die Wachleute einander schließlich kurz zunickten und ihm gestatteten, näher zu kommen. Valier umschlang Charlie mit seinen zitternden Armen, zog ihn nah an sich heran und legte seine knorrige Hand auf den Hinterkopf des jungen Mannes.

"*Ah voyons*", rief er voller Gefühl und dann flüsterte er Charlie ins Ohr: "*Les mémères* haben dir eine Botschaft geschickt."

Charlie erstarrte. Seine *grand-mère* Bette war vor elf Jahren gestorben und außerdem sagte der alte Mann ganz deutlich *les mémères,* es waren also mehrere. Er runzelte die Stirn. Was konnten ihm die alten Damen aus *La Vallée Saint-Jean* möglicherweise sagen wollen?

„Sie lassen dir sagen, es ist Zeit für *le Grand Ménage,* das große Reinemachen."

„Den Frühlingsputz?", flüsterte Charlie zurück. „Was meinen sie denn damit?" *Le Grand Ménage* war eine alte akadische Sitte. Jeden Frühling machten die Leute im Tal ihre Häuser von oben bis unten sauber. Sie wuschen die Wände ab, schrubbten die Schränke von innen, wuschen jedes Stück Stoff, das ihnen gehörte, lüfteten die Laken, drehten die Matratzen um, strichen die Fensterläden neu, klopften die Vorhänge aus. Alles wurde der Herrschaft einer obligatorischen Reinigung unterworfen.

„Also, ich weiß nicht", Valier zuckte unschuldig die Achseln, als die Wachleute in seine Richtung blickten. Er wartete einen Augenblick und umarmte dann Charlie noch einmal. „Die *mémères* sagen, es ist ja vielleicht schon Sommer, aber besser spät als nie! Zuerst machen wir unsere Seelen sauber, dann unsere Häuser, dann alles!", Valier zuckte mit den Augenbrauen. „Nicht nur hier, Charlie, sondern überall im Land. Die *mémères sagen: keine Arbeit, kein Spiel, keine Schule, kein Einkaufen. Nichts als le Grand Ménage, bis alles saubergewaschen ist!"* Sein Blick richtete sich auf den Sicherheitsbeamten, der neben ihnen stand. Mehr konnte er nicht sagen.

Die Wachleute bestanden darauf, dass sie ihr Gespräch beendeten. Sie hatten die offizielle Vereinbarung mit der US-Regierung nun weit genug gedehnt. Die beiden sollten mit niemandem als mit ihrer Rechtsanwältin sprechen, solange sie in Gewahrsam waren. Valier humpelte schnell hinter Charlie und Sadie her, als sie in den Gerichtssaal eskortiert wurden. Er erzählte in einem nicht endenden Strom französischer Worte, dass er entschlossen gewesen sei, nach Washington zu kommen, auch wenn seine widerspenstige Tochter ihn angewiesen habe, zu Hause zu bleiben.

„Natalie hat gesagt, dass ich zu alt bin, um den Gummigeschossen auszuweichen, deshalb habe ich beschlossen, das große Finale des Marsches zu führen", sagte er mit einem Glitzern in den Augen.

„Du hast immer noch eine Chance, ein Gummigeschoss abzukriegen", warnte Charlie Valier.

„Ja? Ich nicht! Ich muss ein Auge auf dich halten! Ich komme zum Prozess."

Charlie seufzte erleichtert auf. Das Chaos in den Straßen war nicht der rechte Ort für den alten Mann. Aus dem Augenwinkel sah er, dass seine Mutter Valier erblickt hatte. Charlie verbiss sich ein Lächeln, als ein Hagel französischer Wörter zwischen ihnen losbrach.

„Denk dran, Charlie!", rief Valier. *"Le Grand Ménage!"*

* * *

Ssschhh. Schhhhht. Schhhck. Oben im Norden am Rand der Nation legte die alte *mémère* eine Pause bei ihrem Fegen ein. Sie lehnte sich auf ihren Besen, da kam ein Grenzwächter vorbei. Sie verzog ärgerlich die Lippen. Der Ruf nach Amtsenthebung, Rücktritt und Neuwahlen ertönte in ihrem Innern. Die Forderung nach Gerechtigkeit fuhr ihr durch alle Knochen. Sie klopfte die Borsten des Besens hart auf den Gehweg und kehrte den Schmutz mit Schwung auf die Straße. Diese korrupten Beamten würden zurücktreten, schwor sie, oder sie würden alle ihres Amtes enthoben!

Schhwiet-schhwitt. Schhwiet-schhwitt. Todd Booker schrubbte sein Autoverdeck und seine Kinder spritzen ihn mit dem Schlauch nass. Lupe hatte ihm eine aus drei Wörtern bestehende Nachricht geschickt: *Streik. Boykott. Kinder*. Todd Booker leitete eine Arbeitsniederlegung bei seiner

Arbeitsstelle, schickte eine E-Mail an die *Wiedergeburt der Vorstädte*, sie sollten allen Erwerb, alles Einkaufen und Verbrauchen anhalten, und weinte vor Erleichterung, als er dahin fahren konnte, wo seine Kinder versteckt waren. Der Löwenzahnaufstand drängte auch zu einem Generalstreik, der so lange dauern sollte, bis die Forderungen des Volkes erfüllt würden. Sie waren entschlossen, den *drei Männern in der Badewanne* den Stecker zu ziehen und sie im Meer ihrer Gier zu ertränken! Als die Vororteltern mitten in der Woche von der Arbeit nach Hause kamen, beteiligten sie sich an *le Grand Ménage.* Die Leute liehen einander Schläuche und dabei sprachen sie miteinander, sodass die Stimmen in den Vorstadtvierteln die Blocks auf und ab ertönten. Geschichten darüber, wie versucht worden war, die Protestierenden in D.C. zu zerstreuen, und wie schnell die Menge zugenommen hatte. Einige haarsträubende Berichte darüber kursierten, wie die *Greenbacks* brutal über die Menge hergefallen waren. Einige behaupteten, dass die Polizei auf Seiten des Volkes gewesen sei. Todd vermutete, dass beide Gerüchte zuträfen und betete für Lupes Sicherheit in Washington.

„Nur noch ein paar Tage und sie wird ihnen ihre Felle dort abschrubben", sagte er stolz zu seinen Kindern.

Fssst-fffffpht, Tucker fuhr geistig abwesend mit seinem Staubwedel im Untergeschoss herum. Seine Blicke waren an den Monitor gefesselt und er beobachtete die Einsen und Nullen. Er erstarrte. Er ließ den Federwisch fallen. Er glitt auf seinen Stuhl. *Da ist es also*, dachte er, *jetzt passiert es*. Der Präsident versuchte, dem Aufstand dadurch ein Ende zu bereiten, dass er das gesamte Internet abschaltete. Tucker Jones schüttelte den Kopf über die Dummheit des Präsidenten. Das Abschalten setzte die Aktion einer verborgenen Funktion im Alternet in Gang. Das Programm erhob sich aus seiner Ruheperiode in den Computern in der ganzen Nation, nahm die Serverstationen ein und in einem durch die Tyrannei herbeigeführten Überraschungsangriff verschlang das Alternet das Internet.

„Wenn das Internet fällt, dann erhebt sich das Alternet", sagte Tucker.

Tuckers Programm war durch die große Ausdehnung stark belastet. Tucker drückte die Daumen und hoffte, das System würde halten. Er beobachtete es wie Gott die Erde, als er sie ins Universum setzte. Äußerste Faszination leuchtete in seinen Augen. Das Alternet summte vor Lebendigkeit ... es bog sich unter der Belastung ... und hielt!

„Menschen der Vereinigten Staaten", sagte Tucker stolz, „das Alternet steht euch zu Diensten."

Die Beamten gerieten in Panik. Die Behörden behaupteten, es sei der größte Cyber-Terroristen-Anschlag im Alleingang in der gesamten Computer-Geschichte. Tucker ignorierte ihr theatralisches Getue. Terrorismus war eine Frage der Perspektive. Im nächsten Jahr würde er den Nobelpreis bekommen.

Schwaalp-sshwap-schwap. Mopps fegten wütend das Kapitol. Zipper filmte die Menschen, die die abgetretenen Stufen vor dem Gerichtsgebäude säuberten, und war sehr zufrieden mit dieser Kundgebung von Solidarität. Das Land wurde buchstäblich ausgefegt! Er hatte nicht im Gerichtssaal filmen dürfen, aber er filmte die anschwellende Menge draußen; sie wuchs von Stunde zu Stunde. Er hielt Verbindung zu anderen Reportern, die über das Weiße Haus, die *Mall* [*National Mall* („die *Mall*"): Stadtteil im Zentrum Washingtons, D.C, 3 km lang, 1 km breit: Dort stehen das Kapitol, das Weiße Haus, das Washington Monument u.a.] und einige Seitenstraßen berichteten. Menschenmassen drangen ins Kapitol, insgesamt waren es Millionen. Zipper sah auf die Menge vor dem Gerichtsgebäude. *Fünfhunderttausend* schätzte er gegen Mittag. *Eine Million* ergänzte er bei Eintritt der Dämmerung.

Schhhharerp. Inez' drahtige Arme langten nach oben. Der Fensterabzieher kreischte das Fenster runter und fiel dann ins Seifenwasser. Inez scheuerte ihre Seele und reinigte ihr Herz für den Kampf, der vor ihnen lag. Sie murmelte Gebete. Sie bat die Jungfrau um Mitgefühl, den Heiligen Michael um Kraft und Jesus selbst um Vergebung. Sie war mit dem Göttlichen beschäftigt und sah daher nicht, wie die *Greenbacks* um die Ecke fegten. Eine Kugel zerbrach das Fenster, das sie putzte. Sie wirbelte herum. Das rote Licht einer Pistole setzte sein Stigma auf ihre Stirn.

"*Aii Dios, no!*", schrie sie . . .

. . . und ein Mann griff den *Greenback* an.

„Renn, was du kannst", rief der junge Matt Inez zu. Er sprang auf und rüttelte sie aus ihrem Schreck. Zusammen rasten sie die Straße runter in eine Nebenstraße und versteckten sich hinter einem Müllcontainer.

„Bist du heil?", fragte er. Sie atmeten schwer und nickte.

„Matt Beaulier." Er stellte sich vor.

„Inez Hernandez", keuchte sie zurück.

„Ich weiß", sagte er. Seine Augen – und sein Herz – waren ihr seit Tagen gefolgt.

Den Block runter stand Pilar Maria einem *Greenback* gegenüber und verfluchte Inez dafür, dass sie sie auf Gewaltfreiheit eingeschränkt hatte. Wenn sie ihm nur die Augen auskratzen, ihm das Knie in die Eier stoßen, Ihre Fingernägel in seine Wangen krallen dürfte ... Pilar wollte sich damit begnügen, ihn mit dem Eimer schmutzigen Wassers zu überschütten, dann ließ sie es aber doch, wandte sich um und lief davon.

"*El Señor*", betet Pilar zu Gott, „hilf uns, dass wir noch einen Tag überleben!"

Die Spannung stieg von Minute zu Minute. Bereitschaftspolizei drangsalierte die Löwenzahn-Aufständischen auf Schritt und Tritt. Die Menschen wurden verhaftet, denn sie wurden beschuldigt, die Beamten mit

Sprühflaschen und Seifenwasser zu bedrohen. Eimer mit Reinigungslösung wurden zu Bomben erklärt. Die Straßen auf und ab blitzen auf den Bereitschaftspolizeiwagen gelbe Handschuh zusammen mit den Lichtern auf. *Greenbacks* griffen ohne Warnung an. Nasenlöcher blähten sich beim Geruch von Ammoniak und Tränengas.

Das Scchhhhrk, Ssshhhwwpp, Sscccrrrpp der Borsten und Bürsten spukte im Kapitol. Politiker telefonierten wie wild. Die Unternehmensmacht fluchte. Die Ereignisse gerieten außer Kontrolle. In der Halle vor dem *Oval Office* setzte der Nachtwächter die Vakuummaschine in Gang. Der Oberbefehlshaber des mächtigsten Militärs wich zurück. Die Beamten der höchsten Ränge bissen die Zähne zusammen und bereiteten ihre juristischen Schlachtschiffe vor. Die Reichsten im Land machten ihre Privatjets startklar. Briefe, E-Mails und Telefonanrufe fluteten in die Büros. Den Leuten war klar: *jeder, der nicht in den Wahlbetrug verwickelt war, würde am besten einen Besen in die Hand nehmen und aus dem Weg gehen.*

In der Mitte der Woche glänzte die Nation. Die Gebäude der Stadt strahlten. Die Vorstädte glitzerten. Gehöfte leuchteten. Die Leute scheuerten gleichzeitig mit ihren Häusern auch ihre Seelen. Sie reinigten ihre Herzen, schrubbten ihren Geist, wuschen den Schotter der Korruption aus ihrem Leben. Die Münder wurden zu entschlossenen Linien. *Morgen Mittag*, sagten die Leute. *Wir geben den Politikern Zeit bis morgen für ihren Rücktritt oder sie werden ihrer Ämter enthoben.*

In dieser Nacht stiegen die Gebete von tausend Religionen von Millionen Lippen zum Himmel auf. Von Küste zu Küste hämmerte der Herzschlag der Nation in schlafloser Erwartung des morgigen Tages. Millionen hielten Nachtwachen in den Straßen des Kapitols. Weitere Tausende würden am Morgen aufstehen. Hunderte von großen und kleinen Städten erbebten in Bereitschaft. In New York City trat der Polizeipräsident zurück und Aubrey Renault wurde aus dem Gefängnis entlassen. Er ging nach Hause und stand lauschend auf seinem Balkon. In der pechschwarzen Nacht konnte der französische Liebhaber der Freiheit die geflüsterten Gebete der Seelen der Nation hören. Es war zwar kein Singen ... aber doch etwas Ähnliches.

## KAPITEL EINUNDDREISSIG

.....

*In der Geschichte des Universums*

In der Nacht, bevor ihr Prozess zu Ende ging, konnten Charlie und Sadie nicht schlafen. Der Geruch von Tränengas schwebte in den Straßen. Am Nachmittag hatten die *Greenbacks* zwei Aufständische getötet. Tausende waren verhaftet worden. In den Straßen herrschten Chaos und Übergriffe. Von draußen hörten Charlie und Sadie das Schreien der Menschen auf den Straßen unten vor der Botschaft. Das bevorstehende Urteil im Prozess rückte drohend näher. Sie lagen nebeneinander auf dem Bett, hatten die Finger ineinander geschlungen und starrten zur Decke.

„Was meinst du, was morgen passieren wird?" fragte Sadie.

Er antwortete nicht gleich.

„Spielt das eine Rolle, Sadie?"

„Für mich schon", gab sie zu. Charlie schwieg lange, die Zeit verging ihnen langsam. Sie holte Luft, um ihn etwas zu fragen, denn plötzlich war es ihr wichtig zu erfahren, glaubte er, dass sie morgen die Freiheit erwartete ... oder war dies ihre letzte gemeinsame Nacht?

„Charlie, denkst du, wir werden gewinnen?" fragte sie.

„Nein."

Sie erstarrte. Den ganzen Prozess über hatte sie diesen Gedanken wie eine erstickende Schlingpflanze empfunden, die alle Hoffnung erwürgte. Die letzten Tage des Prozesses waren eine einzige Qual gewesen. Die Juristen hatten jeden Winkel erkundet und die letzten Tropfen aus den Zeugenaussagen gequetscht und die Zeugen bis auf die Knochen ausgepresst. Charlie und Sadie waren so viele Male verhört und ins Kreuzverhör genommen worden, dass sie völlig erschöpft waren. Schließlich war den Befragern die Luft ausgegangen und Charlie und Sadie hatten sich in ihr Schicksal ergeben.

„Morgen steht der große Vorstoß von *le Grand Ménage* bevor und das heißt, dass es keine Aussicht gibt, dass sie uns gehen lassen", sagte Charlie. „Richter Bowker bekommt vielleicht gerade eben seine Bestechung vom Präsidenten."

Sadie empfand seine Antwort wie einen Tiefschlag. Gerechtigkeit hatte wenig Chancen in der finsteren Nacht der Nation und *ihre* Chancen waren von Anfang an äußerst gering gewesen.

„Du hattest recht, Charlie", gab sie zu und biss sich auf die Lippe. „Wir hätten nicht herkommen sollen."

Er rollte sich plötzlich auf die Seite und sah auf sie runter.

„Wir konnten es uns nicht aussuchen, Sadie. Unsere einzige andere Aussicht war, hinterrücks erschossen zu werden. Von dem Tag an, an dem du den Löwenzahnaufstand erfunden hast, waren wir verurteilt, ob wir nun hergekommen wären oder nicht."

„Das hätte ich niemals tun sollen", klagte sie.

Charlie hielt ihr einen Finger auf die Lippen. Früher einmal hätte er ihr zugestimmt. Vor Monaten, als er sie auf einem staubigen Gehweg in Kansas angeschrien hatte, weil er wütend gewesen war, dass sie ihn in diese schlimme Lage gebracht hatte ... aber jetzt machte ihm die Einkerkerung nicht mehr viel aus. Ohne Leben, Freiheit und Liebe würde sich die ganze Welt in ein Gefängnis verwandeln. Die Menschen waren alle zum Tode Verurteilte, die auf Strafaufschub hofften. Wenn irgendeine Begnadigung oder Befreiung käme, würde das geschehen, weil Sadie Byrd Gray es gewagt hatte, den Schleier von dem Trugbild wegzuziehen. Auch ihn hatte sie damit wachgerüttelt. Er berührte ihre von Tränen überquellenden Augen.

„Weine nicht, Sadie", bat er sie.

„Aber Charlie“, flüsterte sie, „was wird sein, wenn der Löwenzahnaufstand misslingt? Wenn ich dich niemals wiedersehe?“

Er schluckte.

„Niemals ist eine schrecklich lange Zeit“, erwiderte er.

„Lebenslängliche Haft ist schon lange genug!“

„Also Tucker hat mich dazu angeregt, über Wiedergeburt nachzudenken“, erwiderte Charlie. Er griff nach jedem Strohhalm. „Wir wollen wiederkommen und Himmel und Hölle in Bewegung setzen.“

Sie lachte traurig.

„Nein, wir wollen wiederkommen und Gemüse heranziehen ... oder Kinder.“

„Wir müssen auch Löwenzahn heranziehen, Sadie. Kinder und Gemüse könnten ohne ihn nicht gedeihen.“

Der Gedanke beruhigte sie für einen Augenblick. Das Leben hing an einem äußerst leicht zerreißbaren Faden. Die nächste Generation von Kindern würde aus dem Schoß ihrer Mütter in Straßen im Aufruhr geboren. Na wenn schon! Dachte Charlie. Wir werden nicht zum Sterben, sondern zum Leben geboren. Schon unser erster Atemzug ist ein Aufruhr gegen Vernichtung. Charlie schüttelte den Kopf. Das Leben war schwer und die Menschen, mussten sich durch den Verkehr kämpfen, sie standen Polizisten und Strafzetteln, Schlägen und Gefangenschaft gegenüber, nur weil sie *leben* wollten.

„Charlie“, sagte Sadie, „wenn der *Grand Ménage* misslingt ... ist das dann das Ende des Löwenzahnaufstands?“

Er sah durch die vergitterten Fenster nach draußen, als könnte er die künftige Geschichte des Landes aus der Dunkelheit herauslesen. Über Washington D.C. schienen keine Sterne, auch nicht der kleinste Lichtstrahl kam durch die dunkle Decke des Himmels, keine Zeichen von irgendeiner Welt, die anders war als die leuchtenden Lichter der fest verwurzelten Systeme der Nation.

„Es ist nicht das Ende“, antwortete er. „So viel weiß ich.“ Der Löwenzahnaufstand konnte niemals enden, denn er hatte niemals begonnen. Er war so alt wie die Zeit und älter als die Menschen. Er war ein Funke, der aus der Dämmerung der Schöpfung hervorgesprungen und in der gesamten Entwicklung der Welt immer gegenwärtig war. „Überall, wohin das Leben mit Mitgefühl reicht, wird der Löwenzahnaufstand fortdauern.“

„Glaubst du das wirklich“, fragte sie – sie sehnte sich nach einer Hoffnung.

„Ja“, sagte er leidenschaftlich. Er erinnerte sich daran, wie Tansy Beaulisle in Tucker Jones' Küche das Lied angestimmt hatte. Aus ihren tiefbraunen Augen hatten ihn Generationen von Freiheitssuchenden angesehen. Die Geister waren in ihr lebendig: Jesus, [die Abolitionistin, Frauenrechtlerin und Wanderpredigerin] Sojourner Truth, Gandhi, King, Chavez und zahllose andere, deren Namen vergessen worden waren. Selbst wenn sie in dem Prozess verlieren sollten und selbst wenn er und Sadie einander nie wiedersehen sollten, hatte er an dem Lied erkannt, dass keine einzige Mühe um Liebe jemals in den Annalen des Universums verloren ginge. Sie dauert an, prägt sich ins Herz von Menschen ein, die einander vollkommen fremd sind, und wird wie ein Funke in unzählige Generationen weitergetragen. Die Liebe überspringt die Grenzen der Gene, der Bildung und der Klasse und bricht in den Herzen der Menschen auf. Charlie erkannte plötzlich, dass er und Sadie auf dem langen Weg in die Freiheit den Baum des Lebens erreicht hatten. Solange das Leben auf der Erde pulsiert, solange sich zwei Herzen ineinander verflechten, solange es Mitgefühl gibt, so lange ist ihr Vermächtnis in dieser Welt gesichert.

Er küsste Sadie und ein Lächeln erblühte auf ihrem Gesicht.

„Siehst du?“, murmelte er. „Es spielt keine Rolle, ob wir morgen gewinnen oder verlieren ...“

Sie hob ihre Finger und legte sie ihm auf die Lippen.

„In diesem Augenblick haben wir schon gewonnen.“ Damit beendete sie das Gespräch.

## KAPITEL ZWEIUNDDREISSIG

. . . . .

### *Tag des Gerichts*

Der Tag dämmerte und wurde hell. Ein kleiner Vogel setzte sich auf die im Sonnenlicht funkelnde Telefonleitung. Er sträubte sein Gefieder und neigte sein Köpfchen der großen Menschenmenge unter ihm zu. Er war einer der wenigen, der von einer einstmals zahlreich vertretenen Art übrig geblieben war. Sie waren ein Schwarm gewesen, der, wenn er sich erhob, den Himmel verdunkelt hatte. Der kleine Vogel war gegen den Wind nordwärts geflogen und hatte: *Wartet nicht*! gezwitschert. Jetzt flog er hoffnungsvoll auf und schickte die Botschaft in den Himmel: *Heute! Heute! Jetzt haben wir eine Chance auf Leben! Heute! Heute! Heute!*

Das Vogelgeschrei schreckte Charlie auf. Seine Nerven waren aufs Äußerste angespannt. Überall im Land herrschten Aufregung und Hoffnung. Korrupte Politiker wickelten sich in ihr Geld ein, als wäre es eine Rüstung, und flohen in großen Schwärmen von Privatjets aus dem Land. Sie ließen Papiere zurück, mit denen sie hätten überführt werden können. Man fürchtete Militärputsche oder die Machtübernahme durch Gruppen. Die Menschen planten, am Mittag auf den Kapitolshügel zu marschieren. Alles erschien unsicher.

„Ihr seht aus, als hättet ihr in der Nacht Geißböcke gejagt, statt Schäfchen zu zählen“, sagte Tansy, als sie die beiden abholen kam, um mit ihnen ins Gerichtsgebäude zu fahren. Mit einem Seufzer rieb sie sich die müden Augen. Die Rechtsanwältin hatte alles versucht zu erreichen, dass der Fall außergerichtlich verhandelt würde, aber Richter Bowker wollte sich nicht umstimmen lassen.

„Er hat mir etwas von Unschuld und Schuld erzählt, die vor einem ordentlichen Gericht erwiesen werden müssten“, sagte Tansy, „und ich habe ihm gesagt, er soll zum Teufel gehen.“

Sadie seufzte. „Du hättest ihn nicht ärgern sollen. Er muss uns jetzt verurteilen.“

„Tansy“, drängte Charly, „was wäre, wenn wir nicht zum Prozess gingen?“

Die Rechtsanwältin ließ ihre Tasche fallen.

„Das sollte ein Witz sein, oder?“

„Nein“, antwortete Charlie todernst. „Sieh dir die Menge vor dem Gebäude an! Die Revolution steht vor der Tür und wir sollten bei den Leuten draußen auf der Straße sein und uns nicht einem korrupten Justizsystem stellen.“

„Wenn ihr nicht auftaucht, wird euch Bowker in Abwesenheit verurteilen“, warnte Tansy.

„Sag ihm einfach, er soll Erstürmen des Kapitolshügels mit auf die Anklageliste setzen.“

„Ich tu einfach so, als hättest du das nicht gesagt“, antwortete Tansy erschrocken. „Die französische Botschaft hat versprochen, euch so lange in Gewahrsam zu behalten, bis der Prozess vorbei ist. Jetzt ist nicht die Zeit, um internationales Recht oder Prozesse von Gerechtigkeit zur Schau zu stellen! Das Land ist im Chaos. Die Kette von Gesetz und Recht ist auf Dutzende von Orten verteilt. Ihr könnt nicht in den Straßen herumtollen! Wir sind jetzt am Kernpunkt. Das Urteil in diesem Prozess kann die ganze Nation beeinflussen, Chuck. Wenn wir gewinnen, erhebt sich das Volk im Sieg!“

„Und wenn wir verlieren?“ Charlie forderte sie mit dieser Frage heraus.

Tansy klopfte ihm auf den Rücken. Ihr Gesicht zeigte Entschlossenheit. Dieses war ihr alles entscheidender Machtkampf um das Rechtssystem. Wenn die Gerechtigkeit ihren Posten verließe, würde Tansy Beaulisle sich das Abzeichen ihrer Zulassung abreißen, den Gerichten den Rücken kehren und als Geächtete für Gerechtigkeit kämpfen.

„Wenn wir verlieren“, versprach sie mit einem finsteren Blick, „werde ich persönlich die Menschen zusammentrommeln und euch aus dem Gefängnis holen!“

* * *

Das Auto, das sie zum Gerichtsgebäude bringen sollte, kam nur ganz langsam vorwärts, denn die Menschen besetzten die Straßen. In einer Stunde würde es kein Durchkommen mehr geben. Sie konnten das gedämpfte Chanten der Menge hören: *Der Löwenzahnaufstand ist hier*. Die Antwort kam aus allen Richtungen: *Hier! Hier! Hier!*

Tansy sah aus dem Fenster des gepanzerten Autos. Sie machte ein nachdenkliches Gesicht. Sie zog eine Grimasse, als bereue sie das feurige Versprechen, das sie Charlie gegeben hatte.

„Tansy“, fragte Charlie sie geradeheraus, „denkst du, dass Bowker uns davonkommen lässt?“

„Nie im Leben“, antwortete Tansy mit Bestimmtheit.

Charlie seufzte vor Verzweiflung.

„Was?“, fragte Tansy.

„Vielleicht hättest du uns besser angelogen“, sagte er kurzangebunden.

„Es ist nicht gut, wenn man Leute anlügt, die auf Wunder warten“, schnaufte sie. Tansy drückte die Daumen; in ihrer Tasche hatte sie ein Gebetsbild. Sie hatte Gott so hart bedrängt, dass es schon ein Wunder war, dass er sie nicht mit einem Blitzschlag erschlagen hatte. Tansy wusste allerdings, dass dieser Zirkus erst vorüber wäre, wenn sich Jesus auf Wunder und nicht auf die Justiz spezialisierte. Warner hatte ihren Fall mit den starken Nägeln des Gesetzes gekreuzigt, aber Tansy besaß ein Geheimnis, das sie alle retten könnte, allerdings waren ihre Lippen vom Gesetz versiegelt. Gerechtigkeit musste gewonnen werden und die war nur in den Herzen der Geschworenen zu finden. Es war ein langer

Weg, aber Tansy war dafür bekannt, dass sie noch im letzten Augenblick die gegnerischen Parteien gegeneinander ausspielen konnte.

„Kommt nur, ihr beide. Wenn ihr etwas gewinnen wollt, dann müsst ihr es ins Visier nehmen. Ihr müsst nicht auf die Nebensachen achten, sondern auf das Wichtige, damit ihr gewinnt!“ Tansy stieß Charlie in die Rippen. „Sieh nach dem Siegespreis, Kind, oder du bleibst im Dreck stecken.”

„Was ist dein Preis, Tansy?” fragte Sadie.

„Freiheit und Gerechtigkeit für alle“, sagte sie, ohne zu zögern. Wenn sie gewinnen wollte, dann musste sie geradewegs den Himmel stürmen. Die Engel im Himmel verließen sich auf sie und Gott würde gerecht richten. Sie jedenfalls würde alle Hebel in Bewegung setzen.

* * *

Richter Bowker sah besonders unfreundlich aus, als er den Geschworenen Anweisungen gab. Die Anspannung im Gerichtssaal war mit Händen zu greifen. Die Luft vibrierte vor nervöser Energie. Das Schreien der Menschen draußen ließ allen das Blut in den Adern schneller pulsieren. Die Eltern, Verwandten und eine Schar Reporter saßen auf den Zuschauerbänken. Die Hände verschränkten sich. Die Füße scharrten. Bowker blitzte die Geschworenen an.

„Ihre Aufgabe ist es zu entscheiden, ob Charlie Rider und Sadie Byrd Gray der Verletzung des Freiheit-der- Verteidigungs-Gesetzes Sektionen 326B und 327A schuldig oder nicht schuldig sind. In einem ordentlichen Gericht müssen die Geschworenen blind für belanglose Ereignisse sein und eine klare Haltung beim Verfolgen der Gerechtigkeit einnehmen“, sagte Bowker in seiner langsamen und nörgelnden Redeweise. Sein finsterer Blick ließ keinen Zweifel daran, dass er erwartete, dass jeder Geschworene ohne Rücksicht auf den Aufruhr draußen seine Pflicht tun werde. Er sah über seinen

Brillenrand einer Geschworenen nach dem anderen in die Augen. Damit prägte er ihnen die ernste Verantwortung dieses Augenblicks ein.

Selten finden sich Geschworene, bei denen die wahre Macht des Landes liegt, mit einer so schwerwiegenden Entscheidung konfrontiert. Sie haben es von der Anklage, von Herrn Warner, der die Regierung der Vereinigten Staaten vertritt, gehört: Er hat sie beschworen, die Unversehrtheit der Rechtmäßigkeit aufrechtzuerhalten. Von der Verteidigung, die Frau Beaulisle vertritt, haben Sie auch gehört, sie sollten nicht ruhig zusehen, wie die Demokratie zugrunde geht, sondern sich für die Prinzipien dieses Landes einsetzten und die Angeklagten für nicht schuldig befinden."

Richter Bowker blitzte sie durch die eiserne Maske seines Gesichts an.

„Früher einmal, als das Wort konservativ noch einige Bedeutung hatte und die Moral auf seiner Seite war, hat vor etwa fünfzig Jahren der republikanische Senator und Präsidentschaftskandidat Barry Goldwater [1909-89] etwas Mächtiges gesagt. Ich schließe meine Bemerkungen mit einem Zitat von ihm, damit Sie es bedenken können, wenn Sie Ihr Urteil sprechen."

Tansy runzelte die Stirn. Warner schmunzelte. Richter Bowker räusperte sich.

*„Extremismus bei der Verteidigung der Freiheit ist kein Laster. Mäßigung beim Streben nach Gerechtigkeit ist keine Tugend."*

Damit schlug er mit dem Hammer auf den Tisch und man konnte weiter nichts tun als abwarten. Nach einer eiligen Besprechung mit den Sicherheitskräften des Gerichtsgebäudes wurden Charlie und Sadie in einen kleinen Nebenraum geführt. Die Menge draußen hatte die Straßen blockiert, sodass eine Rückkehr in die Botschaft unmöglich war. *Das war's also,* dachte Charlie. Es gab kein Entkommen. Sie saßen schweigend beieinander, drückten sich aneinander und nahmen die Nähe des anderen mit Schmerzen in sich auf. Tansy sagte ihnen, dass eine schnelle Beratung ein schlechtes Zeichen wäre. Wenn die Geschworenen schnell zurückkämen, dann würden sie sie wahrscheinlich für schuldig befinden. Sadie vertrieb alles aus ihren Gedanken. Sie saß neben dem Mann, den sie liebte, und ließ den Wahnsinn der Welt an sich abprallen.

Die Leute gingen unruhig in den Gerichtssälen umher. Sie wollten die Urteilsverkündigung nicht verpassen, sie fürchteten, das Urteil würde bald gesprochen, aber sie hofften, das würde es nicht. Sie rannten zu den Toiletten, verglichen die Uhren, schrieben Freundinnen kurze Nachrichten, flüsterten ängstlich und richteten stille Gebete an jede Gottheit, die ihnen zuhören würde. Die Spannung des Tages hing wie ein Schleier schwerer Feuchtigkeit über allen. Alle waren unruhig, ängstlich und fühlten sich unbehaglich, bis schließlich die Geschworenen kurz vor Mittag durch den Gerichtsdiener sagen ließen, dass sie zu einem Urteil gelangt waren. Sadie und Charlie wurden in den Gerichtssaal zurückgeführt. Die Zuschauerbänke füllten sich. Bowker nahm seinen Platz ein. Die Geschworenen kamen in einer Reihe in den Saal zurück, sie runzelten die Stirn.

Charlie leckte sich über die Lippen.

„Es sieht nicht gut aus, Sadie“, murmelte er.

Sie wendete den Blick von ihm ab und sah sich den düstern Ausdruck in den Gesichtern genau an. Sie nickte zustimmend. In den Gesichtern war kein Funke von Glück, Freude oder Hoffnung. Ihre Augen brannten vor Tränen. Der Saal wurde undeutlich.

Dann erregte etwas ihre Aufmerksamkeit. Sie würgte. Die Lippen einer der Geschworenen zuckten. Sie schnaubte leise. Eine zweite Geschworene presste die Lippen zusammen. Lachen stieg in Sadie auf wie ein Feuerwerkskörper der Seele. Die Geschworne zog die Brauen hoch. Sadie stopfte alles in ihre Kehle zurück; dort kitzelte und drängte es, rausgelassen zu werden.

„Haben Sie Ihr Urteil gefällt?“, fragte Richter Bowker die Geschworenen.

„Ja, Euer Ehren“, erwiderte der Sprecher.

„Charlie“, zischte Sadie, „sieh mal auf ihre Rockaufschläge!“

Charlie spähte nach den Geschworenen. Er riss die Augen auf.

Dort an den Rockaufschlägen der Geschworenen waren zwölf winzige, aber unverkennbare – unglaubliche – unbezwingliche ...

... Löwenzahnpflanzen!

Fröhlich, gelb, ungeheuerlich in ihrer Umgebung, sie deuteten an ...

„Euer Ehren“, sagte der Sprecher der Geschworenen, „wir befinden, dass die Angeklagten nicht schuldig sind!“

Ein explosionsartiger Lärm schoss durch den Saal. Sadie und Charlie sanken auf ihre Stühle zurück, die Verblüffung überwältigte sie. Die Geschworenen strahlten über das ganze Gesicht. Bills Jubelruf erklang. Ellen verlor die Stimme. Natalie Beaulier-Rider kreischte. Tränen rannen Valier die Falten seines Gesichts entlang. Tansy stieß einen Schrei aus, der schon ein Jodler war, und sie drückte Charlie und Sadie fast die Seele aus dem Leib.

„Es ist das Recht der Geschworenen, das Strafrecht außer Acht zu lassen! Ich konnte kein Wort sagen, aber dafür habe ich unaufhörlich gebetet!“, schrie sie.

Hände reichten über die Schranke und liebkosten Charlie und Sadie. Tränen liefen unaufhaltsam die Wangen runter. Einer stürzte aus dem Gerichtssaal, trat auf die Eingangsstufen und schrie der Menge die Neuigkeit zu:

„NICHT SCHULDIG!!!!“

Es war wie eine Explosion der Menschenmenge. Jubelrufe schallten in den Gerichtssaal zurück. Die Rufe reiner Freude, äußerster Erleichterung und unglaublicher Hoffnung hallten von den Wänden wider. Umsonst schlug Richter Bowker mit seinem Hammer auf den Richtertisch. Ein Tumult erschütterte das Gerichtsgebäude. Die Eltern der Freigesprochenen stiegen über die Schranke und umarmten ihre Kinder. Die Sicherheitsbeamten hatten große Mühe, die Menge davon abzuhalten, ins Gerichtsgebäude zu strömen. Der alte Richter biss sich auf die Lippe, um sein Lächeln zu verbergen. In all den vielen Jahren am Richtertisch hatte er niemals solchen Unsinn in seinem Gericht zugelassen. Freispruch durch die Geschworenen! Seine Lippen zuckten. Er blickte in Richtung Kapitol. Dort waren die Menschen im Begriff, den Kongress auszukehren. Während der lärmenden Feierlichkeiten lehnte sich Richter Bowker zum Gerichtsprotokollanten rüber.

„Notieren Sie, dass die Geschworenen ihre unbestreitbare Macht dazu benutzt haben, so zu entscheiden, wie es ihrer Logik oder ihrer Leidenschaft entspricht, und die Angeklagten für nicht schuldig befunden haben. Dieses Gericht unterstützt ihr Urteil. Und fürs Protokoll ...", hier machte er eine Pause. In seinen Augenwinkeln zeichnete sich ein Lächeln ab.

„... der Löwenzahnaufstand ist hier!"

## KAPITEL DREIUNDDREISSIG

. . . . .

### *Unsterbliches Lied*

Charlie und Sadie fassten sich bei den Händen, als sie aus dem Gerichtsgebäude in den Jubel der Hochrufe hinaustraten. Helle Bilder von Löwenzahn auf Transparenten und Fahnen wurden in die Höhe gehoben. Sie waren in Ehrenkronen gewebt und auf Pappschilder gemalt. Charlie holte tief Luft und er fühlte in seiner Brust den Atem unzähliger mutiger Menschen, die vor ihnen die Straße zur Freiheit gegangen waren. Er fühlte die lange Ahnenreihe der Lehrer und Führer: Sie musterten das Gericht und die Leute, die sich außerhalb davon versammelt hatten. Sadie überlief es und sie sah den Geist über die Menge kommen. Die Lebenskraft des Planeten erhob sich in diesem Augenblick und pulsierte in ihren Herzen. Sie hoben die Hände im Sieg und ein triumphierender Schrei brach los. Er fegte die Straße runter und brach in eine Aufregung aus, die wahnsinnig machte. Ein Schrei der Bereitschaft kam aus den Kehlen der Menschen. Die Augen wandten sich zum Kapitolshügel.

Sadie zog Charlie an sich heran und flüsterte ihm ins Ohr:

„Sie gönnen den Müden keine Ruhe, wie?“

Er schüttelte den Kopf. Eine Revolution war ein Rad, das sich unaufhaltsam in Richtung Veränderung drehte. Ein Augenblick konnte den Sieg bringen, der nächste könnte eine Katastrophe bringen, aber die Kraft lag darin, niemals aufzugeben. Über diesen Augenblick schob sich ein anderer. Nach diesem Anstoß kamen noch viele weitere. Charlie sah vor sich, wie sich die Kämpfe am Horizont aufreihten. Er spähte in die Zukunft und versuchte zu unterscheiden, was dort vor ihnen lag: Aufgaben, Möglichkeiten, wilde Aufregung, äußerste Verzweiflung. Er lächelte ein wenig und wandte seine Aufmerksamkeit wieder der Gegenwart zu. Er holte Luft, um zu sprechen ... das, was er von Weitem sah, schnürte ihm die Kehle zu.

„Was ist?“, fragte Sadie.

Er schüttelte stumm den Kopf und zeigte gen Himmel. Sie kniff die Augen zusammen. Es schien ein Vogelschwarm zu sein, aber nein, Vögel flogen nicht auf diese Weise. Sadie rang nach Luft. Der Lärm verletzte ihr Gehör. Ein dröhnender Ton, tief wie von einem Ungeheuer, und das Schwirren, das in den Knochen widerhallte – der Lärm von *Prädator*-Drohnen. Die Menschen rannten in die Straßen und schrien, als ihnen klar wurde, dass dies nicht die üblichen Überwachungsmaschinen waren, sondern dass diese Maschinen zum Töten ausgerüstet waren.

Charlies Verstand war vor Schreck gelähmt. Bedeuten wir dieser Regierung überhaupt nichts? Mütter, Väter, alte Frauen und Männer, Kinder! Er kämpfte um Vernunft und ihm drehte sich der Magen um. Bei jedem Schritt auf dem Weg hatte er versucht, unnötige Gewalt zu verhindern, hatte sich ein Bein ausgerissen, um die Polizei, die Soldaten, und auch das Volk an sich gegen Gewalt zu beeinflussen, und jetzt schickte der unrechtmäßig gewählte Präsident Drohnen, um das Volk zu ermorden, weil er in die Ecke gedrängt worden war und seiner baldigen Amtsenthebung entgegensah.

Sadie brüllte mit einer Kraft, die alle überraschte, sie sollten etwas tun. Jedes bisschen Verzagtheit fiel von Sadie im brennenden Feuer der Notlage ab. Ihr Gesicht war ein offenes Buch von Ehrlichkeit und Leidenschaft. Ihre blaugrauen Augen leuchteten furchtlos. Neben ihr glühte Charlie in der Flamme ihrer Entschlossenheit. Die beiden jungen Leute waren so tief ins Herz der Dunkelheit der Nation eingedrungen, dass sie wie ein Sternenpaar am Nachthimmel leuchteten.

Sadie hob die Hände, um die Menschen zum Schweigen zu bringen. Die Menge erstarrte, als das mörderische Brummen der Drohnen über ihr ertönte. Sadie hatte keine Spur von Zweifel, dass sie vor dieser Bedrohung nicht kneifen durften.

Jetzt war die Zeit gekommen, um standzuhalten. Dieser Augenblick würde niemals wiederkommen, nicht, wenn Millionen auf die Straße gingen und die Regierung eine revolutionäre Wendung vollziehen würde. Sie mussten standhalten und den Kräften der Zerstörung zeigen, dass der Wille der Menschen nicht von Furcht beherrscht werden konnte.

„Das ist Terrorismus", sagte Sadie und zeigte auf die schwarzen Schatten. „Sie haben Charlie und mich Terroristen genannt, weil wir für Demokratie eingetreten sind, aber *dies hier* ist wahrer Terrorismus! Der illegitime Präsident und seine Verbündeten, die Unternehmer, haben unsere Groß- und Kleinstädte übernommen, unser Land und Wasser, unsere Gesundheit, unsere Wirtschaft und unsere Gesetze und jetzt wagen sie es, Krieg gegen das Volk zu führen!"

*Gebt euch die Händen*, sagte sie.

„Wir haben keine Zeit für Furcht und Panik. Wir können nirgendwohin entkommen. Wir können uns nirgends verstecken. Wir müssen uns die Hände geben und dem Schrecken gemeinsam ins Auge sehen."

*Gebt euch die Hände*, wiederholte sie, *und gelobt*.

„Gelobt, dass ihr keine Kompromisse mit der Tyrannei eingehen werdet. Gelobt, dass ihr, wenn auch nur ein Tropfen Blut vergossen wird, diese Verbrecher auf Schritt und Tritt verfolgen werdet, dass ihr ihre Bemühungen sabotieren, die Zusammenarbeit verweigern und Widerstand leisten werdet, bis sie ihre Macht verloren haben!"

*Gebt euch die Hände*, drängte sie die Menschen auf den Straßen.

„Fühlt, wie die Stärke aller Menschen durch eure Handflächen fließt. Fühlt, wie die Kraft der Liebe in euren Körpern lebendig ist. Gebt euch die Hände und haltet stand. Wir werden nicht weglaufen. Wir werden uns nicht verstecken. Wir werden bleiben ... und wir werden gewinnen!"

Auf den Straßen streckte sich eine Hand nach der anderen aus. Ein Finger tippte auf eine Schulter. Eine Handfläche öffnete sich einem Fremden. Die Hände verbanden sich bei zweien, dann bei einem Dutzend, dann bei zwanzig. Ein Trommelwirbel der Verbundenheit ging durch die Menge, eine magnetische Welle verband die Gruppe, elektrisierte Hände sprangen ineinander und eine Masse von Fremden wurde zu einer Kraft, die man *das Volk* nennt.

Ein Blitzschlag der Liebe durchfuhr Sadies Körper. Sie zitterte, als sie sich erhob und wie ein Riese alles überragte. Ich bin hier! Schrie das Unendliche und die Liebe kehrte auf die Erde zurück, sie ging durch die Körper der Menschen.

Neben Sadie stand Charlie und erbebte, als er sah, wie die Menge vor Verbundenheit glühte. Die Weisheit seines Großvaters hallte in seinem Herzen wider: Nationen verschwinden, Städte verfallen, Politiker kommen und gehen, aber das Volk wird unweigerlich dauern. Die Menschen werden sich erheben wie ein Lied - trotz Krisen und Aufruhr. Das Volk wird Drohnenschläge und Diktatoren gleichermaßen überstehen. Charlies Blick glitt über die Menschen und dann zum Himmel. *Ihr seid Staub*, sagte er im Stillen zu den Maschinen über ihnen. *Ihr könnt im Augenblick gewinnen und dieser Augenblick kann Lebenszeiten dauern, aber am Ende werdet ihr zerfallen und wir werden uns erheben.*

Die Zeit stand still unter dem Schatten der Drohnen. Eine qualvolle Viertelstunde verging.

Zehn Minuten erschienen wie eine Ewigkeit. Fünf Minuten krochen langsamer vorbei, als sich tektonische Platten verschieben.

Der Herzschlag der Welt setzte in Ungewissheit aus, während sich der politische Irrsinn entfaltete. *Greenbacks* bemächtigten sich der Drohnen, das Militär verhaftete die *Greenbacks*, ein General versuchte zu putschen, die Eidwächter revoltierten. Das Schicksal von Millionen hing am seidenen

Faden und die Drohnen standen bereit, während die Politiker sich krümmten.

„Sei freundlich“, murmelte Charlie.

„Nimm Verbindung mit anderen auf“, sagte Sadie.

„Hab keine Angst“, riefen die Leute aus den Straßen zurück.

Tansy schritt vorwärts, als würde sie vom Geist gezogen. Ihre Augen waren auf unsichtbare Gestalten und seit Langem verschwundene Gespenster gerichtet. Sadie schauderte, als sie zur Zeugin wurde, wie Geschichte und Schicksal zusammenstießen. Tansy neigte ihr Gesicht vor Gott. Einen Augenblick lang stand sie schweigend da. Dann machte sie ihre Kehle frei und stimmte das Lied der Freiheitssucher an:

*"We shall overcome . . ."* Tansy richtet ihre Augen auf etwas, das mächtiger als Drohnen und stärker als der Tod war. Sie erhob die Stimme und die Maschinen der Zerstörung schrumpften zu Fliegen. Ihr Lied erklomm die Höhen wie ein Vogel im Sturm. Drohnen konnten diese Frau nicht in ihrem Glauben beirren. Als damals in Selma die Hunde angriffen, als der Strahl aus den Löschschläuchen die Kinder traf, als die Kugeln die Studenten in der Staatsuniversität in Kent, Ohio, fällten, beschwor das Lied sie, wieder aufzustehen, durch die Zeitalter zurückzukehren, gegen Ungerechtigkeit zu kämpfen, bis die Versprechen eingelöst würden.

*"We shall overcome someday . . ."*

Tansy wandte ihre Blicke den Menschen zu und gab das Lied an sie weiter. Die Melodie von Arbeitern und Frauenrechtlerinnen brach aus ihrer Brust hervor und sie erhoben das Lied der Freiheitssucher wie ein Schild gegen Unterdrückung. Es war das Lied Amerikas, unserer Legenden und nicht besungenen Helden, das Lied der Menschheit durch die Zeitalter. Es enthielt alles, was geschehen war, und alles was noch geschehen sollte, es erscholl in der Ungewissheit der Gegenwart.

Charlie sah all die Menschen an, die Millionen von Gesichtern in diesem Ozean ... die Gezeiten der Geschichte gingen in Ebbe und Flut durch ihre Körper. Er beobachtete, wie sie sangen, sah sie weinen, sah, wie einer dem anderen zulächelte, und sein Herz zerbrach in unendlich viele Scherben des Mitgefühls. Der Atem in seiner Brust schwoll an. Liebe erfüllte ihn. Ein Gedanke durchfuhr Charlie …

Wir sind ein einziges Volk, unteilbar, weder durch Treuepflicht noch durch Gewalt zu teilen, sondern durch die Liebe in unseren Herzen miteinander verbunden. Durch unseren Pulsschlag und unseren Atem und unsere zarte menschliche Haut ist der Leib *des Volkes* unsterblich. Wir stehen auf und wir fallen, wir werden von einer Welle der Gesichter weggeschwemmt, wir treiben in der steigenden Flut des Lebens. Wir sind töricht, wir sind stolz, wir lieben, wir sind müde, wir weinen vor Schönheit, lachen vor Sorge, wir schreien aus Einsamkeit in der Nacht, wir verletzen und tun Schaden, wir sind Liebende und Geliebte, wir werden leben, wir werden sterben, wir werden vergehen und doch bleiben, denn der Leib *des Volkes* lebt ewig.

Charlie weinte und schämte sich nicht. Er hob sein von Tränen überströmtes Gesicht den Drohnen entgegen. Gelächter brach aus der Tiefe seiner Seele. *Ihr seid nichts*, schrie er. *Ihr seid Staub im Wind!* Der Schatten des Todes kann das Licht der Liebe nicht verdunkeln. Sie würden siegen, nicht durch Kraft, sondern durch ihren unbezwingbaren Lebenswillen. Charlie *glaubte* das *tief in seinem Herzen*. Er wandte den Drohnen den Rücken, nahm Sadie bei der Hand und machte sich mit den anderen auf den Weg zum Kapitol.

Das versprochene *Eines-Tages* des Liedes würde durch sie wahr werden.

# [Ende]

## Anhang

### Hinweis auf Gene Sharps 198 Methoden

Rivera Sun bringt mit Gene Sharps Erlaubnis seine 198 Methoden als **Anhang**. Deutsch: www.aeinstein.org/wp-content/uploads/2013/10/FDTD_German.pdf (zugänglich am 30.05.2018): SS. 101-108: Die Methoden gewaltlosen Vorgehens.

### We shall overcome – englisch und deutsch

| | |
|---|---|
| We shall overcome,<br>We shall overcome,<br>We shall overcome, some day.<br>Oh, deep in my heart, I do believe<br>We shall overcome, some day. | Wir werden siegen,<br>Wir werden siegen,<br>Eines Tages werden wir siegen.<br>Oh, tief in meinem Herzen<br>Glaube ich fest daran:<br>Eines Tages werden wir siegen. |
| We'll walk hand in hand,<br>We'll walk hand in hand,<br>We'll walk hand in hand, some day.<br>Oh, deep in my heart,I do believe<br>We'll walk hand in hand, some day. | Wir werden Hand in Hand gehen,<br>Wir werden Hand in Hand gehen,<br>Eines Tages werden wirHand in Hand gehen.<br>Oh, tief in meinem Herzen<br>Glaube ich fest daran:<br>Eines Tages werden wir Hand in Hand gehen. |
| We shall live in peace,<br>We shall live in peace,<br>We shall live in peace, some day.<br>Oh, deep in my heart,I do believe<br>We shall live in peace, some day. | Wir werden in Frieden leben,<br>Wir werden in Frieden leben,<br>Eines Tages werden wirin Frieden leben<br>Oh, tief in meinem Herzen<br>Glaube ich fest daran:<br>Eines Tages werden wir in Frieden leben |

| | |
|---|---|
| We shall all be free,<br>We shall all be free,<br>We shall all be free, some day.<br>Oh, deep in my heart,I do believe<br>We shall all be free, some day.<br><br>We are not afraid,<br>We are not afraid,<br>We are not afraid, TODAY.<br>Oh, deep in my heart,<br>I do believe<br>We are not afraid, TODAY.<br><br>We shall overcome,<br>We shall overcome,<br>We shall overcome, some day.<br>Oh, deep in my heart,I do believe<br>We shall overcome, some day. | Wir werden frei sein,<br>Wir werden frei sein,<br>Eines Tages werden wir frei sein.<br>Oh, tief in meinem Herzen<br>Glaube ich fest daran:<br>Eines Tages werden wir frei sein.<br><br>Wir fürchten uns nicht,<br>Wir fürchten uns nicht,<br>HEUTE fürchten wir uns nicht.<br>Oh, tief in meinem Herzen<br>Glaube ich fest daran:<br>HEUTE fürchten wir uns nicht.<br><br>Wir werden siegen,<br>Wir werden siegen,<br>Eines Tages werden wir siegen.<br>Oh, tief in meinem Herzen<br>Glaube ich fest daran:<br>Eines Tages werden wir siegen. |

Übersetzung bei Berliner Kurier, nicht mehr erreichbar (Mai 2018)

## Die Akadier

Die Akadier sind Nachkommen der im 17. Jahrhundert aus dem Poitou, der Bretagne und der Normandie eingewanderten Siedler. Sie leben jetzt in den USA in den nördlichen Gebieten von Maine und in Kanada in den östlichen Seeprovinzen und Quebec. Das *St. John Valley*, in dem die Handlung des Romans ihren Anfang nimmt, liegt am gleichnamigen Fluss. Dieser bildet die Grenze zwischen den Vereinigten Staaten und Kanada. 1755, während des Siebenjährigen Krieges in Nordamerika, wurden die Akadier von den Engländern deportiert. Zwölftausend Akadier wurden auf Schiffe verladen und nach Louisiana geschickt, das damals unter französischer Herrschaft stand. Fast ein Drittel von ihnen starb auf dem Weg. Die Menschen ertranken oder starben an Krankheiten. Von denen, die in Louisiana ankamen, blieben die meisten dort. Die Cajun-Kultur in Louisiana stammt zum Teil von der frühen akadischen Kultur. Die anderen Akadier kehrten allmählich in ihr ursprüngliches Siedlungsgebiet in Kanada und dem Norden Maines zurück. Dort leben ihre Nachfahren auch heute noch. Die akadische Kultur unterscheidet sich sowohl von der heutigen Cajun-Kultur als auch von der Kultur von Quebec. Das Französisch, das die Akadier sprechen, ist ein einzigartiger Dialekt. (Mehr über die Akadier bei Wikipedia.)

## Anmerkung der Autorin

Viele Leserinnen nehmen Kontakt mit mir auf und stellen mir unumwunden die Frage: „Wie können wir den Löwenzahnaufstand verwirklichen?“ Meine einfache Antwort ist: Er wird bereits verwirklicht. Von Tag zu Tag treffe ich immer mehr warmherzige Menschen, die wie wir für Leben, Freiheit und Liebe eintreten. Es gibt darüber Geschichten aus dem wirklichen Leben im Überfluss. Seit ich diesen Roman veröffentlicht habe, habe ich mich als Schriftstellerin darauf konzentriert, anderen die Namen einiger der beeindruckenden Menschen, Organisationen und Ereignisse, die mich zu diesem Buch angeregt haben, mitzuteilen. Ich lade euch dazu ein, diese Aufsätze auf meinem Blog zu lesen und mir eure eigenen Geschichten zu erzählen. Wie ich zu erreichen bin, steht unter dem Text über mich als Autorin.

Um den Löwenzahnaufstand zu verwirklichen, muss man etwas Radikales tun:

**Sei freundlich. Nimm Verbindung zu anderen auf. Hab keine Angst.**

**Sei freundlich.** Wenn du nichts anderes tust, dann zeige in deinem täglichen Leben vor allem Freundlichkeit. Unser Mangel an gegenseitiger Achtung hält uns nicht nur davon ab, gemeinsam für einen Wandel zu arbeiten, sondern auch davon, eine Zivilgesellschaft zu schaffen, die Komplexität und Verschiedenheit umfasst. Rücksichtsvoller und empathischer Umgang miteinander sollte die Grundlage dafür sein, wie wir für einen Wandel arbeiten. Freundlichkeit und Rücksicht im alltäglichen Miteinander zeigen einen Weg aus der oft kränkenden und selbstzentrierten Kultur, in der wir leben. Wenn wir an die Menschlichkeit unserer „Gegner“ oder sogar „Feinde“ appellieren, zeigen wir ihnen damit, dass wir erwarten, dass sie die höchsten Maßstäbe der menschlichen Natur erfüllen. Ich gestehe niemandem die Ausrede zu, er sei „böse“, „dämonisch“ oder ein „Ungeheuer“. Wir alle sind

Menschen und müssen für unser Handeln als Menschen einstehen. Freundlichkeit ist nicht nur ein edles Gefühl, sondern sie ist ein kraftvolles Instrument, den Wandel zu veranschaulichen.

**Nimm Verbindung zu anderen auf.** Zeigt anderen eure Freundlichkeit und unterstützt einander. Baut Freundschaften auf. Bringt Menschen zusammen. Schafft Gemeinschaft. Unterdrückerische Kräfte sind dadurch erfolgreich, dass sie die Einzelnen voneinander trennen, sie voneinander isolieren. Insbesondere die Verbraucher-Gesellschaft strebt danach, uns voneinander zu isolieren. Wir sind jedoch schon allein aufgrund unserer biologischen Natur miteinander verbundene Wesen und untrennbar vom Ganzen der Erde. Verbindung zwischen uns schaffen, ist eine Widerstandshandlung. Dass wir einender unterstützen ist für den sozialen Wandel wesentlich. Deswegen ermutige ich jeden Leser, der sich anregen lässt, alle Scheu beiseite zu lassen und Kontakt zu mir aufzunehmen. Ich bin ziemlich freundlich. Ich bin außerdem eine gute Telefonistin, die euch mit unglaublichen Denkern, Informationen, verlässlichen neuen Quellen, Diskussionsgruppen, Filmen usw. verbindet ... Ich höre sehr gerne von euch!

**Hab keine Angst.** Baut euren Mut für diese wilden Zeiten auf! Im Französischen gibt es zwei Wörter für Löwenzahn. Eines ist *dent-de-lion,* Zahn des Löwen. Das ist ein Wort, in dem Tapferkeit und Hartnäckigkeit mitklingen. Das moderne Wort ist *pissenlit,* piss-ins-Bett; damit ist der Löwenzahn mit den gezackten Blättern gemeint. Meine Freunde, wenn der Roman ins Französische übersetzt wird, wird es hoffentlich keinen Zweifel daran geben, welcher Ausdruck auf die dann auf dem Planeten lebenden Menschen passt. Wir leben an einem zeitlichen Wendepunkt – das heißt, in einer Zeit, in der es wichtig ist, dass wir aus unserer pubertären, egoistischen und zerstörerischen Lebensweise herauswachsen und zu solchen Menschen aufblühen, die zu sein wir uns schon immer gesehnt haben.

*Der Löwenzahnaufstand* ist ein prophetischer Spiegel, der die Geschichte unserer Zeiten sowohl voraussagt als auch widerspiegelt. Zwischen dem ersten, mit dem Bleistift hingekritzelten Entwurf und der Veröffentlichung dieser Ausgabe haben sich viele Einzelheiten des Romans von einer wilden Fantasie der Autorin in eine krasse und ernüchternde Realität verändert. Daraus hat sich ergeben, dass die Geschichte in einem Gebiet zwischen Tatsache und Fiktion angesiedelt ist. Dieses Thema behandele ich auf einer Seite meines Blogs mit dem Titel "Fact & Fiction in *The Dandelion Insurrection*". Dort können die, die Englisch lesen, Hinweise auf Gesetze finden wie z. B. das *National Defense Authorization* Gesetz; es ist die Version des wirklichen Lebens vom fiktiven Freiheit-der-Verteidigungs-Gesetzes, das der US-Regierung gestattet, Bürger unbegrenzt einzukerkern, ohne dass sie Zugang zu einem Rechtsanwalt oder die Möglichkeit zu einem fairen und zügigen Prozess haben. In dem Blog gibt es auch Hinweise auf Gruppen des realen Lebens, z. B. *Food Not Lawns*, die *Urban Renaissance* [in England bzw. *New Urbanism* in den USA] und weitere Organisationen, die durch Hinweise auf Formen praktischer Rebellion Hoffnung machen. Mein Blog spürt auch eine der seltsam prophetischen Aspekte dieses Buches auf: Die Exzesse des Ausspionierens und der Überwachung durch die Regierung sind nur eines von vielen gespenstischen Beispielen, die zeigen, dass ich keine Fiktion erfinden konnte, die seltsamer als unsere Wirklichkeit ist!

Abgesehen davon ist der Roman natürlich wie alle Romane Fiktion. Er ist weder ein Entwurf noch ein Entwicklungsplan oder eine strategische Studie, wie wir Wandel, nach dem wir im wirklichen Leben streben, schaffen könnten. Bestenfalls kann der Roman die Leser dazu anregen, für das, an was sie glauben, zu kämpfen und zu erfahren, dass es möglich ist, diese Ziele gewaltfrei zu erreichen. Wenn ihr ernsthaft daran interessiert seid, an einem Wandel mitzuarbeiten, empfehle ich euch sehr, die Website der 1983 von Gene Sharp gegründeten Albert-Einstein-Institution zu besuchen: (www.aeinstein.org).

Zur Vorbereitung studierte ich die bahnbrechenden Arbeiten dieses Wissenschaftlers über gewaltfreie Kämpfe in Vergangenheit und Gegenwart. Gene Sharps Schriften wurden in aller Welt benutzt, um Diktaturen zu stürzen und Menschen von unterdrückerischer und tyrannischer Herrschaft zu befreien. Die 198 Thesen, die er nennt, können als Werkzeugkiste gebraucht werden, allerdings sind einige Kenntnisse vonnöten, um sie wirksam zu gebrauchen. Ich lade dazu ein, diese Kenntnisse durch die Lektüre von Gene Sharps Arbeiten zu erwerben. Viele halten das für unnötig, denn sie denken, sie seien ja nur das Fußvolk des Wandels und nicht seine Taktiker oder Generäle. Ich denke allerdings, dass, wenn der General fällt, der Fußsoldat das Kommando übernehmen soll. Die Taktiker hängen ja von intelligenten Einzelnen ab, die strategisch reagieren müssen, wenn die Situation eine unerwartete Wendung nimmt. Ein einziger Führer kann ja nicht überall auf einmal sein, aber wenn eine Bewegung viele Führer hat, kann an vielen Orten einer sein. Damit wir die Strategien des gewaltfreien Kampfes anwenden können, müssen wir alle diese Strategien genau kennen. [Deutsche Übersetzung der ganzen Schrift von Gene Sharp, *Von der Diktatur zur Demokratie. Ein Leitfaden für die Befreiung* (vgl. S. 383).]

### Der Buddha sagt: „Sei dir selbst ein Licht!“ Er sagt auch: Niemals in der Welt hört Hass durch Hass auf.

Ich glaube an euch, an uns und an die Sehnsucht der Menschen nach friedlichen Gesellschaften, in denen die Menschen respektvoll miteinander umgehen. Euer Mut und eure Freundschaft zeigen im Wahnsinn dieser Welt den Weg aus der Finsternis.

## Danksagungen

Meine Anmerkung wäre nicht vollständig, wenn ich nicht bescheiden anerkennen würde, dass viele Menschen daran beteiligt sind, dass ich dieses Buch schreiben konnte: Gene Sharp und die unglaubliche Ahnenreihe von Lehrern des gewaltfreien Kampfes, die auf dieser Erde gewandelt sind, die wunderbaren Unterstützer unserer *Community Publishing Campaign*, meine Freunde und meine Familie, die Anregung und Rückmeldung gegeben haben, Dariel Garner, Delores Cook, Skylar Cook, Tangerine Bolen, Keith McHenry, Cindy Reinhardt, Ethan Au Genauer, Velcrow Ripper. Ich danke Marirose Nightsong für ihr in die Einzelheiten gehendes Lektorat, den Akadiern des St. John- Tals, besonders Michelle Dubé-Morneault, Andrea Chasse, Valier and Florence Dumais. Außerdem danke ich meiner Lehrerin im *Contact Improvisation* [einem zeitgenössischen Tanzstil, bei dem es um die aktive Entdeckung aller Bewegungsmöglichkeiten geht, die zwei oder mehr menschliche Körper ausführen können] Susan Sgorbati, die mich über allgemeine Systemtheorie und Formationsflug unterrichtete, David Wright, der mir den Satz „Alles ist Inscha'Allah" erklärte, die Redakteure und Journalisten von *Dandelion Salad, Revolution Truth, Schwartz Reports* und vielen anderen, *Whistleblower* wie Daniel Ellsberg, Jesselyn Radack, Thomas Drake, Chelsea Elizabeth Manning und Edward Snowden, die alles dafür geopfert haben, Korruption und Tyrannei bloßzustellen, und den Aktivisten, die gegen Ungerechtigkeit und Zerstörung überall auf der Erde eintreten. Bei all diesen und meinen Lesern bedanke ich mich mit einer tiefen Verneigung.

In Liebe und Revolution eure Rivera Sun

## Rivera Sun: Nachwort zur deutschen Übersetzung ihres Romans *Der Löwenzahnaufstand*

„In einer Zeit – von heute aus gleich um die Ecke – an einem Ort am Rande unserer Nation ist es ein Verbrechen, anderer Meinung zu sein, ein Verbrechen, sich zu versammeln, ein Verbrechen, für sein eigenes Leben einzutreten. Trotz alledem – oder vielleicht gerade deswegen – begann der Löwenzahnaufstand ...“

*Der Löwenzahnaufstand* ereignet sich auf dem fruchtbaren Boden unserer Fantasie. Er lässt die Samen der Katastrophe und die Samen der Hoffnung, die in den Vereinigten Staaten gegenwärtig sind, zu einer erschreckenden und gleichermaßen inspirierenden Geschichte aufkeimen. Daraus wurde ein Roman, der eine Perspektive auf die Realität eröffnet: Wir können die Gefahren erkennen, die es mit sich bringt, wenn wir zulassen, dass sich die in unserer Gesellschaft angelegten Trends weiterentwickeln, und wir können gleichzeitig erkennen, was Bewegungen für eine Veränderung zum Besseren bewirken können, wenn wir sie fördern und unterstützen.

Ich denke, dass Übersetzerin ins Deutsche und Lektor der deutschen Ausgabe hoffen, dass die Geschichte die Vorstellungskraft der Menschen auch in ihrem Land anregen wird. Der gewaltfreie Kampf ist ein starkes Mittel zur Veränderung der Welt zum Besseren und er gibt den Menschen mitten in den gegenwärtigen Krisen neue Hoffnung.

Viele Leser der deutschen Ausgabe wissen, dass mein Land in Unordnung ist. Probleme, die vor vier Jahren vorhanden waren, als ich den *Löwenzahnaufstand* schrieb, gibt es auch heute. Viele sind schlimmer geworden. 2013 stand im *Spiegel,* der ehemalige Präsident Jimmy Carter habe gesagt: „Zurzeit haben die Vereinigten Staaten keine funktionierende Demokratie.“ Das trifft auch heute zu. Unsere Regierung wird von Wirtschaftsinteressen bestimmt und ihre Entscheidungen entsprechen nicht dem Willen des Volkes. Der Durchschnittsbürger hat äußerst beschränkte Möglichkeiten, sich an der Politik zu beteiligen. Unsere Wahlen sind seit länger als einem Jahrzehnt gefährdet und unüberprüfbar. Viele Amerikaner erkennen, dass unsere Regierung korrupt ist. In das Zwei-Parteien-System werden Milliarden Dollar im Jahr investiert, um die Illusion aufrechtzuerhalten, es funktionierte.

Unter der Illusion von Demokratie versteckt, liegt die schlimme finanzielle Lage unseres Landes. Das Militär verschlingt 57% des Budgets. Die Reichsten unserer Nation haben nach dem Börsenkrach 2008 30% des Gesamtvermögens des Landes eingestrichen. Etwa 47% der Amerikaner leben - gemäß einer Studie über die Lebenshaltungskosten - in Armut. Als ich den *Löwenzahnaufstand* schrieb, enthüllte Edward Snowden gerade das ganze Ausmaß des Überwachungssystems. Seither wurde wenig getan, um das grobe Eindringen in die Privatatmosphäre und die Einschränkung der bürgerlichen Freiheiten zu beenden. Die Hälfte der Bevölkerung weigert sich, an die Ergebnisse der Klima-Forschung zu glauben, stattdessen glaubt sie der von der Ölindustrie finanzierten Propaganda, die einen Klimawandel leugnet.

Auf unseren Straßen gibt es in der alltäglichen Realität zwar keine Militärpräsenz, wie sie im Roman dargestellt wird, allerdings setzten stark militarisierte Polizeibehörden Panzer und andere Militärausrüstungen zur Niederschlagung sozialer Unruhen ein. Unternehmen zur Förderung von Bodenschätzen zerstören unsere Luft, unser Land und unser Wasser und sie tragen zur Klimakrise bei.

Ich könnte damit fortfahren, die Probleme, denen wir gegenüberstehen, aufzuzählen. Aber ich möchte auch auf die helle Flamme der Hoffnung eingehen, die in unseren Bewegungen für einen Wandel zum Besseren leuchtet. Als Amerikanerin neige ich dazu, eine ewige Optimistin zu sein und immer weiter nach den hellen Seiten und dem Silberstreifen am Horizont zu suchen. Unsere gewaltfreien Bewegungen für einen Wandel wachsen von Tag zu Tag. Viele von ihnen nehmen schnell an Stärke und strategischem Geschick zu. Die dunkle Seite der Geschichte der Vereinigten Staaten reicht weit in ihre Vergangenheit zurück. Und doch zieht sich durch die relativ kurze Zeit ihrer Existenz eine lange Kette von Bewegungen für soziale Gerechtigkeit.[1] Es stimmt, wir waren schrecklich rassistisch, sexistisch, imperialistisch, militaristisch und haben die Umwelt zerstört, aber es gab bei uns auch immer Menschen, die Widerstand gegen Ungerechtigkeit geleistet haben und die für Menschen- und Bürgerrechte, die Bewahrung der Erde und für Frieden und wirtschaftliche und soziale Gerechtigkeit eingetreten sind.

Die langjährige und kraftvolle Tradition dieser Bewegungen reicht bis in die Gründungstage der USA zurück. Nach übereinstimmenden Berichten führte die Unabhängigkeitsbewegung der frühen Kolonialzeit schon vor der Unabhängigkeitserklärung (1776) und dem Unabhängigkeitskrieg gewaltfreie Aktionen und einen der erfolgreichsten Boykotte der Weltgeschichte durch. Vielen Amerikanern ist dieses Erbe nicht bewusst, vielen allerdings sind die frühen Abolitionisten und die Untergrund-Eisenbahn bekannt, die Sklaven in die Freiheit brachte, ebenso die Suffragetten-Bewegung, die frühe Arbeiterbewegung, die Bürgerrechts-Bewegung, Friedens- und Kriegsgegner-Bewegungen, die *LGBTQ* (*Lesbian, Gay, Bisexual, Transgender and Queer*)- Bewegung, Latino/Chicano-Bewegungen, feministische Bewegungen, Bewegungen zur Integration Behinderter, Umweltbewegungen und vieles mehr. Sie alle haben (meistenteils) gewaltfrei gekämpft und viel zur Förderung der amerikanischen Ideale Gerechtigkeit, Respekt,

---

[1] Ira Chernus, *Warum handeln Menschen gewaltfrei? Geschichte einer Idee*. (2012) Belm-Vehrte/Osnabrück: Sozio Publishing. http://ingridvonheiseler.formatlabor.net/?p=179
*American Nonviolence. The History of an Idea* (2004).

Freiheit und Gleichheit beigetragen. Diese Tradition gibt uns einen Funken Hoffnung in diesen dunklen Zeiten. Das, was wir früher einmal geleistet haben, können wir auch wieder leisten. Wir waren den Herausforderungen früherer Zeiten gewachsen und werden auch den Herausforderungen unserer Zeit gewachsen sein.

Und ich weiß, das werdet auch ihr in Deutschland sein. Unsere Nationen haben viele Gemeinsamkeiten und alle, die für Frieden und Gerechtigkeit arbeiten, haben einander viel zu sagen. Dieser Roman wurde ins Deutsche übersetzt, um deutschsprachigen Trainern für Frieden und in Gewaltfreiheit – ebenso wie allen anderen möglichen Lesern – eine unterhaltsame, fesselnde und kreative Gelegenheit zu bieten, mehr über gewaltfreien Kampf zu erfahren. Ich hoffe, dass ich in nicht allzu ferner Zukunft die Freude haben werde, ähnliche Romane zu lesen, die aus dem Deutschen ins Englische übersetzt wurden, dass sich deutsche Romanschreiber die Aufgabe stellen werden, in realistischen, spekulativen und Zukunfts-Romanen den gewaltfreien Kampf in den Vordergrund zu stellen.

Der Einsatz von gewaltfreien Aktionen nimmt weltweit an Umfang zu, da Menschen dieses Werkzeug einsetzen, um Menschen- und Bürgerrechte, demokratische Freiheiten, Sozial-, Rassen- und Wirtschaftsgerechtigkeit zu erreichen und noch vieles mehr. Die Geschichten davon sind großartig, sie inspirieren und geben Hoffnung. Mut, Liebe und Beharrlichkeit der großen Epen sind in Wesen und Tun der gewaltfreien Bewegungen zu finden. Unsere Dichtung muss sich zur Schönheit der Realität erheben und das helle Licht der gewaltfreien Aktion wird selbst in die Dunkelheit unserer Zeiten hinein scheinen.

Ich hoffe, dieser Roman wird euch zu eigenem Tun anregen. Nach Geografie und Entfernung liegt eine halbe Welt zwischen uns und doch hat die globale Bewegung für Frieden und Gerechtigkeit einen gemeinsamen Herzschlag. Wo ihr auch marschiert, ich marschiere im Geist neben euch. Und ich weiß, dass eure Herzen mich bei meinen Bemühungen begleiten, wenn ich für die gute Sache auf die Straße gehe. Wir alle sind Löwenzahnpflanzen der Seele, unbeugsame Menschen, die füreinander und für diese schöne Erde eintreten.

In Liebe und Solidarität

Rivera Sun

## Die Autorin

Rivera hat dieses Foto am 24.09.2017 für die deutsche Ausgabe ausgewählt. Sie möchte, dass das Foto in der Originalausgabe durch dieses ersetzt wird.

**Rivera Sun** ist die Autorin von *Billionaire Buddha, The Dandelion Insurrection* und *The Way Between.* Außerdem hat sie neun Theaterstücke, einen Studienführer für gewaltfreie Aktion, einen Band Gedichte und zahlreiche Artikel geschrieben. Sie hat rotes Haar, eine Zwillingsschwester und eine Vorliebe für esoterische Mystik. Sie hat das Bennington College besucht und dort als Harcourt-Stipendiatin Schreiben studiert und einen Studienabschluss in Tanz erworben. Sie lebt in einem *Earthship*[2]-Haus in New Mexico. Dort schreibt sie Aufsätze und Romane. Sie ist Ko-Moderatorin einer wöchentlichen Radiosendung, Trainerin in Gewaltfreiheit und Aktivistin. Sie schreibt jede Woche einige Aufsätze für

---

[2] Als Earthship (deut. Erdschiff) bezeichnet man Gebäude einer bestimmten Bauweise, die nur durch passive solare Wärmegewinne und die Speicherung dieser mittels Masse geheizt oder durch natürliche Luftzirkulation gekühlt werden. Sie zeichnen sich zudem durch eine weitgehende Nutzung natürlicher und recycelter Baustoffe sowie ihre völlige Autarkie hinsichtlich Wärme, elektrischer Energie, Wasser und Abwasser aus. (nach Wikipedia)

Friedens- und Gerechtigkeits-Journale. Rivera war *aerial dancer*[3], Fahrradkurierin und Kellnerin im Kung-Fu-Stil. Alles außer ihrem Schreiben ist bei ihr genauso wie bei allen anderen Menschen.

Rivera Sun hat es sehr gern, wenn ihre Leser ihr schreiben!
Email: info@riversun.com
Facebook: Rivera Sun
Twitter: @RiveraSunAuthor
Website: www.riverasun.com

---

[3]*Aerial modern dance* ist eine Unterart des modernen Tanzes. Er wurde zuerst in den 1970er Jahren in den Vereinigten Staaten anerkannt. Zur Choreografie gehört ein Apparat, der in vielen Fällen an der Decke befestigt wird. Er ermöglicht den Darstellern den Raum in drei Dimensionen zu erforschen. (nach Wikipedia englisch)

**Die Übersetzerin Ingrid von Heiseler**

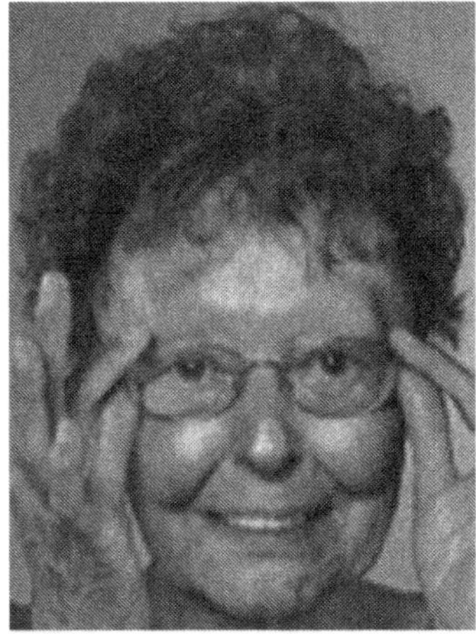

Foto: Thorsten Greve, Mai 2013

Studium der Germanistik, Theologie und Pädagogik; Staatsexamen an der Universität Göttingen, Referendariat in Braunschweig, Lehrerin am Gymnasium Kreuzheide in Wolfsburg (1968-98). – Zusatzausbildungen u.a. in Gesprächstherapie (GwG), Gruppenmoderation, Gordon-Lehrer-Training, Systemischer Beratung und Mediation.

Autorin des „erzählenden Berichts" *Einer tanzt aus der Reihe* (1990), von *Ingo lebt anders (eBuch),Lost in Goa. Fakten und Fiktion* (2001), der Autobiografie *Leben10Anfänge* (2011) und *Dieser Eingang ist nur für dich bestimmt*. Kürzere Texte, zunächst als eBuch und dann als Taschenbuch.

Seit 2002 Übersetzungen von Publikationen auf dem Gebiet Frieden und Konfliktbearbeitung und Lektorieren wissenschaftlicher Arbeiten. Als Bücher erschienen u. a.: John A. McConnell, *Achtsame Mediation*; Johan Galtung, *Konflikte und Konfliktlösungen*; derselbe, *100 Lösungsszenarien für Konflikte in aller Welt*; Michael Henderson, *Die Macht der Vergebung*; Pat Patfoort, *Sich verteidigen ohne anzugreifen* (aus dem Französischen), Jean Bricmont, *Humanitärer Imperialismus*; Dietrich Fischer, *Umfassende Sicherheit mit friedlichen Mitteln*; Ira Chernus, *Warum handeln Menschen gewaltfrei? Geschichte einer Idee*; Abdul Ghaffar Khan, *Mein Leben*; Uri Avnery, *Israel im arabischen Frühling (Artikel 2012), derselbe, Israel und Palästina auf dem Wege zu einer Zweistaatenlösung?(Artikel 2015), d*ie Autobiografie von Josef Ben-Eliezer, *Meine Flucht nach Hause,* André Gunder Frank, *ReOrient. Globalwirtschaft im Asiatischen Zeitalter.* Außerdem der Roman (aus Tamil aus Englisch): *Salma, Die Stunde nach Mitternacht*. Im Zusammenhang mit dem Thema **Gewaltfreiheit** stehen vor allen anderen meine Übersetzungen der Bücher von Ira Cernus und Abdul Ghaffar Khan und seit 2017 Stellan Vinthagens umfassende Studie, *Eine Theorie der gewaltfreien Aktion.*

Insgesamt 23 eBücher und 8 Taschenbücher bei Kindle Amazon.

Auf meiner Webseite stelle ich alle Arbeiten vor: http://ingridvonheiseler.formatlabor.net